여왕국의 성 2

JOOKOKU NO SHIRO (CASTLE OF THE QUEENDOM)
by Alice Arisugawa

Copyright ⓒ 2007 by Alice Arisugawa
All rights reserved
Originally published in Japan by TOKYO SOGENSHA Co., Ltd., Tokyo.

Korean Translation Copyright ⓒ 2016 by Sigongsa Co., Ltd.
This Korean translation edition is published by arrangement with TOKYO SOGENSHA
Co., Ltd., Japan through THE SAKAI AGENCY and YU RI JANG Agency.

여
왕구국의 성
2

아리스가와 아리스 지음
김선영 옮김

검은숲

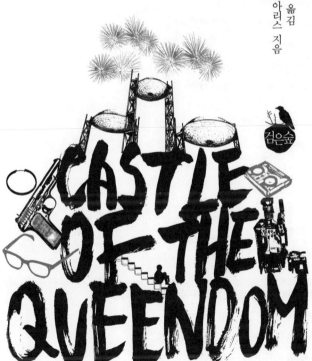

CASTLE
OF THE
QUEENDOM

등장인물

노사카 미카게⋯인류협회 회조(會祖)
노사카 기미코⋯인류협회 대표
노사카 도시코⋯인류협회 전 대표
유라 히로코⋯인류협회 가미쿠라 총본부 총무국 주사
후부키 나오⋯인류협회 총무국장
우스이 이사오⋯인류협회 재무국장

〈인류협회 직원〉
마루오 겐
이나코시 소스케
아오타 요시유키
혼조 가야
도이 겐사쿠
히로오카 시게야

시모자와 다카히토⋯인류협회 미국 지부 홍보담당
패트릭 하가⋯인류협회 연구국 직원
사사키 마사하루⋯인류협회 회원, 의사
구마이 지카우⋯건축가

아마카와 아키히코 · 도미에···아마노가와 여관 주인

아마카와 아키코···도미에의 질녀

가네이시 겐조···가미쿠라 주민

가네이시 지즈루···겐조의 손녀

에가미 지로···에이토 대학 문학부 4학년

모치즈키 슈헤이···에이토 대학 경제학부 4학년

오다 고지로···에이토 대학 경제학부 4학년

아리스가와 아리스···에이토 대학 법학부 3학년

아리마 마리아···에이토 대학 법학부 3학년

이시구로 미사오···에이토 대학 추리소설연구회 OB

아라키 주지···UFO 연구가

쓰바키 준이치···전직 경찰

다마즈카 마사미치···아마카와 아키히코의 소꿉친구

구도 에쓰시···자객

차례

2권

* 이 책은 2011년 도쿄소겐샤에서 출간한 《여왕국의 성》 상, 하권을 완역한 것입니다.

* 본문 내 별도의 표시가 없는 모든 주석은 옮긴이가 작성하였습니다.

* 외곽선으로 표시된 숫자의 장은 마리아의 시점에서 전개됩니다.

제10장
C동의 밤(1권에서 계속)

5

"이 '성' 안에서 무슨 일이 벌어지고 있는지, 전 알아요."

패트릭 하가는 잠시 어리둥절해하다가 어깨를 살짝 움츠렸다. 일본어는 유창하지만 몸짓은 완전히 미국 사람이다.

"아리마 씨가 무슨 생각을 하고 있는지 도통 모르겠군요. 대체 여기서 무슨 일이 벌어지고 있다는 겁니까?"

일단 내뱉고 봤는데, 경솔했을까? 하지만 이미 늦었다. 바로 옆에 있는 눈을 똑바로 바라보며, 마른침을 꼴깍 삼키고 말했다.

"외계인 해부요."

"뭐라고요?"

"에일리언을 해부하고 있잖아요. 해부가 뭔지 모르세요? 영어로는……."

"해부, 저도 압니다. 부친이 군에서 근무해 유치원부터 고등

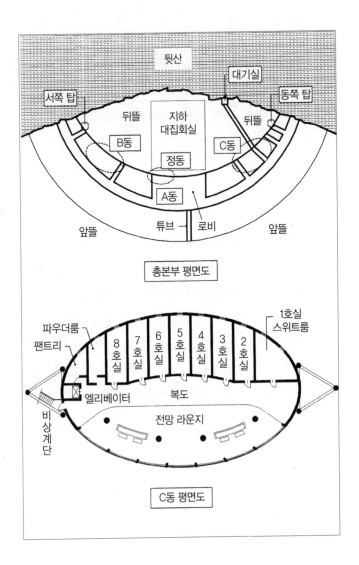

뒷산

대기실

서쪽 탑

뒤뜰

지하
대집회실

동쪽 탑

B동

뒤뜰

C동

정동

A동

앞뜰

튜브

로비

앞뜰

총본부 평면도

파우더룸

팬트리

8호실

7호실

6호실

5호실

4호실

3호실

2호실

1호실
스위트룸

복도

엘리베이터

전망 라운지

비상계단

C동 평면도

학교 때까지 조후*에 살았으니까요. 어째서 그런 말씀을 하시는지 몰라서 놀란 겁니다."

눈 한 번 깜빡거리지 않고 나를 쳐다보고 있다. 입가에는 미소가 감돌고 있지만 눈은 조금도 웃지 않았다. 가까이서 보니 속눈썹도 길고 피부도 매끈하니 고왔다.

"아리마 씨는 추리소설뿐만 아니라 SF도 좋아하나 보군요. 상상력이 풍부해요. 외계인 해부라니 금시초문입니다."

"그럴까요? 미국 어느 공군 기지에서는 추락한 UFO에서 외계인 시체를 회수해 연구 재료로 쓰고 있지 않나요? 우주에서 떨어진 성유물을 갖고 있는 인류협회에 비슷한 시체가 있어도 놀랍지 않죠."

거짓말이다. 있으면 놀라야지.

"조금 다릅니다."

그는 집게손가락을 세우더니 설레설레 흔들었다.

"1947년 7월 8일, 뉴멕시코 주 로즈웰 교외의 목장에 UFO가 떨어져, 육군 항공대가 그 잔해와 거기에 타고 있던 외계인 시체 몇 구를 회수해 포트워스에 있는 공군 기시도 공수했다는 소문이 있죠. 또 오하이오 주 데이튼 시 라이트패터슨 공군 기지 18번 격납고에는 우주생물과학연구소가 있어, 미국 전역에서 회수한 UFO의 잔해나 외계인의 시체가 그곳으로 집중된다

*도쿄 다마 지역 동부에 해당하는 도시로 조후 비행장을 비롯해 인근 후추 지역의 미군 기지 등 군 시설이 산재해 있다.

는 이야기도 있습니다. 거기에 냉동 보존되어 있는 외계인을 봤다는 증언도 있죠. 전부 언빌리버블! 당신은 그런 이야기를 블렌드하고 있군요."

매끄럽게 떠벌려대니 압도당할 것 같다.

"……예. 기억이 가물가물해서, 이것저것 뒤섞였을 거예요."

"최신 정보를 잘 알고 계시군요. 로즈웰 사건은 3년 전 미국에서 공표한 MJ-12, 마제스틱 트웰브 혹은 매직 트웰브라고 부르는 문서에 있던 기록입니다. 로스앤젤레스 영화 제작자가 받은 익명의 필름에 찍혀 있던 비밀문서. 요 몇 년 사이 가장 뜨거운 화제이기는 하죠. 당신은 그걸 믿는 겁니까?"

"아뇨, 거의 안 믿어요."

"그런데 이 본부에 외계인 시체가 있고, 저희가 메스로 난도질을 하고 있다고 생각하다니 이상하군요. 저를 놀리는 겁니까?"

"죄송해요." 자존심도 없이 사과하고 말았다. 그러자 일본계 미국인은 두 손을 펼치며 말했다.

"왜 사과하는 겁니까? 그냥 농담 아니었습니까? 별로 재미는 없군요. 지난달 이 본부에 폭탄이 설치되어 있다는 장난 전화를 받은 경찰이 현장을 조사했어요. 외계인 시체가 있었다면 큰 소동이 벌어졌을 겁니다. 설마 쇼킹한 증거가 발견되자 국민이 패닉에 빠지지 않도록 일본 정부가 기밀에 부쳤다고 주장하는 건 아니겠죠?"

"감쪽같이 숨겨뒀거나, 아니면 최근에 반입한 건……."

"그렇게 신기한 게 있으면 저도 꼭 좀 구경하고 싶군요. 설령 UFO가 뒷산에 추락했다 해도 저희는 그 승무원을 해부하지 않습니다. 당신이 책이나 텔레비전으로 본 UFO 이야기는 대부분 뜬소문이에요. 솔직히 말해 허풍입니다."

인류협회 사람에게 그런 말을 듣게 될 줄은 꿈에도 몰랐다. 로즈웰 사막에 UFO가 떨어졌다거나, 거기서 외계인 시체를 회수했다거나, 그걸 계기로 MJ-12라는 대통령 직속 UFO 연구조직이 설치되었다거나, 미국 정부가 외계인과 접촉해 이미 수많은 밀약을 맺었다고 하는 수상쩍은 이야기를 협회 사람이라면 전부 믿는 줄 알았다.

"UFO에 관한 정보는 엉망진창이에요. 세상 사람들 생각처럼 그 대부분은 가짜죠. 하지만 개중에는 진실도 포함되어 있을 테니 진짜를 가려내야 합니다. 저희는 밤낮으로 그 업무에 쫓기고 있는 거죠."

"하가 씨는 연구국 소속이었죠. 그런 일을 하고 계신 건가요?"

"패트릭입니다. 패트라고 부르세요. 저도 당신을 마리아 씨라고 불러도 되겠습니까? 괜찮겠죠? 예, 그런 일을 하고 있습니다. 성간통신 연구에 비하면 대단히 소박한 잡일 같겠지만, 저희에게는 진위를 판정할 능력이 요구됩니다. 진위를 꿰뚫어보기 위해 영화나 사진 공부도 했습니다. 제게 5백만 달러만 투자해주면 스필버그보다 재미있는 영화를 찍을 수 있어요."

하도 열정적으로 말하니 어디까지가 진심인지 모르겠다.

"스필버그의 〈E. T.〉는 미국 정부가 지구인이 외계인을 우호적으로 보도록 유도하려고 제작을 의뢰한 건가요? 그 전까지 영화 속 외계인은 지구를 침략하기만 했잖아요, 그 끔찍한 이미지를 바꾸려고 그런 거예요?"

패트는 윗몸을 배배 틀었다. 노노, 라고 말하는 것 같았다.

"그건 아이들에게 기쁨을 주려고 만든 가족 영화입니다. 〈죠스〉가 해수욕장에서는 상어를 조심하자는 캠페인 영화가 아닌 것처럼, 단순한 엔터테인먼트. 미국 정부가 제작을 의뢰했다는 것도 그냥 뜬소문입니다. 다들 아무거나 믿으니 문제예요. 당신은 존 리어가 꾸며낸 밀약설을 믿나 보군요."

"누군지도 몰라요."

"끔찍한 진실을 주장하는 사람이에요. 미국 정부가 1964년에 외계인과 교섭하고 다양한 규칙을 정했다면서, 진보한 과학기술을 전해주는 대신 그들이 지구 생물의 유전자를 조사하는 데 필요한 캐틀 뮤틸레이션이나 애브덕션을 허가했다는 겁니다. 그 상대가 자그마한 회색 외계인 '그레이'인 거죠. 알고 계시죠? 이 본부 화장실 마크에도 있는데, 물론 그건 장난입니다."

1970년대 후반, 목장의 소를 비롯한 가축들이 원인불명으로 죽는 현상이 다발했다. 시체에는 난도질당한 흔적이 있었으며 기묘하게도 혈액이 거의 남아 있지 않았다. 외계인의 생체실험이라는 소문도 있다. 그것이 캐틀 뮤틸레이션, 가축 참살이다. 애브덕션이란 인간 납치. 몇 명을 끌고 갔고, 몇 명을 지상으로 돌려보내주었고, 몇 명이 모르모트로 살해당했는지는 물론 모른다.

"어째서 그런 짓을 하느냐고요? 소화기관이 없어 고통받는 외계인들은 생존을 위해 소나 인간의 생체 물질을 섭취해야만 하고, 자손을 남기려면 인간과 교미하는 수밖에 없기 때문입니다. 미국 정부는 그들의 요구를 받아들여 네바다 주 그룸 레이크나 덜스에 실험시설까지 마련해줬어요. 거기서는 차마 필설(筆舌)로 표현할 수 없는 일이 자행되었죠. 제가 한자어도 좀 압니다. 1979년에는 인간과 외계인의 교배 실험을 하던 덜스 지하기지에서 지나친 잔혹함에 분노한 군부와 외계인 사이에 무력 충돌이 발생해 66명의 병사가 목숨을 잃었다나요. 그 후 정부는 외계인을 믿지 않게 되었고, 전투에 실효성 있는 무기를 개발하게 되었답니다."

픽션이라고 해도 참혹한 이야기다. 기분이 나빠질 뻔했던 나는 어떤 사실을 깨닫고 웃고 말았다. 패트가 하는 이런 이야기들 속에 이미 커다란 모순이 있었다.

"덜스 공군기지에서 전투가 있었던 건 1979년이죠? 그 후로 미국 정부와 그레이의 관계가 나빠졌다면 미국 정부가 스필버

그 감독에게 〈E. T.〉를 의뢰했을 리 없어요. 그 영화는 그보다 나중에 개봉되었으니까."

"81년에 제작되어 이듬해 82년에 개봉되었지요. 마리아 씨는 UFO 신화를 무너뜨린 게 기쁜 모양이군요. 하지만 으스댈 일은 아닙니다. MJ-12는 누가 봐도 가짜입니다. 문서 번호도 부자연스럽고, 날짜도 이상하고, 용지도 가짜고, 트루먼 대통령의 사인은 다른 사람이 흉내 낸 거지요. 엉터리 SF에 지나지 않아요."

역시 그랬나.

"미국 정부와 외계인은 그 밖에도 여러 가지 밀약을 맺었다고 합니다. 그룸 레이크에는 군이 설정한 출입금지 구역이 있는데 UFO 신화를 사랑하는 일부 사람들은 그곳을 '에어리어 51'이라 부르지요. 그곳에서는 반중력 추진기관으로 날아다니는 원반을 만들고 있다거나, 레이더에 잡히지 않는 초음속 정찰용 제트기를 비롯한 신병기를 개발하고 있다는 말도 있습니다. 수상한 문서도 잔뜩 있어요. 외계인이 지구를 잠식하고 있다는 증거로 가득하죠. 도저히 진지하게 들을 수 없는 이야기들뿐입니다."

"전부 거짓말인 거죠?"

"예. 게다가 서툴기 짝이 없는 거짓말이죠. 보이스카우트에서 배우는 로프 매듭처럼 쉽게 풀 수 있어요. 바로 거기서 의혹이 생겨나는 거죠. 그래요, 그 소문들은 미국 정부가 진실을 은

폐하기 위해 뿌려놓은 미끼일지도 모릅니다. UFO나 외계인에 관한 정보는 전부 유치한 픽션이거나 망상이고, 진지하게 상대할 가치가 없다고 생각하게 하기 위한 미끼인 거죠."

방향이 이상해졌다.

"비밀이라는 건 영원히 지킬 수는 없습니다. 중요한 사실을 감추려고 하면 거기에 관여하는 사람들도 늘어나 반드시 탄로 나고 맙니다. 그러니 완벽하게 감추려고 하지 않는 게 비결이에요. 미국 정부는 그걸 잘 알고 있습니다. 그래서 수상한 문서를 만들어, 의미심장하게 제보를 흘리죠. 그리고 회의주의자로 하여금 그것이 가짜임을 증명하게 해서 진실을 감추는 겁니다."

미심쩍은 UFO 소문은 교활한 미국 정부의 양동작전이라는 건가? 하지만 정부가 그런 짓으로 어떤 진실을 은폐한다는 걸까?

"아직은 모릅니다. 정부 관계자가 페리파리와는 다른 내방자와 모종의 약속을 나누었을지도 모르지요. 만약 그렇다면 저희는 그 상대가 어떤 존재이고, 미국 정부가 어떤 규칙을 정했는지 알아야만 합니다. 그러지 않으면 그 독선적인 나라가 지구 대표로 거들먹거리며 우리 인류의 미래를 왜곡할지도 모르니까요. 어때요, 우려스럽지 않습니까?"

"독선적인 나라라니…… 패트 씨는 미국 국민이잖아요."

"미국인이기 전에 한 사람의 인간입니다. 그런 견지가 필요해요. 다행히 동서의 대립은 차츰 사라져가고 있습니다. 세계가 하나가 될 시대가 다가오고 있어요. 지금이야말로 인류협회의 고귀한 이념 아래 지구인이 하나로 뭉쳐야 할 때입니다."

전도라도 하려 들면 큰일이니 화제를 슬쩍 바꿔야겠다.

"패트 씨는 어떤 계기로 입회하셨어요? 우주에서 메시아가 강림할 거라고 믿는 종교단체는 미국에도 수없이 많을 것 같은데요."

그는 피식 웃었다.

"샌프란시스코 거리에서 시모자와 씨가 나눠주던 전단지를 받은 게 인연이었죠. 마리아 씨 말처럼 흔해 빠진 뉴에이지 종교일 줄 알았는데, 그게 조부모의 고국, 제가 소년 시절을 보냈던 일본의 단체였다는 사실에 호기심이 일었습니다. 전단지를 뚫어져라 보는 제게 시모자와 씨가 '저희 집회에 와보지 않겠습니까?' 하고 말을 걸었는데, 이 사람 눈이 또 어찌나 아름답던지. 속으로는 놀랐지만 저는 사람이 짓궂어서 'UFO를 부를 수 있다고요? 언제 어디로 가면 볼 수 있는지 가르쳐주면 가보지요' 하고 일본어로 대답했어요. 그러자 시모자와 씨가 그러더군요. '부르는 게 아니라, 좋은 세상을 만들어가며 기다리는 겁니다.' 그리고 인파 속에서 마주 서서 협회가 그리는 미래상을 정중하게 가르쳐주셨습니다. 탁했던 마음이 서서히 맑아졌지요. 제 양친은 프로테스탄트였지만 그다지 신실한 신자가 아니라 단순한 처치고어(churchgoer)로 형식적으로만 교회를 찾는 생활을 하고 있었고, 저는 저대로 악마주의적인 헤비메탈에 열광하는 불신자였습니다. 그런 제 영혼이 겨우 3분 만에 완전히 바뀌어버린 겁니다. 간단히 표현할 수는 없지만, 온화하면서도 겸허하고, 당당하면서도 숭고한 면에 일본적인 깊이를 느끼고 감동을 받았습니다. 그래요, 일본에서 태어난 사상이라는 점에서 희망을 발견한 거죠. 만물에 스피릿을 느끼고, 예로부터 무엇보다 화합을 중시한 일본인은 인류의 미래상을 살고 있어요. 그렇게 생각하지 않습니까?"

어떻게 생각하면 저렇게 되지? 거품 경제 국가의 대학생은 어색하게 웃으며 아리송하게 고개를 갸웃거리는 게 고작이다.

"일본의 과거 명칭은 야마토(大和). 위대한 화합이라고 쓰지요. 영어로 하면 그레이트 하모니예요. 이렇게 훌륭한 이름을 가진 나라가 또 어디 있겠습니까? 이것이야말로 우주의 지성입니다."

그냥 이름이잖아요, 라는 말은 차마 못 하고 끄덕거렸다. 이대로 있다가는 아침까지 말 상대를 해야 할 것 같으니 적당히 잘라야겠다.

"겨우 안개가 걷혔네요. 별이 보여요."

창밖에 반짝거리는 밤하늘이 돌아와 있었다. 아까까지 그림자도 보이지 않던 '도시' 가미쿠라가 눈 밑에 펼쳐졌다.

"오늘 밤 안개는 굉장히 짙었습니다. 아아, 벌써 시간이 이렇게 됐군요. 밤늦게 붙잡아서 죄송합니다. 피곤하실 테니 푹 쉬십시오."

그는 그렇게 말하더니 내 오른쪽 손등을 가볍게 두드렸다. 무척 자연스러운 스킨십이었지만 나는 오싹했다. 그는 선량해 보였고, 이야기를 나누어보니 보기보다 훨씬 신사적이었다. 하지만 도이 겐사쿠 살해 용의자 중 한 사람이기도 했다. 나를 스친 저 손으로 사람을 목 졸라 죽였을지도 모른다고 생각하니 침착할 수가 없었다.

"왜 그러십니까?"

"아뇨, 아무것도. 안녕히 주무세요, 패트 씨."

"안녕히 주무시길. 오늘 밤 당신이 편히 잠들 수 있기를 빕니다."

그가 떠난 뒤, 나는 뒤쪽의 기둥을 돌아보았다. 아까 인기척을 느꼈는데 아무도 없다. 기분 탓일까?

1호실 문 앞에 가보았지만 안은 조용했다. 벌써 다들 잠든 모양이다.

옆방으로 돌아가 문을 단단히 잠갔다. 이 C동에, 한 지붕 아래에, 도이 겐사쿠의 시신이 있다는 사실은 잠시 잊자……. 잊으려고 하니 자꾸만 생각난다.

VIP룸에 비하면 간소하지만 화장실과 샤워실이 있는 독방에 혼자. 아직 머리를 감지 않았다. 무서워서 샤워기를 쓰지 못하겠다.

아무래도 잠들지 못하는 때가 있어 수면제를 가져오기는 했지만 가방에서 약병을 꺼내지는 않았다. 너무 깊이 잠들면 자첫 목숨이 위태로울지도 모른다.

잠 못 이루고 뒤척거리는 정도가 딱 좋다. 아침까지 잠들지 못한다고 해서 죽지는 않는다.

불은 그냥 켜놓았다. 무슨 일이 생기면 바로 달아날 수 있도록, 옷도 갈아입지 않고 침대에 누웠다. 눈을 감고 머리를 텅 비워보려 했지만 잘되지 않아 어렸을 때 좋아했던 텔레비전 애니메이션을 떠올리려 했는데, 내가 좋아하는 애니메이션은 온통 외계인이 나오는 작품뿐이었다.

안 되겠어. 다른 생각을…….

발치에 누가 서 있는 것만 같다.

광택이 흐르는 회색 피부에, 태아처럼 커다란 머리, 손발은 가느다랗고, 키는 1미터가 채 못 되는 무언가. 그것이 서서, 나를 보고 있다.

납치당한다.

은색 원반에 끌려가, 수술대에서 끔찍한 생체 실험의 재료로 쓰이고 만다. 패트릭이 말한 '교배'라는 단어가 생생하게 되살아났다.

"자기 전에 재미없는 얘기나 하고!"

머리가 맑아지는 약 대신 소리를 질러보았다. 주위는 고요했다.

아아, 이런 밤에 노사카 기미코는 서쪽 탑에 틀어박혀 고독한 기도를 올리고 있는 것이다. 살인사건이 일어났었다는 걸 모른다 해도 무섭지 않을까?

　닫힌 성의 여왕님.

　가까이에 있는 여왕님.

　당신을 만나보고 싶어.

제11장
S&W

1

　나이트테이블 위에 놓인 탁상시계가 6시 5분을 가리키고 있었다. 눈이 말똥하니 잠이 오지 않는다. 졸음은 어젯밤 안개처럼 떠나버려, 불러도 돌아올 것 같지 않았다.

　잠은 포기하고 침대 밖으로 나가기로 했다. 옆 침대의 에가미 선배는 등을 돌리고 곤히 자고 있다. 역시 보통 배짱이 아니다.

　부스럭거리지 않도록 조심스레 거실로 나가자 창밖이 하얗게 밝아오고 있었다. 그 빛을 받으며 앉아 있는 모치즈키를 보고 깜짝 놀랐다. 옷도 벌써 갈아입은 상태였다.

　"잘 잤어요? 언제부터 깨어 있었어요?"

　"안녕. 한 30분 전에. 나 때문에 깼어?"

　"아뇨. 아까 일어났는데, 무서우리만치 조용하시네요. 전혀 눈치 못 챘어요."

　모치즈키는 줄곧 생각에 잠겨 있었던 모양이다. 테이블에 펼친 채로 엎어놓은 수첩이 있었다. 끝까지 사건에 맞설 생각인가?

"사라진 비디오테이프는 역시 성스러운 동굴 안에 있겠지? 에가미 선배의 추리대로."

꼭두새벽부터 시작이다. 나는 커피를 두 잔 준비해 말 상대가 되기로 했다.

"자신 있게 말씀하시네요. 달리 숨길 곳이 없으니 아마 그렇겠죠. 설탕하고 우유 넣었어요."

"고마워. 그런데 뭐가 찍혀 있을까? 설마 외계인 강림 장면일 리는 없고, 범행 순간일 것 같지도 않단 말이지. 피사체는 뭘까?"

진하게 내린 커피가 뇌세포를 자극했는지 지금까지 나오지 않았던 가설이 떠올랐다.

"어쩌면 피사체는 중요한 문제가 아닐지도 몰라요. 범인은 비디오테이프라는 물체 자체를 처분하고 싶었던 걸지도."

"무슨 뜻이야?"

"테이프에 뭔가 문제가 있었던 거예요. 있어서는 안 될 지문이나 얼룩이 묻었다거나. 도이 씨가 격렬히 저항해 상처라도 입었다면 범인의 피가 튀었겠죠."

"그거 코페르니쿠스 같은 발상인데? 하지만 사라진 테이프는 비디오 기기에 들어 있었으니 범인이 실수로 지문이나 피를 묻힐 일은 없지 않았을까?"

듣고 보니 그렇다. 도이가 테이프를 갈고 있을 때 습격했다면 그랬을지도 모르지만, 그렇지는 않았다.

"뭐, 됐어. 테이프에 범인에게 불리한 흔적이 묻어 있었다고 치자. 그냥 둘 수 없으니 성스러운 동굴에 테이프를 숨겼어. 범인은 그걸로 안심할 수 있을까? 협회 사람들이 아무리 반발해 봤자 경찰이 출동하면 그냥 넘어갈 리 없어. 영장을 받아 성스러운 동굴도 철저히 조사하겠지. 그렇게 처분해봤자 임시방편일 뿐인데."

"미봉책이죠. 경찰이 수사를 시작하기 전에 어떻게든 하려는 거예요."

"어떻게든, 어떻게? 다시 회수해서 분해해 갖다버리면 그만이지만 그러기도 어려워. 이런 일이 벌어졌는데도 보초는 계속 세우잖아. 응? 그렇다면 범인은 보초대에 설 기회가 있는 사람인가? 그렇다면 회수할 수도 있겠네."

"못 해요. 그런 짓을 했다가는 성스러운 동굴에 출입하는 모습이 비디오에 찍혀버리잖아요. 그 비디오까지 처분하면 의심만 살 거예요."

비디오테이프를 성스러운 동굴에 숨긴다는 건 대단히 위태로운 방법이다. 범인은 그런 것도 모르고 충동적으로 일을 저질렀던 걸까?

"일지에 남아 있던 페리하 말인데." 모치즈키가 수첩을 들었다. "나는 실물을 보지 못했어. 어떤 모양이었어? 최대한 정확하게 써봐."

굴러다니던 볼펜으로 얼른 썼다. 페리하. 흐트러진 필적이었지만, 애초에 그렇게밖에 보이지 않는 글자였다. 메모를 본 선배는 실망하는 기색이었다.

"역시 페리하인가. 패트릭을 잘못 본 게 아닐까 싶었는데."

"어디로 봐도 페리하(ペリハ)예요. 패트리(パトリ)도, 헤○1111(ヘ○1111)도 아니고. 그런데 모치 선배. 이 다잉 메시지, 가짜 같지 않아요?"

"범인이 수사를 교란하려고 썼다는 거야? 가능한 일이지."

반응이 빠르다.

"그렇죠? 뒤에서 목을 졸린 도이 씨가 재빨리 볼펜을 쥐고 일지에 글씨를 썼을 리가 없어요."

"네 말이 맞아. 페리파리 재림을 암시하는 메시지를 남겨두면 협회 내부 사람은 이성을 잃겠지. 그걸 노린 걸지도. 좋아, 이건 추리 재료에서 빼버리자. 어차피 지금은 의미도 알 수 없으니."

메인 침실 문이 열렸다. 에가미 선배가 턱을 긁으며 나왔다.

"너희는 벌써부터 수사회의야? 설마 날밤 새운 건 아니겠지?"

"아무리 그래도 그렇게까지는……."

말을 하는 도중에 뭔가가 펑 터지는 소리가 났다. 뒤뜰이다. 창문으로 다가가 보았지만 별다른 점은 없었다.

"총성 같지 않았어요?"

내가 말하자 모치즈키가 대답했다. "나도 그렇게 들었어."

"뒷산에서 사냥이라도 하는 걸까요?"

"아니." 에가미 선배가 창문을 보았다. "유리가 두꺼워 잘 들리지 않았지만 그렇게 멀리서 난 소리는 아닌 것 같아. 정원일까? 설마 꽃불이나 폭죽은 아니겠지."

오다가 눈을 비비며 동쪽 문에서 나왔다. 지금 소리에 깬 것이다. 무슨 소리냐고 물었지만 대답할 길이 없다.

에가미 선배는 침실로 돌아가 냉큼 청바지로 갈아입고 셔츠 단추를 채우며 돌아왔다. 오다도 황급히 옷을 갈아입기 시작했다.

"가보자. 직접 보지 않는 이상 여기서는 아무것도 믿을 수 없어. 노부나가, 우리 먼저 간다."

복도로 나가자 마리아가 서 있었다. 어제와 똑같은 복장인데, 잠자리에 들지 않은 걸까? 마리아가 불안한 얼굴로 에가미 선배를 보았다.

"방금 전 그 소리, 뭐예요?"

"우리도 몰라서 확인하러 가는 길이야. 같이 갈 테야?"

"갈래요." 마리아가 대답하는 사이 오다도 합류했다. 쓰바키와 아라키는 나오지 않았다. 엘리베이터 앞에서 저지하는 협회 직원도 없어 우리 다섯 명은 간단히 메인동으로 내려갈 수 있었다. 감시하에 C동에 갇혀 있었던 건 아닌 모양이다. 날이 밝아 정문 셔터가 열렸기 때문에 출입문에는 이미 경비가 있었다.

동쪽 날개 복도에 유라 히로코가 우뚝 서 있었다. 이른 아침부터 일을 하는지 집무실 문이 열려 있었다. 멋대로 내려온 우리를 타박하지도 않고 오히려 먼저 물었다.

"뒤뜰이죠?"

"그런 것 같습니다. 폭죽 실험은 아닌 거죠?"

"아니에요. 뭔가 터지는 소리처럼 들렸어요. 우스이 국장이 살피러 갔는데……. 아, 여러분은 여기 계세요. 무슨 일이 있었는지는 저희가 확인하겠습니다."

동쪽으로 총총히 달려가는 유라를 일단 지켜보다가 뒤를 쫓아갔다. 에가미 선배 말대로 우리 눈으로 직접 보지 않고는 아무것도 믿을 수 없다.

완만하게 굽은 복도 끝, 뒤뜰로 통하는 문 앞에 사람들이 모여 있었다. 유라 외에도 우스이와 마루오, 아오타가 있었다. 문이 잘 열리지 않아 애를 먹고 있는지 마루오가 두 번 세 번 문에 몸을 날리고 있었다.

"역시 여긴가요? 이상한 소리가 났죠?"

모치즈키가 뒤쪽에서 겁에 질려 있는 아오타를 붙잡고 물었다.

"예, 그런 것 같습니다. 다른 곳은 이상이 없었으니까요. 하지만 뭐가 걸렸는지 문이 열리지 않아요."

"제길!" 마루오가 버럭 소리를 지르더니 발길질을 하기 시작했다. 다행히 효과가 있어 문이 10센티미터, 15센티미터, 조금씩 열렸다. 간신히 사람이 지나갈 수 있을 만한 틈이 생기자 우스이가 마루오의 어깨를 두드렸다.

"그 정도면 됐어."

그렇게 말하더니 그 틈으로 비집고 들어가 문을 더 활짝 열고 그대로 정원으로 나갔다. 바로 뒤를 따르려는 유라를 우스이가 날카롭게 제지했다.

"기다려. 지금 치울 테니."

무거운 물체를 집어 던지는 듯한 소리. 네 개, 다섯 개, 여섯 개…… . 1분쯤 지나 문이 활짝 열렸다. 우스이가 손수건으로 두 손을 닦고 있었다.

"아침부터 힘쓰게 만드는군. 저런 걸 쌓아놨어."

콘크리트 블록이 흩어져 있었다. 보수 공사 때 쓰다 남은 자재인데 원래 뒤뜰에 있었다고 한다. 누가 그걸 이용해 문을 여닫지 못하도록 막은 것이다. 장난이라고 부를 만큼 재미도 없고, 그런 짓을 한 이유도 알 수 없었다.

얕은 인공연못이 막 떠오른 아침햇살을 받아 역동적으로 빛나고 있었다. 뒷산 절벽이 바로 10미터 앞까지 튀어나와 있었다. 어젯밤은 어두워서 몰랐는데 그 앞에 낡은 위스키 술통을 이용한 화분 세 개가 놓여 있고, 거기서 뻗어 나온 덩굴이 바위 표면을 기어오르고 있었다.

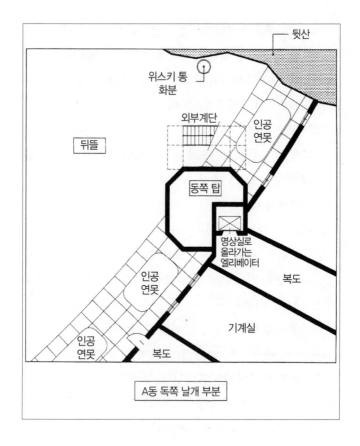

위스키 통 화분

뒷산

외부계단

인공 연못

뒤뜰

동쪽 탑

명상실로 올라가는 엘리베이터

인공 연못

복도

인공 연못

복도

기계실

A동 독쪽 날개 부분

일단 훑어본 바로는 이상한 점은 없어 보였다. 무슨 일이 있었다면 아마 탑에 가려진 공간이리라. 우스이와 마루오가 주저 없이 그쪽으로 향하기에 모치즈키가 당연하다는 듯 따라가려 하자 유라가 팔을 덥석 붙들었다. 역시 우리 행동을 제한하고 싶은 것이다.

"방으로 돌아가세요. 여기에는 볼 게 아무것도 없습니다."

두 사람이 옥신각신했다.

"아무것도 없는 건 압니다. 아까 그 소리의 정체를 확인하러 온 거잖아요. 총성 같던데요."

"총성? 설마. 여기에 권총 같은 건 없어요. 어제 바로 그런 일이 있었으니 이상한 말씀은 삼가주세요."

"아니, 허둥지둥 달려왔으면서 그런 말씀을 하는 겁니까? 총성으로 들렸으니 동요했던 것 아닙니까?"

아오타가 "좀 진정하세요" 하고 끼어들어 모치즈키를 슬그머니 밀어냈다. 나는 마침 감시의 눈길에서 벗어난 틈에 그 옆으로 빠져나가 탑 뒤로 돌아가려 했는데…….

마루오가 튀어나왔다. 표정이 너무 험악해 육탄전을 각오하고 무심코 방어 자세를 취했을 정도다. 하지만 마루오는 내가 눈에 보이지도 않는지, 내 머리 위로 유라를 불렀다.

"주사님, 큰일 났습니다."

그러더니 내게 시선을 돌리고 한숨 섞인 목소리로 물었다. "보겠습니까?" 나는 대답도 하지 않고 유라의 뒤를 쫓아갔다.

탑 반대편에도 작은 인공연못이 있고, 덩굴식물을 심은 나무통 하나가 외따로 놓여 있었다. 우스이가 연못 둘레의 타일 바닥에 버티고 서 있었다.

이건……?

영화 촬영 현장에 잘못 들어온 줄 알았다.

불어오는 바람에 흔들려, 햇빛을 어지러이 반사하는 수면.

아직 차가울 그 물에 누워 있는 남자.

그 검은 머리카락.

푸른 제복.

하얀 타일에 떨어진 붉은 핏자국.

서스펜스 영화나 드라마의 한 장면으로밖에 보이지 않았다. 방금 전에, 내가 아는 누군가가 살해당한 것이다. 헤어스타일이 눈에 익었다. 이건 이야기의 시작일까, 클라이맥스일까? 감독이나 카메라맨, 스태프가 보이지 않는데 어디 떨어진 곳에서 망원렌즈로 촬영하고 있는 걸까? 시체 역을 맡은 배우는 얼마나 숨을 멈추고 물속에 있어야 하는 걸까? 아무리 직업 정신이 강한 배우라도 언제까지고 숨을 참을 수는 없다. 하늘에서 들리는 꾀꼬리 울음소리는 효과음인가? 어째서 이런 곳에서 촬영을 하는 걸까? 여기는 어디고, 나는 뭘 하고 있었지?

"사사키 선생님을."

우스이가 쓰러진 남자에게서 눈을 떼지 않고 명령하자 아오타가 공기를 가르듯 뛰쳐나갔다. 걸음걸이뿐만 아니라 달리는 모습도 특이한 사람이다.

내 바로 옆에는 유라가 서 있었다. 미모의 총무국 주사는 입을 반쯤 벌리고 오른손 엄지손가락을 앞니로 깨물고 있었다. 일종의 주문일까? 그런 짓을 해봤자 비명을 삼키는 효과밖에 없을 텐데.

"히로오카 씨다!"

대각선 뒤쪽에서 모치즈키가 외친 순간, 정신을 차렸다. 그렇다, 인공연못에 빠진 사람은 히로오카 시게야였다. 그리고 이렇게 오래도록, 물속에 엎드려 있을 수 있는 건 그가 이미 숨을 거두었기 때문이다. 무릎까지 올까 말까 한 얕은 인공연못에 빠졌을 리는 없다. 주변 타일에 희미하게나마 피도 튀어 있다.

"이게 무슨 일이야? 히로오카 씨가……."

등 뒤에서 오다의 목소리.

"마리아, 물러나."

이건 에가미 선배의 목소리.

2

가미쿠라에서 태어나, 칼 세이건 박사로부터 우주에 대한 호기심을 이어받고, 인류협회에 이끌려 계시자 페리파리의 재림을 바랐던 히로오카 시게야. 물웅덩이만 한 인공연못에 누워 있는 그는, 죽어 있었다. 눈앞에 피할 수 없는 사실이 있는데도 그저 당혹스러울 뿐이었다. 우스이, 마루오, 유라 세 사람도 완전히 넋을 잃은 것 같았다. 한참 동안 말도 없었다.

나는 마리아가 염려되었다. 출입구 쪽으로 돌아가니 마리아는 벽에 기대어 겨우 서 있었다. 얼굴이 창백하다.

"안으로 들어가자."

나는 살며시 등을 밀어 마리아를 정원에서 내보냈다. 서쪽 날개 쪽을 살펴보았지만 복도는 쥐 죽은 듯 고요해, 사람들이 몰려올 기미는 없었다.

"방으로 돌아갈까?"

"괜찮아."

마리아가 또렷한 목소리로 말했다.

"고집부릴 필요 없어."

"정말 괜찮아. 히로오카 씨가 어떻게 된 거야?"

죽었다는 말은 아무도 하지 않았다. 그래도 분위기로 알아차린 것이다.

"인공연못에 쓰러져 있었어. 죽은 것 같아."

"사고?"

"글쎄. 잠결에 연못가를 걷다가 발을 헛디뎠을 리는 없어. 시신은 연못 바로 근처에 있었지만."

"……아까 그건 무슨 소리였어?"

그건 확인하지 못했다.

"보고 와줄래? 난 여기 있을게."

"알았어." 그렇게 대답하고 뒤뜰로 돌아가려는데 때마침 오다가 안으로 들어왔다. 잘됐다.

"마리아 곁에 있어주세요."

"그래. 결론은 났는지도 몰라."

"무슨 소리예요?"

대답은 짧았다. "보고 와."

협회 세 사람과 모치즈키가 연못 옆에 한 줄로 서 있었다. 에가미 선배는 한쪽 무릎을 꿇고 히로오카의 시신을 보고 있었다. 우스이가 말을 걸었다.

"아무리 봐도 권총으로 쏜 상처 같은데, 어떻습니까, 에가미 씨?"

부장은 고개를 들지 않고 대답했다. "예, 그런 것 같군요. 자살로 보입니다."

오다가 말한 '결론'이 무엇을 뜻하는지, 그것만으로 짐작할 수 있었다. 히로오카는 권총으로 자살한 듯싶었다. 어쩌면 도이 겐사쿠를 살해한 회한으로 자결한 게 아닐까?

모치즈키 곁으로 다가가자 그가 히로오카의 오른손을 가리켰다. 회전식 권총을 쥐고 있다. 수면이 출렁거리자 권총의 모양이 물결처럼 일그러졌다.

"저거, 진짜예요?"

"그렇겠지. 오른쪽 관자놀이에 총상으로 보이는 상처가 있어. 직접 탕 쏜 거지. 아무리 봐도 근접거리에서 쏜 상처야."

시신이 우리 쪽을 바라보고 있어, 허리를 낮추고 들여다보니 앞머리에 반쯤 가리기는 했지만 관자놀이의 상처가 보였다. 둘레가 검게 탄 둥근 구멍이 뚫려 있었다. 피는 이미 멎었거나, 혹은 멎어가는 듯했다. 물이 붉게 물들지 않은 것은 출혈

량이 적었기 때문일까? 그래도 기분 탓인지 물이 탁해 보였다.

"차갑겠어. 일단 끌어올려야겠어. 이대로 두면 가엾기도 하고, 사사키 선생님도 볼 수 없으니까."

우스이가 결단을 내리기 무섭게 마루오가 겉옷을 벗고 팔을 걷어붙였다. 에가미 선배는 몸을 숙인 채로 뒤를 돌아보며 말했다.

"변사체니 현장을 사진으로 찍어둬야 합니다. 조금만 기다려주실 수 없습니까?"

"그만해. 그런 건 형식일 뿐이야." 우스이는 듣는 시늉도 하지 않았다. "마루오, 끌어올리자. 나도 돕겠어."

마루오는 "실례" 하고 에가미 선배를 밀어내더니 시체의 어깨를 붙잡았다. 우스이가 다리를 들자 말려봤자 소용없다고 판단한 부장도 마지못해 도왔다.

세 사람 다 신중하게 움직였지만 히로오카의 오른손에서 권총이 툭 떨어졌다. 우스이는 시신을 땅바닥으로 옮긴 다음 가슴주머니에서 볼펜을 꺼냈다. 그것을 보자마자 모치즈키가 다급하게 외쳤다.

"스톱! 볼펜을 총구에 넣지 마세요. 강선이 긁히면 안 됩니다. 총구가 아니라 방아쇠, 트리거 가드에 걸어요."

강선이란 총탄에 회전을 걸어 먼 곳까지 똑바로 쏘아 보내기 위해 총신 안쪽에 새기는 나선 모양의 홈이다. 총마다 그 모양이 미묘하게 다르기 때문에 하나의 총에서 발사된 탄환에는 지문처럼 유일무이한 특징적인 흔적이 남는다. 때문에 강선이 훼손되면 경찰이 감정하기 어려워진다……. 그렇게 구구절절 설명할 수고는 덜었다. 우스이는 말없이 모치즈키의 지시에 따라 연못가 타일 위에 권총을 조심스레 내려놓았다.

죽은 사람의 얼굴은 죽음 직전의 감정과 아무 상관도 없다고 한다. 히로오카의 표정은 평안했다. 안도한 표정처럼 보이기까지 했다. 그나마 위안은 되었지만, 핏기를 잃은 입술은 이미 죽은 자의 얼굴이었다.

"몸이 조금 딱딱하군요. 차가운 물에 빠져 있어서 그런가."

마루오가 엉뚱한 소리를 하기에 바로잡아주었다.

"몸이 식었다고 빨리 굳는 건 아니에요. 아마도 순간적으로 굳었을 거예요. 강직…… 그래, 강직성 경직이에요."

유라가 미심쩍은 눈으로 나를 쳐다보았다.

"에이토 대학에 의학부는 없었던 거로 아는데……. 당신은 어떻게 그런 걸 알고 있는 거죠?"

없는 돈을 탈탈 털어서 산 법의학 서적을 정독하면서 신경 쓰이는 부분을 메모하다가 외웠다. 그런 짓을 한 이유는 당연히 추리소설을 쓰기 위해서다. 솔직하게 그렇게 말하자 유라가 고개를 설레설레 저었다. 괜히 물어봤다는 듯이.

"《블랙 잭》을 교본 삼아 외과수술을 하는 꼴이군요. 현실에서는 참고가 되지 않아요."

"어째서 그렇게 폄하하는 겁니까?" 모치즈키가 강하게 반박했다. "아리스가 말한 건 실제 법의학 서적에서 얻은 지식이에요. 비웃거나 무시할 수 있는 내용이 아닙니다."

우스이가 우리 쪽을 돌아보았다. 내가 태양을 등지고 있는 탓에 선글라스를 끼고 있는데도 눈이 부신 것 같았다.

"저는 무시하지 않겠습니다. 사사키 선생님께서 보기 전에 추리소설 팬의 소견을 들어봅시다. 강직성 경직이라는 게 뭡니까?"

"간단히 말하면 보통은 사망 후 두 시간쯤 지나서야 시작되는 시체의 경직이 사망 후 바로 시작되는 거예요."

사후경직의 메커니즘도 메모했는데, 거기까지는 기억나지 않았다. 그걸 술술 읊을 수 있다면 신빙성이 대폭 상승했을 텐데.

"나도 어디서 읽은 적이 있어." 에가미 선배가 말했다. "그건 어떤 조건하에서 일어나지?"

"죽기 직전 근육 운동을 한 젊은 사람에게서 종종 발견된다고 적혀 있었는데, 자세한 내용은 모르겠어요. 어느 부위부터, 어느 정도의 시간이 흐른 뒤에 사후경직이 시작되는지도 책마다 달라요. 신체 조건이나 시신이 있던 환경에 따라 상당히 달라지는 것 같아요."

아마추어는 이쯤에서 입을 다물어야겠다. 아오타와 함께 사사키 마사하루가 도착했다. 불쌍한 닥터는 오늘도 인명을 구하지 못한다. 자다가 불려나왔는지 셔츠 단추가 요란하게 어긋나 있었다.

"이건 또 무슨 일이람. 히로오카가 이렇게 참혹한 몰골이 되다니."

채플린 수염의 의사는 탄식을 쏟아내고 검증에 들어갔다. 머리에 총탄이 박힌 시신을 보기는 처음인지, 총상을 신기하다는 듯 들여다보았다.

"이거 즉사였겠군. 끔찍해. 이 권총을 쓴 거죠? 끔찍한 일입니다. 관통하지 않았으니 총알이 머릿속에 남아 있을 거예요." 그 정도는 나도 안다. "핀셋 끝에 고무를 씌우면 잡아 빼낼 수도 있을 텐데."

말도 안 되는 소리를. 모치즈키는 또다시 버럭 소리를 질러야 했다.

"절대 그러지 마세요! 경찰 수사를 방해하는 짓이에요. 공무집행방해로 체포될 수도 있다고요, 선생님."

설마 그럴 리는 없겠지만 사사키는 진지하게 받아들였다.

"아, 그래요? 그럼 부탁해도 안 건드리겠습니다. 그나저나 히로오카가 왜 자살이라는 신부른 짓을……."

모두가 차마 꺼내지 못하고 있던 말이 튀어나오자, 유라가 잽싸게 다그쳤다.

"자살이라고 말씀하셨죠, 선생님? 히로오카는 저 권총으로 자기 머리를 쏜 거지요?"

"음, 히로오카가 권총을 쥔 채 죽어 있었다면서요? 그럼 자살이지. 아오타한테 그렇게 들었는데, 아닙니까?"

"아뇨, 맞습니다."

"그럼 자살이겠죠. 의문의 여지가 없습니다."

이 선생은 형사가 아니다. 뒷일은 경찰에 맡기는 게 낫겠다.

3

마루오가 헛기침을 하더니 외람된 말이라도 하는 것처럼 끼어들었다.

"주사님. 이 상황으로 보면 일목요연하지 않습니까? 히로오카는 권총을 손에 들고 죽었습니다. 뒤뜰로 나가는 문 앞에 블록을 쌓아놓고, 아무도 방해하지 못하게 한 다음 미리 각오했던 자살을 완수한 겁니다. 이유는 잘 모르겠지만."

"저도 자살이라고 생각해요. 제대로 확인하고 싶었을 뿐이지. 이유도 짐작 가는 구석이 있어요. 바로 어제 그런 일이 있었으니 분명 도이의 사건과 관계가 있을 겁니다. 억측이라고요? 예, 그래요. 하지만 그렇지 않고서야 이런 일이 연달아 일어날 리 없어요."

엘러리 퀸 팬이 뭔가 말하고 싶어 하는 눈치다. 사사키가 왜 그러느냐고 묻자 입을 열었다.

"유라 씨 말씀대로 자살처럼 보이지만 몇 가지 기묘한 점이 있습니다. 히로오카 씨에게 자살할 동기가 있다고 해도, 어째서 꼭두새벽에 이 뒤뜰에서 머리를 쏘았을까요?"

유라가 반박했다.

"이상할 게 뭐 있어요? 고민 끝에 결심한 자살에 시간이 무슨 상관이죠? 장소도 여기가 가장 자연스러워요. 뒷일을 고려했을 때 자기 방이나 다른 방은 형편이 좋지 않았던 거예요. 그렇다면 어디서 결행하는 게 좋을지 뻔하죠. 사건 이후로 아무도 이 본부 밖으로 나갈 수 없었으니 앞뜰 아니면 뒤뜰밖에 없어요. 앞뜰은 경비하는 사람이 바로 튀어 올 테니, 뒤뜰을 선택한 거죠. 블록을 쌓아 문을 막을 수 있었던 점도 그에게는 이점이었겠죠."

모치즈키는 그 견해에는 토를 달지 않았다.

"그건 그렇다고 칩시다. 그런데 히로오카 씨가 사용한 권총은 어디서 나온 거죠?"

스스로도 한심한 노릇이지만 그 점은 신경도 쓰지 않고 있었다. 어딘가에 있었겠지, 정도로 생각했으니 나도 참 멍청하다.

"설마 이 '성'에 있는 무기고에서 가져온 건 아니겠지요?"

"그런 위험한 게 있을 리 없잖아요. 이곳은 세상에서 가장 신성한 장소, 다툼과는 인연이 없는 평화로운 정원이에요."

그렇다면 어째서 그 시설 안에서 타살과 자살이 연달아 일어나느냐고 옆에서 따지고 싶었지만 참았다. 말다툼을 하고 있을 때가 아니다.

"누구 이 권총을 이전에 보신 분 안 계십니까?"

에가미 선배는 평소와 다름없이 온화한 목소리로 물었다. 전철 선반에 누가 놓고 간 물건에 대해 묻는 것처럼.

"모릅니다." 마루오가 무뚝뚝한 얼굴로 말했다. "히로오카가 몰래 가지고 있었던 거겠지요. 무슨 목적으로, 어디서 손에 넣었는지는 짐작도 가지 않지만."

마루오뿐만 아니라 권총의 출처에 대해서는 다들 모른다고 대답했다. 그런 질문을 받고 다들 당혹스러운 표정이다.

모치즈키가 재차 추궁했다.

"히로오카 씨가 몰래 가지고 있었다는 것도 이상합니다. 그럴 리가 없어요. 한 달 전 폭탄 소동 때문에 경찰이 본부 안을 샅샅이 수색했다면서요? 만약 이런 무기를 은닉하고 있었다면 그때 발견되었을 겁니다. 그렇다고 폭탄 소동 이후에 밖에서 가져왔을 가능성도 적지요. 본부에 들어오는 사람들은 설령 협회 간부라 해도 위험물을 소지하지 않았는지 금속탐지기로 검사를 받으니까. 이 권총은 대체 어디서 나온 걸까요?"

"한 가지만 정정합시다."

우스이였다. 무슨 말을 하나 했더니…….

"외부에서 권총을 가지고 들어왔을 가능성이 '적다'고 말씀하셨죠. 잘못된 말입니다. 그럴 가능성은 절대로 없습니다. 이런 게 들어오지 못하도록 저희는 번거로운 검사를 하고 있어요. 사람은 물론이고, 자동차나 오토바이도 조사합니다."

"그렇다면 더더욱 이상하잖아요."

뒤통수에 시선을 느끼고 뒤를 돌아보았다. 마리아와 오다가 멀찍이 서서 이쪽 상황을 살피고 있었다. 그 뒤에는 협회 직원들이 모여 있었다. '성안'의 회원들은 곧 히로오카의 죽음을 알게 될 것이다.

"이러고 있을 때가 아니야."

에가미 선배가 불쑥 중얼거리더니 우스이를 마주 보고 천천히, 명료하게 말했다.

"당장 경찰에 연락하십시오. 자살이라도 알려야 합니다."

우스이의 주머니에서 달그락거리는 소리가 들렸다. 그는 호두를 문지르며 입을 다물어버렸다. 에가미 선배가 따지듯 말했다.

"왜 그러십니까? 우스이 씨가 결정하면 되는 일 아닙니까? 당장 아무나 경찰에 신고하도록 지시하세요. 총성 같은 소리가 들린 지 벌써 40~50분은 지났습니다. 너무 늦으면 수사에 지장이 생길지도 모릅니다."

국장의 입가가 잔뜩 일그러졌다. 선글라스로 눈을 가리고 있는 탓인지 미간의 주름과 입술로 감정을 표현한다.

"살인사건을 신고하지 않은 저희가 자살 신고도 빨리 처리 못 한다고 그리 재촉하는 겁니까? 경찰이 온다고 히로오카가 되살아나는 것도 아닌데."

에가미 선배가 언제 그런 말을 했다는 거지? 못 알아듣는 척하는 건가?

"돌아가신 히로오카 씨를 이대로 두면 너무 가엾습니다. 빨리 마땅한 조치를 취해야 합니다."

"그런 건 당신이 말하지 않아도 압니다. 손님은 손님답게 얌전히 계시지요."

말본새가 고약하다. 의무도 다하지 않고 주인 행세인가? 애초에 손님이라고 불릴 이유도 없다. 우리는 여기서 환대받고 있는 게 아니라 본의 아니게 구속당했을 뿐이다.

"국장님." 유라가 말했다. "히로오카의 방을 조사해보면 어떨까요? 사연을 적은 유서가 있을지도 모릅니다."

"그렇군. 마루오에게 확인을 부탁하지."

한 걸음 내디딘 마루오의 앞을 에가미 선배가 가로막았다. 몸이 부딪치자 울컥하는 기색이었다.

"비키십시오."

"안 비킬 겁니다. 유서를 찾으러 갈 생각이라면 그 전에 경찰에 연락하십시오."

"말로 할 때 비켜!"

더는 못 참겠다. 바로 그때, 나보다 먼저 행동에 나선 사람이 있었다. 오다가 달려와 마루오에게 몸을 날린 것이다. 큰 위력은 없었지만 삽시간에 험악한 분위기가 감돌았다.

"그 태도, 손님한테 실례 아냐? 게다가 연장자에게. 학생이라고 우습게 보지 마!"

"당신이야말로 실례야. 난폭하게 굴지 마."

공기 중에 일촉즉발의 가슬린 냄새가 풀풀 났다. 이대로 두면 큰일 나겠다. 나는 분노를 가라앉히고 선배를 달랬다.

"노부나가 선배, 진정해요. 이 사람들에게 상식이 있다면 말로 해도 알아들을 거예요."

"네가 이누카이 쓰요시*냐? 이 인간들 얼굴에 '문답무용'이라고 적혀 있는 거 안 보여?"

오다가 콧김을 내뿜으며 마루오와 바싹 맞붙어 눈씨름을 했다. 키 차이가 있어도 전혀 주눅 들지 않았다. 두 사람은 대치한 채로 꼼짝도 하지 않았다.

에가미 선배가 우스이를 몰아세웠다.

"분명하게 항의하겠습니다. 당장 경찰을 부르고 저희를 풀어주십시오. 그러지 않으면 일이 얼마나 복잡해질지 잘 아시겠지요. 인류협회에서 어떤 대우를 받았는지 모조리 공표하겠습니다."

"협박은 그만둬."

"감금도 그만둬주시면 좋겠군요. 요구를 받아들여주지 않는다면 저희는 여기서 나가겠습니다."

정면돌파다. 다음 순간 무슨 일이 벌어져도 실수하지 않도록 온몸에 잔뜩 힘을 주었다. 그러자 우스이가 갑자기 태도를 누그러뜨렸다. 고개를 30도쯤 숙이더니 에가미 선배에게 애원

---

*1855~1932, 일본의 정치가. 총리대신 관저에 무장 난입한 해군 청년장교들에게 '말로 하면 알아듣는다'고 대화를 시도했으나 암살당했다.

하기 시작한 것이다.

"제발 부탁이니 조금만 기다려주십시오. 히로오카가 유서를 남겼다면 꼭 읽어봐야 해요. 어쩌면 거기에 중요한 사실이 적혀 있을지도 모르오. 무슨 뜻인지 알겠지요? 그러니까, 그게, '도이를 살해한 건 접니다' 하는 고백일지도 모릅니다. 그 죄책감을 견디지 못하고 자살했다면 사건은 해결됩니다. 부탁이니 그걸 먼저 확인하게 해주시오."

"히로오카 씨가 살인범이면 어쩌겠다는 말입니까?"

"그때는……." 약간 뜸을 들였다. "경찰을 부르겠소. 하지만 그 확증을 얻지 못하면 어제 약속한 대로 내일까지 내부 조사를 속행해야겠습니다."

"약속이라는 표현은 억울하군요. 저희는 강요당했을 따름입니다."

"그럴지도 모르지만 결국 받아들였잖아요. 수갑이나 사슬로 묶어둔 것도 아니고."

모치즈키가 두 주먹을 불끈 쥐고 몸을 한껏 젖혔다. 결승골 세리머니가 아니라 분노가 정점에 달한 것이다.

"뚫린 입이라고 아무 말이나 하네. 역사에 남을 명대사 '말로 해도 알아듣는다'는 예나 지금이나 통하지 않나봐. 이제 남은 수는 '날뛰는 북'밖에 없겠어, 노부나가."

"그러게." 파트너가 맞장구를 쳤다.

여기서 전투의 시작을 알리는 종이 드높이 울리는 건가. 아직 아침밥도 못 먹었는데. 그런 생각을 하는 틈에 마루오가 잽싸게 오다를 피해 옹기종기 모여 있던 직원들 틈새로 빠져나갔다. 덩치만 큰 게 아니라 날렵하기까지 하다. 적을 놓친 오다는 들으란 듯이 혀를 찼다.

에가미 선배는 국장과 주사를 번갈아보며 말했다.

"도이 씨를 살해한 것을 후회해 히로오카 씨가 자살한 거라면 경찰에 연락하겠지만 그렇지 않다면 어디까지나 자력으로 범인을 찾아내겠다는 말씀이군요. 어리석은 짓은 그만두시죠. 그런 짓을 하는 동안 일이 커질 겁니다. 범인은 이 '성안'을 자유롭게 활보할 수 있습니다. 두 번째 흉행을 저지르면 어쩔 셈입니까?"

"아니, 그 정도 자유는 없습니다. 우리는 서로를 감시하고 있어요. 그런 위협이 통할 거라 생각하는 거요?"

우스이는 정말 그렇게 생각하는 것 같았다. 옆에 선 유라는 말이 없었다. 내심 에가미 선배가 말한 가능성을 우려하고 있는지도 모른다. 하지만 최고 어른인 국장이 이렇게나 옹고집을 부리니 손쓸 도리가 없다.

이렇게 된 바에야 날뛰는 북을 난타하는 수밖에 없을 것 같다. 언제 어떻게 시작하면 되는지, 구령이든 신호든 줬으면 좋겠다. 나는 두 선배의 얼굴을 흘끔흘끔 살폈다. 그러자 모치즈키도 같은 생각이었는지 오다를 곁눈질하고 있었다.

정작 당사자는 연못가에 놓인 권총에 시선을 빼앗기고 있었다. 뭐가 신기해서 저러지? 아니, 신기한 게 맞기는 한데 이런 순간에 왜? 북채를 치켜들었는데 북이 어디로 가버렸다.

때를 놓쳤나. 시동이 늦었다. 협회 직원들이 모여들기 전이라면 그나마 대탈주를 노릴 기회가 있었을 텐데. 하지만 이제는 이 정원에서 나가는 것도 여의치 않다. 그들은 가시 돋친 시선으로 우리를 바라보았다.

"이거 혹시……."

오다가 뭔가 말하려 한 순간, 협회 직원들의 벽이 꿈틀거렸다. "비켜. 비키라니까!" 고함이 트럼펫처럼 울리더니 벽이 갈라지면서 쓰바키 준이치가 등장했다.

"젠장, 단단히 늦었군. 제일 먼저 도착했어야 했는데."

자기를 욕하고 있다. 잠이 깊이 들어 총성을 듣지 못한 데다가 샤워를 하느라 소동을 알아차리지 못했다고 했다.

"히로오카 씨가 죽었다고? 그것도 권총 자살? 대체 여긴 어떻게 생겨먹은 거야? 마치 항쟁 중인 조직폭력단 사무소 같잖아?" 늦은 만큼 만회할 셈인지 기운이 넘친다. "문 열어. 지금 당장 문을 열란 말이다! 당신들이 하고 있는 짓은 이미 감금죄에 해당돼. 알고나 있어? 우스이 씨, 일개 국장인 당신으로는 안 되겠어. 대표를 데려와."

선글라스를 낀 남자는 대꾸조차 하지 않았다. 그것이 쓰바키의 분노를 부채질했다. "이 자식이!" 쓰바키가 우스이에게 달려들었다. 이번에야말로 몸싸움을 피할 수 없겠다 싶었는데, 이번에도 그렇게 되지는 않았다.

"뭐야, 저건?"

쓰바키가 일촉즉발 직전에 걸음을 멈추고 권총을 보았다.

"히로오카 씨는 이걸로 자살한 건가? 이 총으로……. 설마. 그럴 리가 없어."

쓰바키는 바닥에 무릎을 꿇고 바싹 엎드려 권총에 얼굴을 들이댔다. 코를 처박을 기세다. 오다가 그 뒤로 다가갔다.

"쓰바키 씨. 저거, 스미스 앤드 웨슨이죠? 그 사건에 사용된 총도 S&W이었다고 하셨는데……."

하드보일드 팬이 물었다. 전직 경찰은 둔통을 견디는 것처럼 신음했다.

"탄창에 아직 두 발이 들어 있어. ……맞습니다, 당신 말이 맞아요. 그것도 그냥 S&W이 아닙니다. 다마즈카 마사미치의 총, 이게 바로 그겁니다."

4

몇몇 사람들이 술렁거렸다. 11년 전 사건을 잘 알고 있는 사람들이 놀라서 외친 것이다. 그중에는 후부키 나오도 있었다. 그때까지 사람들 속에 묻혀 있던 그녀였지만 보다 못했는지 앞으로 나와 바닥에 엎드린 남자 곁에 멈춰 섰다. 그리고 두려운 기색으로 권총을 보며 물었다.

"그때 그 권총이라니, 믿을 수가 없어요. 착각 아닌가요?"

쓰바키가 일어나 양쪽 무릎에 묻은 흙을 털었다.

"저도 믿을 수 없군요. 하지만 사실입니다. 다마즈카의 총이라는 증거도 있습니다. 총 손잡이를 봐요. 목제 부분에 뭔가 박혀 있지요?"

작고 동그란 물체였다. 나사 머리인 줄 알았는데 아닌가보다. 가까이서 봐야 알 수 있는지 후부키뿐만 아니라 우스이와에가미 선배까지 허리를 굽히고 들여다보았다. 후부키가 고개를 들었다.

"진주군요."

"그래요, 흑진주. 장식품인지 부적인지 모르겠지만 다마즈카에게 이 권총을 준 두목이 아니꼬운 장식을 한 겁니다. 수사자료에도 분명히 적혀 있어요. 내가 가져온 파일에 그 자료도들어 있으니 보여줄 수도 있소. 이 세상에 똑같은 총이 두 자루있을 것 같지는 않군요. 권총 종류도 일치합니다. S&W 중에서도 M10이라는 타입으로 미국에서는 군인이나 경찰이 쓰는고급품인데, 우리 경찰도 사용하고 있어요. 다마즈카가 애지중지하던 무기였습니다."

자료를 보여줄 수도 있다고 말하는 걸 보니 확신이 있는 것이리라. 정말이냐고 재차 물을 수는 없었다. 사사키 의사가 다른 사람들보다 한참 늦게 "힉!" 하고 비명을 질렀다.

"그게 무슨 뜻입니까? 히로오카가 그런 걸 갖고 있을 턱이 없잖아요. 도무지 영문을 모르겠네."

쓰바키는 날카로운 시선으로 협회 간부 두 사람을 쳐다보았다. 매서운 눈이다. 그는 여기 있는 그 누구보다도 화가 나 있었다. 이 이상 전직 경찰의 자존심이 상처 입는 것을 견딜 수 없으리라.

"하룻밤 유예가 있었어. 그런데 하룻밤이 지나자 이 꼬락서니라니. 이제 장난은 그만두고 경찰을 불러. 그러지 않으면 이런 소꿉장난 같은 교단은 무너질 거요."

우스이가 맞서고 나섰다.

"더없는 모욕이지만 이번 한 번은 못 들은 척하겠습니다. 범인을 알아낼 때까지 외부인은 들이지 않겠다는 결정을 번복할 생각은 없습니다. 사건은 아직 해결되지 않았습니다. 그러니 문은 절대로 열 수 없습니다."

"허허."

버럭 고함을 지를 줄 알았는데 쓰바키는 냉소를 흘렸다. 그리고 재킷으로 덮어놓은 히로오카를 곁눈으로 보며 증오스럽다는 듯이 말했다.

"사건이 아직 해결되지 않았다고? 이미 해결됐어. 살인사건의 범인은 여기 누워 있는 도련님이야. 스스로 벌을 내린 거지. 자결용 권총까지 준비했다니 기특할 정도야. 자, 이제 끝났어. 문을 닫아둘 이유가 사라진 거야."

"그러니까 그걸 확인하기 위해 유서를……."

유라는 끝까지 말할 수 없었다.

"유서가 무슨 소용이야. 충동적으로 총질을 했다면 그런 걸 썼겠어? 번거롭게 헛수고하지 말고 당장 경찰을 불러서 마무리를 지어. 계속 이따위로 나오면 이 건물에 확 불을 질러버리겠어."

아무리 그래도 말이 지나치다. 조마조마하게 지켜보는데 우스이가 비웃었다.

"할 수 있으면 해보시지. 당신들은 불을 지필 도구가 없어."

좋은 건지 나쁜 건지 모를 타이밍에 마루오가 돌아왔다. 군령이라도 전하듯 직립부동 자세로 짧게 고했다.

"유서는 없었습니다."

쓰바키는 만족스러운 기색으로 고개를 끄덕이더니 우스이를 거듭 다그쳤다.

"자, 어쩔 거요? 어쩔 거냐고, 높으신 나리. 이리되면 당신들에게는 아무래도 벅차겠지? 프로 수사원에게 조사를 부탁할 수밖에 없어. 멍청히 있지 말고 빨리 연락해."

관객 입장으로 눈을 떼지 못하고 있는데 어느 틈에 모치즈키가 슬금슬금 다가왔다. 그러더니 엉뚱한 쪽을 바라보며 작게 속닥거렸다.

"거의 다 모인 것 같아."

"예? 예, 그렇죠."

"여기에 스무 명쯤 있으니 서쪽 날개는 텅텅 비어 있을 거야."

"……그럴 지도."

"갈까?"

"어디에요?"

"방으로 돌아가는 척하다가 서쪽 날개 깊숙이 돌진하는 거야. 관내 지도를 보니 그쪽에도 뒷문인지 비상구인지 문이 있었어. 거기 경계가 제일 허술할 거야. 문지기가 있어도 아마 한 명이겠지. 때려눕히고 나가자."

"폭력을 쓰겠다고요?"

"정의를 위한 실력 행사야. 지금 겁나서 떠는 거야?"

"당연히 투지에 불타서 그러는 거죠. 문지기를 때려눕히는 건 좋다 치고, 셔터가 닫혀 있으면 어떻게 해요?"

"여기로 내려올 때 정문 셔터가 열려 있는 걸 봤잖아. 이 '성'은 아침이 일러. 분명 뒷문도 열려 있을 거야. 해보자."

마침내 싸워야 할 때가 왔다. 하드보일드 팬인 오다에게도 알리고 싶었지만 공교롭게도 우스이와 유라 곁에 있으니 어렵겠다. 해볼까. 일을 벌이면 오다도 즉각 호응해줄 것이다. 방금 전까지 잔뜩 씩씩거렸으니.

에가미 선배. 선배를 남겨두고 달아나는 것처럼 보이겠지만 도움을 청하고 바로 돌아올게요. 용서하세요.

마리아. 나 혼자만 달아났다고 생각하지는 마. 단 한순간이라도.

별안간 모치즈키가 손으로 이마를 짚으며 휘청거리더니 내게 기댔다. 미리 상의한 일이 아니었기 때문에 깜짝 놀랐지만 금세 연극이라는 것을 깨달았다.

"이제 못 참겠습니다. 기분이 안 좋아요. 서 있기도 힘들어. 이런 곳에, 더는 못 있겠습니다."

어제 대기실에서 달아난 아라키를 흉내 내고 있는 것이다. 내가 염려하는 척하자 사사키가 자기가 나설 때라는 듯이 다가왔다.

"괜찮아요? 정신 차려요. 누워 있는 게 낫겠네."

"그래요, 모치 선배." 나는 그렇게 말하며 어깨를 내밀었다. "방으로 돌아가요. 어제 별로 못 잤잖아요. 분명 수면 부족이에요. 잠시 길 좀 터주세요. 부탁드립니다."

오다를 흘깃 쳐다보자 알겠다는 듯이 눈을 깜빡거렸다. 좋다, 통했다.

마리아하고도 눈이 마주쳤다. 걱정하기는커녕 어리둥절한 표정이다. 우리의 서툰 연기는 알아보았지만 의도를 파악하지 못한 눈치였다.

길이 열렸다. 한복판을 당당히 지나 뒤뜰에서 퇴장하려는 순간, 예기치 못한 일이 벌어졌다. 관내가 왠지 소란스러웠다. 문 주변에 있던 협회 직원들이 무슨 일인가 하고 복도를 내다보았다. 아차. 저 사람들은 뒤뜰에서 오가는 대화에 집중해줘야 하는데.

"뇨, 이게 정말. 무슨 짓이야!"

UFO 오타쿠였다. 지금까지 그의 존재를 까맣게 잊고 있었다. 뭔가 저지른 모양이다.

"누구 좀 와줘. 어이! 거기 아무나!"

이나코시가 외쳤다. 아라키 주지가 한발 먼저 자유를 위한 싸움을 시작했던 것이다. 남자 직원 네 명이 소리가 난 쪽으로 달려갔다. 대단히 불리한 상황이다.

"이 사람한테서 전화기를 빼앗아. 코드가 끊기겠어!"

"그게 싫으면 놓으라고 말하잖아!"

"이래 보여도 가라테 2단이니, 자극하지 마십시오."

집무실 앞 바닥에서 아라키와 이나코시가 뒤엉켜 있었다. 아라키는 왼손으로 전화기를 끌어안고 오른손으로는 수화기를 움켜쥐고 있었다. 오오, 자유가 눈앞에 있나? 하지만 이나코시가 수화기를 빼앗으려고 애쓰고 있어 번호를 누를 틈조차 없어 보였다.

아라키를 구할까? 아니, 머릿수가 모자라니 일단 그건 불가능하다. 지금은 아라키를 버리고 혼란에 편승하는 게 상책이다. 조회 시간에 빈혈을 일으킨 학생 같은 연기를 하고 있던 모치즈키도 나와 똑같은 생각인 듯했다. 문제는 출발할 계기다. 모치즈키가 신호를 보내줄 것인가? 내가 보내는 게 나을까? 투지로 인한 경련이 아랫도리까지 내려왔다.

주저하는 사이 마루오가 복도로 나오고 말았다. 이나코시를 도우러 온 모양인데 우리를 수상하다는 듯이 힐끗 쳐다보았다. 의심하고 있다. 조금 더 작전을 꼼꼼하게 짰어야 했나. 마음만 급하고 몸은 꼼짝도 않는다. 그러는 사이 아라키가 협회 직원들에게 진압당하고 말았다.

실패다. 그렇게 생각한 순간, 여자 비명이 들렸다.

하늘에서 내려온 것처럼, 어딘가 높은 곳에서 나는 소리였다. 목소리의 주인은 머리 위…… 탑 꼭대기인가?

"뭐지, 저건?!"

후부키의 목소리. 비명을 가리키는 건지, 뭔가를 목격해서 하는 말인지 모르겠다. 뒤뜰이 소란스러웠다.

"탑 위에 무슨 일이 있는 거야. 확인해!"

우스이가 그렇게 외치기 무섭게 마루오가 엘리베이터로 달려갔다. 유라는 옆에 있던 두 사람을 불렀다. "따라와요."

무슨 일이 있었는지 미치도록 궁금하다. 하지만 이건 혹시 절호의 기회가 아닐까? 협회 직원들의 신경은 탑에 쏠려 있다. 게다가 아라키가 바닥에 짓눌려서도 계속 저항하고 있어 이나코시와 다른 직원들도 손을 뗄 수 없다.

"할 수 있어."

모치즈키가 귓가에 속삭였다.

"의외로 정문 경비가 느슨할지도 몰라."

"가요."

우리는 빈혈 환자와 그를 간호하는 친구를 연기하면서 버둥

거리는 이나코시와 아라키 옆을 지나갔다. 아라키의 눈은 '안
도와줄 거야?' 하고 화를 내고 있었지만 몇 초 후에는 깨닫게
될 것이다.

 휘청거리던 모치즈키가 내 왼쪽 어깨를 툭 치더니, 바닥을
박차고 나갔다.

제12장

우리에게 자유를

1

"거기!"

누군가의 날카로운 목소리가 등 뒤에 꽂혔다. 그 고함을 순풍 삼아 우리는 달렸다. 모치즈키의 예상대로 로비에도, 그 너머의 긴 복도에도 협회 회원들의 모습은 없었다. 서쪽 끝까지 이대로 돌파할 수 있을 것 같다.

그런데 모치즈키가 정문으로 이어지는 튜브 앞에서 속도를 줄였다. 의외로 이곳 경비가 느슨할지 모른다고 예상하고 감행한 작전이었는데, 적은 그 정도로 어설프지 않았다. 두 명의 남자가 출구를 지키고 있었다. 둘 다 한 실력 할 것 같아 때려눕히는 건 포기했다.

역시 서쪽이다. 다시 속도를 올려 미지의 영역인 서쪽 날개로 향했다. 오른쪽에 즐비한 문은 전부 닫혀 있었지만 아마도 식당이나 주방, 담화실 같은 공간일 것이다. 정동으로 통할 듯한 엘리베이터도 있었다. 그 안쪽은 협회 회원들이 사는 주거 공간인가. 당장에라도 누가 문을 활짝 열고 튀어나와 길을 막을 것 같아 조마조마했지만 아무 일도 없었다. 모치즈키와 앞을 다투며 달리고, 또 달렸다. 경주를 하는 것 같았다.

"손님 둘이 그쪽으로 갔다, 막아!"

이나코시의 목소리. 막으라고 외쳐봤자 우리 앞에 그의 동료는 없다. 어지러운 발소리가 뒤를 쫓아왔지만 제법 멀리 떨어져 있어 오히려 힘이 솟았다. 복도가 휘어 있어 뒤를 돌아봐도 그들의 모습은 보이지 않았다. 나나 모치즈키나 달리기에 별로 자신은 없었지만 스니커를 신고 있어 득을 보는 건지도 모른다.

막다른 곳이 보였다. 정면은 인류협회 로고를 조각한 벽. 그 좌우로 문. 오른쪽은 뒤뜰로 나가는 문이고, 왼쪽은 자유로 통한다. 자유의 문까지 앞으로 7~8미터.

동쪽 날개와는 구조가 달라 뒤뜰로 나가는 문 옆에 엘리베이터가 있었다. 그걸 본 순간, 어떤 선택지가 떠올랐다. 뒷문으로 돌진했다가 거기에 요코즈나급* 장정이 서 있으년 진퇴양난에 빠질지도 모른다. 그 위험성을 생각하면 이 엘리베이터를 타고 서쪽 탑에 올라가는 것도 한 가지 방법 아닐까? 엘리베이터는 1층에 서 있는 것 같으니 추적자에게 따라잡히기 전에 먼

*일본의 씨름 경기인 스모에서 최고 서열을 가리키는 용어.

저 올라타 문을 닫아버릴 수 있다. 그러면 탑 꼭대기에서 명상 중인 노사카 기미코 대표를 알현할 수 있지 않을까? 우스이 패거리의 말을 믿는다면 '여왕'은 신하의 만행을 모르고 있다. 그녀에게 충분한 상식과 판단력이 있다면 올바르게 대응하지 않을까? 물론 역시 팔은 안으로 굽는 결과로 끝날 우려도 있지만……. 어쩐다?

아주 잠깐 망설이느라 발걸음이 느려졌다. 모치즈키가 이미 왼쪽 문손잡이를 붙잡고 있어 애초 계획대로 움직이는 수밖에 없다. 방금 전 발상은 머릿속에서 삭제하자.

그런데 손잡이를 돌린 순간, 선배가 욕지거리를 내뱉었다. "젠장!" 이런 실수가. 문이 잠겨 있을 가능성을 염두에 두지 않았다.

그렇다고 냉큼 백기를 들 수는 없다. 나는 재빨리 엘리베이터 문을 열고 팔만 집어넣어 '위' 단추를 눌렀다.

"모치 선배, 이쪽으로!"

뒤뜰로 통하는 문을 가리키자 선배는 반사적으로 시키는 대로 따랐다. 얼른 밖으로 나가 문을 닫았다. 뒤뜰에 스스로를 가둔 꼴이지만, 어쨌거나 몸을 숨길 곳은 그곳뿐이었다.

거친 숨을 간신히 억누르고 있자니 추적자의 목소리가 들려왔다. 이나코시 말고도 두 명쯤 더 있는 것 같았다.

"그 녀석들, 설마!"

"대표님께 직소할 셈인가!"

그들이 계단으로 탑에 올라가려 한다면 뒤뜰로 나와야 한다. 그렇게 되면 만사 끝장이지만 영리하다면 그러지는 않을 것이다. 엘리베이터를 다시 부르는 게 빠르기 때문이다.

　"계단으로……!"

　"아니, 금방 내려올 거야. 이걸로 가는 게 빨라."

　훌륭하다. 이나코시 소스케. 칭찬해주마.

　그들은 "아직 멀었어?" 하고 초조해했지만 엘리베이터는 금방 내려온 것 같았다. 우르르 올라타는 소리. 1, 2, 3, 4, 5까지 셌다. 이제 괜찮겠지.

　"추적을 모면한 건 다행인데, 이제 어떻게 하지?" 모치즈키가 주변을 둘러보았다. "탑 위에서 내려다보면 훤히 보여."

　나무 그늘에 숨어도 우리의 컬러풀한 셔츠는 나뭇가지 사이로 보일 것이다. 여기에 있을 수는 없다.

　"밖으로 나갈 수 없다면 전화를 찾아야 해요. 어딘가에 전화기가 있을 거예요."

　"그런가. SOS 신호만 보낼 수 있으면 되니까."

　그렇다면 이나쿠시 일행을 태운 엘리베이티가 꼭대기에 도착하기 전에 움직여야 한다. 복도에 후발 추적자가 도착했을지도 모르지만 우물쭈물하고 있을 여유는 없었다. 모치즈키가 문을 빼꼼 열어보더니…….

　"럭키."

　아무도 없었다. 엘리베이터가 꼭대기에 도착한 것과 거의 동시였을 것이다. 우리는 관내로 돌아가 가까운 기둥에 몸을 숨겼다. 다가오는 인기척은 없었다.

"안 따라오나. 뭐 하는 거야, 그 녀석들."

"왜 투덜거려요? 자, 갈라져서 전화기를 찾아봐요."

"좋아. 경찰이 받으면 '사람 잡네!' 하고 절규할 거야."

모치즈키가 그런 말을 하며 가까운 방으로 뛰어들었다. 나는 그 옆방으로. 그곳은 역시 협회 직원들의 방이었다. 남자 방인지 상당히 너저분했다. 침대에 속옷이 널브러져 있고 책상 위에는 잡지와 서류가 그득했다. 페리파리가 재림할 날을 기다리며 정진할 생각이면 정리정돈 좀 해라, 그런 생각을 하며 책상 위를 대강 뒤져보았지만 내가 찾는 물건은 없었다. 이래서는 다른 방을 찾아봐도 헛수고일 것 같았다.

모치즈키도 복도에 나와 있었다.

"전화기는 없네요. 식당이나 담화실에는 있을 텐데."

"그러게. 하지만 문을 열어보기 전에는 무슨 방인지 알 길이 없어."

"잠깐 보고 올게요."

짐작 가는 방이 있었다. 모치즈키는 필사적으로 달리느라 아무것도 눈에 들어오지 않았으리라. 선배는 다녀오라고 손짓하더니 그 옆방으로 들어갔다. 이제부터는 개별 행동이다.

오지 마라, 아무도 오지 마. 간절히 기도하면서 동쪽으로 돌아갔다. 없다, 아무도 따라오지 않았다. 뭐 하는 거야, 그 녀석들.

그러고 보니 아까 동쪽 탑 위에서 커다란 비명이 났는데, 모두 그쪽에 정신이 팔려 있는 건가? 그건 대체 뭐였을까? 탈주를 꾀한 모치즈키와 나보다 그쪽이 중대한 걸까? 이해가 가지 않는다.

문 간격을 보면 방의 크기를 가늠할 수 있다. 담화실일 듯한 방에 들어가보니 바로 적중했다. 현대적인 디자인의 테이블과 의자가 불규칙하게 놓여 있고, 고정식 책장에는 책이 빼곡했다. 오락용 도서실을 겸하고 있는 듯했다. 커다란 창에서는 햇빛이 쏟아지고, 관엽식물 화분이 방의 인상을 밝게 꾸며주고 있지만 전화기는 보이지 않았다. 이게 무슨 지구의 중심이야. 분통이 터졌지만 도서실이라면 그럴 수도 있겠다고 마음을 가다듬었다. 다음은 식당이다.

아드레날린이 온몸 구석구석으로 퍼져나가는 게 느껴졌다. 이렇게 된 이상, 활이든 총이든 쏠 테면 쏴봐라.

반드시 이긴다.

이겨서, 자유를 찾고야 말 테다.

2

"뭐지, 저건?!"

후부키가 아침햇살이 쏟아지는 탑을 올려다보았다.

나도 보았지만…… 누군가 있다는 것밖에 모르겠다.

"혼조 씨 아닌가?"

에가미 선배가 혼잣말처럼 말했다. 난간에 매달려 이쪽을 보는 얼굴은 분명 그녀였다. 멀어서 표정까지는 보이지 않았지만 입을 벙긋거리고 있다.

"탑 위에 무슨 일이 있는 거야. 확인해!"

우스이가 깨진 종처럼 큰 소리로 외쳤다. 엘리베이터로 갈 생각인지 유라가 관내로 돌아갔다.

"혼조 씨, 괜찮아요?!"

아오타가 물었지만 대답은 없었다. 뭔가 호소하고 싶은데 목소리가 나오지 않는 모양이다. 가만히 있을 수 없었는지 아오타가 계단을 오르기 시작했다. 몇 사람이 허둥지둥 뒤를 따르자 뒤뜰에서 사람들이 썰물 빠지듯 줄어들었다.

오다가 정신을 못 차리고 있는 내 팔꿈치를 붙잡더니 그대로 건물 안으로 끌고 갔다.

"마리아. 기회는 지금뿐이야."

"에가미 선배는……."

계단을 올라가려다가 우스이에게 제지당해 옥신각신하고 있다. 함께 달아나자고 부를 수 있는 상황이 아니었다.

"에가미 선배라면 혼자서도 어떻게든 할 거야. 일단 밖으로 나가자."

복도로 나가보니 집무실 앞에서 엎치락뒤치락하는 사람들이 있었다. 수화기를 손에 든 아라키가 이나코시와 협회 직원

64

들에게 붙들려 몸부림치고 있었다. 모치즈키와 아리스가 그 옆을 지나가나 싶더니 냅다 달리기 시작했다. "거기!" 아라키와 뒤엉킨 채로 외치는 이나코시의 고함이 복도에 메아리쳤다.

나도 온몸이 후끈 달아올라 앞뒤 생각도 않고 정신없이 달렸다. 지금이라면 어떻게든 될지 모른다, 지금이라면 어떻게든 할 수 있을지 모른다. 어떻게든 하고 말 테다.

아라키는 여전히 저항하고 있었지만 형세가 역전될 가망은 없었다. 이나코시는 두 명의 협회 직원에게 붙잡고 있으라고 지시한 뒤 나머지 둘과 함께 아리스와 모치즈키를 뒤쫓으려 했다. 막아야 한다. 나는 일어나려는 이나코시에게 힘껏 몸을 날렸다. 가속이라는 게 어찌나 무서운지, 성인 남자 다섯이 뿔뿔이 나가떨어졌다. 영락없는 인간 볼링이다.

자유를 되찾은 아라키가 전화기에 손을 뻗자 적도 다시 제압하려 들었다. "그만둬!" 하고 날뛰는 아라키에게 시간을 더 벌어달라고 성원을 보냈다. 아리스와 모치즈키를 쫓아가려는 무리를 향해 방금 전의 멋진 스트라이크를 다시 한 번 재현하려고 몸을 날렸지만 이번에는 내가 튕겨 나왔다.

"손님 둘이 그쪽으로 갔다, 막아!"

이나코시와 두 직원이 그렇게 외치며 서쪽 날개로 달려갔다. 잠깐 발목을 붙잡기는 했는데 도움이 되었을까? 제발 그랬기를.

"도가 지나치면 다칩니다."

털썩 주저앉아 있는 내게 아라키의 등에 올라탄 남자가 자신만만하게 말했다.

"도가 지나치다니요? 정당한 레지스탕스예요. 민중 봉기라고요."

"흠, 그런 의도였나요? 하지만 혁명은 실패했군요. 서쪽 출구는 잠겨 있으니 독 안에 든 쥐입니다. 금방 시무룩하게 돌아올 겁니다."

분하다. 아니, 이러고 있을 때가 아니다. 아라키는 붙잡혔지만 나는 아직 자유롭게 움직일 수 있다. 이 혼란 때문에 정문 경비가 텅 비지 않았을까?

"헛수고입니다." 그 말을 뿌리치고 나는 다시 달렸다. 저 튜브를 지나 원래 있던 곳으로 돌아가는 것이다. 지긋지긋하지만 그리운, 흔해 빠진 일상으로 가득한 세상으로.

하지만······.

"다가오지 마. 돌아가."

비어 있지 않았다. 불붙을 기세로 돌격해도 도저히 당해낼 수 없을 것 같은 남자가 둘이나 문을 지키고 있었다. 튜브 저편에 '도시'가 보이는데 전진할 수가 없다. 나도 모르게 웃고 있었다. 에헤헤, 민망한 기색으로, 한심스럽게.

"포기해. 달아날 구멍은 없으니까."

"잠깐만 참으면 됩니다. 얌전히 있어요."

비만 일보직전의 남자와 날렵해 보이는 장발 남자. 둘 다 여유만만했다. 그럴 만도 하다. 설사 운 좋게 그들의 손길에서 빠져나가도 '도시'까지 달아날 수 있을 것 같지 않았다. 광장에도 다다르기 전에 따라잡히겠지. 여기서 목청껏 "도와주세요!" 하고 외쳐봤자 '도시'까지 닿을 턱도 없다. 뭔가 쓸 만한 트릭이 없을까? 모치즈키가 그런 말을 했는데, 하지만 전장에서 유효한 것은 역시 힘과 머릿수다. 잔재주뿐인 속임수는 통하지 않는다.

"히로오카 씨가 돌아가신 건 알고 계신가요?"

물리적으로 움직이게 할 수 없다면 말로 흔들어보자.

"몰라. 설마 거짓말은 아니겠지?"

"죽었다니, 무슨 소립니까?"

둘 다 동요하는 기색이었다. 계속 이곳을 지키고 있었다면 모르는 게 당연하다. 권총으로 자살한 것 같다는 정보를 알려주었다.

"그럼 6시 반쯤 들렸던 소리는, 역시……."

"총성이었나."

그 소리는 들은 모양이다.

"히로오카 씨가 무슨 이유로 자살했는지 짐작 가는 구석은 있나요?"

"아니, 없어. 그 녀석은 인류가 페리파리의 인도로 다음 단계로 올라가리라는 걸 믿었는데."

"그걸 목격할 수 있는 건 물론이고, 인류협회의 일원으로 중대한 임무를 완수할 수 있다는 것도요. 자살했다니 믿기지 않습니다. 어째서 뒤뜰 같은 곳에서⋯⋯."

두 사람이 아웅다웅하기 시작했다.

"뒤뜰이면 폐를 끼치지 않을 거라고 생각한 것 아닐까? 밖으로는 나갈 수 없었으니까."

"뭐, 그렇겠지?"

"하지만 어째서 죽으려고 했을까?"

"지금 시점에서는 섣불리 말할 수 없지만, 어쩌면 어제 사건과 상관있을지도⋯⋯." 나는 슬쩍 대화에 끼어들었다.

"어라, 잠깐. 총성이라니 어떻게 된 거지? 그런 걸 관내에 가져올 수 있을 리 없잖아. 도검류나 총기가 반입될까봐 그렇게나 검사를 하는데."

"이상하군."

"이상하네요." 맞장구를 쳤다.

그런 이야기를 나누는 사이 아라키가 두 남자에게 붙들려 엘리베이터로 C동으로 연행되었다. 자기 방에 갇히겠지. 패잔병은 몹시 원통해 보였다. 이대로 가다간 나도 저 꼴이 되고 만다.

출입구 부근은 조용해졌지만 여기저기서 시끌벅적한 소리가 났다. 동쪽 탑에서, 아리스와 모치즈키가 달아난 서쪽 날개 안쪽에서, 어딘지 모르겠지만 또 한 군데에서, 누군가가 소란을 피우고 있다. 건물 안에서 파티가 잔뜩 열리고 있는 것 같다. '성'의 지붕을 떼어내고 열기구라도 타고 올라가 어디에서 무슨 일이 벌어지고 있는지 한눈에 보고 싶다.

"동쪽 탑에서도 무슨 일이 있었던 것 같아요. 혼조 씨가 비명을 질러서 다들 헐레벌떡 올라갔어요."

"그쪽은 무슨 일인데?" 뚱뚱한 남자가 물었다.

"몰라요. 함께 보러 가실래요?"

그들을 근무지에서 떼어내려고 했는데 "됐습니다" 하고 거절당했다. 내 얕은꾀가 부끄러웠다.

"어, 안 가실 거예요? 또 뭔가 엄청난 일이 벌어졌을지도 몰라요." 정말 그렇다면 무섭다. "열심히 일하시네요. 그럼 혼자 가서 보고 올까?"

"그러시죠."

매정한 한 마디에 혼자 걸음을 돌렸다. 티끌 같은 존재가 된 기분이다.

'응? 저건?'

복도 반대편에서 기계가 신음하고 있었다. 한껏 쌓인 분노를 토해내듯 격렬한 소리였다. 고함도 오갔다.

오늘은 아침부터 어떻게 된 일이지? 세상이 산산조각으로 흩어지고 있는 걸까? 혹시 UFO라도 다가오고 있나? 재림한 페리파리가 두 눈을 형형히 빛내며 성스러운 동굴에서 나오는 광경을 상상하고 말았다.

'그나저나 저건?'

나는 엉거주춤한 자세로 주변을 살피며 전진했다. 완만하게 휜 복도 저편에서 무슨 일이 벌어지고 있는지 확인해야 한다.

막다른 곳이 보이는 지점까지 왔을 때, 앞뜰로 통하는 출입구가 벌컥 열렸다. 그리고 내 눈을 의심할 광경이 튀어나왔다. 오토바이에 올라탄 오다였다. 성난 말처럼 바닥을 박차는 머신을 필사적으로 조종해, 오른발로 바닥을 걷어차면서 내 쪽으로 방향을 틀었다.

"마리아, 비켜!"

저걸로 관내를 질주할 셈인가? 저렇게 대담할 수가, 하고 황당해할 틈은 없었다. 점점 더 배기음이 크게 들려 황급히 벽에 들러붙었다. 휘어진 긴 복도는 서킷 코스로 변했다.

문에서 쓰바키가, 이어서 푸른 유니폼을 입은 남자가 우르르 튀어나오는 모습이 슬로모션으로 보였다. 질주하는 오토바이도 마찬가지라, 마치 꿈이나 영화를 보는 것 같았다. 오다의 이마에서 흩어지는 땀 한 방울마저도 비현실적이리만치 망막에 똑똑히 아로새겨졌다. 한편으로 폭음은 유독 아득해서 그저 공기의 진동만 온몸으로 느꼈다. 세찬 바람이 머리카락을 흩뜨리고 내 옆을 지나갔다.

"오토바이를 도둑맞았다. 못 나가게 해!"

유니폼을 입은 남자는 그렇게 말만 하고 직접 쫓아오지 않았다. 아무래도 다리를 삔 모양이다. 오토바이를 둘러싸고 격렬한 전투를 벌였던 모양이다.

"가라, 가!"

쓰바키가 복도를 죽어라 달려 오토바이를 뒤쫓았다. 나도 그를 따랐다. 그렇다, 넋 놓고 있을 때가 아니다. 오다가 정문을 돌파할 수 있도록, 튜브에 있는 훼방꾼 두 명을 처치해야 한다.

오다는 로비에 커다란 원을 그리며 돌입할 기회를 노렸다. 경비 두 명은 오다를 제지하려다가 그러면 정문을 비우게 된다는 것을 깨달았는지 튜브로 되돌아가려 했다. 막아야 한다.

"우어어!" 쓰바키가 포효와 함께 뚱뚱한 남자에게 태클을 시도했다. 그게 멋들어지게 먹혀들었다. 쓰러진 두 사람에게 발이 걸려 장발의 남자도 넘어졌지만 바로 일어나 쓰바키를 뒤에서 붙들었다. 세 사람이 튜브 앞에서 한 덩어리로 뒤엉켜 있는 바람에 오다는 튜브로 뛰어들지 못하고 계속 로비를 돌고 있었다. 대번에 가솔린 냄새와 배기가스가 차올랐다.

일단 쓰바키를 도와야겠다. 무력한 내가 할 수 있는 일이 없을까? 그때, 시야 한구석에서 뭔가가 나를 불렀다. '나를 써.'

눈을 찌르는 새빨간 그것은…….

'어떻게 쓰라는 거야?'

그렇게 생각하면서도 나는 기둥 옆 소화기를 들어 올렸다. 뚱뚱한 남자가 흠칫 놀란 얼굴로 나를 쳐다보자 결심이 섰다. 이렇게 딱딱하고 무거운 물건을 휘둘러서는 안 된다. 소화기본래의 용도로 써야겠다. 오른손 엄지손가락을 그립에 얹고 왼손으로 노즐을 붙잡아 들이댔다.

"그만둬. 그런 건 제자리에 돌려놔."

뚱뚱한 남자는 어지간히 두려웠는지 쓰바키에게서 떨어졌지만 흥분한 나는 노즐을 움켜쥔 채로 그를 쫓아다녔다. 아아, 지금 내 얼굴은 흉악하겠지? 쓰바키와 장발의 남자는 서로 목덜미를 움켜쥔 채로 일어섰다. 서른 살 가까이 차이 나는 선수들의 격투니 필연적으로 쓰바키가 불리할 것 같았다.

오다는 언제든지 튜브로 뛰어들 수 있는 위치를 골라 엔진을 부릉거리며 타이밍을 노리고 있었다. 힘이 넘쳐 튀어 오르는 앞바퀴를 간신히 누르고는 있지만 힘겨워 보였다. 빨리 어떻게든 해야 할 텐데.

쓰바키에게 가세하려고 걸음을 떼는데, 뚱뚱한 남자가 몸을 돌려 오다 쪽으로 달려갔다. 나는 소화기를 고쳐 쥐고 머릿속으로 '파이어!' 하고 호령하면서 그립을 힘껏 움켜쥐었다. 가루가 발사되어 하얗고 짙은 안개가 꼈다. 중학교 소방훈련 때 실제로 써봤던 경험을 되살려 노즐을 좌우로 자잘하게 흔들어주는 것도 잊지 않았다. 상대는 얼굴을 가리고 로비 구석으로 달아났다.

남은 것은 장발 남자뿐이다. 기뻐한 것도 잠시, 아라키를 방으로 끌고 갔던 남자들이 돌아왔는지 엘리베이터 문이 열렸다. 왜 저렇게 부지런한 거야. 위에서 한숨 돌리고 오면 좀 좋아.

"영감님, 그러다 다칩니다." 그 한 마디에 심장에 불이 붙었는지, 쓰바키는 멱살을 붙잡아 숨통을 조르려는 장발 남자의 왼쪽 손목을 붙잡고 허리를 낮추더니, "이래 봬도" 몸을 뒤틀면서 "유도는" 상대를 멀찍이 "3단이야!" 날려버렸다. 젖은 수건을 패대기치는 듯한 소리가 울리더니 젊은 선수가 전의를 상실했다.

굉장하다, 떠들면서 업어치기라니. 두말할 나위 없이 믿음직스러웠지만 박수나 치고 있을 때가 아니다.

"어떻게 된 거야?"

위에서 내려온 남자들이 모처럼 뚫린 길을 막으려 했다. 쓰바키가 그중 한 명에게 달려들었지만, 나는 서 있는 위치가 나빠서 다른 한 사람에게 손이 닿지 않았다. 승리가 코앞이었는데, 그런 생각을 하는데 오다가 외쳤다.

"올라타, 마리아!"

그런 거야? "네!" 급히 대답하고 좁은 뒷자리에 올라타 오다의 허리에 두 팔을 감았다. 그와 동시에 라이더는 기어를 힘껏 밟으며 스로틀을 끝까지 열었다. 사실 오토바이는 잘 몰라서 소설로 배운 표현을 늘어놓았을 뿐이지만, 대충 그런 조작을 했을 것이다.

머신은 환호성을 지르며 튜브로 향했다. 그런데 잔당 중 한 명이 만용을 부려 앞길을 가로막았다. 어느 한쪽이 물러나지 않으면 충돌은 피할 수 없는 변칙 치킨레이스. 아아, 헬멧도 못 쓰고 이런 게임에 휘말리기는 싫었는데.

오다에게 힘껏 매달렸다. 눈에 보이지 않는데도 자신만만하게 씨익 웃는 오다의 얼굴이 떠올랐다. 속이 뻥 뚫리는 후련한 고함을, 그의 등 너머로 들었다.

"비키랑께!"

3

'K는 밤늦은 시각에 도착했다. 마을은 깊은 눈 속에 파묻혀 있었다.'

프란츠 카프카가 그런 문장으로 시작하는 《성》을 집필한 것은 서른아홉 살 때. 사망 2년 전이다. 초고와 메모를 전부 소각해달라는 작가의 부탁에도 아랑곳없이 사후 2년 만에 친구 막스 브로트에 의해 출판되었다. 문학사에 길이 남을 그 배신 덕분에 우리는 20세기를 대표하는 특이한 명작들을 읽을 수 있게 된 것이다.

생전 카프카는 수십 페이지밖에 되지 않는 소박한 책을 여섯 권 냈을 뿐, 대부분의 작품은 요절한 뒤에 간행되었다. 《아메리카》, 《심판》, 《성》 세 장편은 미완이고, 제목도 브로트가 지었다. 《심판》의 주인공과 같은 이름인 요제프라는 가명을 쓰는 측량사 K가 성주 웨스트웨스트 백작의 의뢰로 한촌을 찾아 체험하는 기묘한 이야기다.

마을에 도착한 이튿날 아침, K는 성을 찾아가려 하지만 길을 찾지 못한다. '가까이 다가가는 듯하다가, 마치 일부러 그런 듯 구부러져 버렸다. 성에서 멀어지는 것도 아니지만 그렇다고 가까워지는 것도 아니었다.' 이런 식이다. 숙소로 돌아가 성에서 그를 고용했다는 고관 클람의 편지를 받지만 영문을 알 수 없는 일들만 벌어지고, K는 언제까지고 성에 도착하지 못한다. 술집에서 만난 프리다라는 아가씨와 덜컥 약혼을 하거나 마을 촌장의 명령으로 초등학교 관리인으로 일하는 등 점점 목적에서 멀어져가다가, 마지막 희망 클람과 면회하려고 하지만 번번이 실패한다. 쌍둥이처럼 똑같이 생긴 조수, 성의 전령 바르나바스, 불합리한 이유로 박해받는 그의 가족 등, K는 다양한 인물을 만나지만 이야기는 무릎까지 빠지는 깊은 눈밭을 걸어 나가는 것처럼 지지부진하다가 별다른 감흥도 없는 장면에서 뚝 끝난다.

가족에 대한 차별을 막기 위해 바르나바스의 부친이 거리에 서서 성의 관리에게 탄원하는 에피소드에는 몽환적인 초현실성마저 감돌아 무라카미 하루키의 단편을 읽는 듯하지만, 《성》은 재미있다고 남들에게 권하고 싶은 소설은 아니다. 밤 장면이 유독 많아 전체 분위기가 음울해서 오히려 인내심 테스트에 쓸 법한 작품이지만 마음을 강하게 끌어당기는 소설이다. 마치 동판화처럼 세밀하면서도 우스우리만치 엉뚱한 생략도 많은 악몽. 그럴싸한 해석이 얼마든지 가능하지만 《성》은 어디까지나 소설의 탈을 쓴 수수께끼, 말로 만든 미궁으로서 해결을 거부한 채 영원히 빛날 것이다.

브로트에 의하면 카프카는 K가 성의 관리국으로부터 마을에 살 권리는 인정받지 못하지만 마을에서 살아도 된다는 허가를 받은 직후 심신쇠약으로 죽는 결말을 구상했다고 하는데, 그것 역시 이해하기 힘든 결말이다. 차라리 이렇게 하면 어떨까? K는 다행히 성에 들어가 임무를 완수하지만, 이번에는 무슨 수를 써도 성에서 나가지 못하게 되는 것이다.

……지금은 그런 생각을 할 때가 아니다. 카프카나 《성》이나 아무럼 어때. 지금은 일단 전화기를 찾아야 한다.

그나저나 그 소설에는 전화기가 자주 등장하는데. '이런 시골 여관에 전화가 있다니?' 하고 놀란 K는 여관에 도착하자마자 성에 전화를 건다. 허가증을 소지하지 않았다는 이유로 숙박을 거절당할 뻔했기 때문이다. 그 후에도 통화 장면은 몇 번이나 나오지만 상대는 제대로 응대해주지 않는다. 전화는 걸 수 있지만 말이 통하지 않는다는 설정인 것이다. 찝찝한 얘기라고 생각했는데, 전화기를 만질 수 없는 것도 짜증스럽기는 매한가지다.

아니, 정말 카프카는 그만 접어두자.

전화, 전화는 어디 있지?

연수시설처럼 차가운 식당에 몰래 들어가자 카운터에 전화기가 한 대 있었다. 얼씨구나 수화기를 들어보니 VIP룸과 마찬가지로 모듈러가 빠져 있었다. 이런 사태까지 예상한 걸까? 주도면밀한 대처에 기가 막혔다.

신비의 베일에 감싸여 있던 서쪽 날개에 우리가 찾는 전화기는 없었다. 동쪽 건물에 접근할 수 없다면 남은 것은 정동과 연구국이 있는 B동뿐인데, B동에는 분명히 있을 것이다. 가보자. 복도 중간쯤에 B동으로 통할 듯한 엘리베이터가 있었다. 막상 올라가보면 협회 직원들이 에워쌀지도 모르지만 다른 길은 없다.

내 일만으로도 벅찼지만 다른 네 사람도 걱정되었다. 아까 로비에서 마리아의 목소리가 들렸는데 지금은 조용하다. 뭘 하고 있었던 걸까? 상황을 살피러 가고 싶지만 설마 잡아먹히지는 않았을 테고, 마리아를 구하는 가장 효과적인 방법은 이 '성'에서 일어나고 있는 사태를 외부에 알리는 것이다. 에가미 선배와 오다는 동쪽 날개에서 어쩌고 있을까? 건투를 빈다. 모치즈키가 보이지 않는데, 아직 목적을 달성하지는 못했으리라. 만약 외부에 전화를 길었다면 숨이 디닐 필요가 없으니까. 게릴라전은 끝나지 않았다.

식당에서 빠져나와 복도를 서쪽으로 조금 돌아가 연구동으로 통하는 엘리베이터 앞으로 갔다. 엘리베이터가 내려올 때까지 기둥 뒤에 숨어 기다리는 시간이 답답할 정도로 길게 느껴졌다. 그사이 문득 이런 생각이 들었다.

《성》은 풀리지 않는 수수께끼로 가득 차 있었다. 거기에 한 명의 명탐정이 등장한다면 그 부조리한 세계는 질서를 되찾을 수 있을까? 동서고금 그런 어리석은 생각을 한 사람은 없을 테지만, 다양한 해석을 초월해 굳이 미스터리로 해결해보는 것도 즐거울지 모른다.

실마리는 주인공 K와 얽힌 수수께끼일 것이다. 서두에서 그는 자기를 측량사라고 소개하지만 마을 사람들은 그 말을 믿어주지 않고, 성에서도 전화로 그런 사람은 부르지 않았다고 부정해 전화를 받은 마을 사람에게 '측량사란 새빨간 거짓말이야. 뻔뻔스러운 거짓말쟁이 부랑자야. 어쩌면 더 악질일지도 몰라'라고 매도당한다. 그러자 금세 성의 관리가 아까 했던 말은 착각이었다고 정정하는 전화를 걸어, 독자들은 성의 태도를 불신하게 된다. 하지만 K 역시 작업 도구 하나 없고, 실제로 측량을 하려는 시늉도 하지 않는다.

애초에 촐랑촐랑 들쑤시고는 다니지만 하는 행동마다 엉뚱해서, 진심으로 성에 가고 싶은 건지 의심스럽다. 성을 향해 한 번 걸어가보고 끝이다. 그러니 이 화자는 도저히 믿을 수 없는 수상한 인물이며, 사실은 뭔가 꿍꿍이가 있다고 의심해도 별수 없다. 그냥 부랑자일까? 아니다, 카프카는 '더 악질일지도 모른다'고 생각하도록 독자를 부추기고 있지 않은가? K를 측량사라고 믿는 것은 작가에 대한 결례다.

빈 엘리베이터가 내려왔다. 모 아니면 도지만 지금은 승부를 걸어보는 수밖에 없다. '위' 단추를 힘껏 눌렀다.

그런데 신용할 수 없는 화자 K의 꿍꿍이가 무엇인가 하면 이게 또 수수께끼다. 부조리한 상황에 농락당하며 열심히 분투하는 남자를 연기하면서 목적이 결여된 음모, 음모를 위한 음모를 계획하고 있는 느낌이다. 그렇게 생각하고 읽으면 오싹한 소설이다. 음모를 위한 음모는 일종의 함정이고, K의 시점으로 소설에 몰두하는 사이 K 혹은 그 외의 다른 인물이 우리를 관찰하고 있는 건지도 모른다. 마치 소설 자체가 하나의 음모 같다.

지금 우리가 처한 상황과 K의 체험 사이에는 상당한 간극이 있지만 어딘가 유사한 점도 있다. 《성》은 언덕 위에 보이는 성에 가려고 하지만 번번이 실패하는 이야기인데, K는 한 번 길을 잃고 나서는 성으로 가는 길을 찾을 생각도 하지 않는다. 오로지 관료 클람만 만나려고 애쓰는데 그것도 무슨 영문인지 성사되지 않는다. 즉 《성》이란 성에 도착하지 못하는 이야기라기보다 아무리 애를 써도 어느 인물을 만나지 못하는 이야기라고 하는 편이 맞다. 인류협회 총본부에도 클림이 있다. 노시카 기미코 대표. 이쯤 되니 도저히 아름다운 '여왕'을 못 만날 것 같다.

잡지 사진으로 본 그 여왕은 정말 존재하는 인물일까? 사진이 있으니 실존하겠지. 하지만 그녀를 찾아가는 길이 너무 멀어서 그런지 이제는 얼굴도 생각나지 않는다. 온갖 여성들의 얼굴로 대체될 수 있다. 클람과 마찬가지다. K는 클람의 얼굴을 모른다. 마을 사람들은 자기가 본 클람에 대해 말하지만 묘사가 일치하지 않아 전부 허구처럼 느껴진다. 더군다나 바르나바스의 누나 올가는 그런 목격담마저 '클람의 실제 외모보다는 덜 가변적'이라고 평가한다. 클람의 외모는 복장을 제외하면 보는 사람들의 심리 상태에 따라 다양하게 변하는 것이다.

카프카 생각은 그만두자.

엘리베이터가 멈췄다.

④

눈꺼풀에 쏟아지는 빛을 느끼고 눈을 떴다.

튜브를 빠져나와 '성' 밖으로 나왔다. 마침내! 태양이 눈부시다!

"꽉 붙잡아. 더."

오다가 경고하는 이유는 알고 있다. 광장으로 이어지는 슬로프를 내려가려는 것이다. 가파른 경사는 아니지만 속력이 너무 빨라서 그런지 잠깐 허공에 떴다가 착지할 때 두 바퀴가 튀어 올랐다. 그래도 오토바이는 휘청거리지 않고 일직선으로 광장을 갈랐다. 앞쪽에는 메인스트리트가 뻗어 있었다.

이른 시간이라 그런지 상점은 전부 셔터가 닫혀 있었다. 아니, 일요일이라 그런가?

공중전화가 있었나? 아마노가와 여관 휴게실 이외에는 본 기억이 없다. 카페에는 있을 텐데 문이 닫혔다.

"어디서 전화를 하죠?"

배기음에 묻히지 않도록 크게 외쳤다.

"전화? 그런 거 걸고 있을 틈이 어딨어. 이대로 히라노까지 간다!"

그도 그렇다. 이 수상한 종교 도시에서 탈출해버리는 게 낫다. 여관으로 돌아가 전화를 빌려 경찰에 신고하고 여관 사람들에게 사정을 설명하려 했지만 어영부영하는 사이 협회 직원들이 훼방을 놓을지도 모른다. '도시'에서 벗어나는 게 현명하다. 오토바이는 앞에나 뒤에나 타본 적이 없어서 산길을 달리는 게 조금 무서웠지만 오다의 운전이라면 믿을 수 있을 것 같다. 구마이 지카우가 설계한 오브제 같은 건물이 솟아 있는 '도시'에서 나가는 것이다. 히라노에 가면 주재소가 있다.

'오다 선배, 멋졌어요.'

'나고야 사투리, 처음 들어봐요.'

그렇게 말하고 싶은데 무서워서 입이 떨어지지 않는다. 오다의 허리에서 손을 놓으면 바닥에 굴러떨어져 죽을지도 모른다. 그렇게 생각하니 공포에 취해버릴 것 같다.

"노부나가 선배."

역시 어디서 전화를 거는 게 먼저 아닐까?

"왜?"

무서운 걸 꾹 참고 물었다.

"히라노에 가기 전에 따라잡히지 않을까요? 분명 자동차하고 오토바이로 쫓아올 거예요."

"괜찮아. 거리도 꽤 벌려놨고 이 SRX400보다 빠른 머신은 없었어. 거기에 내 테크닉까지 더해지면 우리 독주야. 우와, 이 녀석, 휙휙 꺾이지, 가볍지, 최고야."

이미 간사이 사투리로 돌아왔다.

"아아. 그렇다면야."

테크닉을 자랑하는 건 좋지만 흥분해서 너무 속도를 내지는 말았으면. 목숨을 걸고 타고 있으니까.

오다의 등에서 얼굴을 떼고 앞을 살펴볼 여유가 생겼다. 얼굴을 때리는 바람을 음미했다. 메인스트리트가 끝나고 왼쪽으로 꺾었을 때는 원심력을 따라 체중을 옮기며 그 감각을 즐겼다. 오래된 가옥 사이를 빠져나가 비탈길을 올라가면 국도가 나온다. 나는 뒤를 돌아보며 '도시'에 짧은 이별을 고했다.

할 수만 있다면 남겨두고 온 친구들에게 메시지를 보내고 싶다. 금방 도움을 요청하고 오겠다고. 그럴 수단이 없다는 사실이 안타까웠다. 저마다 들고 다닐 수 있는 전화기가 있다면 얼마나 좋을까?

이쯤 오면 안전하다고 판단했는지 점점 속도가 떨어졌다. 비탈길 중간에서 이렇게 감속해도 되는 걸까? 그런 생각을 하는 사이 결국 멈춰버렸다. 왼쪽 발을 바닥에 딛고 오다에게 물었다.

"왜 그래요? 설마 엔진 고장이나……."

"아니."

고개를 옆으로 뻗어 오다가 가리키는 앞쪽을 보았다. 커다란 장애물이 있다. 미니버스가 가로로 길을 완전히 막고 있었다. 미쳤다. 이런 엉터리 주차는 처음 본다. 마치 우리의 도주를 저지하려는 것 같다고 생각하며 유심히 보니 파란 차체에 하얀 글자로 'Human Species Society'라고 적혀 있었다.

"협회 버스……?"

"그런 것 같아. 이렇게 '도시'를 봉쇄한 거겠지."

오싹했다. 이런 식으로 선수를 쳤다니. 절대 놓치지 않겠다는 확고한 의지에 주눅이 들 것 같았다.

바리케이드 대신 갖다놓은 건지 버스 안에 인기척은 없었다. 만약 누가 잠복해 있었다면 오토바이 소리가 다가왔을 때 반응을 보였을 것이다.

"아무도 없는 것 같아요. 이걸 피해서 갈…… 수는 없겠네요."

걸어가면 버스 앞뒤와 나무 사이로 빠져나갈 수 있겠지만 오토바이는 도저히 통과할 수 없다. 이렇게 비열하게 주차하는 것도 재주다. 숙련된 운전사의 실력일 것이다.

우리는 동시에 오토바이에서 내렸다. 버스로 다가간 오다는 범퍼에 올라가 차 안을 들여다보더니 "없네" 하고 한숨을 쉬었다. 열쇠가 있었다면 앞 유리를 깨부수고서라도 안에 들어가 운전할 생각이었던 것이다. 그러지 못해서 다행이라는 생각도 들었다.

"어쩌지?"

"다른 길은?"

"없어."

짧은 여정이었다. 우리를 '성'에서 빼내준 데우스 엑스 마키나는 여기서 사명을 다했다. 감사하는 마음을 담아 발판을 톡톡 두드렸다.

어떻게 할지 생각해야 한다. 국도를 걸어 히라노로 가면 5분도 지나지 않아 협회 자동차나 오토바이에 따라잡힐 게 뻔했다. 지나가는 차를 세워 도움을 청할 수 있다면 다행이지만 교통량이 적어 가망이 없다. 만약 가미쿠라로 오는 자동차가 있다 해도 인류협회 관계자가 탄 차일 확률이 높고 결과는 암울할 것 같다. 그렇다고 길에서 벗어나 산길을 뚫고 가면 곰을 만나거나 방향을 잃고 조난당할 것이다.

오다가 '도시'를 돌아보며 말했다.

"여관으로 돌아가볼까?"

내키지는 않지만 대안이 없다.

"달리 갈 곳이 없네요."

"모처럼 여기까지 왔는데, 아쉽지만 돌아가자. 적은 우리가 '도시'에서 벗어날 수 없다는 걸 알고 있으니 찾으러 올 거야.

설마 사냥개를 풀지는 않겠지만."

비탈길을 내려가 '도시'로 향했다. 협회 자동차가 흙먼지를 날리며 우리 쪽으로 다가오면 어두운 숲속으로 뛰어들 작정이었는데 아직 그런 징후는 없었다. 의외로 태평하다. 어차피 마을에서는 못 빠져나간다고 생각하는 건지도 모른다.

"하지만 가는 길만 위험한 게 아니야. 그놈들, 여관에서 기다리고 있을지도 몰라."

"그러고도 남을 거예요. 만약 그러면 갈 곳이 없어요. 어디 전화를 할 데가 없을까……."

근처 민가에서 전화를 빌릴 수 없을까? 인정에 매달리고 싶었지만 오다의 생각은 달랐다.

"이 마을 사람들은 9할이 회원이고, 그렇지 않은 사람도 협회의 영향을 받고 있다고 생각해야 해. 얽히면 위험해."

"그럼 여관에도 돌아갈 수 없어요. 여관 사람들도 협회를 은인으로 생각하잖아요."

"신도를 믿는다고 했잖아. 니시혼간지."

"신앙은 별개라도 협회에 거역할 수 없는 처지일지도 모르죠. 어제 협회에서 저희가 예정을 변경해 '성'에 묵는다고 하니까 바로 짐을 내줬잖아요. 전 거기서 조금 위화감을 느꼈어요. 저희한테 확인도 안 하고 멋대로 손님 짐을 옮기다니, 이상하지 않아요? 완전히 협회 꼭두각시잖아요."

"그런 경우도 가끔 있는 거 아닐까? 그래서 이상하게 생각하지 않았던 거겠지."

"글쎄요. 이럴 때는 낙관적으로 예측하지 말고 자꾸 나쁜 쪽
으로 생각하는 게 좋지 않을까요?"

"마리아가 무슨 말을 하고 싶은지 나도 알아. 조심할게. 하지
만 일단은 갈 곳이 여관밖에 없잖아?"

"⋯⋯그건, 그래요."

점점이 흩어진 목조 단층주택은 어디나 조용했다. 일요일이
라고 해도 벌써 8시가 다 되어간다. 잠에서 깬 사람들이 있을
법도 한데 인기척이 전혀 없었다. 아까 질주한 메인스트리트
에서도 통행인을 보지 못했다.

"항상 이런가? 묘하게 조용하네."

"일요일이니까." 그렇게 말한 오다가 덧붙였다. "그렇더라도
너무 조용한데."

메인스트리트를 활보할 수도 없어 바로 앞에서 옆길로 빠졌
다. 담벼락에 숨어 '성'을 살펴보다가 움찔 놀랐다. 광장과 거
리에 푸른 유니폼을 입은 사람들이 어슬렁거리고 있었다. 동
쪽에서는 세단과 오토바이가 한 대씩 달려오더니 광장에서 좌
우로 갈라졌다. 본격적인 사냥이 시작된 것이다.

"우와, 한 판 붙자 이거네, 술래잡기라니 몇 년 만이더라? 노
부나가 선배는 실력 어땠어요?"

"술래잡기는 자신 있지만 숨바꼭질은 젬병이야."

"그거 불리한데요."

잘하든 못하든 이미 강제로 게임에 참가하고 있다. 체력과 지력을 다할 수밖에 없다. 가능하다면 제발 행운이 우리를 편들어주기를.

"조심조심, 서두르자."

걸음을 뗀 오다가 바로 멈췄다. 집게손가락을 입술에 대면서 살그머니 옆집을 가리켰다. 커튼이 반쯤 열린 창문으로 중년 여성의 목소리가 들렸다.

"맞아요, 둘 다 있어요. 남자하고 여자라면서요? 저희 집 바로 근처에 있다니까요. 큰길 쪽을 살펴보던데요. 예? 지금?" 빼꼼 내민 얼굴과 눈이 마주쳤다. "있어요, 있어요! 저희 집 바로 옆에!"

우리는 채찍질을 당한 말처럼 냅다 뛰었다. 탈옥수가 따로 없다. 이런 꼴을 당할 이유가 하나도 없는데.

괴로웠던 유치원 시절이 떠올랐다. 나는 술래잡기도 숨바꼭질도 젬병이었다.

5

문을 열자 기관총을 거머쥔 남자들이 한 줄로 기다리고 있다. 그것이 최악의 상상이었는데 그런 황당한 일은 역시 없었다. 아무도 없다. 아무래도 건물 동쪽 끝으로 올라왔는지 복도가 서쪽으로 뻗어 있었다. 남쪽은 전체가 커다란 하나의 방이었는데 북쪽은 몇 개로 나뉘어 있었다. 남쪽 방에는 사람이 돌아다니는 소리가 나서 언제 누가 튀어나올지 몰랐다. 일단 북쪽 방 아무 데나 들어가보자.

가까운 문에 귀를 바싹 대보니 아무 소리도 들리지 않았다. 난입했더니 회의 중이었다더라, 하는 가능성은 없을 것 같아 손잡이를 살짝 비틀었다.

다다미 서른 장쯤 되는 크기의 방이었다. 칸막이로 공간을 넷으로 나누었는데 각 공간에 책상이 있었다. 연구자들이 쓰는 사무실인가? 그렇다면 전화기가 있을지도 모른다. 하지만 그런 기대는 허망하게 무너졌다. 책상 위에는 컴퓨터뿐이었다. 이런 걸로는 외부에 연락할 수 없다. 아니, 통신이 가능하다는 건 알고 있지만 사용법을 모른다.

얼른 방에서 나와 이번에는 문에 귀도 대보지 않고 옆방에 뛰어들었다. 여기까지 왔으면 신중한 것보다 대담하면서도 민첩한 행동이 낫다고 각오를 다진 것이다. 다행히 거기에도 사람은 없었다. 천장까지 닿는 철제 책장이 빗살처럼 늘어서 있는 자료실 같은 방이었다. 창가의 긴 책상에 전화기가 있을 것 같아 책장 사이로 파고들었는데…… 없다.

차례대로 카드를 뒤집다 보면 언젠가 조커를 뽑을 수 있다. 심기일전해서 다음 방으로 가려는데 문이 벌컥 열려 황급히 멈췄다. 방으로 들어온 사람은 패트릭 하가였다. 일행이 있는 것 같았다.

"정말 끔찍하군. 일본이 토목건축에 들이는 비용은 미국 국방예산보다 훨씬 많아요. 건축업에 종사하는 사람이 노동인구의 10퍼센트에 달한다고요. 믿을 수 없는 일입니다. 아무리 산이 많고, 강은 물살이 빠르고, 바다에 둘러싸여 있고, 태풍과 지진이 잦다지만 정상이 아니에요. 댐만 만들어서 어쩔 겁니까? 해변이나 강변을 전부 콘크리트로 막을 셈인가요? 이런 식으로 국토를 계속 파괴하면 세계 최고로 흉한 나라가 되고 말 겁니다. 다들 나라를 내건 사업에만 너무 의존하고 있어요. 정치가도 관료도, 건축업자도, 소중한 국토를 밑천으로 돈을 버는 게 잘못되었단 말입니다."

두 가지 언어를 완벽하게 구사하는 것은 물론이고 일본의 실상도 속속들이 알고 있는 모양이다. 어젯밤에는 마리아를 상대로 일본을 그렇게 찬양하더니 오늘은 일본 험담인가? 저 거짓말쟁이. 아니면 조부모의 고국을 사랑하기 때문에 굳이 쓴소리를 하는 건가? 어쨌거나 전쟁을 공공사업으로 삼았던 미국 국민이 저런 말을 하다니, 옳은 말이지만 순순히 받아들이기 어려웠다.

"하지만 이 나라만 어리석은 건 아니죠. 미국에서 제조업에 종사하는 사람들 가운데 약 10퍼센트가 군수산업과 얽혀 있습니다. 그래서 미국이라는 나라는 때맞춰서 어느 나라와 전쟁을 해야만 하죠. 이건 일본보다 훨씬 끔찍한 현실이에요. 일본인은 자기 나라를 흉하게 깎아먹을 뿐이니까. 안타깝습니다.

미국도, 일본도. 어째서 그렇게 어리석을까? 그렇게 하면 경제적으로 잘 풀리기 때문이겠죠. 이 두 나라만 어리석은 게 아니에요. 세상에는 똑같은 짓을 하고 있는 나라, 다른 종류의 어리석은 짓을 하고 있는 나라가 많습니다. 그렇지 않은 나라도 미국이나 일본 같은 상황에 처하면 반드시 그러겠지요. 때문에 저는 유치하게 어느 특정한 나라를 비난할 생각은 없습니다."

누구하고 대화하는 걸까? 이 이야기는 어디에서 어떻게 UFO나 페리파리와 연결될까?

"이래서는 안 된다는 걸 깨달아도 일본은 과도한 토목공사를 멈추지 않을 테고, 미국은 전쟁을 그만둘 수 없겠지요. 돈의 순환에 브레이크를 걸게 되니까요. 물론 좋은 점도 있습니다. 군수산업이 활발해지면 최신 기술이 탄생하지요. 이건 명백한 사실이에요. 소련이 한계에 부딪혀 동서의 긴장이 완화되자 미국은 과거에 군사용으로 쓰던 인터넷 기술을 민간 생활에 개방했죠. 멋진 일입니다. 일본에서는 공공사업 덕분에 토목과 건축 기술이 발달했어요."

그렇게 말하며 오른쪽 끝 책장에서 안쪽을 향해 걸어왔다. 나는 왼쪽 끝 책장 중간 위치로 이동했다. 하가 혼자 일방적으로 떠들 뿐이고 상대는 맞장구조차 치지 않았다. 그런데 인터넷이 뭐지?

"그런 부차적인 이득도 있지만 어리석다는 점에는 변함이 없습니다. 혹시 낭비하지 않고 보다 올바른 일에 돈을 투입하면 된다고 생각합니까? 하지만 복지에만 돈을 쏟아붓는 건 사막에 물을 붓는 꼴이나 다름없어요. 아무런 부도 낳지 못하니 이윽고 모두가 가난해집니다. 그렇다면 교육? 그것도 한계가 있어요. 도가 지나치면 참견이 되어 아이들을 망치기 때문입니다. 낭비는 상관없어요. 일이 펑펑 늘어나 되도록 많은 사람들에게 돈이 돌아가면 낭비가 행복을 낳지요. 주의해야 할 점은 그 일이 무기 제조나, 콘크리트로 국토를 흉하게 만드는 일이어서는 안 된다는 겁니다. 자, 이제 결론이 나왔군요."

그들이 몇 걸음 더 깊이 들어가기에 나는 반대쪽으로 발을 내디뎠다.

이상한 기계음이 들렸다. 오토바이 배기음 같은데 뭘까?

"모두 풍요로워지려면 지상 사람도, 사물도 상처 입히지 않고, 결코 끝나지 않을 낭비를 영원히 지속하면 됩니다. 그런 훌륭한 방법이 딱 하나 있어요. 예스, SETI와 우주개발입니다. 이거야말로 주어진 모든 조건을 충족하는 이상적인 사업 아닙니까? 전 인류의 10퍼센트가 우주개발에 종사하면 세상은 평화롭고 풍요롭고 이름다워질 겁니다! 일본은 충분한 과학력과 경제력이 있으면서도 정부가 SETI 예산을 세운 적이 없는 유일한 선진국입니다. 개탄스러워요."

문 쪽으로 돌아가는 것 같았다. 그대로 나가라, 간절히 기도하면서 나는 다시 창가로.

"아라키 씨가 이상한 말을 하더군요. SETI 초월론으로 ETI,

외계 지성체와 교신을 한다? 오컬트에 영향을 받으면 엉뚱한 말을 하는 법이죠. 식물의 신비한 파워를 활용한다니, SETI와 마술을 분간 못 하는 모양입니다. 그런 짓을 하지 않아도 아득히 머나먼 별에 우리 메시지를 보낼 방법이 있는데. 전기적으로 중성을 띠며 질량을 갖지 않는 뉴트리노라는 소립자가 있습니다. 뉴트리노는 빛의 속도로 날고 어떤 물질도 통과하는 성질이 있습니다. 그러니 뉴트리노를 레이저빔처럼 발사할 기술만 개발할 수 있으면 또렷한 메시지를 우주 끝까지 보낼 수도 있어요. 지금으로써는 꿈같은 소리지만요. 중력파를 이용하는 방법도 있죠. 아인슈타인이 일반상대성이론을 발견한 뒤에 연구했던 분야가 중력파인데, 시공을 왜곡하며 광속으로 전달되는 파동입니다. 이것도 조만간 과학적으로 관측할 수 있겠지요. SETI에 이용할 수 있습니다."

걸음을 멈추더니 그 자리에서 움직이지 않았다.

"우주로 눈을 돌리면 경제적으로도 발전합니다. 정치가나 경제학자들은 이렇게 간단한 사실을 왜 모르는 걸까요? 게다가 이 사업에는 꿈이 있어요. 우리는 어째서 이곳에 존재하는가? 그 대답과도 통하는 꿈입니다. 그것은 '타자'와의 만남. 인류라는 스피시즈, 종이 종으로서 만나는 '타자'가 ETI입니다. 그들과의 해후가 목표입니다. 그거야말로 물질적으로 풍요롭게 살고 싶다는 희망과 정신적으로 풍요롭게 살고 싶다는 희망이 멋지게 맞아떨어진 궁극적인 삶입니다. 그렇게 생각하지 않나요. 아리스가와 씨?"

온몸에서 힘이 쭉 빠졌다.

⑥

뒷골목 모퉁이에 빈집이 있었다. 잠복근무를 하는 형사처럼 그 뒤에 몸을 숨겼다. 푸른 유니폼과 마주치는 일 없이 아마노가와 여관이 보이는 곳까지 왔다. 술래를 용케 피해 다니고는 있는데, 우리 모습을 목격한 주민이 협회에 밀고했을지도 모르니 속단은 금물이다. 아까 전화하던 아주머니는 회원일까? 아니면 협회 추종자? 평소 신세 좀 졌다고 과연 그렇게 적극적으로 신고할까?

여자는 우리와 눈이 마주치자 소스라치게 놀랐다. 겁에 질린 것 같기도 했다. 우리에 관한 엉터리 정보가 나돌고 있는 건지도 모른다. 만약 그렇다면 오해를 푸는 데 고생깨나 할 것 같다.

"수인아저씨나 아주머니, 아키코 씨가 우리를 믿어줄까요?"

"믿어주다니, 무슨 소리야?"

"협회에서 우리를 발견하면 연락하라고 한 것 같아요." 설마 포상금을 걸지는 않았겠지만. "당연히 여관 사람들한테도 신신당부했겠죠. 어슬렁어슬렁 찾아가면 불에 뛰어드는 여름 나방 꼴이 될지도 몰라요."

"여기까지 와서 또 후퇴할 거야?"

"망설이는 거라고요."

"나 혼자 가볼까? 나쁜 예감이 적중해 그놈들한테 납치당하면 마리아 너 혼자만이라도 달아나."

그런 인정머리 없는 짓은 할 수도 없고, 혼자 남는 것도 불안하다.

"일단 조금만 더 접근해보자. 기적으로 뭔가 알 수 있을지도 몰라."

전후좌우를 살피며 자벌레처럼 조금씩 전진했다. 언제든지 힘껏 질주할 준비를 하고, 상상력의 눈금은 낮추자. 그러지 않으면 협공당하는 장면이 자꾸 머릿속에 떠오른다.

여관의 대각선 맞은편에 숨기에 안성맞춤인 골목이 있었다. 저기서라면 현관이 잘 보인다. 휴게실에 아주머니와 아키코가 있었다. 청소하면서 몇 마디 나누고 있는 것 같은데 목소리는 전혀 들리지 않았다. 잠시 후 아주머니 혼자 2층으로 올라갔다. 아키코는 계속 빗자루로 바닥을 쓸고 있다.

아키코를 믿는다면 지금이 뛰쳐나갈 찬스다. 전화를 빌릴 수 있다면 10여 초 만으로도 문제는 해결된다. 110번에 전화를 걸어 "인류협회 본부에서 살인사건이 났습니다, 당장 와주세요!" 이 말만 하면 되니까.

"가요."

망설이고 있자니 답답해서 움직이고 싶었는데, 오다가 속

터지는 소리를 했다.

"잠깐, 조금만 더."

"조금만 더 뭐요? 이러고 있다가 그놈들한테 들키면 끝장이에요."

어느새 우리 둘 다 협회 사람들을 그놈들이라고 부르고 있었다. 적의가 철철 넘친다.

"마리아 말이 맞아. 갈까?"

그때 안에서 주인아저씨가 침울한 얼굴로 나왔다. 손에 신문을 들고 있다. 휴게실 소파에서 읽을 생각인가?

"조간." 오다가 중얼거렸다. "신문은 마을 밖에서 들어오니까 배달차량이 출입할 거야. 협회는 그 차가 떠난 다음에 버스로 마을을 봉쇄했겠지. 여기는 절해의 고도도, 폭풍 속의 산장도 아니니 신문 배달 말고도 출입하는 사람들이 있을 거야. 언제까지고 버스를 그대로 둘 수는 없어. 정기 버스는 어떻게 됐을까?"

"8시 전에 떠났을 거예요. 그 후에 봉쇄했겠죠."

"아쉽네. 하지만 기다리면 마을로 들어오는 차가 있겠지. 그쪽이 더 현실적일지도 모르겠다."

"경찰이 순찰하러 오면 최고인데. 하지만 글쎄요. 여기 오는 차에는 대부분 협회 관계자가 타고 있지 않을까요? 비회원이 견학하러 몰려든 건 연휴 때뿐이었고, 오늘 '성'을 견학하거나 숙박하려고 예약한 사람이 있어도 그놈들이 분명 취소했을 거예요."

우리 앞에는 세 개의 선택지가 있었다. 하나, 어떻게든 '도시'에서 전화를 건다. 둘, 마을로 찾아오는 외부인에게 도움을 청한다. 셋, 국도를 걸어서 히라노로 간다. 그중 세 번째 선택지는 버리기로 했다. 나머지 두 가지 중 어느 쪽을 선택해야 할까. 두 번째는 너무 소극적이니 역시 첫 번째가 낫겠다. 그리고 그 전화는 바로 눈앞에 있었다.

"전화기를 빌리러 가요."

"좋아." 오다가 앞장서서 골목에서 나갔다. 그러자 무슨 소리를 낸 것도 아닌데 주인아저씨가 신문에서 고개를 들었다. 어째선지 무척 놀란 얼굴이라, 역시 협회가 우리를 지명수배했구나 싶었다. 하지만 이미 모습을 드러내버렸으니 주저할 필요 없다. 똑바로 현관으로 달려가려는 순간…….

우리는 동시에 걸음을 멈췄다. 주인아저씨가 이상한 몸짓을 보였던 것이다. 활짝 펼친 신문 밑으로 오른손을 내밀어 부채질하듯 젓고 있다. 저 동작의 의미는…… '저리 가'?

"위험해."

오다가 내 손을 콱 잡아당겼다. 확실히 위험하다. 주인아저씨는 가까이 오지 말라고 경고해주고 있는 것이다. 여관에도 이미 협회가 마수를 뻗친 모양이다.

어느 쪽으로 가면 좋을지 알 수 없었지만 인적이 없는 곳으로 가야 한다는 자연스러운 도망자의 심리로 동쪽 산으로 향했다. 메인스트리트에서 멀어지면 인가가 줄어들어 몸을 숨기기 어려워진다. 괜히 돌아다니지 말고 어디 숨어 있는 게 나을 것 같았다.

"밀실사건이 있었던 집 너머까지 가볼래요?" 그렇게 제안했다.

"폐가가 몇 채 있었지. 그 부근에 숨어서 수색을 피하자고? 음, 좋은 방법일지도 모르겠다. 이대로는 곧 들키고 말 테니. 그나저나 점점 더 술래잡기 같네."

표고버섯 재배 비닐하우스까지 무사히 도착했다. 여기서 샛길을 따라 '성' 쪽으로 가야 한다. 외길이다 보니 또다시 협공을 당하는 장면이 뇌리를 스쳐 덜컥 겁이 났다.

"여기서 잠복하고 있을지도 몰라요."

"맞닥뜨리면 한 방에 날려버리자. 경험치가 올라가 좋은 아이템을 얻을지도 몰라."

출발하려다가 다시 멈췄다. 샛길 맞은편에서 우르르 발소리가 들려왔던 것이다. "둘로 갈라졌을지도 몰라." "아니, 그렇진 않겠지." 그놈들이다. 나뭇가지 사이로 쭈른 유니폼이 언뜻언뜻 보였다.

주위에 몸을 숨길 만한 수풀이 없어 헐레벌떡 비닐하우스로 되돌아갔다. 안에 들어가봤자 반투명 비닐하우스라 밖에서 훤히 보인다. 우물 정(井) 자로 쌓여 있는 골목(槓木) 뒤로 돌아가 몸을 웅크렸다. "마을에서 나가진 못했겠지?" "그건 확실해."

한 끗 차이로 아슬아슬하게 두 남자의 목소리가 비닐하우스 옆을 지나갔다.

"으윽, 심장에 안 좋아요. 이런 생활은 이제 진저리 나."

"왜 그래? 자극적이고 재미있잖아. 자위대로 들어가고 싶을 정도인데. 진로를 재고해볼까."

일상의 감각을 되찾기 위해 상황에 어울리지 않는 질문을 해보았다.

"노부나가 선배, 취업 준비는 어때요? 모치 선배는 그런 이야기를 꺼내면 짜증 내는데."

"그녀석이나 나나 아무 생각 없이 대학생활을 보냈으니 고생하는 게 당연하지. 나는 간사이가 좋아. 교토나 오사카에 있는 회사에 들어가고 싶었는데 올봄 들어 부모님 건강이 안 좋아졌어. 어머니가 마음이 불안해졌는지 가능하면 나고야로 돌아오라고 하시네. 누나도 시집가버렸고, 일단 장남이니 의지하고 싶으신 거겠지. 고민하고 있어. 어쨌거나 어느 정도 규모가 되는 회사에 들어가면 전근 때문에 어디로 발령이 날지 모르니 걱정이야. 슬슬 결정해야 할 시기인데, 여즉 고민이다."

은근히 나고야 사투리가 튀어나왔다.

"하필 이럴 때 괜한 얘기를 꺼냈네요. 죄송해요."

"사과할 필요가 뭐 있어. 이럴 때 사적인 이야기를 나누다니, 전쟁 영화의 한 장면 같네. '이 사람이 내 연인이야' 하고 보여줄 사진이 없어서 아쉽군."

"없는 게 다행이에요. 그런 사진을 보여주면서 '이 전쟁이 끝나면 고향으로 돌아가서 결혼할 거야'라고 말하면 반드시 죽어요."

"거의 공식이지. 미스터리에서 파티에 늦게 도착한 손님은 범인 아니면 피해자가 되는 거랑 똑같아. 마리아는 졸업하면 어쩔 거야?"

"아직 못 정했어요. 외국에서 일해보고 싶은 마음도 있고."

입에 담은 순간, 굉장히 유치한 상상처럼 생각되었다. 너무 막연해서 어린아이 꿈 같다. 도로 주워 담고 싶었다.

"국제변호사? 그것도 좋겠네. 그쪽에서 자리 잡으면 놀러 갈 테니 불러줘. 솔직히 추운 건 못 견디니까 음식도 맛있는 남쪽 나라로 골라주면 좋겠다. 그나저나, 이제 됐겠지?"

아직 안 된다.

"누가 이쪽으로 와요."

발소리가 들렸다. 이번에는 한 사람이었다. 우리를 찾고 있는지 발걸음이 느릿했다. 착실하게 이쪽으로 다가오고 있다.

"거기여?"

뜻밖에도 노인 목소리였다. 아까 지나간 남자들은 아니었다.

"거기여?"

비닐하우스 앞에 있다. 안으로 들어왔다. 중얼거리면서 다가오는 것은 우리를 위협하려고 그러는 걸까? 골목 사이를 건

들건들 걸어왔다.

"거기 있어?"

어떻게 알았지? 마치 투시당하는 것 같다. 이렇게 잔뜩 웅크
려서 온몸을 숨기고 있는데. 노인의 그림자가 우리 눈앞에 길
게 드리웠지만 대책이 없었다.

"여기여?"

눈길을 들어 쳐다보자, 기뻐하는 얼굴이 거기 있었다.

제13장

혼돈(CHAOS)

1

원맨쇼 대회에 나가면 일등감이겠다. 고등학교에서 연극부에 있었는지 물어보니 실실 웃기만 했다.

"절 어디로 끌고 갈 작정이죠? 설마 외계인한테 넘기려는 건 아니겠죠."

"방으로 돌아가는 겁니다. 장난을 치고 한바탕 날뛰었으니 배가 고프겠지요. 어쩌면 별로 아침 식사는 없을지도 모르지만 그 정도는 참아야죠. ……조크입니다, 진지하게 받아들이지 마세요."

말할 가치도 없어 보이는데.

"재미없는 조크를 들었을 때 일본에서는 뭐라고 하는지 아세요? 추워! '잇츠 콜드'예요. 편리한 말이니 미국으로 돌아가면 유행시켜주세요."

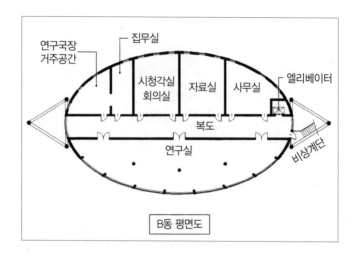

B동 평면도

연구국장 거주공간
집무실
시청각실 회의실
자료실
사무실
엘리베이터
복도
연구실
비상계단

　"그럼 심각하게 얘기할까요. 이제 엉뚱한 짓은 하지 않겠지요? 얌전히 군다면 팔을 놔주겠습니다. 저와 함께 방으로 갑시다."

　그렇게 말하면 거역할 수 없다. 애초에 저항할 기력도 없었다. 한바탕 땀을 흘리니 후련했다.

　"그 전에 한 가지만 부탁해도 될까요? 여기까지 왔으니 연구동을 견학하고 싶은데요."

　"넉살이 좋군요. 하지만 상관없겠죠. 제게 허가 권한은 없지만 보여드리겠습니다. 모든 방을."

　북쪽에 나란히 붙어 있는 네 개의 방은 동쪽부터 차례대로 사무실, 자료실, 시청각실을 겸한 연구국 회의실, 국장 집무실과 거주공간이었다. 연구국장은 제사국장과 함께 도쿄에 출장 중이라 자리에 없었다. 모처럼 구경했는데 어느 방이나 딱히 특별할 건 없었다.

"여기가 랩. 연구실입니다."

복도 맞은편의 남쪽 큰 방은 영락없는 회사 사무실이었다. 널찍하게 놓인 책상에서 세 남녀가 컴퓨터와 텔레비전 모니터 화면을 보고 있었다. 우리를 보고 살짝 놀란 눈치였지만 손은 멈추지 않았다. 대충 훑어봐도 이 방에는 전화가 열 대쯤이나 있는데, 손을 뻗을 수 없는 게 안타까웠다.

"안에 들어가지는 마십시오. 외부인은 출입금지니까."

뭘 하고 있는 건지 설명을 부탁했다.

"SETI를 연구하고 있습니다. 전파 천문대가 수집한 우주 전파정보를 세밀하게 분류한 다음, 세계 각국의 자원자들에게 컴퓨터 해석을 부탁하면 대단히 효율적이겠지요? 인류 전체가 참가할 수 있는 민주적인 ETI 탐색이지요. 가까운 장래, 사람들이 저마다 한 대씩 컴퓨터를 가질 시대가 올 테니 거기에 대비하고 있는 겁니다. 푸에르토리코 아레시보 전파천문대에 데이터를 제공해달라고 교섭하고 있어요. 컴퓨터가 자동으로 해석 작업이나 데이터 교환을 처리할 수 있도록 만들면 자원자 컴퓨터를 사용하지 않는 빈 시간을 이용해 작업을 원활히 진행할 수 있으니까요. 이 영리한 방법을 분산 컴퓨팅이라고 부릅니다."

막연하게 짐작할 수밖에 없지만 수상한 연구는 아닌 모양이다. 그 밖에 성스러운 동굴에서 찍은 영상도 이곳에서 체크한다고 했다.

"이제 됐습니까? 그럼 갑시다. 친구분들에게 '수상한 연구는 안 하고 있더라'라고 알려주십시오."

"하나만 더 여쭐게요. 제가 자료실에 있다는 걸 어떻게 아셨어요?"

"단순한 불운이었습니다. 당신이 그 방의 문을 열었을 때, 제가 연구실 밖으로 나갔던 거죠. 텔레파시는 쓰지 않았습니다."

이제 여한은 없다. 엘리베이터를 타고 A동 서쪽 날개로 내려갔다. 복도로 나간 순간, 아까까지와는 다른 분위기를 느꼈다. 묘하게 조용했다. 반란이 완전히 진압되었다는 뜻인가. 원통하다. 이제 감시와 경비는 더 삼엄해질 것이다.

출입구 쪽으로 갈수록 가솔린 냄새가 강해졌다. 자료실에서 배기음 비슷한 소리를 들었는데, 설마 오토바이가 이 복도를 가로질렀을 리는 없겠지.

"이상하군……. 아리스가와 씨, 약속합시다. 이제 도망갈 생각 마십시오. 당신하고 레슬링하기는 싫으니까."

불온한 기운을 감지했나 보다. 나는 무심코 약속해버렸다. 아차. 약속을 한 이상 명예를 걸고 지켜야만 한다. 적이 이제부터 빈틈을 보일지도 모른다고 선언한 거나 다름없는데.

복도를 걸어가자 출입구에 아연히 서 있는 이나코시 소스케가 보였다. 재킷은 흐트러지고 셔츠 단추도 두 개나 떨어져 나갔다. 격투를 벌인 듯했다. 우리를 알아본 작은 나리는 입을 헤벌린 채 고개를 들었다. 패트가 어찌 된 일이냐고 묻자 비난하는 눈길로 나를 쳐다보았다.

"아리스가와 씨와 모치즈키 씨는 판단을 그르쳤어요. 서쪽 뒷문은 항상 닫혀 있죠. 오다 씨와 마리아 씨는 정문으로 나갔습니다. 뒷문 쪽에 있던 오토바이를 훔쳐 타고 강행 돌파했습니다. 자칫하면 우리 경비 담당자를 칠 뻔했어요. 아슬아슬하게 피하기는 했지만 해도 해도 너무한 것 아닙니까?"

가슴속에 서서히 환희가 솟구쳤다. 나와 모치즈키가 봉기한 반란은 우리가 모르는 곳에서 성공했던 것이다. 쾌재를 부르자꾸나.

"기뻐하는 것도 지금뿐입니다, 아리스가와 씨." 이나코시는 애써 침착하게 말했다. "한 바퀴 산책하다가 곧 돌아오겠지요. 가미쿠라 밖으로는 나갈 수 없으니까."

"어째서요? 오토바이로 달아났다면서요? 당신들은 큰 실수를 한 거예요. 오다 선배는 바람처럼 달릴 겁니다. 눈 깜짝할 사이에 기소 후쿠시마시가 가서 경찰차를 이끌고 돌아올 거라고요."

"가미쿠라에서는 나갈 수 없습니다."

이유를 묻기가 꺼려졌다. 어처구니없는 대답이 돌아올 것 같았다.

"뒤를 쫓고 있나요?"

패트가 발끝으로 바닥에 난 타이어 자국을 문지르며 물었다.

"물론입니다. 지시도 내리기 전에 몇 명이 튀어나갔습니다. 다만 귀찮은 문제가 여럿 겹친 데다가 여기 경비도 강화해야 해서 사람을 더 보낼 수는 없어서, 마을에 비상연락망을 돌렸어요."

마치 학부모회 같다. 이 '도시' 주민은 9할이 협회 관계자라고 했으니 전화가 한 바퀴 돌려면 시간이 걸릴 것 같지만, 일단 연락이 끝나면 큰일 나겠다. 그 전에 최대한 가미쿠라에서 벗어나야 한다.

"가미쿠라를 봉쇄했습니다." 이나코시가 말했다. "아무도 출입할 수 없어요. 성 밖으로 나간 두 사람이 현명하다면 지금쯤 포기했을 겁니다."

"귀찮은 문제가 여럿 겹쳤다고 했는데, 무슨 얘깁니까?"

그런가, 패트는 히로오카 시게야의 죽음을 모르는 것이다. 그는 이나코시의 설명을 듣고 경악했다.

"어째서 자살을……."

"모르겠습니다. 그보다 왜 권총을 가지고 있었는지가 의문입니다. 경비는 철저했을 텐데."

여전히 경찰에는 연락하지 않고 있다. 히로오카의 시신은 방금 전 C동으로 운반해 도이 겐사쿠와 같은 방에 안치했다고 했다.

그건 넘어가자. 귀찮은 문제는 또 남아 있다.

"동쪽 탑 위에서도 무슨 일이 있지 않았나요? 여자 비명을 들었는데요."

"그거 말인가요. 글쎄, 뭘까요? 이쪽은 그런 걸 신경 쓸 겨를이 없어서."

이나코시가 재킷의 옷깃을 매만졌다. 단추가 떨어진 걸 알아차리고는 울컥하는 눈치다.

"무슨 일인지 살펴보러 가요."

그들이 막기 전에 나는 냅다 달렸다. "약속했잖아요!" 패트가 화를 냈지만 신의를 저버릴 행동은 하지 않을 것이다. 탑에서 무슨 일이 있었는지 확인하러 가는 것뿐이다. 당연히 이나코시와 패트도 따라왔다.

기계실 앞에 사람들이 옹기종기 모여 있었다. 아오타가 중심에 서서 더듬더듬 뭐라 말하고 있다. 점심 식사 메뉴를 알리는 게 아니었다. 귀 기울여 들어보니 깜짝 놀랄 만한 내용이었다. 이나코시와 패트는 아직 무슨 영문인지 모르는 기색이었나.

잠시 후 다카라즈카 배우 같은 총무국장이 초췌한 얼굴로 나타났다. 협회 직원들은 일제히 입을 다물고 그녀를 돌아보았다. 나는 그들 뒤에 숨어 기척을 숨겼다.

"모두 모여주세요. 타개책을 세우기 위해 일단 상황을 설명하겠습니다. 협회 창시 이래로 최대의 위기이지만 이 정도 시

련에 당황해서는 안 됩니다. 우리는 운명을 시험받고 있는 것입니다."

다카라즈카 가극이었다면 여기서 후부키에게 스포트라이트가 쏟아지면서 정열적인 독창이 시작될 것이다.

이나코시와 패트도 그녀에게 집중하느라 나에 대한 견제가 풀렸다. 이때다 하고 엘리베이터로 다가가 몰래 단추를 누르고, 문이 열리자마자 냉큼 올라탔다.

사람은 돌발 상황에는 반응하지 못하는 모양이다. 몇 명이 "앗!" 하고 소리를 질렀을 때, 문은 이미 닫히고 있었다. 엘리베이터가 위로 올라가기 시작했다. 이렇게 되면 이제 나를 도로 끌어내릴 방법은 없다. 발을 동동 구르고 있을 이나코시 일행을 상상하고 소소한 승리를 음미했다.

하지만 탑 위에서 기다리는 것은 즐거운 상황이 아니다. 양쪽 뺨을 찰싹 때려 마음을 단단히 먹었다. 무슨 일이 일어났는지 내 눈으로 확인하고, 자욱이 깔린 수수께끼의 안개를 걷어내야 한다. 오다와 마리아가 '성' 밖에서 싸우고 있으니 나도 안에서 할 수 있는 일은 뭐든 할 테다.

도착했다.

명상실 앞에 유라와 혼조가 서 있었다. 눈에 익은 왜건 위에 아침 식사가 놓여 있었다. 빵과 스크램블드에그, 우유. 아직 시모자와에게 건네주지 않았나?

혼자 올라온 나를 두 사람은 의심스러운 눈으로 쳐다보았다. 쳐다만 볼 뿐, 설명을 요구하지는 않았다. 에가미 선배가 없다……?

"우스이 국장과 함께 방 안에 있어요."

물어보기도 전에 유라가 알려주었다. 안색이 지독히 나쁘다.

나는 "실례합니다" 하고 그 옆을 지나 명상실로 들어갔다.

②

이름이 뭐였더라?

오다는 기억하고 있었다. "가네이시 씨 맞으시죠?" 노인에게 차분하게 물었다. 맞다, 가네이시 겐조였다.

"예, 그렇소만. 우리가 어디서 만났더라?"

"어제 쓰바키 씨하고 말씀하실 때 우연히 뵈었습니다. 그때는 다섯 명이었는데."

노인은 씩 웃었다. 송곳니가 하나 없다.

"그래그래, 기억나는군. 머리카락이 긴 청년이 있었지. 이런 데서 뭘 하는 게요?"

대답하기 어려운 질문이었지만 오다가 적당히 둘러댔다. 그래도 하필 표고버섯 관찰이라니.

요동치던 가슴이 차분해졌다. 협회 수하에게 들키겠다 싶어 벌벌 떨고 있었는데 이 마음씨 좋아 보이는 영감님이 나타나자 힘이 쫙 풀릴 정도로 마음이 놓였다.

"관찰. 아아, 그런가." 노인은 실망하는 눈치였다.

"가네이시 씨는 뭘 하고 계셨습니까? '여기여?'라고 말씀하시던데요."

"손녀를 찾고 있었지. 전에 숨바꼭질을 했을 때 여기 비닐하우스에 한 시간쯤 숨어 있었던 적이 있어서."

"참을성이 강하네요."

"인내심 강한 아이라. 기가 세고 옹고집이라 난처할 때도 있다오. 장래 사윗감이 고생하겠지. 그렇군, 여기에는 없나 보군. 어디로 갔나."

"자, 잠시만요. 부탁이 있습니다."

미련 없이 떠나려는 가네이시를 붙들었다. 이 사람은 우리가 도망 다니는 처지라는 걸 모른다. 그렇다면 협회와 상관없는 사람이다.

"미안하구려. 손녀를 찾아야 하니 나중에 합시다. 애가 아침밥도 안 먹고 어디로 갔담."

"아아, 그거 걱정되네요. 저희도 함께 손녀따님을 찾아드릴게요." 우리도 필사적이다. "어떻게 생긴 아이인가요?"

가네이시가 돌아왔다.

"지즈루라고 하는데. 초등학교…… 어, 그러니까……"

어제 쓰바키와의 대화에 나왔던 이름이다. 오다가 다시 뛰어난 기억력을 발휘했다.

"초등학교 3학년이지요?"

"어라, 어떻게 알았소? 맞아요, 맞아. 올해 3학년이라오. 가네이시 지즈루라고 합니다. 단발머리에 키는 이쯤."

1미터 30센티미터 정도인가. 노인의 말투나 표정도 막연하고 몸짓도 미덥지 못했지만 초등학교 3학년 여자아이라면 대충 키나 덩치로 알아볼 수 있다.

"저희가 도와드릴게요. 하지만 그 전에 한 가지 부탁이 있어요. 급한 용무가 있어 전화를 좀 빌리고 싶습니다."

인류협회 본부에서 엄청난 사건이 벌어졌다는 말은 덮어두었다. 괜히 말했다가 일이 꼬일까봐 두려웠다. 전화만 빌릴 수 있다면 경찰을 부를 수 있으니 굳이 설명할 필요도 없다.

"전화 정도야 상관없지. 집이 바로 지척이니 따라와요. 딸이 집을 비워 너저분하지만. 어라, 왜 그러는 거요?"

아까 지나간 두 사람이 돌아올지도 모른다고 생각하니 섣불리 비닐하우스에서 나갈 수가 없어, 주변에 굴러다니는 물건으로 변장하기로 했다. 오다는 삽을 어깨에 멨고, 나는 밀짚모자를 뒤집어썼다. 마치 콩트 같다. 변장이라고 부르기도 빈방하지만 그냥 기분 문제다.

가네이시는 일부러 심술을 부리나 싶을 정도로 느긋하게 걸어갔다. 물론 내 심리 상태에 기인한 착각이지, 유별나게 걸음을 늦춘 건 아니다. 실제로 그의 자택은 바로 근처에 있어 2분도 채 걸리지 않았지만, 기나긴 120초였다.

"여기라오." 그렇게 안내해준 곳은 생울타리에 에워싸인 오래된 목조 단층주택이었다. 논을 바라보는 벽에는 미즈하라 히로시*와 유미 가오루**가 그려진 에나멜 간판이 걸려 있었다. 상태가 워낙 좋아 비싼 값으로 사들이려는 마니아가 있을 것 같았다. 그래, 이 집이구나, 우리는 확신하자마자 가네이시를 앞질러 처마 밑으로 달려갔다. 노인은 어리둥절한 눈치였다.

겨우 무사히 대피소에 들어온 기분이다. 이제 곧 전화도 걸수 있다. 이 게임, 우리의 승리다. 쓰바키와 아라키도 거들어주었지만 고작 둘이서 협회에 한 방 먹였다는 게 기뻤다.

"자, 들어와요."

무례한 말이지만 낡아빠진 집이었다. 현관 옆 부엌을 보니 개수대에 지저분한 그릇과 컵라면 용기가 산처럼 쌓여 있었다. 그리 높은 산은 아니니 딸이 집을 비운 것은 기껏해야 하루이틀 정도일 것이다.

거실도 너저분해서 방석을 세 개 깔려면 신문이며, 장난감이며, 벗어 던진 옷가지며 이것저것 치워야만 했다. 하지만 우리는 자리에 앉기보다 먼저 전화를 걸고 싶었다. 거실 구석에 있다, 검은 전화기. 신성하게 빛나는 전화기가 눈부셨다.

---

*1935~1978, 일본의 가수, 배우. 1956년 데뷔곡 〈검은 꽃잎〉이 히트, 남성미 넘치는 창법으로 젊은 여성들에게 인기가 높았다.
**1950~, 일본의 여배우. 사랑스러운 외모와 파격적인 패션으로 팬들에게 많은 사랑을 받았다.

"손님 드릴 변변한 차도 없는데."

"죄송합니다. 당장 전화 좀 쓰겠습니다."

오다가 두 손을 비비며 무릎을 꿇은 채로 전화기로 다가갔다. 노인은 불쾌해하지도, 수상쩍어하지도 않았다. 마음껏 쓰라는 듯이 손으로 전화기를 가리켰다.

연락은 선배에게 맡겼다. 오다는 바지 허벅지에 손바닥을 문질러 땀을 닦고 수화기를 들었다. 그리고 다이얼을 또박또박 눌렀다. 1, 1, 0. 여기까지 왔으니 이제 어떤 방해가 끼어들어도 괜찮다. 나는 무심코 예배당에서 신에게 기도하듯 두 손을 모으고 있었다.

경찰이니 호출음이 울리기 무섭게 받을 것이다. 그렇게 생각하면서 지켜보는데, 오다는 좀처럼 입을 떼지 않았다. 오히려 귀에서 수화기를 떼더니 낯선 물체라도 보듯 쳐다보았다.

"저, 가네이시 씨. 신호가 가지 않는데……."

차를 끓이러 주방에 간 노인이 거실 쪽으로 고개만 빼꼼 내밀었다. 그러더니 실눈을 뜨고 미안한 표정을 지었다.

"미안해서 어쩌나. 그만 깜빡했네. 전화요금을 못 내서 지난달부터 끊겼지 뭐요."

"예'?!"

"면목이 없구려."

만약 서 있었다면 그 자리에 맥없이 주저앉았을 것이다. 하지만 앉아 있었으니 그냥 뒤로 벌렁 드러누워버리고 싶었다.

오다는 '예?!' 라는 입 모양 그대로 얼어붙어버렸다.

"불편해 죽겠어. 집 떠난 딸한테 연락도 못 하고. 뭐, 지금은 그 덕을 보고 있는 셈인가. 전화해서 지즈루를 바꿔달라고 하면 할 말이 없으니. 눈을 떼지 말라고 했잖아요, 또 치매가 도졌나, 하고 못된 소리로 야단을 치거든."

안된 일이지만 우리도 비참하다. 나 혼자 있었다면 훌쩍거렸을지도 모른다. 차마 미련을 못 버린 오다는 아직도 수화기를 귀에 대고 있었다.

"그렇게 중요한 연락이면 옆집에서 빌려보지 그러우. 협회 분이라 친절하다오."

꺄악, 비명을 지르고 싶은 순간이다.

"아니, 일요일 아침인데 그러면 죄송해서요. 어디 공중전화는 없을까요?" 나는 물어보았다. "아마노가와 여관요? 그건 알고 있는데 거기 전화는 고장났더라고요. 거기 말고는…… 하아, 전부 가게 안에 있다고요. 여기서는 전화부스를 못 보긴 했네요."

가미쿠라 따위 질색이다.

"인류협회와 아무 관계 없는 이웃 중에 전화를 빌려주실 만한 분은 안 계십니까?"

오다가 그냥 대놓고 물어보았다.

"까다로운 주문이구려. 친하게 지내는 사람은 많았지만 다들 여기가 변해가는 게 싫어 마을을 떠나버렸다오. 남은 사람은 대부분 어떻게든 협회와 얽혀 있는 사람들이거든."

모양이 각기 다른 찻잔으로 차를 내주었다. 고맙게 받아 마시면서 다음 수를 고민해야겠다. "지즈루 요 녀석이 아직 돌아올 생각을 않네."

할아버지는 손녀를 염려하고 있다. 이것도 인연인데 무시할 수는 없다.

"오늘 아침에 일어나셨을 때도 못 보셨어요?"

"글쎄, 언제부터 없었지? 어젯밤은…… 어땠더라…… 그게 확실치가 않아서."

나는 오다와 얼굴을 마주 보았다. 이 사람의 기억은 상당히 미덥지 못하다. 쓰바키와 대화할 때도 그런 발언을 했다. 내버려두면 위험하지 않을까?

"따님은 어디에?"

"게로에 가 있다오. 지즈루 양육비 때문에 온천여관 주방 일을 하는 헤어진 남편하고 담판을 지으러 갔지. 우리를 남겨두고 가는 게 걱정스러운 눈치였지만 지즈루는 아버지를 만나기 싫어하고, 딸도 지즈루를 보여주기 싫어해 어쩔 수 없었어. 오늘 밤 돌아올 예정인데, 돌아오지 않으면 어쩐다. 지어놓은 밥도 다 떨어져가는데."

어딘가 먼 곳을 바라보면서 마음은 딴 데 가 있는 사람처럼 중얼거렸다. 손녀가 사라져 초조한 게 아니다. 이 사람은 사물을 인식하는 능력이 저하된 상태다. 딸이 걱정할 만도 했다.

"혹시 어제부터 없었던 건 아니겠지요?"

오다의 표정이 어두웠다. 정말 그렇다면 큰일이다. 혼자 놀다가 사고라도 당했을지 모른다.

"어땠더라."

"어제저녁 식사는 손녀따님과 함께 드셨죠? 반찬은 기억하시나요?"

"그야 함께 먹었겠지. 뭘 먹었더라, 어디 보자……."

먹었겠지, 라니 걱정스럽다. 가네이시가 저녁을 제대로 챙겨 먹었는지조차 의문스럽다.

"잘 때는 어땠어요? 초등학교 3학년이면 아직 함께 자겠죠?"

노인이 민망한 기색으로 머리를 긁적였다.

"생각났수다. 초저녁부터 반주를 들었는데 어쩐지 쭉쭉 들어가지 뭐요. 일찌감치 벌러덩 뻗어버렸어. 그대로 아침까지 쿨쿨. 평소 같으면 지즈루가 '할아버지, 감기 걸려요' 하고 담요를 덮어주는데, 어제는 덮어주질 않아서 콧물을 훌쩍훌쩍……."

그건 어젯밤부터 지즈루가 없었다는 사실을 알려주는 상황 증거다. 우려스러운 사태가 아닌가? "친한 친구 집에 자러 간 건 아닐까요?"

그러면 다행이라고 생각해서 해본 질문이었다. 하지만 지금까지 그런 적은 한 번도 없었다고 한다. 친한 친구는 히라노에 있다고 했다.

"어미한테 된통 야단을 맞고 히라노까지 걸어가려고 했던 적은 있었어. 날이 저문 뒤에 길을 걸어가는 아이를 마을 사람이 발견하고 데려와주었는데, 아이고, 그때는 큰 소동이 벌어질 뻔했지."

태평한 것도 정도가 있지, 어떻게든 해야겠다.

오다도 똑같은 심정인지 당혹스러운 빛을 감추지 못했다. 지즈루를 찾으려면 우리 두 사람만으로는 벅차니 마을 사람들의 협조를 구해야 할 텐데, 가네이시에게 그러라고 권하면 우리에 관해서도 악의 없이 떠들지 않을까? 그건 곤란하다. 하지만 이러는 동안에도 소녀의 신변에 위험이 닥치고 있을지도 모른다. 하필 이럴 때 남의 문제까지 떠안게 되다니.

어쩌지…….

3

"안 다쳤어?" 에가미 선배의 첫마디였다.

"예. 상해도 안 입혔고요."

"그래. 다른 녀석들도 무사해야 할 텐데."

특히 오다와 마리아를 염려하는 것 같았다. 에가미 선배는 정문을 돌파한 오토바이가 메인스트리트를 질주하는 광경을 탑 위에서 목격한 것이다. 두 사람은 순식간에 건물에 가려 시야에서 사라졌다고 한다.

"여기에도 잔혹한 현실이 있어. 보여주고 싶지는 않지만…… 저기."

푸른 카펫이 깔린 명상실에는 물건이 거의 없었다. 작은 창문 밑에 쟁반을 내려놓기 위한 간소한 테이블, 창문 오른쪽 옆에 있는 작은 선반이 전부고 의자도 하나 없었다. 선반에는 회조의 사진 액자가 세워져 있었다. 또 '미카게 님은 보고 계셨다'인가? 카펫 위에 앉아 수행을 하고 있었으리라. 방 안쪽에 보이는 작은 문은 아마 화장실일 것이다.

실내를 휘 둘러보고 시선을 발밑으로 떨어뜨리자 테이블 근처에 남자가 바로 누운 자세로 쓰러져 있었다. 잔혹한 현실의 정체는, 이건가. 또 사람이 죽었다. 심지어 일반적이지 않은 죽음이다. 남자의 이마에는 누가 봐도 총에 맞았다고밖에 할 수 없는 흔적이 있었다. 참극은 태양이 뜨기 한참 전에 벌어졌는지, 흘러나온 피가 벌써 굳어 있었다.

어젯밤 혼조가 배달한 식사를 받아 든 남자다. 미국 지부에서 온 시모자와 다카히토. 협회의 미래를 두 어깨에 짊어진 인물. 철학자 같은 풍채의 남자. 나는 끝내 그의 목소리를 듣지 못했다.

"시모자와입니다. 아침 식사를 가져온 혼조가 사망한 그를 발견했습니다."

에가미 선배 맞은편에서 우스이 이사오가 말했다. 그 안쪽에는 사사키 마사하루가 멍하니 서 있었다. 잔뜩 맥이 풀린 모습으로 콧수염까지 풀이 죽은 것처럼 보였다.

"머리에 총을 맞은 거지요?"

그렇게 묻자 의사가 화들짝 놀라 고개를 들었다.

"예. 정말이지 끔찍해요. 가까이서 이마 한가운데를 맞았으니 즉사였을 겁니다."

"흉기로 쓴 권총은요?"

"이 방에는 없어." 에가미 선배가 대답했다. "히로오카 씨가 가지고 있던 S&W을 썼겠지. 총본부에 무기고는 없다고 했으니까."

우스이가 머쓱해했다.

"설마 권총이 몇 자루씩 있겠습니까? 히로오카가 가지고 있던 한 자루만으로도 기이한 노릇인데."

경찰이 감정하기 전에는 두 사람의 생명을 빼앗은 흉기가 같은 권총인지 단정할 수 없지만, 지금 단계에서 권총이 몇 자루씩 나돌고 있다고 생각할 근거는 없다.

"권총이 여기에 없다는 건 사고나 사살은 아니라는 뜻이겠네요."

"당연하지!" 선글라스를 낀 국장이 내뱉었다. "여기 창문을 봐요. 창틀에 핏방울이 튀었으니 명상실 밖에서 쏜 총에 맞은 게 확실합니다."

"그뿐만이 아니야."

에가미 선배가 시신의 두 손에 남아 있는 냄새를 맡아본 바로는 화약 연기가 뭔 흔적을 찾아볼 수 없었다고 한다. 즉석 감식이지만 타살이 분명해 보였다.

"사망한 뒤로 시간은 얼마나 지났어요?"

사사키에게 물었다.

"대략적인 시간밖에 말할 수 없어 미안하지만, 한나절은 지나지 않았을 겁니다. 사법해부로 위에 든 내용물을 조사하면 소화상태로 사망시각을 추정할 수 있을 텐데."

잘도 그런 말을 태연히 한다. 그걸 알면서 어째서 신고를 거부하는 걸까. 저러면 동료를 살해한 증오스러운 범인을 도와주는 꼴인데.

그렇게 비난하려는 찰나, 우스이에게 선수를 빼앗겼다.

"선생님, 꼭 그렇다고 할 수는 없습니다. 수행자는 종종 식사를 잊어요. 혼조에게 듣기로는 아침 식사를 가져갔더니 전날 저녁 식사가 그대로 남아 있었던 적도 있었답니다. 그러니 설령 시모자와가 식사를 마치고 한 시간 후에 사망했다는 걸 알아내더라도 그걸로 사망시각을 밝혀낼 수 있는 건 아니지요."

맞는 말이지만 단순한 변명이다. 자각은 있는지 우스이는 가식적으로 헛기침을 했다.

죽은 지 한나절이 지나지 않았다면, 지금 오전 8시가 조금 넘었으니…… 시곗바늘을 10시간 되감는다 치면 어제 오후 10쯤인가. 간단한 뺄셈을 해보다가 홈칫 놀랐다.

제사국이 '스타십'이라는 신형 꽃불을 실험한 시각과 일치한다. 혹시 그 순간에 범행을 저지른 건 아닐까? 그렇지 않다면 우리가 밤의 정적 속에 울려 퍼지는 총소리를 듣지 못했을 리 없다.

"그 꽃불 실험을 알고 있던 범인이 거기에 맞춰 권총을 쏜 게 아닐까요?"

모두 고개를 끄덕였다. 다들 그렇게 생각하고 있었던 것이다. 그렇다면 용의자를 대폭 줄일 수 있다.

"신형 꽃불을 실험한다는 건 일부 사람들만 알고 있었으니, 범인은 그 안에 있다는 뜻이 되겠군요."

이번에는 아무도 고개를 끄덕이지 않았다.

"아리스. 그렇게 단정할 수는 없어. 어젯밤, 꽃불은 두 번 터졌어. 오후 10시, 그리고 평소대로 11시 17분."

"아아, 그랬죠. 하지만 선생님 판단으로는……."

사사키가 입술이 떨릴 정도로 강하게 고개를 저었다. 천만에 만만에, 라는 듯이.

"아니, 아닙니다. 한나절은 지나지 않았을 서라고 추측한 거지, 사후 9시간이네 10시간이네 말한 게 아닙니다. 모쪼록 오해하지 마시길."

그렇다면 사망시각은 어젯밤 오후 10시일 수도, 11시 17분일 수도 있다는 뜻이다. 한 점으로 줄이지는 못하더라도, 이 감정 결과가 커다란 의미를 갖는다는 것은 의심할 여지가 없다.

"사망 추정시각은 나중에 생각하고, 어제 그렇게 뒤졌는데 못 찾았던 물건이 있어. 창문 옆 작은 선반 위를 봐."

자리를 바꾸어 에가미 선배가 말한 쪽을 보았지만 회조의 사진밖에 없었다.

"사진 뒤."

지문을 묻히지 않도록 조심조심 액자를 치우자 예상도 못 한 물건이. 바로 두 개의 비디오테이프였다.

"왜 여기에?"

"글쎄."

일단 테이프에 이상은 없어 보였지만 재생하면 중요한 증거가 찍혀 있을지도 모른다는 기대는 대번에 박살 났다. 테이프 옆에 은색 막대가 놓여 있었기 때문이다. 우스이의 말에 따르면 그것은······.

"자석입니다. 그것도 상당히 강력한. 행사 장식을 할 때 가끔 써서 평소에는 아래층 창고에 넣어둡니다. 아무나 꺼내갈 수 있는 물건이에요."

강력한 자석이 옆에 있었다면 비디오테이프의 기록은 전부 날아갔다고 생각해야 한다. 자세히 보니 비디오 케이스 표면에 뭔가에 긁힌 흔적이 있었다. 둥근 막대자석을 마구 문지른 듯했다. 의도적으로 녹화 영상을 삭제한 것이다.

"누가 이런 짓을······."

에가미 선배는 다섯 가지 가능성이 있다고 했다. 시모자와가 테이프를 빼돌려 삭제했다. 시모자와가 테이프를 빼돌렸고 다른 인물이 삭제했다. 누군가가 테이프를 빼돌렸고 시모자와가 삭제했다. 누군가가 테이프를 빼돌려 삭제했다. 누군가가 테이프를 빼돌려 또 다른 누군가가 삭제했다. 흐음, 그렇게 되나. 나는 네 가지일 줄 알았다.

우스이가 주머니 속에서 호두를 문지르기 시작했다.

"역시 추리소설연구회 부장님이라 다르군요. 누군가가 테이프를 빼돌려 또 다른 누군가가 기록을 삭제해서 이 방에 갖다 놓았다는 건 지나친 생각 같지만요. 저는 이 현장을 보자마자 아아, 비디오를 대기실에서 빼돌린 건 시모자와였나, 하고 생각했습니다."

"그건 직감이겠지요?" 에가미 선배가 물었다.

"그래요, 직감했어요. 더 확실히 말할까요? 시모자와가 도이를 살해한 범인이었나, 라고 생각했습니다. 탑에 틀어박혀 있어 생각도 못 했지만 시모자와에게는 범행 시간대의 알리바이가 전혀 없어요. 어제 에가미 씨가 그렇게 지적했던 게 뇌리를 스치더군요. 도이를 살해한 그가 자신에게 불리한 증거가 찍힌 비디오테이프를 빼서, 창고에서 가져온 자석으로 기록을 지워버렸다고 생각했죠. 미국 지부에서 온 시모자와가 자석이 어디에 있는지 어떻게 알았을까 하는 작은 의문은 남지만 우연히 창고를 들여다보았다가 찾아냈을지도 모릅니다."

"하지만."

"그래요, 그는 누군가가 쏜 권총에 맞았습니다. 도대체 이게 무슨 상황인지."

뒤쪽에서 누가 움직이는 기척이 났다. 뒤를 돌아보니 문가에 서 있던 유라가 심각한 표정으로 말했다.

"이런 말씀을 드리고 싶지는 않지만 전부 히로오카가 저지른 짓 아닐까요? 그가 도이를 살해하고, 시모자와를 살해하고, 그걸 후회해 자살했다고 생각하면……."

"아니, 아니, 잠깐."

우스이가 폭풍이라도 가로막을 것처럼 두 손을 들어 올렸다. 격렬한 갈등에 시달리는 것이다. 고통스러운 표정이다.

"함부로 말하면 안 돼, 유라 주사. 몇 가지 사실을 적당히 갖다 붙여 안일한 결론을 내지 말고, 신중하게 생각해야 해. 지금 이건 살인사건이야. 그것도 연쇄살인."

"예……." 유라가 고개를 떨구었다. "경솔한 소리를 했습니다. 앞으로는 조심하겠습니다."

"그러도록. 죽은 이의 명예와 얽힌 문제니까. 그렇죠, 에가미 씨?"

우스이가 동의를 구하자 부장은 "그럴까요?"라고 말했다.

"음? 무슨 뜻입니까? 죽은 이의 명예는 존중해야 마땅하지 않습니까?"

"물론 그렇습니다만, '사실'은 바꿀 수 없습니다. 아마도 유라 씨의 추리가 맞을 겁니다."

갑작스런 결론이었다.

　④

　거실 안쪽은 다다미 여섯 장짜리 방이었다. 평소 지즈루와 어머니가 이부자리를 깔고 자는 방이라는데, 침실 같은 느낌은 없었다. 벽에 아동용 공부 책상과 옷장이 나란히 붙어 있고, 옷장 위에는 종이상자가 잔뜩 쌓여 있었다.

　"이부자리가 안 깔려 있어. 지즈루가 오늘 아침 개어서 치웠을지도 모르지만……. 역시 어제부터 집에 돌아오지 않은 게 아닐까요?"

　비난처럼 들리지 않도록 조심스럽게 말했지만 가네이시는 시무룩해졌다. 하지만 지금은 침울해할 때가 아니다.

　"어디로 갔는지 짐작 가는 바는 없으세요?"

　"혼자 나돌아 다니길 좋아하는 아이라, 한 번 나가면 고삐 풀린 망아지라오. 어디 있는지 알 수가 있어야지. 그리 멀리 가지는 않았을 텐데."

　초등학생 3학년이면 위험한 곳에 가까이 가지 않을 정도의 분별력은 있겠지만 그래도 아직 어린아이다. 특히 호기심이 왕성한 아이라면 예기치 못한 행동을 할 수도 있다.

　"경찰에 알립시다."

　오다가 시원스레 말했다. 후련한 표정이다.

"왜 그래, 마리아? 뭘 고민해? 가네이시 씨가 어디서 전화를 빌려 '손녀가 행방불명됐으니 찾아주십시오' 하고 신고하면 되잖아. 그때 '성'에서 이변이 일어나고 있다는 말을 할 필요는 없어. 아이가 행방불명되었다면 경찰이 출동하겠지. 우리는 그때 이 집에서 뛰쳐나가 도와달라고 외치는 거야."

"앗!" 그래, 그렇구나. "그러면 되겠네요."

궁지에 몰린 심정이었는데, 그렇지 않았다. 그렇다면 쇠뿔도 단김에 빼라고 했으니.

"가네이시 씨, 아무 데서나 전화를 빌려서 당장 경찰을 불러요."

"그래야겠구려."

노인은 안쪽 장지문을 열었다. 뒷마루가 있어 마당 너머로 이웃집이 보였다. 큰길에서 집 안이 훤히 들여다보여, 오다와 나는 허둥지둥 거실로 뛰어들었다.

"저희 얘기는 하지 말라고 당부하는 걸 잊었는데, 괜찮을까요?"

"'집에 와 있는 젊은 남녀에게 의논을 했더니 경찰에 전화를 하라고 권하더라' 하고 번거롭게 설명하지는 않겠지. 너무 걱정하지 마."

거실에 있으면 바깥 상황을 알 수가 없어, 다다미 여섯 장짜리 방으로 돌아가 반쯤 열린 장지문 뒤에서 가네이시를 관찰했다. 샌들을 대충 신고 나가 이웃을 부르고 있었다. "미야노 씨!"

잠시 후 중년 부인이 나타나더니 울타리를 사이에 두고 선 채로 이야기를 나누기 시작했다. 상대는 어머나, 하고 깜짝 놀랐지만 빨리 전화해보라고 권하지는 않고 일단 집으로 돌아갔다.

"왜 저러지?"

"당장 전화를 빌려주면 될 텐데."

"불길한 예감이……."

"드네요."

노인은 초조해하는 기색도 없이 밖에서 기다렸다. 이웃이 다시 나올 때까지 2분 정도 걸렸다. 단순히 이 마을의 리듬이 느긋한 걸까? 미야노라는 이웃의 목소리가 들렸다.

"가네이시 씨, 다 함께 지즈루를 찾아봅시다. 제가 사람들을 부를게요. 멀리서 경찰을 부르느니 다 같이 찾는 게 빠를 거예요. 그렇죠?"

"오오, 미안해서 어쩌나. 고맙수다. 덕분에 해결됐네. 정말 고맙수."

해결도 되지 않았고 고맙지도 않다. 그냥 민폐다. 할 수만 있다면 "아주머니, 그게 아니잖아요" 하고 따지러 나가고 싶다. 오늘은 뭘 해도 꼬이는 날인가? 하지만 그렇다면 '성'에서 나오지도 못했을 것이다. 운수가 널을 뛰는 날인가.

"그런데 지즈루는 언제부터 안 보인 거예요? 설마 가출한 건 아닐 테죠?"

가네이시가 자초지종을 설명하고 있다. 우리 이야기를 꺼내지나 않을까 조마조마한 심정으로 들었지만 그런 일은 없었다. 완전히 흥밋은 아닌가보다.

이제 어떻게 할지 의논하려고 오다를 돌아보았더니 공부 책상 위를 뚫어져라 바라보고 있었다. 뭐 신기한 거라도 찾았나 싶어 들여다보니 비닐 매트 밑에 노사카 기미코의 사진이 여러 장 깔려 있었다. 대부분 어디서 보았던 사진으로, 신문이나 잡지에서 잘라낸 것이었다. 가네이시는 협회와 상관이 없는 듯했지만 손녀는 관심이 있는 모양이다.

"미래의 회원일지도 모르겠네요."

"아니." 오다는 북엔드에 꽂힌 책을 보며 말했다. "그렇다면 UFO나 외계인 책을 읽을 법도 한데 하나도 없어. 벽에 그런 포스터가 붙어 있는 것도 아니고. 아마 노사카 기미코 개인을 좋아하는 것 같아. 여덟 살짜리 여자아이한테 신비한 '성'에서 사는 '여왕님'은 동경의 대상이 아닐까?"

"그럴 만해요. 청초하고 예쁜 언니니까."

"만약 지즈루가 협회에도 관심이 있다 해도 이 자리에 있는 것도 아니고, '성'을 탈주한 두 사람을 찾아내라는 지령을 받은 것도 아니니 신경 쓸 것 없어."

"그러네요. 대표의 얼굴을 보고 그만 철렁해서. 도망자 신세는 처량하네요."

가네이시가 돌아왔다. 목욕이라도 하고 나온 사람처럼 상쾌한 얼굴이다. 하지만 아직 손녀를 찾지 못했다는 사실을 깨달 았는지 차츰 눈가의 미소주름이 사라졌다.

"친절한 사람이야. 마을 전체에 알려준다더이다. 이른 아침 부터 폐를 끼치는 꼴이지만 사실 고맙지. 아아, 그래, 학교에도 연락해달라고 해야지."

"학교에도 연락하다니…… 오늘은 일요일이에요."

정신이 오락가락하는 것이다. "참, 그랬지." 가네이시가 머 리를 긁적거렸다. 오다는 불만이 가득한 표정이었다.

"큰일 났어. 마을 사람들이 우르르 지즈루를 찾으러 다니면 우리는 점점 더 돌아다니기 어려워져. 소동이 진정될 때까지 여기서 버틸 수밖에 없어. 마을 사람들은 대부분 협회 회원이 니까."

"불길한 소리 좀 해도 돼요?"

"안 돼."

"할래요. 옆집 아주머니는 그걸 내다보고 마을 사람들에게 알린 게 아닐까요? 정말 친절한 마음으로 지즈루를 걱정한다 면 경찰에도 연락했을 거예요."

"마리아."

"왜요?"

"예리해. 네 말이 맞아. 사자성어로 하면 두뇌명석."

"재색겸비라고 해주세요."

칭찬받았다고 기뻐하거나 더 적절한 표현으로 정정해주길

요구하고 있을 때가 아니다. 상황이 더 불리해졌다. 가네이시에게 우리 사정을 설명하고 숨겨달라고 해야 할지도 모른다. 그러지 않으면 조만간 쫓겨날지도 모른다. 하지만 그것이 역효과를 부르지 않는다는 보장이 없어 판단하기가 어려웠다.

"일단 아마카와 씨한테 알리러 간다더구려. 거기서부터 차례로 연락을 돌리겠다는군요. 딸이 돌아와서 이 일을 알면 한소리 듣겠어. 별수 없나."

아마카와 아키히코의 도움을 받을 수는 없을까? 아마도 여관 안에 협회 사람이 버티고 있을 것이다. 주인아저씨는 붙잡힐 테니 가까이 오지 말라고 몰래 신호를 보내주었다. 그렇다면 우리의 적은 아니라는 뜻이다. 그에게 '성'에서 벌어지고 있는 일을 설명하면 놀라서 경찰을 불러줄지도 모른다.

아니, 너무 낙관적인 기대일까? 지금은 주인아저씨에게 접근하기도 어렵고, 어지간히 신중히 접촉하지 않으면 괜히 귀찮은 문제에 끌어들이기만 할지도 모른다. 어쩌면 주인아저씨는 '도와줄 수는 없지만 너희들이 잡히는 꼴도 보기 싫으니 썩 떠나버려' 하고 우리를 쫓아낸 것뿐일지도 모른다. 아아, 사면초가다.

"응?"

가네이시가 거북이처럼 고개를 쑥 내밀었다. 뒷마당에서 무슨 소리가 났기 때문이다.

"문이 열렸나?"

가네이시가 예상을 초월한 재빠른 동작으로 장지문을 벌컥 열었다. 미처 숨을 겨를도 없었다.

마당에, 푸른 유니폼을 입은 남자가 있었다.

5

우스이와 간부들은 우리에게 명상실을 구석구석 보여주었다. 신비한 베일에 싸여 있던 방은 그저 휑뎅그렁한 공중 별장이었다. 주방과 욕실을 뺀 원룸 맨션과 비슷했다. 피해자의 소지품도 없어서 굳이 봐야 할 건 없었다.

"속이 풀렸으면 돌아갈까요? 시모자와 시신은 이대로 둡시다."

방에 있던 담요로 시신을 덮었다. 이것으로 명상실도 대번에 시체안치소로 바뀌었다.

"에가미 씨, 당신 속셈은 다 압니다."

우스이는 여전히 호두를 문지르면서 말했다.

"속셈이라니, 무슨 말씀입니까?"

"시모자와를 살해한 히로오카가 죄책감 때문에 자살했다. 그게 진상이라고 유라에게 동조했지요? 마음에도 없는 소리를 하다니. 당신 눈을 보면 그런 건 믿지 않는다는 것을 알 수 있어요. 저는 돈을 다루는 데 천재라는 말을 듣지만 사람 보는 눈도 있습니다."

"눈을 보면 알 수 있다는 말씀입니까? 그런데 정작 본인은 늘 선글라스를 끼고 계시다니 불공평하군요."

부장이 진지한 얼굴로 말했다.

"비난당할 만큼 불공평하지는 않습니다. 용납할 수 없다면 당신도 선글라스를 애용하지 그래요? 히로오카가 동지 두 명을 살해했다고 확신할 수 있는 단계가 아닌데 당신은 어울리지도 않게 안일한 결론을 내렸어요. 아무래도 꿍꿍이가 있어서 그러는 것 같단 말입니다. 진범의 자살로 일단 마무리. 전부 해결되었으니 당장 경찰을 부르고 우리를 여기서 내보내달라. 그렇게 말하고 싶은 것 아닙니까?"

"오해입니다."

"오해는 무슨. 정곡을 찔렸으면 순순히 인정하시지."

"하지만 유라 씨가 말씀이 맞을지도 모릅니다. 그렇지 않다는 반증이 있습니까?"

국장은 입을 다물었다.

"없습니까?"

"아니, 없지는 않아요. 일단 히로오카가 그런 짓을 할 이유가 없습니다."

"그건 반증도 무엇도 아닙니다. 그럼 누구라면 도이 씨나 시모자와 씨를 살해할 동기가 있다고 말씀하실 겁니까?"

"모른다고 대답할 수밖에 없군요. 신앙으로 똘똘 뭉쳐 하나의 희망을 가진 우리 사이에 증오란 없으니까요."

"그렇다면 여기서 일어나고 있는 일은 수수께끼의 연쇄살인이라는 겁니까? 이유를 알 수 없는 죽음이 창궐하고 있는데 그냥 수수방관하다니 이해할 수가 없군요. 범인을 붙잡아 자수하게 하겠다고 느긋한 소리를 할 때입니까? 또 다른 희생을 막기 위해서라도 경찰을 부르는 게 책임자의 의무 아닙니까? 이런 건 노사카 대표나 다른 협회 직원들을 배반하는 행위입니다."

우스이의 말투에 노기가 서렸다.

"잘난 척 나불거리지 말았으면 좋겠군요. 우리에게는 우리만의 생각이 있습니다. 이 이상 아무도 죽게 하지 않을 거고, 당신들의 안전도 지키겠소. 그러기 위해서도 너무 막무가내로 굴지 말았으면 좋겠군. 밖으로 나간 두 사람이 돌아오면 선배인 당신이 잘 타일러주시오."

"모처럼 새장에서 달아난 새가 어째서 우리로 다시 돌아오겠습니까? 그대로 경찰에 달려가겠지요."

"돌아옵니다. 그럴 생각이 없어도 그렇게 됩니다."

불길한 탁선이었다. 협회 직원 및 멍이 오토바이를 쫓아가는 모습을 보았다. 발로 뛰어가봤자 따라잡을 수 없을 텐데, 우스이의 저 자신감은 어디에서 오는 걸까? 그냥 해보는 위협이라면 다행인데.

우스이는 점점 더 고압적으로 굴었다. 그런데도 에가미 선배는 짐짓 만족스러운 얼굴을 하니 이상했다. 어쩌면 뭔가 가치 있는 정보를 얻었는지도 모른다.

"도이 씨와 시모자와 씨를 살해한 범인이 히로오카 씨라는 사실을 완벽하게 증명한다면 그때는 문을 열어주시겠습니까?"

"물론입니다." 나는 그렇게 대답하는 우스이가 옆을 힐끔거리는 것을 놓치지 않았다. 이 사람을 믿으면 위험하다. 사건이 해결되더라도 또 무슨 일이 생길지 방심해서는 안 된다.

에가미 선배가 혼조 가야의 이야기를 다시 한 번 듣고 싶다고 하자 유라가 복도에 있는 그녀를 불렀다.

"제가 가지요." 부장은 매너를 발휘했다.

혼조는 왜건 옆에 맥없이 서 있었다. 빨리 탑 위에서 떠나고 싶은데 질문이 장맛비처럼 쏟아지는 바람에 결국 내려가지 못한 눈치다. 시신을 발견했을 때는 기겁했겠지만 지금은 차분했다.

"확인차 똑같은 질문을 할지도 모르지만 참아주십시오. 당신은 7시 30분에 왜건을 끌고 올라왔습니다. 맞습니까?"

"예. 늘 그 시간에 아침 식사를 가져다드려요. 식당이 문을 여는 시간에 맞춰서요. 먼저 서쪽 탑에 가져다드리고 다음으로 동쪽 탑에."

"버저를 눌러도, 작은 유리창을 두드려도 대답은 없었지요. 그래서 창문을 열고 시모자와 씨를 불렀고요."

"예. 명상에 몰두하면 좀처럼 나올 생각을 하지 않으시거든요. 오늘 아침에도 그런 줄 알았는데……."

시모자와가 쓰러져 있었던 것이다. 도저히 졸고 있다고 착각할 수 없는 모습이었으리라. 혼조는 깜짝 놀라 비명을 지르며 난간에 매달렸다. 그리고 바위처럼 굳어서 사람들이 우르르 올라올 때까지 기다렸다고 한다.

"엘리베이터에서 내린 주사님이 왜 그러냐고 물으셨지만 혀가 굳어버려서 창문을 가리키는 게 고작이었어요. 주사님도 깜짝 놀란 기색이었지만 역시 침착하셨어요. 바로 명상실 문을 열고 시모자와 씨에게 달려갔는데, 이미 손쓸 수가 없어서."

에가미 선배는 보호자처럼 혼조 곁에 찰싹 붙어 있던 유라에게 물었다.

"평소에도 명상실 열쇠를 가지고 다니십니까?"

"명상실에 사람이 있을 때는 예비 열쇠를 가지고 다녀요. 비상사태에 대비해서요. 묻기 전에 대답하겠는데, 이 방 열쇠는 전부 세 개 있습니다. 나머지 두 개는 총무국 열쇠 보관함에 있어요. 특별히 엄중히 관리하지는 않으니 누구든 빼낼 수 있을 겁니다."

"그렇습니까. 하지만 이번 사건에서는 열쇠는 크게 상관없을지도 모릅니다. 범인은 창문 너머에서 시모자와 씨를 쏠 수 있었으니까요. 그때 비디오테이프를 선반 액자 뒤에 숨기는 일도 가능했습니다."

"열쇠를 가지고 있던 제가 의심을 살 걱정은 없다는 말이죠?"

"예. 참고로 묻겠습니다만 문은 확실히 잠겨 있었습니까?"

"예."

에가미 선배는 다시 혼조에게 물었다. "어제, 저녁 식사를 배달한 다음 여기에 다시 올라왔습니까?"

"아니요." 혼조가 강하게 부정했다. "올라올 이유가 없어요. 그런 짓은 절대 하지 않았어요."

"그렇다면 오늘 아침에 깨달은 점은 없습니까? 뭔가 조금 이상했다거나."

"아니요, 아무것도."

"당신은 평소에도 명상실에 식사를 배달했지요. 그렇다면 수행 중인 시모자와 씨에게 뭔가 특별한 낌새는 없었습니까?"

"그런 것도 없었어요. 이야기를 나눌 일도 없으니까."

에가미 선배의 질문은 거기서 끝났다. 더 확인할 게 없는 것이다. 성과가 너무 없었는지 떨떠름한 표정을 짓던 부장이 이윽고 우스이를 돌아보았다.

"간곡히 부탁드릴 일이 있습니다."

강력히 요구할 기세였다. 대번에 주위에 긴장이 감돌았다.

"들어나 봅시다. 무슨 부탁입니까?"

"우스이 국장님은 범인이 아직 살아서 활보하고 있더라도 또 다른 희생자는 나오지 않게 하겠다고 선언하셨습니다. 그 약속을 지킬 수 있도록 이 본부 안을 철저하게 수색해주십시오. 뭘 찾아야 하는지는 아시겠지요? 이제 어디에도 권총이 없다는 사실을 확인하는 겁니다."

"그럴 필요가 있을까?"

"예. 국장님은 히로오카 씨가 범인이 아닐지도 모른다고 생각하셨지요? 하지만 만약 범인이 따로 있고, 재차 범행을 저지를 생각이라면 권총을 버리지 않았을 겁니다. 그 S&W에는 총알이 남아 있었으니까요. 그런데 현장에 버리고 간 점으로 보아 범인은 그것 말고도 다른 권총을 가지고 있을지도 모릅니다. 그렇다면 그 흉기를 찾아낼 필요가 있지 않겠습니까? 운이 좋으면 다음 사건을 막을 수도 있을뿐더러 은닉 장소를 단서로 범인을 밝혀낼 수 있을지도 모릅니다."

반박할 수 없는 강경한 주장이었다. 우스이가 미간을 찌푸리더니 손수건을 꺼내서 재킷 안주머니에 집어넣었다. 뭘 하나 싶었더니 손수건에 감싼 권총이 튀어나와 기겁했다. 현장에서 가져온 건가? 잔류 지문이 있었다면 다 망쳐버린 꼴이다.

"이런 게 관내에 또 있다는 말인가……."

"가능성은 있습니다. 그 권총 역시 있을 수 없는 물건이잖습니까? 두 번째 권총이 없는지 찾아주십시오. 2인 1조로 수색하시길 권합니다. 그러지 않으면 의미가 없습니다. 이곳에 있는 누군가가 범인이니까요."

"일손이 부족하지만 어쩔 수 없지. 유라 주사, 준비해. 그 대신 당신들은 C동에서 절대 나올 생각 말아요. 또 멋대로 굴면 밧줄로 묶어둘 테니 각오해."

저 S&W은 물에 잠겨 있었으니 이제 무용지물이다. 하지만 권총을 손에 든 남자에게 반항하려면 용기를 쥐어짜내야 했다.

"일손이 부족하다니, 오다 선배와 마리아를 추적하느라 그런 건가요? 그런 인간 사냥 같은 짓은 그만두세요."

"그냥 내버려둘 수는 없어."

"설마 험하게 대하진 않겠죠?"

"그쪽이 행동하기 나름이지."

찬바람이 쌩쌩 분다는 게 이런 걸 두고 하는 말인가? 나는 대담하게 상대의 코앞으로 뛰어들었다. 우스이는 나를 튕겨내려는 것처럼 몸을 뒤로 젖혔다.

"눈이 부셔서 선글라스를 애용한다는 게 정말인가요? 그건 그냥 핑계고, 사실은 모두 피식 웃을 만큼 눈이 깜찍하게 생긴 것 아니에요?"

우스이가 내 양쪽 어깨를 쿡 떠미는 바람에 뒤로 밀려났다. 커다란 손바닥이었다.

"허세도 좋지만 자기 걱정부터 하는 게 좋지 않을까? 그 두 사람이라면 걱정할 필요 없어. 우리가 책임지고 보호할 테니. UFO를 탄 사악한 외계인에게 납치당해 저 멀리 다른 별 동물원에 끌려가지 않도록 말이야."

지금은 아무 힘도 없다는 사실이 분해서 고개를 돌렸다. 눈밑에 평화로운 '도시'가 펼쳐졌다. 오다와 마리아가 이미 이곳을 탈출했기를 기도하는데, 에가미 선배가 다가와서 속삭였다.

"반드시 저 녀석들 콧대를 꺾어주자."

이곳에서 무슨 일이 벌어졌는가? 무슨 일이 벌어지고 있는가? 무슨 일이 벌어지려 하는가? 어떻게 물어야 할지조차 모를 정도로 기묘한 상황이었다. 하지만 그런 카오스의 한복판에서도 이 사람은 여전히 믿음직했다.

"네." 한 박자 늦게 대답하는 사이 에가미 선배는 먼 곳을 응시하고 있었다. 시선 끝에 있는 것은 서쪽 탑이었다. 사람 그림자가 창문을 가로질렀다.

제14장
합류와 분산

1

토스트와 잼밖에 없었지만 사무치게 고마운 아침 식사였다. 우유도 커피도 없이 빵에 엽차를 곁들인 기묘한 모닝 세트였지만 불평하지 않는다. 그저 고맙기만 했다.

"젊은 사람들이라 이것만으로는 부족할 텐데, 미안하구려."

"아닙니다. 눈물이 날 정도로 기뻐요. 부족하다니 천만에요. 정말 고맙습니다. 저, 하나 더 먹어도 될까요?"

오다가 민망해하며 물었다.

"들구려. 빵 하나만큼은 잔뜩 있으니 눈치 보지 말고."

"그럼 저도."

모치즈키가 편승했다.

나 역시 마음을 놓은 순간 맹렬한 허기에 시달렸지만 '하나 더'라는 말이 도저히 나오지 않았다. 나도 참 손해 보는 성격이다. 그 억울함을 모치즈키에게 쏟아냈다.

"모치 선배, 그 재킷 좀 그만 벗어요. 어색해서 도저히 못 참겠어요."

"그런가, 미안." 순순히 벗었다. "하지만 이 옷 덕분에 '성'에서 탈출할 수 있었어. 애착이 생겼다니까. 클리닝해서 돌려줘야겠지?"

마당에 서 있는 유니폼을 본 순간, 끝났다는 생각에 심장이 오그라들었다. 그게 모치즈키라는 것을 알고서 또 한 번 놀랐다. 꿈이 아닐까? 도저히 믿을 수 없어 "실례합니다!" 하고 툇마루로 뛰어올라온 모치즈키를 멍하니 바라보고만 있었다.

"어때, 마리아. 현실 생활에서도 트릭은 쓸모가 있지?"

이렇게까지 확실한 예를 보여줬으니 인정할 수밖에 없다.

수상한 사람이 마당으로 불쑥 침입했으니 놀랐을 법도 한데, 가네이시 겐조는 우리 친구라는 것을 알고는 기꺼이 맞이해주었다. 모치즈키를 만난 건 오늘 아침부터 겪은 산전수전에 대한 보상일까? 더군다나 안도한 순간 셋 다 동시에 배 속이 꼬르륵거렸는데, 그 소리를 들은 가네이시가 아침 식사를 차려주었을 때는 글자 그대로 닭똥 같은 눈물을 흘릴 뻔했다.

"잠깐 옆집에 좀 다녀올 테니, 천천히 들고 있어요. 손님이 와 있다는 건 비밀로 해달라고? 아아, 그리지. 그럼 금방 돌아오리다."

가네이시가 나가자 우리는 이때다 하고 토스터로 빵을 착착 구우면서 무용담을 나누었다. 모치즈키에 의하면 "너희는 육체 모험. 나는 두뇌 모험"이라고 했다. 한 번 입을 여니 어찌나 시끄러운지.

"……그렇게 갈라져서 전화를 찾기 시작했는데 협회 직원들 방에는 없는 거야. 하나만 뒤져보고도 이거 꽝이다 싶었지. 아리스는 식당하고 담화실을 살펴보려고 했던 것 같아. 나는 일찌감치 포기했어. 그때 눈에 들어온 게 옷장에 걸려 있던 유니폼이었어. 이걸 빌려 입고 협회 직원 행세를 하면 감쪽같이 밖으로 나갈 수 있지 않을까 했지. 그런데 때마침 절호의 기회가 온 거야."

우리의 대탈주로 문이 열렸던 것이다. 모치즈키는 협회 직원 몇 명이 헐레벌떡 우리 뒤를 쫓는 틈을 탔다. 운이 따랐던 거겠지만, 신속한 판단을 칭찬하지 않을 수 없다.

"탈주자를 찾는 척하면서 '도시' 변두리까지 가봤더니 버스로 길이 막혀 있고 오토바이가 버려져 있지 뭐야. 이거 큰일이다, 이 녀석들 '도시'에 갇혔구나 싶었지. 그래서 나 혼자 히라노로 가려고 했는데……."

협회 직원이 차를 타고 와서 길을 막고 있던 버스를 치우는 것을 보고 황급히 돌아왔다고 한다. 국도에서 마라톤을 했으면 당장 붙잡혔을 것이다.

이렇게 다시 만날 수 있었던 것은 순전히 요행이었다. 협회 유니폼을 입고 있다고 해도 얼굴을 자세히 보면 변장을 들켰을 것이다. 갈 곳도 없이 도망자 수색대를 연기하면서 '도시'를 헤매다가 우연히 가네이시의 집으로 들어가는 우리를 발견한 것이다. 저 집에서는 숨겨주나 보다 했지만, 협회 직원들이 주위를 어슬렁거려서 잠시 상황을 살피고 있었다고 한다.

서로 용했다고 고난을 뛰어넘은 용기를 칭찬한 것까지는 좋은데 앞길이 막막했다. 막다른 골목에 몰린 처지다.

"그 지즈루라는 아이를 무사히 찾아내더라도 언제까지 여기에 있을 수는 없잖아. 밤이 되면 따님도 돌아올 텐데, 그럼 당신들은 뭐냐고 쫓아낼 거야."

모치즈키의 비관론에 오다가 낙관론으로 반박했다.

"아니야, 쫓아내기는커녕 우리가 사정을 설명하면 경찰에 신고해주지 않을까? '우리 말을 믿지 못하겠으면 110번에 신고하세요'라고 말하는 수도 있지."

"협회에 문의하지는 않을까요?" 내가 물었다. "이 마을 사람들이 어떻게 행동할지 잘 모르겠어요, 노부나가 선배."

"경찰을 부르지 말라고 하면 수상하게 보겠지만 경찰을 불러달라고 부탁하는 거니까 괜찮겠지. 그 따님에게 상식이 있다면."

"'있다면'이 무섭네요. 빵, 아무래도 하나 더 먹을래요."

이러쿵저러쿵 떠들어봤자 별수 없다. 이렇게 된 이상 어느 정도는 임기응변으로 대처할 수밖에 없다. 어쨌거나 여기는 이상한 '여왕의 나라'니까.

추적자도 따돌리고, 모치즈키가 등장한 충격과 허기도 가라앉자 잊고 있던 여러 문제가 걱정되기 시작했다. 사람이 참 간사하다.

"'성'에 남은 사람들은 어쩌고 있을까요? 에가미 선배, 아리스, 쓰바키 씨, 아라키 씨. 혹시나……."

우리의 반역 때문에 연좌제로 수난을 겪고 있지는 않을까? 설마 그럴 리는 없겠지만, 그 혼란 속에서 다치지나 않았으면. 모치즈키는 제 앞가림하느라 바빠서 같은 서쪽 날개에서 도망 다닌 아리스가 어떻게 되었는지도 몰랐다.

"그리고 보니 동쪽 탑에서 들린 비명, 그건 대체 뭐였을까?"

오다가 또 한 가지 즐겁지 않은 기억을 들춰냈다. 분명 좋은 일은 아니다. 마치 시체라도 발견한 듯한 비명이었다. 정보가 완전히 차단되어 일단 밖으로 나오니 이번에는 '성' 안의 사정을 전혀 알 수가 없었다.

"여기서 지즈루의 어머니를 기다리고 있을 때가 아니야." 오다가 말했다. "느긋하게 있을 수 없어. 어떻게든 외부와 연락을 취하자. 전화를 하든지, 여기서 빠져나가든지. 모치, 뭐 필살 트릭 좀 없냐?"

"없네요. 유니폼 하나 뒤집어썼다고 의심받지 않고 나올 수 있었던 게 기적이야. 행운은 두 번 반복되지 않는다는 걸 나는 알고 있어."

"자랑하지 마, 괜히 짜증 난다."

위험한 생각이 떠올랐다. 협회가 완력으로 우리를 가두려고 한다면 역시 우리도 무력으로 대항하는 수밖에 없다. 그 덕에 '성'에서도 나올 수 있었다. 다만 예상하지 못했던 점은 감옥이 이중이었다는 사실. 그렇다면 두 번째 감옥도 힘으로 돌파하면 그만이다.

"전화기가 있는 곳을 습격해요."

어디든 상관없다. 당장 손쉬운 곳은 옆집일까. 셋이서 쳐들어가 허락해주지 않더라도 전화를 건다. 뭐라고 할 테면 경찰에 끌고 가라지. 용기를 내서 말했더니 남자들이 꽁무니를 뺐다.

"마리아, 조금만 더 이성적으로 생각하자. 취업을 앞둔 두 선배에게 무슨 소리를 하는 거니." 모치즈키가 말했다.

오다는 중립이었다. "반드시 성공할 승산이 있다면 나는 도전해도 좋아. 하지만 글쎄다."

"어째서요? 어디서 전화를 30초, 아니 10초 만이라도 점거할 수 있다면 경찰을 부를 수 있어요. 옆집 아주머니가 '어머나, 당신들, 남의 집에 멋대로 쳐들어오다니 뭐예요?' 하고 허둥대는 사이에 끝날지도 모른다고요."

"전화가 된다면 말이지."

그게 무슨 뜻이지?

"최악의 경우가 떠올라서 그래. 협회가 어떤 수단을 써서라도 비밀을 지키려 한다면 마을 전화도 끊어버렸을지 몰라."

"그럴 리 없어요. 아까 저희는 동네 아주머니한테 들켜서 협회에 신고당할 뻔했잖아요."

"그 후에 협회에서 손을 썼을지도 모르잖아. 만약 그렇다면 옆집에 들어간 순간 게임오버야. 그 자리에서 붙잡혀서 어떤 제재를 당할지 모른다고."

"굉장히 부정적인 사고네요."

"전화를 끊으면 가미쿠라에 이상 사태가 발생했다는 걸 외부에 들킬 테니 그렇게까지는 하지 않으려나. 하지만 소극적이기 때문에 목숨을 건질 때도 있어. 현재 상황을 타파하고 싶은 건 나도 마리아하고 같은 마음이지만, 지금은 신중히 행동해야 해. 성에 남아 있는 사람들을 구하기 위해서라도."

설득하는 오다의 말을 들으며 나는 안도했다. 선배들이 명안이라고 덥석 물었다면 내가 지레 겁을 집어먹고 철회했을 것이다. 하지만 이 어리석은 아이디어를 완전히 버리지는 않겠다. 우리나 '성'에 있는 네 사람의 신변에 중대한 위기가 닥치면, 나는 행동할 것이다.

"그나저나 가네이시 씨가 늦네." 모치즈키가 중얼거렸다. "이스가리옷의 유다가 된 건 아니겠지?"

일어나서 뒤쪽 상황을 살피러 가려는 모치즈키를 나와 오다가 말렸다. 실수로 남들 눈에 띄기라도 하면 큰일이다.

"괜찮다니까. 대문 틈새로 살짝 내다보기만 할 거야. 둘 다 완전 겁쟁이가 다 됐네."

말은 그렇게 하면서도 자중해주었다. 거실로 돌아오던 모치즈키가 책장에서 두꺼운 책을 꺼냈다. 책이 아니라 사진 앨범이었다.

"너희는 지즈루를 찾는 걸 도울 생각이었다면서? 어떤 아이인지 얼굴도 모르고 뭘 할 수 있어? 사진 정도는 봐둬야지."

맞는 말씀. 앨범을 뒷장부터 펼쳐보자 단발머리 소녀의 사진이 잔뜩 붙어 있었다. 갸름한 얼굴에 이목구비가 사랑스러웠지만 눈매가 다소 날카로워 카메라 렌즈를 노려보는 사진이 많았다. 아하, 고집깨나 있어 보인다. 웃는 사진도 없고 V 사인도 없다. 그런 표정이나 포즈를 요구하면 콧방귀를 뀔 것 같다.

"가출을 시도한 어린 초등학생이 이 아이인가. 하하, 야무지게 생겼네. 장래가 기대되는데."

모치즈키는 재미있어했지만 나는 웃을 수 없었다. 오다와 얼굴을 맞대고 사진을 뚫어져라 보았다.

"이 아이, 어디서 본 것 같은데."

나는 고개를 끄덕였다.

2

이나코시와 마루오에게 연행되어 VIP룸으로 돌아오자 왜건 위에 아침 식사가 준비되어 있었다. 쫄쫄 굶는 벌은 면했지만 먹이를 받아먹는 것 같다는 생각도 들었다. 나는 일단 커피를 끓였다.

"에가미 선배, 아까 뭔가 단서를 잡은 거예요? 노부나가 선배랑 마리아가 돌아올 거라고 단언하는 우스이 국장의 말을 듣고 뭔가 만족스러워하는 것 같았는데요."

부장은 가슴주머니에서 꺼내던 캐빈 상자를 도로 넣으며 말했다.

"아니. 그 둘이 돌아온다는 말을 듣고 만족스러워할 리가 없잖아. 그게 아니야. 단서는 못 잡았지만 어떤 사실을 알아냈어."

커피를 건네며 물었다. "뭔데요?"

"유라 씨가 히로오카 씨가 두 사람을 죽이고 자살한 게 아니냐고 했을 때, 우스이 씨가 당황했잖아. 그게 흥미로웠어. 사건의 진상은 불분명하지만 협회 사람들이 모두 한패는 아니라는 뜻이잖아. 그들은 입을 맞추지 않았어. 얼마든지 그럴 수 있었는데."

"그게 그런 뜻이 되나요?"

나는 토스트를 한 입 크게 베어 물었다.

"기뻐해, 아리스. 희망이 있어. 범인이 누구든, 그자는 고립되어 있어. 협회는 진심으로 범인이 누군지 찾아내려고 하는 것 같아."

"전부 거짓말이고 국장과 주사가 한바탕 연극을 했을 가능성은 없을까요? 어쩌면 시모자와 씨의 시신이 발견된 직후였으니 입을 맞출 겨를이 없었던 걸지도 몰라요."

"일부러 그런 연극을 할 이유가 없어. 시체를 발견한 직후라서 입을 맞출 겨를이 없었다? 그럴 겨를이 없었다면 유라 씨는 괜한 소리 하지 말고 입을 다물고 있었으면 됐어. 유라 씨는 '앞으로는 조심하겠습니다'라고 반성했지만, 억측을 무심코 흘릴 정도니 범인찾기에 함구령을 내리지는 않은 거야."

아아, 그렇구나, 그렇게 생각할 수 있나.

"즉 그들에게는 통일된 의사가 없다는 뜻이네요."

"어째서일까? 사건을 알고 있는 외부인을 '성' 밖으로 내보내지 않는다는 점에 대해서는 일치단결해 똘똘 뭉쳐 있잖아. 그들에게는 이상한 양면성이 있어. 그 점이 수수께끼야."

그 문제는 일단 미뤄두자.

"에가미 선배가 유라 씨의 추측에 동조했을 때는 깜짝 놀랐어요. 그건 우스이 국장이 지적한 것처럼 사건을 마무리 지어 '성'을 열기 위한 방편이었던 거군요?"

대답은 "물론"이었다.

"히로오카 씨가 시모자와 씨를 죽이고 자살했다고? 그런 건 억측에 지나지 않아. 애초에 시모자와 씨가 히로오카 씨보다 정말 먼저 죽었는지도 알 길이 없는데."

이 말에는 놀랐다. 시모자와 다카히토의 사망 추정시각은 어젯밤, 히로오카 시게야가 죽은 것은 오늘 아침 6시 반이 아니던가? 전후 관계는 닭과 달걀의 순서만큼이나 확연하다.

"그렇게 안쓰러운 눈으로 보지 마. 난 잠꼬대하는 게 아니야.

제대로 검시하지 않았으니 두 사람의 사망시각은 알 수 없다고 말하는 거야."

"사사키 선생님을 의심하는 거예요? 다소 오차는 있을지도 모르지만 시모자와 씨가 죽고 나서 시간이 제법 흘렀다는 건 누가 봐도 확실한데요."

"오해하지 마. 내가 의심하는 건 히로오카 씨의 사망시각이야."

"네에?" 점점 더 이해할 수 없다. "그쪽은 총성을 똑똑히 들었잖아요. 그게 총성이 아니면 뭐예요?"

"총성과 흡사한 어떤 소리라고밖에 말 못 하겠네. 폭죽 같은 거였을지도 모르지. 여기에는 그런 게 있어도 이상하지 않아."

"그렇게 생각하는 근거는?"

"그게 총성이 아니었다고 생각해야 앞뒤가 맞아. 히로오카 씨는 온몸에 사후경직이 퍼져 있었잖아. 너는 그걸 강직성 경직이라고 거의 단정했지만."

잠깐, 잠깐만.

"이의가 있는 거예요? 에가미 선배, 그 자리에서는 아무 말도 안 했잖아요."

"협회 사람들이 어떻게 반응하는지 관찰하느라 그랬어. 다들 표면상으로는 믿는 눈치더군."

"강직성 경직이 아니라면……?"

"검시관이 아니니 확실하게 말할 수는 없지만 나는 다른 생각을 했어. 방금 전에 권총으로 머리를 쏴서 죽었는데 어째서 온몸이 굳어 있었을까? 혹시 지금 들은 건 총소리가 아닐지도 모른다. 그렇게 의심한 건 히로오카 씨의 시신을 직접 만져봤기 때문이기도 해. 너도 만져봤다면 고개를 갸웃거렸을지도 몰라. 차가웠어."

"물에 잠겨 있어서 그런 거 아니에요?"

"그건 자의적인 해석이야. 차가워서 온몸이 굳어 있었다면 정말 방금 전에 죽은 건지 의심해야 해. 시신이 인공연못 속에 빠져 있었던 건 시체의 체온을 속이려고 범인이 부린 수작일지도 몰라. 권총이 물속에 있었던 것도 마찬가지야. 바닥에 떨어져 있었다면 총신이 뜨겁지 않은 걸 의심할 테니까."

"그렇다면 범인은 히로오카 씨를 살해하고 자살로 위장한 거예요?"

"그렇게 판단하기에는 증거가 부족해. 뒤뜰에 폭죽 부스러기라도 남아 있었다면 자신 있게 주장하겠는데, 조사할 시간이 없었어. 협회가 경찰에 신고하지 않는 바람에 정확한 사망 추정시각을 판정하기 어려워진 게 안타까워. 이제는 돌이킬 수 없어. 자살로 위장했다고 추측해볼 수 있는 재료는 그것 말고도 또 있어. 뭔지 알겠어?"

어렴풋하게 감이 왔다.

"혹시…… 뒤뜰로 나가는 문을 막고 있던 콘크리트 블록인가요?"

"정답. 히로오카 씨의 죽음이 타살이라면 그건 범인이 쌓아두었다는 뜻이 돼. 시간과 수고를 들여가며 그런 짓을 한 이유는?"

"시체 발견을 조금이라도 늦추려고."

"바로 그거야."

선생님의 질문에 정답을 말하고 으쓱거리는 초등학교 1학년의 기분을 떠올렸다. 타인의 평가는 언제나 마음을 풍요롭게 만든다.

"범인은 밤사이 히로오카 씨를 살해하고 인공연못 물속에 빠뜨린 다음, 어떤 건지는 모르겠지만 시한장치 폭죽 같은 걸 세팅했어. 그런 짓을 한 이유는 뭐, 알리바이 공작이겠지. 다만 그것만으로는 새벽에 펑 터지더라도 아직 불안요소가 남아. 우연히 근처에 있던 사람이 1분도 채 지나기 전에 현장으로 달려와 시신을 일으키려 한다면 인공연못에 지금 막 빠진 사람치고는 너무 차갑다는 걸 알아차릴 거야. 그래서 한 가지 더 꾀를 내서 블록으로 문을 막았던 건지도 몰라. 그렇게 해놓으면 우스이 씨나 마루오 씨가 고생한 것처럼 문이 열릴 때까지 어느 정도 시간을 벌 수 있으니 시신이 너무 차가운 것도 속일 수 있지. 사후경직도 마찬가지야. 범인에게 과연 강직성 경직이라는 법의학 지식이 있었는지는 의문이지만, 시체 발견까지 15분 정도만 벌면 시신이 굳어 있어도 속일 수 있다고 생각했는지 몰라. 게다가 블록을 쌓아 뒤뜰이 밀실이었다는 인상을 줘서 자살이었음을 암시할 수도 있으니 일거양득이지. 거기가 밀실도 뭣도 아니었다는 건 알고 있지?"

"예. 블록을 쌓아놓고 계단으로 탑 위까지 올라가 엘리베이터를 타고 관내로 내려올 수 있으니까요."

탑의 높이는 약 40미터. 아파트 10여 층에 달하는 높이라 시간과 체력이 필요하지만 밤이라면 사람들 눈도 없고 서두를 필요도 없다.

"완전범죄를 위해서라면 그 정도 짓은 하고도 남겠지."

실제로 그런 짓을 했다면, 어떤 범인상을 도출할 수 있을까?

"그럼 역설적으로 총성 같은 소리가 났을 때 알리바이가 있었던 인물이 의심스럽겠네요. 그리고 블록을 쌓아 올릴 만한 체력이 있는 인물…… 아니, 그 정도는 아무나 할 수 있나?"

덩굴을 심은 커다란 화분을 움직이려면 그 나름의 완력이 필요하겠지만 블록 낱개는 그리 무겁지 않다. 가녀린 여자 팔로도 문 앞을 막을 수는 있었다.

"6시 반에 알리바이가 있는 인물을 조사해봐요. 그 안에 범인이 있을 거예요."

"그 정도로 범인을 알아낼 수 있다면 다행인데."

에가미 선배가 두 번째 토스트에 버터를 발랐다. 마음에 들지는 않지만 이곳 버터는 상당히 맛있어서, 어디 제품인지 물어보고 싶을 정도다.

"잘 들어, 아리스. 지금 추리는 총성이 가짜였다는 가정하에

세운 모래성이야. 시한장치 폭죽을 사용했다는 걸 입증하지 못하면 전혀 설득력이 없어. 사람은 자기 아이디어에는 부끄러운 줄도 모르고 관대해질 수 있는 법이야. 이건 조심해야 할 점이지."

"시한장치 폭죽의 흔적을 찾아내면 되는 거죠? 그럼 빨리 조사하러 가요. 멍청히 있다가는 범인이 증거를 은멸하려 들지도 몰라요."

"조사하러 가자니, 어떻게? 나도 너도 포로 신세인데. 이미 늦었을지도 몰라."

"선글라스 아저씨한테 말해야죠. 그 사람 하나만으로는 믿을 수 없으니 후부키 국장한테도 함께 말하는 게 좋으려나. 어쨌든 지금이라도."

"밑져야 본전인가."

에가미 선배가 마시던 커피를 엉거주춤한 자세로 비우고 일어섰다.

엘리베이터 앞에서는 마루오가 의자에 앉아 버티고 있었다. 오늘은 성스러운 동굴이 아니라 복도 보초 업무에 종사하고 있는 것이다. 우리를 보더니 바로 벌떡 일어났다.

"방에서 나오면 안 됩니다. 돌아가십시오."

방에서 근신하라는 엄명이 떨어져 쓰바키와 아라키도 만나지 못했다. 그런 우리가 어슬렁어슬렁 복도로 나왔으니 화가 난 모양이다.

"뒤뜰을 조사하고 싶습니다. 도저히 허락해줄 수 없다면, 부탁이 있습니다."

에가미 선배는 그 이상 아무 말도 할 수 없었다. 마루오가 냉담하게 거부하더니 우리를 방으로 몰아넣으려 한 것이다. 마치 개나 고양이라도 내쫓듯이.

한 걸음, 두 걸음 뒤로 물러나면서도 계속 사정하는데 엘리베이터가 올라왔다. 안에서 나온 사람은 이나코시 소스케였다. 다들 참 부지런도 하다.

"여러분께 전하는 게 좋을 것 같아서."

에가미 선배가 물었다. "타이밍이 참 좋군요. 역시 저희 방을 도청하고 있는 겁니까?"

"무슨 말씀이신지?"

"아니요, 아니라면 됐습니다. 전하고 싶다는 내용은 뭡니까?"

"일행이신 모치즈키 슈헤이 씨 일입니다."

겨우 찾았나. 그 선배는 어렸을 때도 숨바꼭질을 너무 열심히 해서 행방불명되는 타입이었을 것 같은데, 결국 게임오버를 맞이한 모양이다.

"어디에 있었어요?"

쓴웃음을 지으며 묻자 어째선지 작은 나리가 우리를 쏘아보았다. 그들의 체면에 흠을 낸 모양이다.

"달아났습니다."

3

마을이나 도시나, 어디든 상관없다.

신비한 세계가 나오는 소설이 좋다. 특히 아무리 애써도 빠져나올 수 없는 신비한 세계가. 읽다 보면 가슴이 두근거리고, 때로는 숨도 흐트러지고 열이 날 때도 있다. 깊은 밤, 침대 안에서 떠올리고는 꿈속에서 그런 곳에 빠져들어 현실 세계로 돌아오지 못하게 되면 어쩌나 겁을 먹기도 하고, 하굣길에 일상적인 풍경이 어느새 다른 광경으로 바뀌어 있으면 어쩌나 불안에 떨곤 했다. 지금도 그 시절의 즐거운 공포를 기억의 바다에서 툭 건져 올려 은밀한 즐거움을 누릴 때가 있는데…… 설마 정말 그런 세계에 갇힐 줄이야.

가네이시 겐조는 돌아올 기미가 없다. 앞으로의 방침도 정할 수 없는 처지라 무작정 그런 이야기를 꺼내보았다.

"아아, 이해해. 나도 신비한 세계에는 약해." 모치즈키가 재미있어하며 맞장구를 쳤다. "신비한 '도시'에서 발버둥 치며 신비한 세계의 이야기를 하는 것도 운치가 있네. 마리아의 뿌리가 된 건 어떤 소설이야?"

"그야 역시 쓰쓰이 야스타카의 《초록 괴물의 도시》죠."

"'그야 역시'라. 흠, 지금 이 순간 논하기에 걸맞은 작품이지."

읽지 않은 오다를 위해 둘이서 줄거리를 소개했다.

주인공 다케오는 중학생. 같은 반 친구의 심술로 학교 지하실에 갇혔다가 간신히 환기구로 탈출해보니 마을이 이상하게 바뀌어 있었다. 모두가, 부모님과 형제자매도 다케오를 '모른다'고 말하는 것이다. 집에도 들어가지 못하게 된 다케오는 광장의 토관 속에서 하룻밤을 보낸다. 이튿날 학교에 가보지만 거기에 그의 자리는 없었다. 시청에서 신원을 증명하려 했더니 주민등록대장에서 다케오의 이름이 사라져 있었다. 그것만으로도 오싹한데, 무서운 건 그다음부터다. 어쩔 수 없이 집으로 돌아간 다케오는 초록색 피부의 괴물로 변해버린 어머니를 발견하고 도움을 청하러 파출소로 달려간다. 하지만 그곳에서 꾸벅꾸벅 졸고 있는 순경 아저씨도 똑같은 모습으로 변해 있었다. 잠에서 깬 순경은 "흐음, 그래, 너, 봤구나⋯⋯?" 하고 웃는다.

"마을 전체가 이상해져서 도망 다니던 다케오는 우주물리학 조교수라고 하는 멀쩡한 형을 만나게 되어요. 그리고 외계인의 지구침략 때문에 그렇게 됐다는 걸 알게 되는 거죠. 잭 피니의 《도둑맞은 거리》하고 비슷한 이야기예요."

"영화 《보디 스내처》 말이지? 그거 무서웠는데." 오다가 말했다.

"진짜 무서워요. 그래서 그 형과 함께 마을에서 탈출하려 하지만 주위에 온통 적들뿐이라 좀처럼 달아날 수가 없어요. 결국 우주선 안으로 끌려가는데⋯⋯. 뒷이야기는 직접 읽어보세요. 모치 선배의 뿌리는 뭐예요?"

"《프리즈너》라는 영국 드라마야. 비디오로 빌려서 봤어. 토머스 M. 디시가 소설로도 각색했어."

"그거, 컬트로 인기 높았던 드라마죠? 부조리 SF 모험 스파이 스릴러."

"난 몰라." 그렇게 말하는 오다에게 또 설명해줬다. 첩보기관 소속 주인공 남자가 사표를 내고 집으로 돌아가자 누군가 방에 수면가스를 뿌려 어딘지도 모르는 마을로 그를 납치해간다. 드라마는 매번 정신을 차린 주인공이 "너는 넘버 6다. 우리에게 정보를 넘겨라"라는 수수께끼의 목소리에 "번호로 부르지 마! 나는 자유인이다!"라고 외치는 장면으로 시작한다. 그는 기분 나쁠 정도로 평화로운 마을에서 온갖 수단을 동원해 탈출하려 하지만 번번이 풍선처럼 하얀 구체가 나타나 방해한다. 이번에는 성공하나 싶다가도 마지막에 반전이 기다리고 있는 것이다.

"마을 지배자의 정체도, 마을이 존재하는 목적도 알 수 없는 초현실적인 드라마야. 네게는 찝찝할 수도 있는데, 어쨌거나 뒷이야기는 비디오로 봐."

"1960년대 후반에 나온 드라마였죠? 동서 냉전이 그대로 반영되어 있잖아요. 납치라고 하면 공산주의. 하지만 동쪽이나 서쪽이나 국가는 본질적으로 비밀투성이죠. 다들 영문도 모르고 '너희는 그냥 입 다물고 살아' 이런 말을 듣는 꼴이에요. 그것하고는 또 분위기가 다르지만 헝가리의 커린티 페렌츠가 쓴 《에페페》라는 특이한 설정의 소설이 있는데요."

주인공은 이 작품의 작가와 마찬가지로 언어학자다. 그는 헬싱키에서 열린 학회에 참석하려다가 비행기를 잘못 타는 바람에 낯선 공항에 내린다. 바벨탑을 암시하는 듯한 고층 빌딩이 빼곡한 그곳은 너무나 기묘한 나라였다. 어쨌거나 언어학자인 그도 그곳에서 사용되는 언어와 글자를 전혀 이해하지 못하는 것이다. 손짓 발짓도 통하지 않고 예스, 노조차 표현할 수 없는, 의사소통이 불가능한 지옥이다. 책을 읽으면서 내가 그런 곳에 떨어졌다고 상상하니 숨이 막혔다. 그로테스크한 장면이나 묘사는 없는데도 누군가는 몹시 불쾌하게 느꼈을 것이다. 거리는 엄청나게 많은 사람들로 넘쳐나는데 간단한 대화 한 마디 통하지 않으니, 아는 장소로 돌아가려 해도 방도가 없다. 궁극의 이방인이 된 그는 그 미궁에서 탈출하는 것만큼이나 누군가와 대화를 나누기를 원한다. 에페페는 그런 도시에서 신경 쓰이는 한 사람의 여성, 호텔 엘리베이터 안내원이다. 대화는 통하지 않지만 에페페라고 말하는 것 같아서 주인공이 붙인 이름이다. 이윽고 이국에서 내전이 발발하자 주인공은 더욱 궁지에 몰린다.

"육체를 구속당하는 건 아니지만 그것도 고된 감금이네. 1970년 헝가리 소설이라고? 현실도 고되었을 거야."

모치즈키가 관심을 보인 뒤에 엘러리 퀸 이야기를 꺼냈다.

"SF나 부조리극 말고 본격 미스터리에도 신비한 세계는 나와. 《여덟 번째 날》에 나왔던 사막 속 마을, 퀴넌도 상당히 특이했어."

퀴넌은 성경의 가르침대로 살아가는 사람들의 공동체다. 실존하는 아미시 마을과는 달리 그들은 고립된 채 공동생활을 철저하게 고수해, 문명 자체로부터 완전히 격리되어 있었다. 실수로 그곳에 들어간 명탐정 엘러리는 마을 최초의 범죄, 살인 사건에 맞닥뜨려 알리바이나 지문의 개념도 모르는 그들 사이에서 범인을 찾느라 유례없는 고생을 한다.

"하지만 그 작품에서 엘러리가 마을에 갇혔던가요?"

"아니, 사건을 해결하려고 머무는 거야."

그러자 오다도 뭔가 생각난 모양이다.

"아하, 신비한 세계도 여러 가지네. 나도 하나 소개할까.《오소마쓰 군》에 나오는 '고물차 악의 마을에 가다' 이야기 알아?"

그건 뭔가 싶었지만, 듣고 보니 확실히 신비한 세계 이야기의 대표주자 같은 작품이었다. 오소마쓰 군 여섯 형제는 아버지가 운전하는 목탄 자동차로 여행을 떠나는데, 도중에 차가 망가져 가까운 마을까지 고물차를 밀고 간다. 수리 공장에 차를 맡기고 일단 여관에 들어가는데, 뭘 해도 비싼 요금을 물려 화를 낸다. 이런 곳에는 못 있겠다고 수리 공장에 차를 찾으러 갔더니 도저히 낼 수 없는 요금을 청구해 그렇게는 못 내겠다고 거부하자 체포당하고 만다. 외부에 도움을 청하는 편지를 써도 우체국 직원이 찢어버린다. 형제 중 한 명이 틈을 봐서 달아나자 격분한 마을 사람들은 그들을 교수형에 처하려 한다.

"외계인은 나오지 않지만 음모 서스펜스야. 마을 사람들이 모두 뻐드렁니인 게 복선이지. 뒷이야기가 궁금하면 각자 읽어봐. 아카쓰카 후지오 선생님은 역시 남달라."

걸작일 것 같으니 책을 꼭 찾아봐야겠다. 덕분에 신비한 세계 컬렉션에 어울리는 작품을 알게 되었다.

모치즈키는 "모두 뻐드렁이인 게 복선이라니, 그건 마을 사람들이 모두 친척이고 한패란 뜻이잖아? 굳이 숨길 만한 일이야?"

"그걸 짐작할 수 있으니까 훨씬 서스펜스가 넘치는 거잖아. 데즈카 오사무의 《사과 시계》도 훌륭하지. 어느 작은 산간 도시가 쿠데타를 노리는 자위대에 지배당하는 이야기. 주인공은 콜타르로 'SOS'라고 쓴 물고기를 강에 방류해."

안타깝게도 이 '도시'에는 강이 없다.

"뭐, 하지만." 모치즈키가 말했다. "지금 말한 신비한 세계 중에서 우리가 지금 처한 상황에 가장 가까워 보이는 작품은 오소마쓰 군의 수난이네."

"그래?" 소개한 본인이 묻는다.

"그렇잖아. 아무리 여기가 UFO의 고향이라지만 외계인이 협회 사람들한테 들러붙어 마인드컨트롤을 하고 있을 리도 없고, 다른 나라 스파이 짓도 아니야. '성' 사람들은 어떤 이익을 위해 음모를 짜고 있는 거야. 거기에 우리 같은 외부 사람들이 끼어드는 바람에 히스테리를 부리는 거지."

"그 이익이 뭔지 궁금하네. 우리 존재가 왜 거치적거린다는 거야?"

"우리가 거치적거리는 게 아니라 단순히 경찰이 개입하는 게 싫은 거겠지. 즉 경찰이 '성'에 들어가면 수포로 돌아가는 이익. 역시 일종의 범죄일까?"

떠들다보면 뭔가 보일지도 몰라 나도 끼어들었다.

"꼭 흉악한 범죄는 아닐지도 몰라요. 발각되면 종교단체로서 굉장히 불리한 스캔들일 가능성도 있어요. 불법 행위로 자금을 모았다거나."

오다는 팔짱을 끼고 뒤쪽 장롱에 기댔다.

"스캔들이라는 말을 들으니 노사카 대표의 얼굴이 떠오르네. 그 사람은 지금 협회의 아이돌일 뿐만 아니라 미카게 회조의 예언에 따르면 황금시대를 구축할 가장 중요한 인물이잖아? 조금이라도 흠이 날 일은 피하고 싶을 거야. 그녀가 코빼기도 보이지 않는 건 왜일까? 분명 이유가 있을 거야. 밖에 새어 나가면 대표의 자질을 의심할 만한 스캔들. '성'이 문을 닫고 있는 건 그 은폐 작업이 아직 끝나지 않았기 때문일지도 몰라. 혹시 대표가 불륜으로 아이라도 임신한 게 아닐까 생각해보기도 했는데, 겨우 그 정도로 이렇게 반사회적인 행동을 저지르지는 않을 거야."

"범죄가 아니라 스캔들이란 말이지? 확 대담하게 말해볼까?" 모치즈키가 고타쓰* 테이블 양 끝을 붙잡았다. "진상은 그 두 가지를 섞어놓은 거야. 성에서 벌어진 살인사건의 범인은 노사카 기미코인 게 아닐까? 동기는 신앙에 관한 문제일지도 모르고, 인간적인 사랑 문제일지도 몰라. 간부들은 그걸 알아버렸기 때문에 경찰을 부르고 싶어도 부를 수가 없는 거지."

하나도 놀랍지 않았다. 오다가 귀찮다는 듯이 반론했다.

"그건 아니야."

"왜?"

"에가미 선배가 말했잖아. 만약 내부에 범인이 있고 협회가 그걸 숨기려고 했다면 범인은 '성'의 경비 담당을 때려눕히고 달아났다고 날조할 수 있었어. 그렇잖아? '도시'로 나와 보니 그 가설이 얼마나 현실적이었는지 절감하겠어. '도시' 전체가 협회 말 한마디에 똘똘 뭉치니, 경찰을 속이는 것도 식은 죽 먹기일 거야. 안 그래?"

"음, 여기서 에가미 지로에게 막히나." 모치즈키가 아쉬워했다.

"스캔들이라면 알려졌을 때 부끄러운 일이겠죠?" 나는 생각해가며 떠들었다. "그게 꼭 객관적으로 부끄러운 일이라고 할 수는 없어요. 당사자 입장에서 남들에게 들키고 싶지 않았던

---

*테이블 밑에 전기 등의 열원을 두고 그 위에 이불을 덮어 사용하는 일본의 난방 기구.

사실일지도 모르죠. 어쩌면 일반인인 우리에게는 아무렇지도 않은 일인데 그들의 종교적 감정으로 비추어보면 말도 안 되는 일이라거나……."

모치즈키가 말을 받아주었다.

"종교적 감정이라면 그들 특유의 논리에 기인한 특수한 감정이란 말이지? 흠, 상당히 흥미로운 견해야. 그들 특유의 논리라는 건 역시 우주 저편에서 착한 외계인이 찾아와 인류를 인도한다는 기대에서 비롯된 걸까? 아니면 사악한 외계인과 관계가 있을까?"

"자꾸 내일까지 기다려달라고 했지. 왜 그랬을까?"

오다가 그렇게 말했을 때, 위쪽 나무 대문이 삐걱거리며 열리는 소리가 났다. 우리는 당장 입을 꾹 다물고 숨을 죽였다.

가네이시가 돌아온 것이다. 제발 그렇기를. 그의 피부가 초록색으로 바뀌었거나, 앞니가 튀어나와 있지 않기를.

4

온화하고 경건한 신도 이나코시 소스케가 이렇게 불만 많은 사람이었다니 뜻밖이었다. 그도 사람이니 산속의 '성'에서 신앙생활에 골몰하다 보면 욕구불만이 쌓여 답답하기도 할 것이다. 간부들의 협회 운영 방침, 특히 우스이 재무국장의 방식이 마음에 들지 않는 듯했다.

"그 사람의 최고 관심사는 돈을 마음대로 주물러 눈덩이처럼 부풀리는 일이에요. 협회의 윤택한 자금을 밑천 삼아 돈놀이에 흥을 올리고 있어요. 자꾸 그렇게 보입니다. 가령 구마이 지카우가 설계한 이 총본부만 해도 그래요. 만국박람회 스미토모 동화관하고 비슷하게 생겼다고요? 비슷할지도 모르지만, 제가 하고 싶은 말은 외관이 아니라 알맹이입니다. 마치 기업 연수원 같지 않습니까? 우스이 씨가 자기 생각을 구마이 씨에게 강요해 이렇게 된 겁니다. 언젠가 협회가 쇠퇴하면 연수원이나 호텔로 재이용하려고 그런다나요? 그 사람이 무심코 속내를 내비친 적이 있었거든요. 거기까지 내다보다니 믿음직하다고 칭찬하는 사람도 있을지 모르지만, 저는 불순한 동기를 느꼈습니다."

이나코시는 한바탕 투덜거리더니 블랙커피를 마셨다. 에가미 선배와 나는 그가 떠들도록 내버려두었다. 말실수 끝에 재미있는 정보가 나오기를 기대하면서. 하지만 역시 말이 지나쳤다고 생각했는지 우스이에 대한 비판은 거기서 끝났다.

"돈을 불리는 재주가 나쁜 건 아니시만요. 협회의 발전에 크게 공헌하고 있으니 불순하게 생각하는 건 제 비열한 시기심 때문일지도 모릅니다. 그만 가봐야겠군요. 두 분의 요청은 우스이 국장님과 후부키 국장님께 전하겠습니다. 현장 보존을 위해 뒤뜰 출입구도 잠가놓았고, 탑 엘리베이터도 정지시켰으니 그 점은 걱정 마십시오."

"좀 더 계셔도 되잖아요. 조금만 더 쉬다 가세요." 살살 꾀어 보았다. "하지만 우스이 씨도 신앙심이 투철하신 거죠? 재테크 재능을 높이 사서 스카우트된 게 전부는 아니죠?"

"그야. 회조님 부군의 먼 친척으로, 천명개시회 시절부터 실무 분야에서 미카게 님을 보좌하며 극진히 모셨습니다. 회조님의 가르침을 존중하는 건 확실해요. 다만 80년대 중반부터 일찍이 없었던 거품경제가 시작되면서 재테크 재능이 단숨에 꽃을 피웠으니, 개인적인 성취감이 신앙심을 앞질렀을 겁니다. 이런 산속으로 은행가들을 불러들이거나 전화 한 통으로 억 단위 자금을 굴리니 어지간히 통쾌하겠지요."

"회조가 돌아가신 뒤로 본인이 협회 대표로 취임하지 못한 것을 불만스럽게 여기지는 않았나요?"

"그런 일은 없었을 겁니다. 우스이 씨는 대표가 되는 것보다 지금 이대로 재무 업무를 맡기를 원할 거예요, 분명히. 사람들 앞에 나설 타입이 아니라는 걸 자각하고 있을 테고요. 빈정거리는 게 아니라 그 사람은 신앙 덕분에 행복해질 수 있었습니다. 그걸 자각하고 있으니 탈회해서 금융전문가가 될 생각도 없어 보였습니다."

"그렇군요. 이나코시 씨는 어떤 계기로 입회하셨어요?"

"웃지 마십시오." 진지한 얼굴로 단서를 달았다. "어느 날 기묘한 꿈을 꾸었습니다. 아스라한 빛에 감싸여 푸른 별을 바라보는 꿈이었죠. 위성 궤도 위에서 지구를 바라본 겁니다. 굉장히 편안한 기분이었어요. 아침에 눈을 떴을 때, 제게 뭔가 특별한 일이 일어났다는 걸 느꼈습니다. 그게 1978년 10월 1일이었죠. 회조님이 페리파리를 만나신 날입니다. 나중에 그 사실을 알고 깜짝 놀라 회조님께 그대로 말씀드렸더니 페리파리의 위광이 제 꿈에 닿은 거라고 하시기에 천명개시회에 들어갔습니다. 열아홉 살 되던 해 겨울이었죠."

내친김에 마루오에 대해서도 물어보았다.

"그는 천명개시회가 인류협회로 바뀐 뒤에 들어왔습니다. 하숙을 하며 기소 후쿠시마에서 고등학교에 다니고 있었을 때 아름다운 '하늘의 배'를 보았죠. 그때까지는 '뭐가 UFO고 외계인이야' 하고 비웃었던 만큼 큰 충격을 받고 '혹시 나는 가미쿠라에서 태어났으면서 크게 착각하고 있었던 게 아닐까' 하고 의심하기 시작한 게 계기였다고 들었습니다. 회조님의 가르침을 책으로 읽고 공부하는 사이 의심이 조금씩 확신으로 바뀌게 된 거죠."

"다들 계기가 다양하네요. 후부키 국장님하고 유라 주사님은요?"

"두 분은 각각 어머니와 친구의 인도로 들어왔습니다. 국장님은 어머니가 앓고 있던 마음의 병이 회조님의 말씀으로 해결된 데 감격했고, 노스트라다무스의 예언 같은 종말론에 현혹되었던 주사는 회조님의 가르침에서 희망의 빛을 발견했죠. 협회로 들어오는 문은 하나가 아니라는 뜻입니다."

후부키는 스물아홉, 유라는 열여덟 나이에 입회했다.

"물론 두 분 다 그 이유 하나로 입회한 건 아닙니다. 모두가 평화롭고 행복하게 살 수 있는 세상을 꿈꾸면서도 언제까지고 똑같은 실수를 되풀이하는 인간에게 실망하고 있었죠. 그때 회조님이 나아갈 방향을 보여주신 게 결정적인 계기였습니다."

잠자코 듣고 있던 에가미 선배가 거리낌 없이 말했다.

"인류협회는 신흥 종교에서 흔히 볼 수 있는 일종의 폐쇄성이나 암울하고 과격한 성질이 없고 대단히 개방적이고 건조한 인상입니다. 성공해서 그런 것도 있겠지만 적대적인 면도 없고 세련되었습니다. 그렇다고 협회 내부에 질척한 욕망이 소용돌이치는 것처럼 보이지도 않더군요."

"예, 바로 그렇습니다."

"그런데 어째서 이런 사건이 벌어졌을까요? 아니, 진행형으로 정정하겠습니다. 이런 사건이 벌어지고 있을까요? 여러분 사이에서도 슬슬 말이 나오고 있을 것 같습니다만."

이나코시는 망설이지 않고 부정했다.

"아니, 짐작도 가지 않습니다. 이상하게 여기거나 겁을 먹고 있을 뿐이에요. 그야 무서울 수밖에요. 범행 동기를 모르니 자기가 다음 피해자가 될지도 모르잖습니까. 하지만 엄중히 서로를 감시하고 있으니 살인사건이 또 발생하지는 않을 겁니다. 히로오카의 죽음으로 막이 내렸다고 말하는 사람도 있습니다만……. 저는 그것도 믿을 수가 없어 혼란스러울 따름입니다."

"히로오카 씨도 피해자라고 가정하면, 사망한 세 사람에게 공통점이 있습니까?"

"나이, 고향, 입회 시기나 동기, 소속 부서, 전부 다릅니다. 과연 공통점이랄 게 있을까요?"

"동료인 이나코시 씨도 모르는데 외부인인 제가 어찌 알겠습니까. 그 세 사람이 공통으로 겪은 일도 없었습니까?"

이나코시는 손으로 턱을 어루만지며 잠시 생각에 잠겼다가 유감스럽다는 듯이 말했다.

"글쎄요, 모르겠습니다. 도이 씨와 시모자와 씨는 회조님이 꼽은 차기 간부 후보였지만 히로오카는 아니었으니."

차기 간부 후보는 노사카 기미코, 시모자와 다카히토, 유라 히로코, 도이 겐사쿠, 마루오 겐. 이 황금의 5인 중 두 사람이 빠졌지만 아오타의 말에 따르면 새로운 후보는 없다고 한다. 부장이 그 점을 재차 확인하자 이나코시도 고개를 끄덕였다.

"없다는 말씀이시죠. 그럼 곤란하지는 않습니까?"

"심각한 사태라고 생각하지만 극복할 수 있겠지요. 우수한 인재들이 세 분을 보좌하면 그만입니다."

"두 자리가 비었으니 회조께 지명받지 못한 회원들 중에 내심 기뻐하는 사람이 있을지도 모릅니다. 실력만 되면 그 자리를 노릴 수 있게 되었으니까요."

"그렇게까지 해서 위로 올라가고 싶어 한다면 인류협회에 몸과 마음을 바친 사람이겠지요. 하지만 그런 회원이 사람을 죽인다는 게 애초에 모순입니다."

이나코시가 경멸 어린 눈빛으로 에가미 선배를 바라보았다. 그 정도도 모르냐는 듯이.

"하지만 자리가 빈 것은 사실입니다. 누군가는 올라갑니다. 보초대에 설 수 있는 사람이 유력하지 않습니까?"

"저를 도발하고 싶은가보군요, 에가미 씨. 나이도 회원 경력도 한참 밑인 마루오가 간부 후보인데, 회조님께 지명을 받지 못한 저 같은 회원은 살인도 서슴지 않을 정도로 원한을 품지 않겠냐고 묻고 싶은 거라면 잘못 짚었습니다. 사람을 죽이면서까지 손에 넣고 싶은 게 과연 있을까요? 보초를 설 수 있느냐 없느냐가 간부 후보 조건인 것도 아닙니다."

"이나코시 씨를 떠본 건 아닙니다."

"그런가요?"

이나코시는 진지한 성격 탓에 기분이 상한 모양이지만 감정을 다시 가다듬은 것 같았다. 다시 일어나려는 그를 무시하고 에가미 선배가 물었다.

"새벽에 총성이 났을 때, 이나코시 씨는 어디서 무엇을 하고 계셨습니까?"

"이번에는 알리바이 조사입니까?" 한숨을 쉰다. "좋습니다, 대답하지요. 방에서 자고 있었습니다. 자정 12시까지 대기실에서 보초를 서서, 피곤해서 푹 곯아떨어졌지만 소리에는 민감합니다. 하지만 그때는 총성인 줄 몰라서 바로 일어나지는 않았어요. 아무래도 소란스럽기에 동쪽 날개로 가보려 했지요. 그랬는데 집무실로 들어가는 아라키 씨를 발견하는 바람에……."

아라키는 집무실에서 협회 직원이 뛰쳐나온 것을 보고 전화를 걸려고 하다가 이나코시에게 저지당했던 것이다.

총성이 폭죽을 이용한 가짜였다면 그 목적은 알리바이 공작일 테니, 범인은 6시 반에 알리바이가 있는 인물이 된다. 이나코시는 그 조건에 해당되지 않았다. 알리바이가 있는데 없다고 거짓말하는 사람은 없을 것이다. 이것만으로 그가 결백하다고 단정 지을 수는 없겠지만 약간 혐의가 풀렸다.

마리아와 오다, 모치즈키 세 사람은 '성' 밖에서 필사적으로 싸우고 있다. '도시'가 봉쇄되었다면 굉장히 고된 싸움이리라. 사로잡힌 나는 도와줄 수 없지만 진범의 가면은 벗겨낼 수 있을지도 모른다. 그 싸움에는 이길 테다.

"제가 할 수 있는 이야기는 그게 답니다. 유익한 정보는 없습니다. 이쯤에서 그만 실례하겠습니다."

아직 돌려보낼 수는 없다.

"잠깐만요. 이나코시 씨는 동쪽 뒷문에서 저희와 처음 만났을 때, 내부 공사 중이라 여기에 묵을 수 없다고 말씀하셨죠?"

그는 나를 돌아보더니 짜증스러운 표정을 지었다.

"공사는커녕 다 멀쩡하지 않느냐고 말하고 싶은 거군요? 예, 그건 거짓말입니다. 에가미 씨의 정체가 수상쩍어 손님 받기를 꺼렸던 겁니다."

"그것도 거짓말일지 모르죠. 성안에서 중대한 사건이 일어날 줄 알고 있었기 때문에 그랬던 건 아닌가요?"

"설마. 살인사건을 예상할 수 있었다면 방지할 대책을 세웠을 겁니다. 생각나는 대로 입에 담는 버릇은 삼가는 게 좋겠습니다. ……아아, 피곤해."

방에서 나가는 뒷모습에서 문득 애수가 느껴졌다. 간부 후보에서 탈락했기 때문이 아니다. 어제, 명상관 앞에서 만났을 때 그가 했던 말이 생각났던 것이다.

'서른한 살 독신, 함께 앞날을 논할 상대는 없습니다.'

'다들 지상의 이성보다 우주 저편에 있는 존재를 그리워하는 겁니다.'

에가미 선배가 뭐라고 말하고 있다.

"우리 때문에 화가 난 모양이지만, 저런 성격이니 우스이 국장에게 제대로 전해주겠지. 오늘 아침 총성이 났을 때 각자 어디에서 뭘 하고 있었는지도 궁금하군. 어떻게든 알아낼 수 없을까……. 왜 그래, 아리스?"

"아니, 이상한 생각이 떠올라서요."

너무 이상해서 말하기가 꺼려졌다. 연쇄살인과 표고버섯 재배가 머릿속에서 하나로 연결되었던 것이다.

5

가네이시의 얼굴만 봐서는 안심할 수 없다. 푸른 유니폼이 그 뒤를 졸졸 따라오지는 않았는지 확인하고서야 겨우 가슴을 쓸어내렸다.

"성과가 있었나요?"

그렇게 물어보았다. 아침 식사를 얻어먹기만 하고 아무 보답도 하지 않아 미안했다.

"아직 못 찾았다오. 대체 어디로 갔담. 협회분들 손까지 빌리다니."

지즈루가 행방불명되지 않았어도 협회 회원들은 '도시 안'을 우왕좌왕했을 테니 눈치 볼 필요는 없다. 어쨌거나 단발머리 소녀를 빨리 찾기를 기도했다.

"지즈루는 협회에 관심이 있는 건가요? 노사카 대표의 사진을 모아두었던데요."

오다는 아직도 그게 마음에 걸리는 모양이다.

"어린애니 협회가 어떤 곳인지 알지도 못한다오. 대표인 기미코 씨를 좋아하는 것뿐이니, 고향 출신 가수나 탤런트로 착각하는 거겠지. 그러다 곧 싫증을 내겠지만 지금은 '어떻게 하면 여왕님을 만날 수 있어? 할아버지나 엄마가 회원이 되면 나도 만날 수 있어?' 하고 들들 볶아대는 통에 아주 못 살겠어."

"'여왕님'이라고요?"

"텔레비전에서 그렇게 말하거든. 산기슭에 있는 본부는 '성'이라고 부르더구려. 어디에 좋은 데 데려가줄 형편이 못 되니 그 아이에게 '성'은 외국보다 머나먼 꿈나라겠지. '저 안은 어떻게 생겼어?' 하고 졸라대서 한 번 견학하러 갔던 적이 있다오. 전망대 같은 곳에 올라갔는데 무척 기뻐했지. 아이가 여왕님을 만나고 싶다고 하니까 역시 바빠서 안 된다고 거절하더구려."

그 정도로 빠져 있다면 싫증 나기는커녕 입회해버릴지도 모르겠다.

"지즈루 문제는 일단 접어두고, 당신들 뭔가 숨기고 있는 것 아니오?"

분위기가 바뀌었다. 가네이시는 바로 뒷말을 잇지 않고 우리 반응을 기다렸다. 혹시 도망자 신분이 탄로 났나?

"무슨 말씀입니까?" 오다가 대표로 시치미를 뗐다.

"협회 사람이 그러던데. 이러저러하게 생긴 젊은 사람들이 본부에서 못된 짓을 하고 달아났다, 사정을 듣고 싶으니 발견하면 연락해달라고. 아무래도 그게 당신들 같단 말이지. '아무리 찾아도 안 보입니다. 어디 집에 몰래 들어갔거나 마당에 숨어 있을지도 모르니 조심하십시오'라는 말도 들었다오. 허, 고개를 못 드는군. 참 솔직한 사람들일세."

노인은 여전히 싱글싱글 웃고 있었다. 한결 마음이 가벼워졌다. 괘씸하다고 당장 쫓아내지는 않을 건가 보다.

사정을 설명해야 한다. 모치즈키에게 맡기기로 했다.

"진짜 사정을 말씀드릴 결심이 좀처럼 서지 않았습니다. 낯선 외부인이 셋이나 찾아왔는데 쫓아내기는커녕 기꺼이 맞아주셔서 고맙습니다. 실은 난처한 상황입니다. 사실 그대로 말씀드릴 테니 들어주십시오."

말도 안 되는 일이지만 우리는 그때까지 이름도 밝히지 않았다. 자기소개부터 시작해 이 마을에 찾아온 이유, 인류협회에서 선배와 무사히 만난 것까지는 좋았는데 살인사건에 맞닥뜨린 일, 협회가 그 일을 경찰에 신고하지 않고 우리를 본부에 가둔 것, 오늘 아침에도 다른 협회 회원이 수수께끼의 죽음을 당한 것, 한바탕 난동 끝에 세 사람만 탈출한 것, 마을이 봉쇄되어 갈 곳이 없는 사정을 차분히 설명했다. 가네이시는 중간에 끼어들지 않고 진지하게 들어주었다.

"그랬구려. 아까 들은 얘기하고 영 딴판일세. 하지만 어느 쪽이 진짜인지 모르겠네."

"협회가 거짓말을 하고 있는 겁니다." 모치즈키가 이때다 하고 단호하게 말했다. "사람이 둘이나 죽었는데 경찰을 부르지 않다니 정상이 아니에요. 저희를 의심하셔도 상관없습니다. 경찰에 연락해 진위를 확인해주시면 안 되겠습니까? 경찰차가 올 때까지 달아나지도 숨지도 않겠습니다. 경찰이 오면 두 손을 들어 환영할 겁니다."

"살해당한 사람이 도이 겐사쿠 씨라고 했지요?"

"예, 그렇습니다."

"이상하군. 제게 도망 다니는 청년들이 있으니 조심하라고 말한 회원이 '도이 겐사쿠'라는 이름표를 달고 있던데."

교활한 짓이다. 가네이시는 도이의 얼굴을 모른다. 그걸 노리고 가짜 도이를 준비해 우리가 사건을 폭로했을 때, 거짓말을 하는 것처럼 보이도록 획책한 것이다. 모치즈키가 그 점에 대해서도 열심히 설명했지만 가네이시는 혼란스러워했다.

"저희가 악인이라면 경찰을 찾을 이유가 없잖습니까? 켕기는 구석이 있는 건 협회 쪽이에요. 그걸 증명하기 위해서라도 경찰에 신고를."

"달아난 세 사람은 달변이니 속아 넘어가지 않도록 조심하라는 말도 들었는데."

"속은 셈치고 전화하면 되잖습니까?"

"협회는 경찰에 신고하면 학생들 장래에 흠집이 날까봐 걱정하는거라오."

당연히 경찰을 부르려는 쪽이 결백하고, 부르기를 꺼리는 쪽이 잘못된 것 아닌가? 답답한 노릇이지만 가네이시는 그 정도 판단도 내리지 못하는 상태인 것이다.

"협회 본부에서 살인사건이 나다니 아무래도 믿을 수가 없구려. 하물며 그걸 숨기려 들다니……."

"예, 상식적으로는 그럴 리가 없지요. 하지만 실제로 그렇습니다. 어쨌거나 전화를 해주십시오. 저희도 언제까지고 범죄

자처럼 도망 다닐 수 없고 '성'에 갇혀 있는 친구들도 걱정됩니다. 그러니 전화를, 제발 부탁입니다."

셋이서 나란히 다다미 바닥에 엎드려 애원했다. 가네이시는 아무 대답도 하지 않았다. 벽시계가 째깍째깍 시간을 헤아리는 소리만 침묵이 드리운 방에 크게 울렸다.

"미안하구려."

노인이 예상치 못한 말을 했다.

"여러분에게 미안할 따름이오. 이 집 전화가 끊기지 않았다면 바로 쓸 수 있었을 텐데. 이 늙은이한테 허물없는 친구가 있었다면 전화를 빌릴 수도 있었는데."

그런 일로 사과하다니 사람이 너무 좋다. 하지만 그렇게 포기하면 큰일이니 고마워하면서도 간절히 매달렸다.

"이웃집 전화를 빌리는 게 정신적으로 부담스러울지 모르지만 상황이 급합니다. 어디서 빌릴 수 없을까요? 협회는 자기들 사정을 우선한 나머지 지즈루가 행방불명이 되었는데도 경찰에 알리지 않았습니다. 그 사실도 화가 납니다."

"하시만 많은 사람들이 찾아주고 있으니, 이제 외서 경찰을 부르는 것도 사람들 호의를 무시하는 것 같아……."

"괜찮습니다. 그래도 마음에 걸리신다면 다른 급한 용건이 생겼다고 해도 됩니다. 그리고 몰래 경찰에."

"이를 어쩐다. 당신들이 거짓말을 하는 악인으로는 보이지 않으니 참."

가네이시의 마음이 조금씩 흔들렸다. 그게 보여서 보다 효과적인 말을 찾고 있는데 훼방꾼이 끼어들었다.

"가네이시 씨."

현관에 누가 들어와 우리는 돌처럼 굳었다. 자리에서 일어서는 가네이시의 눈은 비밀로 해주겠다고 말하고 있었다. "예에" 하고 대답하며 현관으로 가려는데 방문객은 "아, 나중에 다시 올게요" 하고 문을 드르륵 닫았다. 뭔가 잊은 물건이라도 생각난 듯한 말투였는데…….

"멍청아!" 모치즈키가 버럭 고함을 질렀다. "일어서! 나가야 해!"

"왜 그래?"

오다가 어리둥절한 얼굴로 물었다. 나도 영문을 알 수가 없었다.

"너희 신발 숨겼어? 현관에 그냥 벗어뒀지?"

"어." 오다가 전기 충격이라도 받은 것처럼 발딱 일어섰다. 큰 실수를 저질렀다는 걸 이제야 깨달았다. 마을 주민들이 문단속을 하지 않아 언제 누가 '안녕하세요' 하고 들어올지 모른다는 것을, 이곳이 한적한 동네라는 것을 잊고 있었다.

"사람을 부르러 간 거야. 어쨌거나 도망치자. 가네이시 씨, 신세를 졌습니다. 폐만 끼쳤지만 용서해주십시오."

모치즈키는 그렇게만 말하고 뒷문으로 향했다. 그는 꼼꼼하게 신발을 툇마루 밑에 숨겨두었던 것이다. 스니커를 두 손에 들고 돌아온 그에게 오다가 물었다.

"도망치다니 어디로?"

"몰라. 일단 산으로 들어갈까?"

"아니면 전화가 있는 곳으로 쳐들어갈까?"

그 한 마디에 바로 결론이 났다. 목적지는 아마노가와 여관
이다.

오다와 나도 "고맙습니다" 하고 인사했지만 마치 휴지를 내
던지듯 소홀한 태도라 가슴이 아팠다. 다시 제대로 인사하기
위해 반드시 이곳으로 돌아와야 한다.

큰길로 나가보았지만 아직 추적자의 모습은 없었다. 우리를
일망타진하려고 동료를 불러 모으고 있는 건지도 모른다.

살금살금 건물 뒤로 다니지 않고 여관으로 냅다 달렸다. 적
이 덤벼들면 기합으로 뿌리치는 수밖에 없다. 인간 볼링 다음
으로 난생처음 럭비를 체험할 수 있을 것 같다.

"거기 서!"

회원이 사는 듯한 파란 집 창문에서 굵은 목소리가 쏟아졌
다. 그것을 뿌리치는 것은 통쾌했다. 이세 그 누구도 우리를 막
을 수 없다! ……물론 현실은 달랐다.

논두렁길을 지나 여관 지붕이 눈앞에 보이기 시작했을 때,
마침내 적의 부대가 나타났다. 그것도 좌우 양쪽에서. 예닐곱
명씩 되는 남자들은 유니폼을 입은 사람도 있고 그렇지 않은
사람도 있었다. 정면에서 부딪치면 승산이 없으니 허둥지둥

유턴했다.

"잘 들어. 여차하면 뿔뿔이 흩어지는 거야."

모치즈키가 헐떡거리며 말했다. 마음은 불안했지만 그러는 수밖에 없다. 나는 벌써 뒤처지기 시작해 두 사람의 뒤를 간신히 쫓아가고 있었다. 발목을 붙잡을 수는 없다.

"저걸!"

오다가 메인스트리트 쪽을 가리키며 외쳤다. 세단 한 대가 우리와는 반대 방향인 남쪽으로 달려갔다. 그것이 무엇을 의미하는지 바로 알아차렸다. 모치즈키도.

"지금이라면 가미쿠라의 봉쇄가 풀려 있어! 밖으로 나갈 수 있어!"

세단은 협회 차량이었다. 부득이한 용무로 '도시' 밖으로 나가는 것이리라. 적당한 간격을 유지하며 뒤를 쫓아가면 적의 눈에 띄지 않고 정상 세계로 돌아갈 수 있을 텐데, 그러기 위해서는 우리도 탈 것을 확보해야 한다. 서두르지 않으면 모처럼 열린 '도시'가 도로 닫히고 만다.

사거리가 나왔다. 앞장선 오다가 어느 쪽으로 가는지 지켜보자 그는 주저하지 않고 오른쪽을 택했다. 가네이시의 집으로 돌아가는 코스인데, 옳은 판단일까?

오다는 어느 민가 앞에서 속도를 떨어뜨리더니 우리에게 명령했다. "가!" 그 옆을 지나서 뒤를 돌아보니 오다는 마당 앞에 세워져 있던 스쿠터에 올라타고 있었다. 바로 시동이 걸린 것으로 보아 열쇠가 꽂혀 있었던 모양이다. 문단속도 하지 않는 마을이라 위기에 빠졌지만, 열쇠를 꽂은 채로 오토바이를 방치하는 마을이라 기회를 잡을 수 있었다.

"잠깐 빌리겠습니다!"

오다가 될 대로 되라는 듯이 외쳤다. 돌려주러 오더라도 사용절도죄*가 되겠지만 지금은 긴급 피난상황이다. 분명 취업에 영향은 없을 것이다.

스쿠터가 발진하는 소리. 나는 아직 '도시'가 열려 있기를 바라며 죽어라 달렸다. 붙잡히는 건 시간문제지만 안간힘을 다해 저항하겠다. 다음 모퉁이에서 모치즈키와 갈라지는 게 나을 것 같다고 생각한 순간, 오른쪽에서 유니폼을 입은 남자가 한 명 튀어나왔다. 출동하자마자 맞닥뜨렸는지 상대도 깜짝 놀란 눈치였지만 바로 두 팔을 벌리고 앞을 막아섰다. 수비 범위도 넓고 몸을 피할 만큼 길이 넓지도 않았다.

여기서 붙잡히겠구나, 각오를 굳혔는데 그렇게 되지는 않았다. 남자는 몸을 날려 부딪쳐온 모치즈키를 두 팔로 꽉 붙들었다. 모치즈키가 격렬하게 발버둥 치면서 외쳤다. "도망쳐, 미리아!" 나를 구하려고 미끼가 된 걸까? 역할이 바뀌어야 하지 않나. 하지만 어설프게 모치즈키를 구하려고 들다가는 적의 원군이 쫓아와 둘 다 붙잡힐 게 뻔했다.

*타인의 재물을 일시적으로 사용한 후에 소유자에게 반환하는 경우에 적용되는 죄목.

'미안해요.'

차마 발길이 떨어지지 않았지만, 선배를 버렸다.

6

그것은 연쇄살인의 동기에 관한 생각이었다.

"어제 에가미 선배를 만나기 전에 이나코시 씨에게 이런 이야기를 들었어요. 이 본부처럼 폐쇄적인 환경에서 지내면 회원들 사이에 커플이 많이 생길 법도 한데, 실제로는 연애 감정이 싹트는 경우는 드물다고 해요. 수도원도 아닌데 이곳 회원들은 오로지 신앙만 찾고 참 엄격한 것 같아요. 성추문으로 소동을 일으키는 신흥 종교가 이따금 뉴스에 나오는데 인류협회는 전혀 그렇지 않아요. 깨끗한 건 협회로서는 기쁜 일인 반면 불리한 점도 있지 않을까요? 제가 간부라면 '여봐라, 동지들끼리 연애에도 힘써라'라고 할 거예요."

에가미 선배는 고개를 끄덕였다.

"동지들끼리 적극적으로 연애를 하고 결혼해서 새로운 신자가 될 아이를 잔뜩 낳으라고 권할 거라는 말이지?"

"예. 종교 단체로서는 그것도 중요한 문제잖아요. 인류협회는 그런 분위기가 희박해서 마치 중학교 동아리 활동 같죠. 우주 저편에 마음을 쏟은 나머지 정신이 순화되어 생식 문제를 멀리하려는 건지도 몰라요. 제가 그런 심리를 분석할 수는 없

182

지만, 그런 현재 상황을 한탄하는 회원도 있지 않을까요?"

"있다고 가정하면 어떻게 되는데?"

"그 사람은 '성' 안에서 사람을 죽여 문제를 해결하려고 했을 거예요."

말해버렸다. 에가미 선배는 새끼손가락으로 귓구멍을 후비고 있다.

"왜 그렇게 돼?"

골목에 임펄스 방전으로 자극을 주어 표고버섯 발아를 촉진시키는 재배법을 설명했다. 그렇게 함으로써 표고버섯이 쑥쑥 자라나는 과학적 이유는 아직 명확하게 밝혀진 바가 없다는 것도. 그런 짧은 설명으로도 에가미 선배는 내가 하려는 말을 대번에 알아차렸다.

"과학적 근거는 없다고 했지만 아마추어도 어렴풋이 짐작은 해볼 수 있겠군. 강한 자극을 받은 표고버섯의 균사는 생존 위기를 느끼고 번식을 서두르겠지. 자연계에 그런 사례가 있다는 말을 들어본 적이 있어."

"죽기 전에 자손을 남기려는 건 식물을 포함해 생물의 본능이죠. 제 생각으로는 이 사건의 범인은 광신도예요."

"오로지 회원을 더 늘릴 생각만 하는 광신도라."

본부 안에서 차례로 사람을 죽여 생명의 위기를 도처에 뿌려놓으면 회원들은 공포에 떨며 자기 유전자를 남기려 할 것이다. 물론 당장 커플이 생기지는 않더라도 효과는 서서히 나와 연애 문제에 무관심하다는 번식에 불리한 성질이 개선되지 않을까?

"미스터리 사상 유례를 찾아볼 수 없는 동기로군. 아니, 없다고 단언할 자신은 없지만."

"공상에 가깝다는 건 알고 있어요."

"그게 진상이라면 세기말 일본의 상징도 되겠어. 이 나라의 인구는 가까운 미래에 감소로 돌아선다고 하니, 그걸 저지하려고 나서는 사람이 나올지도 모르지. '일본인의 번식력을 높이기 위해 열심히 살인을 저질렀습니다'라고 자백하는 범인이."

"그 정도면 미스터리라기보다 SF네요."

"미스터리가 다루는 현실도 별반 다르지 않아. SF라고 해도 특이한 전개지만. 내가 어렸을 때는 인구가 걷잡을 수 없이 늘어나는 걸 우려했는데. 마리아가 말했던 《Z. P. G.》가 그 전형적인 예겠네. 정부가 아이를 대신할 인형을 개발해, 그걸 사랑하며 참으라고 하는 디스토피아에 SF다운 현실성이 있었어."

"출산이 금지된 세계의 이야기였죠."

"같은 시기에 해리 해리슨의 《좁다! 좁아!》가 원작인 《소일렌트 그린》이라는 영화도 있었어. 충격적인 결말로 유명한데, 지금은 그게 문제가 아니지. 그것도 인구 폭발이 주제였는데 도시에 넘쳐나는 시민들이 배급 식량을 받지 못해 난동을 피우면 굴착기로 처리하는 거야. 이대로 두면 인구는 계속 증가해

종국에는 바다에 뛰어드는 레밍쥐처럼 파멸할 거라는 생각이 만연했던 게 기억나. 지식인의 연구 모임 로마 클럽이 《성장의 한계》라는 보고서를 정리해 인구 폭발과 식량 위기에 대한 경종을 울린 게 만국박람회 직후였지. 그때 겨우 초등학교 3, 4학년이었던 나도 소년 잡지를 읽으며 인류의 미래를 걱정했어. 반쯤 농담으로 받아들이면서도 역시 마음이 울적해졌지. 인간이 증가한다는 상상은 꽤 끔찍해. 주거 공간이 점점 줄어들고, 죽어서 묻힐 땅도 사라질 것 같았어. 그랬는데 인구 감소라니. 마치 악의 비밀조직에 속은 기분이지만 알고 보면 다들 경솔했던 것뿐일까."

이 문제에는 깊이 생각하는 바가 있는지 에가미 선배는 말을 이었다.

"인구수를 유지하려면 합계 특수생산율이 2.1퍼센트는 되어야 해. 여성이 평생 낳는 아이 수가 평균 2.1일 때 인구는 평형 상태를 이루지. 그런데 지금은…… 몇이었더라. 정확한 숫자는 기억나지 않지만 1퍼센트 후반이었을 거야. 언제 2.1퍼센트 밑으로 떨어졌는지 알아? 1960년이야. 인구 증가는 기아 문제로 연결되지. 식량 부족으로 인한 분쟁이 빈번히 발생해 핵무기 사용을 동반한 세계 대전으로 발전할지도 모른다고 우려했어. 1999년 7월에 하늘에서 공포의 대왕이 내려온다는 노스트라다무스의 예언은 그 핵전쟁을 뜻하는 거라는 설도 있었는데, 사실 고도 경제성장기를 한창 구가하고 있을 때부터 인구가 감소하고 있었으니 속은 셈이지. 나는 내가 사는 세상에서 무슨 일이 일어나고 있는지 전혀 이해하지 못했어. 이런 느낌을, 너는 모르겠지."

여덟 살이나 차이가 나면 받아들이는 방식이 상당히 다른 것은 사실이다.

"인구 감소를 토론하고 있을 때가 아니지."

에가미 선배가 머리를 긁적거려 긴 머리를 일부러 흩뜨렸다. 이 사람도 '성'의 수수께끼가 풀리기는커녕 수수께끼의 전체 윤곽조차 보이지 않는다는 사실이 답답한 것이리라.

"요컨대 여기서 일어나고 있는 사건의 저변에 있는 건 광신일지도 모른다고 지적하고 싶은 거지?"

"절묘한 요약인데요. 더 대담하게 말해보면 협회 간부들은 사건의 진상은 모를지도 모르지만, 저변에 깔린 뭔가 위험한 부분을 감지한 게 아닐까요? 그게 광신인 거죠. 협회가 광기를 불러일으켰다는 게 드러날까봐 비밀리에 처리하려는 거예요."

"그건 글쎄."

"아, 기각인가요."

찬성표를 기대했는데.

"시무룩해하지 마. 네 추측이 맞는다면 협회 간부들은 도이 겐사쿠가 살해당했을 때 바로 '저변에 깔린 뭔가 위험한 부분'을 감지했다는 뜻이 돼. 아무리 그래도 그러긴 어렵지 않을까?"

"어떤 징조가 있어서 바로 알아차렸는지도 몰라요. ……역시 어려울까요."

이것은 싸움이다. 포기하거나 좌절하지 말고 발상을 바꿔보자.

"도이, 히로오카, 시모자와 세 사람에게 공통점이 있을지도 몰라요."

"이번에는 현실적이고 추리소설적인 발상이군. 어떤 공통점일 것 같아?"

"그걸 잘 모르겠어요. 브레인스토밍이니 생각나는 대로 막 떠들게요. 첫 번째 가설. 살해당한 세 사람은 인류협회 반대파의 스파이였다."

"스파이가 세 명이나 잠입해 있었다고? 그게 사실이라면 협회가 너무 어설퍼."

"아니, 전부 스파이는 아니었을지도 모르죠. 그 세 사람 가운데 시모자와 씨만 진짜 스파이고, 다른 두 사람은 억울한 누명을 썼을 수도 있어요. 다시 말해 범인은 도이 씨가 스파이인 줄 알고 죽였지만 착각이었다. 그래서 히로오카 씨를 죽였는데 또 착각이라 '그렇다면 이놈이다!' 하고 세 번째로 시모자와 씨를 죽인 거죠."

"범인이 너무 어설퍼."

"아니면 세 사람 가운데 누군가가 스파이라는 정보를 확보해 '누군지 모르니 다 죽이자'라고 연쇄살인을 저질렀거나."

"망나니가 따로 없네. 그것도 광신 때문이야? 너무 경제적이
지 못하잖아. 세 사람 가운데 누군가가 스파이라고 의심했다
면 다 죽일 필요 없이 조직 차원에서 다른 식으로 대처할 수 있
지 않았을까? 스파이 가설의 문제점은 그거야. 아무리 분개하
더라도 범인이 스파이를 직접 죽일 필요가 없어."

"범죄 경제성은 고려하지 않는 광신적인 인물인 거예요. 스
파이의 정체를 폭로해도 조직 차원에서는 항의 후 '성'에서 추
방하는 정도의 조치가 고작일 테니, 그것만으로는 참을 수가
없어 천벌을 가한 거죠. 어쩌면 간부 중에 스파이가 섞여 있다
고 호소했을지도 몰라요. 간부들은 스파이라고 단정할 증거
가 없으니 당분간 풀어놓고 관찰하자고 했고, 그 미온적인 반
응에 화가 난 범인이 흉행을 저지른 거죠. 그런 경위를 알고 있
었던 간부들은 혹시 회원이 섣부른 행동을 한 걸지도 모른다고
생각해 경찰에 신고하길 꺼리는 거예요."

"광신도라면 무슨 짓을 저지를지 모른다는 발상이구나. 그
걸 완전히 부정할 수는 없지만 간부들이 어렴풋하게라도 진상
을 알고 있었을 리가 없어. 네 발상이 옳다면 간부들은 범인이
누군지 알고 있었을 테니 그 인물만 철저하게 추궁하면 될 문
제잖아. 이렇게까지 허둥거리며 추태를 보일 필요가 없어."

그것도 그렇다. 광신도를 만들어냈다는 사실보다 그것을 감
추려했다는 게 협회의 입장을 더 위태롭게 만드니까.

"두 번째 가설을 들어볼까?"

이게 또 진기한 가설인데.

"세 사람은 스파이가 아니라 사악한 외계인이었다, 이런 건 어때요?"

3년이나 어울렸는데 이 정도로 놀라면 에가미 선배가 아니다.

"진짜 외계인일 리는 없으니 범인이 그런 망상을 품고 있었다는 뜻이겠지? 그리고 한 사람씩이라고 해야 하나, 한 마리씩이라고 해야 하나, 그 세 사람을 차례로 퇴치했다."

"예. 광신에 기인한 살인이죠."

"추리소설과 SF 사이를 왕복하고 있네. 그렇게 생각할 근거가 조금이라도 있어?"

"콕 집어낼 수 없는 게 답답해요. 어쩌면 피해자의 언동에 뭔가 공통점이 있어서 망상의 재료가 되었는지도 모르죠. 대기실 일지에 적혀 있던 '페리하'가 그걸 암시한다고 생각해볼 수도 있어요."

정말 그렇다면 끔찍하다. 세 사람은 우연히 같은 말을 했거나, 같은 동작을 했거나, 같은 순서로 음식을 먹었다는, 황당하기 그지없는 이유로 표적이 되었을지도 모르는 것이다.

"아리스, 좀 진정해. 여유는 어디로 갔어? 아무리 역설해도 모르는 문제는 모르는 거야."

싸움이라고 생각하고 있으니 처음부터 여유는 없다. 하지만 에가미 선배가 진정하라고 한다면 심호흡하는 흉내만이라도 내보자.

"본부에 남게 된 게 미안해서 그러는 거지? 너무 혼자 짊어지려고 하지 마. 동기로 범인을 찾아내기는 어려우니 다른 방향에서 생각해보는 게 낫겠어. 히로오카 씨와 시모자와 씨의 죽음에는 동기보다 훨씬 커다란 수수께끼가 있잖아."

거대한 수수께끼를 깜짝 잊고 있었다.

"흉기 말이죠?" 11년 전, 다마즈카 마사미치의 죽음과 함께 행방불명되었던 권총이 불쑥 튀어나왔다. 히로오카 시게야의 손에서 툭 떨어진 S&W은 대체 어떤 경로를 거쳐 우리 눈앞에 나타난 걸까? 그것은 이 '성'이 가장 완강하게 침입을 거부했던 물건이었는데.

"언제, 누가, 어떻게 가져왔을까?"

"영리한 자문이야." 이건 칭찬받았다. "한 달 전 폭탄 소동으로 경찰 수색을 받은 뒤에 성안으로 가져왔다고 치고, 누가, 어떻게 그랬는지를 모르겠어. 협회 사람들은 다들 어리둥절해하는 상황이고, 우스이 국장은 외부에서 들어왔을 가능성은 결코 없다고 단정하기까지 했어. 흉기 출처가 이 사건을 풀 열쇠가 될지도 몰라."

"그들은 협회의 보안 체제를 과신하고 있는 거예요. 경비에 허점이 있었다고밖에 생각할 수 없어요. 그 허점이 어디냐는 게 문제인데……."

7

누가 찾아왔다. "실례합니다" 하고 문을 연 사람은 유라 히로 코였다. 한 시간 전보다 훨씬 초췌한 모습이다. 이대로 가면 오후에는 퇴폐적인 박력이 넘치는 미녀가 될지도 모른다.

"뒤뜰을 조사하고 싶다고요. 수용하겠습니다. 후부키 국장님 판단입니다. 저희에게 비밀이 없다는 걸 보여주려고 일부러 허가해주시겠답니다."

"일시적으로나마 근신 처분을 풀어준다는 말씀이지요?"

에가미 선배는 냉큼 일어섰다. 나 같으면 무심코 고맙다고 했을 텐데 부장은 냉담하게 행동했다. 지금은 그래야 할 때다.

"가자, 아리스."

우리는 유라를 내버려두다시피 빠른 걸음으로 엘리베이터로 향했다. 아까까지 감시하고 있던 마루오가 없다. "어디로 갔을까?" 내가 중얼거렸더니 주사가 지친 목소리로 대답해주었다.

"지금은 심각할 정도로 일손이 부족해요. 손님 여러분을 감시하는 건 그만뒀습니다. 그 대신 모든 출입구를 잠그고 저희가 겪을 불편도 감수하고 정문 셔터를 내렸습니다. 무단 외출은 불가능합니다."

무단 외출이라니 웃기지도 않은 표현이지만 흘려듣기로 했다. 귀찮기도 했고, 녹초가 된 사람을 상대로 관용을 베풀기란 어렵지 않은 일이다.

"쓰바키 씨하고 아라키 씨는?"

두 사람의 방 앞을 지날 때 에가미 선배가 묻자 유라는 이번에도 매혹적인 한숨을 섞어 대답했다.

"권총 수색에 자원해서 지금은 대집회실과 복도를 조사하고 계세요. 에가미 씨와 아리스가와 씨도 뒤뜰을 본 뒤에 합류하시겠어요?"

부장의 대답은 간단했다. "기꺼이."

"다행이에요. 한시라도 빨리 사건을 해결하기 위해서도 협조를 부탁드리고 싶었어요. 고맙습니다."

"그 한시라도 빠른 해결을 위해 여쭙겠는데, 유라 씨는 오늘 아침 총성을 어디에서 들었습니까?"

유라는 가만히 실눈을 뜨고 쳐다보았다. 에가미 선배가 수사관처럼 구는 게 마음에 들지 않는 것이다.

"우스이 국장님과 집무실에 있었습니다. 새벽부터 일을 하고 있었어요."

복도에 서 있던 그녀와 반쯤 열려 있던 문을 기억해냈다.

"총성이 들린 건 6시 반이었는데, 평소에도 그렇게 일찍 업무를 시작하십니까?"

"비상사태라 오늘 아침은 평소와 달랐어요. 오늘은 이 본부에 손님을 모실 예정이었어요. 거래 은행 쪽 귀빈입니다. 그 약속을 깰 구실을 궁리하고 있었어요. 물론 그 밖에 이번 분기 수

정 예산 조정도."

설명이 구차하다. 굳이 이른 아침부터 의논해야 할 문제일까? 거짓말이라고 단정할 근거도 없지만.

"새벽 미팅이군요. 어제부터 정해져 있던 일입니까?"

"예. 6시 조금 넘어서 시작했어요. 예산 문제도 어느 정도 마무리되었을 때, 뒤뜰에서 자동차 배기음 같은 소리가 들렸어요."

"국장님이 먼저 상황을 보러 왔던 거군요. 마루오 씨와 아오타 씨도 보였는데, 두 사람은 어디에서?"

"마루오와 아오타는 저희보다 먼저 문 앞에 서 있었어요. 두 사람 다 6시 전에 일어나 관내에 이상이 없는지 둘러보고 있었다고 했습니다."

"함께 말입니까?"

"아니요. 따로. 총성을 듣고 마루오가 먼저, 그다음으로 아오타가 달려왔다고 하더군요."

그 말이 사실이라면 우스이와 유라에게는 총성이 난 시점에 확고한 알리바이가 있고, 마루오와 아오타에게는 없다는 뜻이다. 물론 폭죽 따위를 이용해 잔꾀를 부렸다면 우스이와 유라의 알리바이도 성립하지 않는다.

"어젯밤 일을 여쭤봐도 되겠습니까? 10시 이후에 어땠는지."

"밤늦게까지 바빠서 시모자 씨를 권총으로 쏠 틈도 없었어요. 몇 시 몇 분에 무슨 일을 했는지는 물어보지 마세요. 일일이 기억도 못 하니까."

그렇게 말하면서도 들려준 이야기를 조합해보면 10시 반부터 11시까지는 집무실을 비우지 않았던 것 같다. 그사이 처음 절반은 후부키 국장과, 나머지 절반은 우스이 국장, 마루오와 함께 향후 대책을 의논한 모양이다.

"히로오카 씨는 못 보셨습니까?"

"11시 넘어서 현관에서 만났습니다. 사건에 대해 뭔가 알아냈냐고 묻더군요. 그뿐이에요. 별다른 점은 없었어요."

어젯밤 헤어질 때 히로오카는 '관내를 돌며 정보를 수집해볼까'라고 했다. 그걸 실천했던 모양이다.

"현관 비디오는 조사했습니까?"

"확인했지만 동쪽 날개에 들어간 사람이 많아서 용의자를 줄일 수가 없었어요. 범인이 권총을 눈에 잘 띄게 들고 돌아다니지는 않으니까요. 이제 질문은 그만하시죠."

엘리베이터를 타고 메인동으로 내려간 우리는 말없이 동쪽 날개 복도 안으로 걸어갔다. 집무실과 회의실 문은 닫혀 있었지만 안에서 권총을 찾는 기척이 느껴졌다.

"무단 외출한 제 후배들은 아직 돌아오지 않은 거지요?"

에가미 선배가 똑바로 앞만 보고 걸어가며 유라에게 물었다.

"생각보다 산책이 길어지고 있네요. 하지만 가미쿠라는 좀은 동네고 갈 수 있는 곳도 뻔하니 슬슬 돌아오겠지요. 아침 식사는 따로 잘 챙겨놨어요."

"남으면 저희가 점심으로 먹도록 하지요."

대기실로 꺾이는 갈림길이 나왔다. 지금도 끊임없이 누군가가 보초대에 서서 나타날 리 없는 존재를 기다리고 있을 것이다. 허무한 행위다.

주사가 뒷문 열쇠를 꺼내려 할 때, 창고 문이 벌컥 열렸다. 안에서 나온 사람은 패트릭 하가였다. 어째선지 당황한 기색이다.

"왜 그러십니까?"

유라가 묻자 미국에서 온 남자가 몸부림치며 말했다.

"Oh! 유라 주사! 마침 잘 왔습니다. 여기는 원더랜드인가요? 아니면 커다란 장난감 상자인가요? 아리스가와 아리스 씨가 이상한 나라의 앨리스인 줄 알았는데, 아니었던 모양입니다!"

문 안쪽을 가리키며 우리더러 들어가보라고 했다.

"혼조 씨와 제가 한 주로 권총을 찾고 있었습니다. 이 창고는 어제도 비디오테이프가 없는지 조사했지만, 혹시 몰라 다시 확인했더니 말도 안 되는 걸 발견하고 말았습니다. 실로 미스터리예요!"

네 번째 시체.

분명 그거다.

전율하면서 창고 안을 들여다보자 천장 가까이 작은 채광창 하나만 달려 있는 음울한 공간이었다. 형광등 불빛도 어딘가 싸늘했다. 중앙에서 둘로 갈라진 창고 오른쪽에는 이벤트 때 사용하는 간판, 표지판, 아치 같은 자재와 간이 화장실이 가지런히 놓여 있고, 왼쪽에는 담요와 비상식량, 생수 상자가 쌓여 있었다.

　차곡차곡 쌓여 있는 담요 근처에 혼조 가야가 웅크리고 있었다. 커다란 물체를 가슴에 품고 있다. 순간 심장이 오그라들었지만 유심히 보니 그것은 네 번째 피해자가 아니라, 검은색 민무늬 운동복 상의에 청바지를 입은 소녀였다.

제15장
이상한 성의 앨리스

1

초등학교 3, 4학년쯤 될까? 아직 어려서 혼조의 몸에 폭 묻힐 정도로 작았다. 실눈을 겨우 뜨고 축 늘어져 있었지만 심각한 상처는 없어 보였다.

"정신 차려, 괜찮니?"

소녀는 혼조의 물음에 고개를 까딱 끄덕였다. 괜찮기는커녕 쇠약해 보였다.

"열이 있어요. 의무실로 데려가야겠어요."

혼조는 손바닥으로 소녀의 이마를 짚어주며 다정하게 말을 걸었다. "이때, 자가워서 기분 좋지?"

"이게 어떻게 된 일이야?"

유라는 어안이 벙벙한 기색이었다. 영문을 알 수 없어 당황스럽기는 나도 마찬가지였다. 에가미 선배를 포함해 이 자리에 있는 모든 사람이 그럴 것이다.

"어떻게 된 일이야? 이 아이는 누구고, 어디서 튀어나온 거야?"

본인에게 물어보면 알겠지만 불행히도 소녀는 벙긋할 기운조차 없어 보였다. 그것도 모르는 둔감한 태도를 타이르듯 혼조가 말했다.

"일단 침대에 뉘어야겠어요. 어디로 어떻게 들어왔는지 모르겠지만 기운을 차리면 말해줄 거예요."

"그래." 유라는 민망함을 감추려는 듯 머리카락을 만지작거렸다. "하가 씨, 이 아이를 의무실로 데려가요. ……왜 그래요?"

지명을 받은 남자는 두 손을 바라보며 주저하고 있었다.

"간이 화장실을 조사하고 있었던 터라 손이 지저분할지도 모릅니다. 씻고 오겠습니다."

"뭐 어때서 그래요? 웃옷도 검은색이고 아래도 청바지인데."

"제가 데려가겠습니다."

에가미 선배가 말보다 빨리 움직여 아픈 아이를 두 팔로 안아 올렸다. 팔다리가 축 늘어져, 스스로 매달릴 기운도 없어 보였다. 아이의 두 손과 신발 바닥은 흙먼지로 지저분했다.

에가미 선배가 소녀를 들어 올리자 밑에 깔려 있던 손가방이 보였다. 하마 캐릭터가 그려져 있었다. 나는 몸을 숙여 손가방을 집었다.

"의무실은 서쪽 날개에 있지요? 갑시다. 안내해주십시오."

부장이 앞장서서 재빨리 걸어갔다. 나머지 네 사람이 그 말에 따라 에가미 선배를 에워싸듯 복도로 나갔다.

"어제 창고를 봤을 때는 없었죠? 이상하잖아요. 어떻게 된 영문인지 도통 모르겠군요."

유라가 누구에게랄 것 없이 말하자 패트릭이 대답했다.

"그래서 미스터리라고 했던 겁니다. 이 아이는 담요를 두르고 벌벌 떨고 있었는데, 어제 담요까지 다 뒤져서 비디오테이프를 찾았을 때는 코빼기도 보지 못했어요. 믿을 수가 없습니다. 이상한 나라의 앨리스처럼 다른 세상에서 왔을지도 몰라요."

엉뚱한 비유 같지만 어쩌면 정확한 표현일지도 모른다. 앨리스는 상식이 통하는 멀쩡한 세상의 소녀다. 여기가 이상한 나라라는 사실에 이의는 없다.

"그래, 지즈루야. 생각났어. 지즈루 맞지?"

혼조가 에가미 선배의 품속에 안겨 있는 소녀를 부르자 나른한 목소리로 대답했다. "응."

"역시 그랬구나. 빨리 못 알아봐서 미안해. ……이 아이는 가네이시 씨 댁 지즈루예요."

"겐조 씨 손녀 말이야?"

유라는 알고 있나. 아니, 나도 그 이름을 들은 기억이 있다. 가네이시는 쓰바키가 11년 전 사건에 대해 물었던 노인이 아닌가? 그러고 보니 그때 초등학생 손녀딸 이야기도 나왔다. 할아버지는 손녀가 몇 학년인지도 정확하게 기억하지 못하는 듯했지만.

"얘, 지즈루. 여기는 어떻게 왔니? 언제부터 그 창고에 있었어?"

유라가 간드러진 목소리로 물었다. 소녀가 회복되기까지 기다리지 못하겠다는 눈치다. 그러자 지즈루가 애처로운 표정으로 뭐라고 중얼거렸다.

"……잘못, 했어요."

"왜 사과하는 거니? 너한테 화난 사람은 아무도 없어."

소녀는 유라에게 "잘못했어요"라는 말을 되풀이하다가 "물"이라고 말했다. 에가미 선배가 그 의미를 바로 알아차렸다.

"상자가 뜯겨 있고 생수 페트병이 하나 비어 있었습니다. 이 아이가 목이 말라 마신 거겠지요. 그걸 용서해달라는 겁니다."

"아아, 그럼 걱정할 필요 없어. 그 정도는 아무것도 아니니까. 하지만 너는 어떻게……."

"열이 제법 높아요. 열이 내리면 물어봅시다." 에가미 선배가 품에 안은 아이를 보며 말했다. "저 창고에서 하룻밤을 났을지도 모릅니다. 그래서 감기에 걸린 게 아닐까요."

밤에는 아직 쌀쌀하니 그럴지도 모른다. 하지만 이렇게 어린아이가 어두운 창고에서 하룻밤을 지내다니, 보통 사정이 아닐 것 같다. 수수께끼가 또 늘었다.

의무실에는 사사키 마사하루가 있었다. 어젯밤에는 여기서 묵었다고 했다.

"오오, 어쩐 일이야. 가네이시 씨 댁 말괄량이 아닌가? 흠, 열이 있군. 여기로 데려오지 않아도 집에 눕혀두면 왕진하러 갔을 텐데."

'성'이 폐쇄되기는 했지만 급한 환자가 있으면 사사키는 밖으로 나갈 수 있는 모양이다. 하지만 소녀가 창고에서 발견되었다는 말을 듣자 그는 입을 떡 벌렸다.

"그건 이상한데. 어제부터 성에는 아무도 출입할 수 없었을 텐데. 언제, 어떻게 들어왔을까? 뭐, 그런 건 나중에 생각하고, 일단 눕혀요."

에가미 선배가 소녀를 가만히 침대에 눕혔다. 부서지기라도 할세라 조심스럽게. 그러자 유라가 또 앞으로 나섰다.

"이제 괜찮아, 지즈루. 선생님이 고쳐줄 거야. 그 전에 하나만 말해줄래? 넌 어디로 들어왔니?"

지즈루는 말하려고 노력하고 있는 건지도 모르지만, 입술만 바들바들 떨 뿐 목소리가 나오지 않았다. 열 때문이라기보다 겁에 질린 것 같았다.

사사키가 환자를 지키려 했다.

"지금 말하라고 하는 건 아이에게 너무 가혹한 처사예요, 유라 씨. 봐요, 그렇게 얼굴을 들이대면 무섭기만 하지. 이 아이는 몸이 약한 상태니 힘들게 하면 안 됩니다. 제게 맡겨요. 아니, 손이 지저분하구나. 선생님이 닦아줄게."

어제부터 의사로서 무력감에 시달리기만 했던 사사키가 때를 놓칠세라 활약했다. 진료 결과는 역시 감기였다. 소녀는 가느다란 왼쪽 팔에 주사를 맞을 때는 조금도 무서워하지 않았다. 원래는 강한 아이일 것이다. 사사키가 링거를 놓아주었다.

"이제 됐다. 한동안 얌전히 쉬어야 해. 음? 역시 이 아이 얘기를 들어야겠다고? 안 돼요, 안 돼. 그건 안 됩니다. 열이 거의 38도나 된단 말입니다. 좀 재웁시다. 잠에서 깨면 기운도 차리고 식욕도 날 겁니다. 알겠죠? 그보다 아이가 입을 잠옷 좀 찾아봐주세요. ……푹 쉬렴."

지즈루를 다독거리고 사사키는 커튼으로 침대를 가렸다.

"아아, 나까지 열이 날 것 같아." 유라는 손으로 이마를 짚으며 말했다. "혼조 씨, 잠옷 좀 찾아줘. 저는 이 문제를 후부키 국장님께 보고하고 오겠습니다. 하가 씨는 여기 있어요. 돌아와서 이야기를 들어야겠으니."

에가미 선배와 나에게 내리는 지시는 없었다. 적당히 알아서 하란 말인가? 뒤뜰 수사는 어쩔 수 없이 미뤄지고 말았다.

2

"그나저나."

예기치 못한 전개였지만 에가미 선배는 이 기회를 놓치지 않았다. 사사키와 패트릭에게 총성이 들렸을 때 어디에서 무엇을 하고 있었는지 물었다. 두 사람은 불쾌해하는 기색 없이 순순히 대답해주었다.

의무실에서 잔 사사키는 총성에도 깨지 않았지만 관내가 술렁거려서 일어났다고 한다. 한편 패트릭은 5시 반에 깼는데 다시 잠이 올 것 같지 않아, 그의 표현을 빌리자면 연구동 랩에서 일하는 사람들을 놀리러 갔다고 한다. 그 사실을 증언해줄 연구국 직원이 최소 두 명은 있다는 것도.

꽤나 의심스럽지만 총성이 난 시각이 곧 범행 시각이라고 한다면 사사키는 알리바이가 없고 패트릭은 있다는 뜻이 된다. 하지만 범인이 알리바이 공작을 했는지 안 했는지 확인할 수 없는 상황에서 이런 알리바이 조사에 과연 의미가 있을까? 그런 생각을 하고 있는데 에가미 선배가 질문을 바꾸어 어젯밤 상황을 물었다.

"선생님은 어젯밤 계속 의무실에 계셨습니까?"

"그렇습니다. 10시 반쯤 후부키 국장이 찾아와 머리가 아프다고 해서 약을 드린 게 마지막 업무였습니다. 그분은 만성 두통이 있거든요. 그 후에는 머리를 좀 비우려고 텔레비전을 봤습니다."

책상 구석에 휴대용 텔레비전이 있었다. 화면이 문고본 크기밖에 되지 않아서 저걸로 자막 영화를 보기는 힘들 것 같다.

"취침 시간은?"

"12시 전에 침대에 들어갔나. 어제는 그런 사건이 있었는데

여왕국의 성 2

천벌을 받을 정도로 금방 잠이 들었어요. 한번 잠들면 안 깨는 체질이라 오늘 아침에도 밖이 소란스러워질 때까지 쿨쿨 잤습니다."

그러다 보니 수상한 소리는 전혀 듣지 못했다고 한다.

"저도 말해야 하지요?" 패트릭은 자기 가슴을 가리키며 말했다. "사사키 선생님보다는 늦게 잤습니다. 새벽 1시가 훨씬 지난 뒤에야 잤어요."

"취침 시간은 알겠습니다. 그 전에 있었던 일도 말씀해주세요. 10시에서 12시 사이의 일을."

"10시 15분부터 11시가 조금 못 될 때까지 담화실에 있었습니다. 다른 사람들과 정보를 교환하려고요. 많은 사람들이 드나들어 제 쪽에서 말을 걸었는데, 별다른 이야기는 들을 수 없었습니다. 그러는 사이 발길이 끊겨 저도 방으로 돌아갔습니다. 제 방은 서쪽 날개 끝에 있습니다. 샤워를 하고 명상을 하려고 했는데 한심하게도 정신이 잘 집중되지 않아 기분전환 삼아 C동에 올라가보았습니다."

"그렇게 늦은 밤에 저희가 묵고 있는 C동에 오셨다는 말씀입니까?"

"예. 전망 라운지에서 좀 멍하니 있으려고 했죠. 그런데 먼저 온 사람이 있더군요. 아리마 씨였습니다. 소파에 앉아 생각에 잠겨 있었습니다. 그래서 인사를 건네고 잠시 이야기를 나누었지요. 저는 가벼운 이야기나 할 생각이었는데 아리마 씨는

204

자극적인 이야기를 꺼냈어요. 이 본부 안에서 외계인을 해부하고 있는 것 아니냐고 물었을 때는 깜짝 놀랐습니다. 어디까지 진심으로 하는 소리인지 모르겠지만 인류협회에 엄청난 비밀이 있다고 생각하는 것 같더군요. 낭만적이지요. 오해를 풀려고 여러 가지 이야기를 했지요. 로즈웰 사건, 캐틀 뮤틸레이션, 애브덕션, MJ-12, 에어리어 51이 얼마나 수상한지를. 신변 이야기도 조금 했나. 1시쯤 헤어져 방으로 돌아와 바로 잤습니다. ……이 정도 설명이면 되겠습니까?"

그와 마리아가 이야기를 나눈 시간대에 거짓은 없을 것이다. 그중 몇 할은 나도 몰래 들었다. 두 사람 앞에 안녕하세요, 하고 나가서 대화에 껴도 되었는데 그러지 않았다. 그냥 듣기만 해도 흥미로웠기 때문이기도 하지만…… 어째서일까? 두 사람 앞에 모습을 드러냈다가 그런 대화가 시들어버리는 게 싫었던 건지도 모른다.

혼조가 잠옷을 가지고 돌아왔지만 한발 늦었다. 커튼을 걷어보니 지즈루는 운동복 상의와 청바지를 입은 채로 잠들어버렸다. 곤한 얼굴이었다.

"어린 손님이 거의 없어 잠옷이 깊숙이 묻혀 있었어요. 하지만 푹 잠든 것 같아 다행이네요. 링거를 다 맞고 잠에서 깨면 갈아입히죠."

혼조는 커튼을 치고 잠옷을 빈 의자에 내려놓았다. 나는 소녀가 손가방을 가지고 있었다는 것을 깨달았다. 계속 오른손에 들고 있었는데, 패트릭이 그걸 보고 물었다.

"저 아이가 들고 있던 손가방이죠? 아이에게는 미안하지만 안을 살펴봐도 될까요? 뭔가 알 수 있을지도 모릅니다."

예의가 아니지만 상대는 여덟 살짜리 아이다. 병에 걸려 앓고 있을 때 구해준 어른으로서 사정을 파악하기 위해 확인하는 건 용납되겠지.

"내용물을 이쪽에."

사사키가 책상 위에 마련해준 공간에 손가방 속에 들어 있던 물건을 늘어놓았다. 꽃무늬 손수건이 한 장, 쓰다 만 휴대용 휴지, 한 조각 남은 초콜릿, 렌즈가 달린 필름 카메라. 마지막 물건은 새것이었다.

"이거 완전히 소풍 준비물인데." 사사키가 감상을 말했다. "피크닉이라도 갈 기세인데요. 초콜릿 간식하고 일회용 카메라라니."

"선생님, 그건 재활용할 수 있는 거라 일회용 카메라가 아니라 간이 카메라라고 한대요."

혼조가 사소한 부분을 정정하자 의사는 건성으로 대답했다.

"아, 그래. 이름이야 아무럼 어때. 초콜릿은 허기를 달래려고 조금씩 먹었겠지."

하지만 물통은 없었다. 그래서 지즈루는 상자를 뜯어 페트병에 든 생수를 허락도 없이 마신 것이다. 그건 그렇고 설마 어디로 소풍을 가다가 길을 잃어 '성' 창고에 도착했을 리는 없다. 에가미 선배의 의견이 궁금한 순간이다.

"이것만으로는 잘 모르겠군요. 이 나이대의 아이가 카메라를 들고 다니면서 찍으려 하는 대상이라면……."

나는 중얼거리는 부장의 말에 "뭘까요?" 하고 장단을 맞추었다.

"아니, 카메라를 들고 있었다고 꼭 뭘 찍으려 했다고 할 수는 없지. 우연히 손가방에 들어 있었을지도 모르고, 심부름으로 사오는 길이었을지도 몰라."

"어제부터 생각했는데, 참 꼼꼼한 사람이군요. 추리소설을 읽으면 다 그렇게 되나?"

감탄하는 사사키에게 아랑곳없이 에가미 선배는 계속 중얼거렸다.

"아니야. 심부름이었다면 지갑이 있어야겠죠. 역시 뭔가를 찍으려고 가지고 있었던 모양입니다."

패트릭이 어깨를 으쓱 움츠렸다.

"여기서 생각한다고 알 수 있는 문제는 아니군요. 레이디가 깨어나면 몇 번째가 될지는 모르지만 그것도 물어봅시다. 첫 번째 질문은 물론 이거죠. '언제, 어디서, 어떻게 들어왔나?'"

아까 내가 했던 말과 비슷하다. 히로오카와 시모자와의 목숨을 앗아간 권총은 '언제, 누가, 어떻게' 가지고 들어왔나?

에가미 선배는 오른쪽으로 고개를 살짝 기울여 벽을 바라보고 있었다. 그림이나 달력 하나 없는 하얀 벽을. 일심불란하게 뭔가 생각하고 있는 것이다.

남의 사고를 읽어내는 건 정말 불가능한 일일까 고민했던 시기가 있었다. 지즈루만 할 때였는데, 텔레파시가 나오는 만화를 읽고 영향을 받았던 건지도 모른다. 아침에 일어나서 밤에 잘 때까지 나는 끊임없이 뭔가를 생각하거나 고민했는데, 그중에는 '지금 이런 생각을 하고 있었다'고 차마 입 밖에 낼 수 없는 생각도 많았다. 사고가 외부로 새어 나가지 않아 다행이라고 안도하면서도 '정말 그럴까? 만화에 나오는 초능력자는 실존하지 않는다 해도 어떤 계기를 통해 인간의 생각이 새어 나갈 수도 있지 않을까?' 하는 생각이 들자 그만 불안해졌다.

그 무렵 내게는 첫사랑이라고 부르기에는 너무 어렴풋한 감정을 품었던 반 친구가 있었는데, '그 애도 하루 종일 뭔가를 생각하고 있는 걸까?' 하고 상상하는 것만으로도 너무나 이상했다. 그 생각의 아주 작은 일부라도 알고 싶었지만 방법이 없었다. 그 아이의 몸 어딘가에 손을 대고 마음을 읽으려고 하면 조금은 느낄 수 있지 않을까? 그런 어리석은 공상을 하고 있었는데 어떤 행사 때 포크댄스를 추게 되었다. 나는 설레는 마음으로 그 아이와 손을 잡을 순간을 기다렸지만 막상 그때가 다가오자 덜컥 겁이 났다. 그 아이의 생각은 읽어내지 못하고 내 마음만 상대방에게 새어 나가면 어쩌나 하는 공포에 사로잡혔던 것이다. 물론 어느 쪽의 기적도 일어나지 않았지만 춤을 추고 난 뒤로 그 아이의 태도가 전보다 더 어색해진 것 같아 "설마……" 하는 불안에 시달렸다. 지금 생각해보면 그것은 손을 잡았을 때 내 태도가 뻣뻣했던 탓이 아닐까.

이 나이가 되어서도 질리지 않고 문득 그런 생각을 한다. 어떤 조건이 갖춰지면 타인의 생각을 읽어내거나, 자신의 생각이 새어 나가는 경우가 있지 않을까? 가령 지금도 에가미 선배의 머리 위로 손을 뻗으면 무슨 생각을 하고 있는지 알 수 있을 것만 같으니 이를 어쩐다……. 다행히 부장은 머릿속에 든 생각을 말로 해주었다.

"아침부터 비슷한 미스터리가 연달아 일어나는군요. 11년 전부터 행방을 알 수 없었던 권총을 '언제, 누가, 어떻게' 이 성 안에 가져왔는가? 가네이시 지즈루라는 소녀는 '언제, 어디서, 어떻게' 그 창고에 들어갔나? 아무래도 이 본부에는 저희가 모르는 문이 있는 것 같습니다."

혼조가 물었다. "다른 차원으로 통하는 문 같은 것 말인가요?"

"그 표현이 정확할지도 모르겠군요. 제가 무슨 말을 하는지 여러분도 눈치채셨겠지요. 전혀 모르겠다는 표정인데요, 하가 씨. 정말 모르겠습니까?"

혼조가 입가를 가리고 말했다.

"저…… 알 것 같아요. 에가미 씨가 하려는 말씀은, 그게……."

부장은 고개를 끄덕였다.

"금기 사항이라 입에 담기를 꺼리시는군요. 예, 바로 그겁니다. 이 아이의 두 손에 묻어 있던 흙먼지를 보셨겠지요. 검은 운동복에 청바지라 눈에 잘 띄지 않았지만, 손바닥뿐만 아니라 가슴과 팔꿈치, 무릎도 똑같이 흙먼지가 묻어 있었습니다. 마치 동굴에서 기어 나온 것처럼."

3

혼조와 하가는 인사를 하고 응접실에서 나갔다. 문이 닫히자 후부키 나오는 조용히 한숨을 쉬고 에가미 선배와 나를 보았다. 그 옆에서 유라가 난처한 표정을 짓고 있었다.

"여기서부터는 민감한 얘기가 나올 것 같아 저 두 사람에게는 자리를 피해달라고 했습니다. 어처구니없는 말씀을 하셨더군요, 에가미 씨."

"그렇습니까? 여러분에게 충격적인 이야기라는 건 알겠지만 당연한 결론이라고 생각합니다."

부장은 무척 편안해 보였다.

"가네이시 지즈루가 성스러운 동굴을 지나 본부 건물에 들어왔다는 말인가요……."

"예. 바람 소리가 들리는 거로 보아 그 동굴은 어디로 뚫려 있는 것 같습니다. 뒷산에 아이라면 지나다닐 수 있는 구멍이 있지요? 거기로 들어온 겁니다. 성스러운 공간을 침범당했다고 생각하는 것만으로도 여러분은 불쾌할지 모르지만, 아이가 호기심으로 저지른 짓이니 악의는 없었을 겁니다."

"그러니 현실을 받아들이고 그 아이에게 관용을 베풀라는 말씀인가요? 예, 충고해주지 않아도 그럴 거예요. 저희는 이성적이니 호기심이 왕성한 아이가 저지른 장난에 도끼눈을 뜨지는 않을 겁니다."

말은 그렇게 하면서도 역시 유쾌하지는 않은 듯했다. 페리 파리의 신봉자로서 감정을 억누르기 힘들 것이다.

"그렇게 생각할 수밖에 없겠지요. 이런 증거품까지 있으니."

후부키는 책상에 놓인 작은 회중전등을 손가락으로 쿡 찔렀다. 방금 전 창고를 다시 조사해 찾아낸 물건이다. 나는 손가방을 주웠을 때 그걸 봐놓고도 비품일 거라고만 생각했는데, 지즈루의 소지품이었던 모양이다.

"회중전등을 한 손에 들고 동굴 탐험이라니. 참으로 용감하군요. 하지만 저 아이가 외로운 말괄량이라는 소문을 들었으니 있을 수 없는 일은 아니겠지요. 사실로 인정하겠지만, 이걸 알면 협회 직원들이 상처를 받을 테니 공표하는 건 내키지 않는군요."

"지즈루가 본부 안에 들어왔다는 걸 아무도 모르셨다는 말씀이군요."

"여기 있을 리 없는 아이를 봤다면 누군가 말을 했을 겁니다. 이상한 일만 일어나니 어떻게 설명해야 좋을지."

"굳이 그럴 필요가 없다면 덮어둬도 무방하겠지요. 하지만 사건 해명과 연결된 문제라면 그런 말을 하고 있을 때가 아닙니다."

"사건이라니요?"

"도이 겐사쿠 씨가 살해당한 사건 말입니다. 가네이시 지즈루의 모험은 그 교살 사건과 깊은 관계가 있습니다."

그게 무엇을 뜻하는지 모르는 건지, 알면서도 시치미를 떼는 건지, 후부키는 깜짝 놀란 표정을 지었다.

"무슨 관계가 있다는 말씀이죠? 설마 그 아이가 범인이라는 말은 아닐 테지요."

"물론입니다. 범인은 도이 씨를 뒤에서 습격해 목을 졸랐습니다. 성스러운 동굴에서 나온 소녀가 그런 짓을 할 수 있었을 리 없지요."

"진지하게 대답하실 필요는 없었는데. 도이가 아무리 말랐어도 여덟 살짜리 소녀에게 살해당할 리 없잖아요. 그 아이가 범행을 목격했다는 말씀인가요?"

출입구 쪽에서 발소리가 다가왔다. 누가 이쪽으로 오나 싶었는데 문밖을 그냥 지나갔다. 그사이 어째선지 유라는 딱딱하게 굳어 있었다.

"끔찍한 범행 장면을 봐버렸기 때문에 창고에서 꼼짝도 못하고 추위에 벌벌 떨면서 하룻밤을 보냈을 가능성도 있습니다. 하지만 결정적인 순간을 목격하지 않았어도 지즈루는 중요한 증인입니다. 뒷산 구멍에서 성스러운 동굴로 들어올 수 있었어도 보초대에는 늘 사람이 있었으니 모험가 지즈루가 성스러운 동굴을 지나 성안에 들어오기란 불가능했습니다. 그런데 창고에서 발견되었으니 보초가 비는 틈을 타 침입한 게 분명합니다. 그 시간에 중요한 의미가 있습니다."

현재 조건에서 5시부터 5시 반으로 추정되는 범행시각의 폭을 줄일 수 있을지도 모른다. 가령 만약 지즈루가 5시 15분에 성스러운 동굴에서 나왔다면 도이 겐사쿠는 그 전에 살해당했다는 뜻이 되니, 각자의 알리바이와 대조하면 용의자의 폭을 좁힐 수 있다.

"저는 아무래도 받아들이기 어렵군요."

유라는 납득하지 못했다. 국장이 그녀의 발언을 허가했다.

"지즈루가 범행을 목격했다면 성안에 태연히 들어왔을 리 없어요. 깜짝 놀라 성스러운 동굴 안쪽으로 도로 달아나지 않았을까요? 그러니 범행을 보지는 못했을 겁니다. 반대로 범행이 일어난 뒤에 나타났다면 도이의 시신을 봤겠죠. 그 경우에도 역시 무서워서 돌아갔을 겁니다. 에가미 씨의 이야기는 모순되지 않나요?"

"시신 옆을 지나 관내로 들어오지는 않았을 거라는 말씀이지요? 저도 그렇게 생각합니다. 다만 도이 씨는 대기실 바닥에 쭉 뻗어 있었던 게 아닙니다. 말굽 모양의 카운터 안에 쓰러져 있었으니 성스러운 동굴 쪽에서는 시신이 보이지 않았습니다. 보초대 옆을 지난 다음 뒤를 돌아보았다면 쓰러져 있는 사람이 보였겠지요. 지즈루는 그럴 이유가 없었기 때문에 뒤를 돌아보지 않았거나, 혹은 뒤를 돌아보고 쓰러진 도이 씨를 보았지만 죽은 줄 몰랐을 겁니다."

"모순되었다는 말은 철회하죠."

하지만 유라는 여전히 떨떠름한 표정이었다. 그리고 가슴주머니에서 수첩을 꺼내 뭔가 조사하기 시작했다.

"미스터리가 가득하군요." 후부키가 지긋지긋하다는 듯이 말했다. "어디로 들어왔는지, 무엇을 보았는지, 그 점에 대해서는 본인에게 물어보면 알겠지요. 저는 꼭 물어봐야 할 사항이 한 가지 더 있습니다. 방금 전 하가도 단언했는데, 어젯밤 비디오테이프를 찾으려고 창고를 조사했을 때 그 아이는 없었습니다. 어째서 못 봤던 거지요? 혹시 수색했을 때보다 더 늦게 관내에 들어온 건 아닐까요?"

"5시 57분에 도이 씨의 시체를 발견한 뒤로 대기실에는 쭉 사람이 있었습니다. 지즈루가 이 '성'에 들어올 기회는 5시부터 5시 57분 사이, 약 한 시간뿐이었습니다."

"하지만……."

"창고를 조사했을 때 보지 못한 이유를 물어보셨죠? 대충 짐작은 갑니다. 답을 듣고 나면 맥이 풀릴 겁니다. 지즈루는 어딘가 완벽한 장소에 숨어 있었던 겁니다."

후부키는 실망하는 기색이었다.

"쉽게 말씀하시는군요. 아까 하가가 한 이야기는 무시하는 건가요? 어제 실제로 창고를 조사한 하가가 '구석구석 뒤졌지만 여자아이는 없었다'고 단호하게 말했잖아요. 담요도 한 장 한 장 들춰보았고, 간이 화장실 안도 들여다봤다고 했어요. 그때는 혼조도 같이 있었습니다. 두 사람이 거짓말을 한 건가요?"

"아니요, 그렇지 않습니다. 거짓말을 할 이유가 없으니까요."

"그 아이를 숨겨줘야 할 이유가 있었을지도 모르지요."

후부키가 괜히 심술궂은 소리를 했다.

"만약 그렇다면 구석구석 조사하지는 않아서 여자아이가 있는 줄 몰랐다고 머리나 한 번 긁적이면 끝날 일입니다. 심각한 상황에서 인간은 불필요한 거짓말을 하지 않으니까요."

"그래요, 그렇지도 모르죠. 하지만 완벽한 장소에 숨어 있었다는 말만으로는……."

"대답이 되지 않지요. 그렇다면 저희가 창고를 조사할 수 있도록 허락해주십시오. 앉아서 말만 해서는 알 수 없는 일도 있습니다."

"뒤뜰 다음에는 창고인가요? 이러다 당신에게 주도권을 빼앗길 것 같군요. 어디부터 보겠어요?"

"그럼 창고부터."

"당신이 수수께끼를 푸는 모습을 어디 한 번 봅시다. ……괜찮겠지?"

"예." 유라가 그렇게 대답하면서 수첩을 덮었다. 뭔가 고민하는 것 같았는데 그게 뭔지 말해주지는 않았다.

"저." 나는 대화가 끊긴 틈을 타서 물어보았다. "지즈루가 어제 5시 이후부터 이 건물 안에 있었다면 가족이 걱정할 거예요. 그쪽에는 연락을 하셨나요?"

유라의 일 처리는 확실했다.

"아까 전화해봤는데 연결이 되지 않아 가네이시 씨 이웃에 사는 회원에게 알렸어요. 이미 연락을 받았겠지요. 태평한 노릇이지만 할아버지는 오늘 아침에야 손녀가 사라진 걸 눈치챘답니다. 마을 사람들이 찾아 나서려던 참이었다더군요."

"마을 사람들이 찾아 나서려던 참이었다니…… 경찰은 부르지 않았단 말인가요?"

"전화하려고 했겠지요. 어쨌거나 빨리 안심시켜드리고 싶군요."

작은 종교 도시 가미쿠라는 인류협회에 지배당하고 있다. 만약 지즈루를 찾지 못했어도 수색은 마을 사람들끼리만 했을 것이다.

사자성어로는 사면초가. 그런 상황에서 마리아와 모치즈키, 오다는 지금 어쩌고 있을까? 형세가 압도적으로 불리하니 너무 무모한 짓은 하지 말았으면 좋겠다.

"갑시다."

우리는 자리에서 일어난 후부키를 따라 복도로 나갔다. 걸어가면서 리놀륨 바닥에 남은 타이어 자국을 보았다. 격렬한 전투의 흔적이다. 그 장면을 보지 못한 것이 아쉽다. 모치즈키는 변장이라는 고전적인 트릭으로 탈주에 성공했다고 들었다. 나만 활약이 없다. 이제부터 어떻게든 잃어버린 지분을 되찾고 싶다.

그때 에가미 선배가 화들짝 놀라 오른쪽 창문을 쳐다보았다. 수국 화단이 뭐 잘못되었나 했는데 그게 아니었다.

"차가 나갔군요."

에가미 선배는 발꿈치를 들어 창밖을 보았지만 '성' 앞의 길은 사각지대였다. 부장은 소리에 반응한 것이다. 동쪽 문으로 자동차가 나간 모양이다.

"누가, 무슨 용무로 외출한 겁니까?"

"여러분과는 상관없는 일입니다."

후부키가 냉담하게 대답했다. 그런다고 '아, 그러세요' 하고 물러날 수는 없다.

"저희에게 말하면 무슨 문제가 있습니까? 불필요한 비밀은 만들지 말아주셨으면 좋겠군요."

"당신들은 손님입니다. 주인의 내부 사정에 간섭하는 건 삼가주세요. 이것만 말씀드리지요. 저 차는 여기서 일어나고 있는 사건과는 아무 상관없는 용무로 나간 겁니다. 제 명예를 걸고 맹세하겠습니다."

"나간 분은 누굽니까?"

"노코멘트."

"말씀하지 않아도 남아 있는 사람들을 보면 뺄셈으로 알 수 있는 일입니다."

"당신은 점호를 할 권리가 없어요."

"지즈루가 발견된 문제에 우스이 국장은 어떤 반응을 보이던가요? 국장님이 오랫동안 안 보이는군요. 혹시 외출하셨습니까?"

"노코멘트."

우스이다. 우스이 이사오가 나간 것이다. 그렇게 직감한 나는 후부키를 다그쳤다.

"달아나게 한 거죠? 우스이 국장이 모든 사건의 범인이라는 걸 알고 달아나게 도와줬군요? 아니라면 아니라고 똑바로 말씀해보세요."

도리어 쏘아본다. 그 눈동자에 슬픔인지 분노인지 분간할 수 없는 격정이 감돌았다.

"예, 똑바로 말씀드리죠. 맹세도 하겠어요. 누가 달아난다는 겁니까? 그 사람은 협회의 용무로 외출한 것뿐입니다."

나간 사람이 우스이라는 사실은 시인했다. 조금만 더 밀어붙여보자.

"말씀은 그렇게 하지만 이 타이밍에 몰래 나가다니 의심스럽군요. 도망쳤다고밖에 생각되지 않는데요."

"아리스가와 씨, 당신도 참 고집스럽군요. 이렇게까지 말하는데도 의심하겠다면 멋대로 의심해요. 우스이 국장은 용무를 마치면 바로 이곳으로 반드시 돌아옵니다. 만약 행적을 감춘다면 샅샅이 뒤져서 찾아내…….."

후부키가 입가를 일그러뜨렸다.

"죽여버릴 겁니다."

4

과격한 발언에 간이 철렁했지만 후부키는 바로 말을 주워 담고 우리에게 변명했다. 이상사태의 여파로 그만 엉뚱한 소리가 튀어나왔다는 것이다.

"죄송합니다. 수행 중이신 노사카 대표님을 대신하는 직책을 맡고 있으면서 불경한 표현을 쓰고 말았습니다. 이렇게 중요한 때에 어디 가서 노닥거리고 있으면 연장자인 우스이 국장이라도 호되게 질책하겠다고 말하고 싶었을 뿐입니다. 오해하지 말아주세요."

말이 그냥 헛 나온 것 같지는 않았지만 너무 간절하게 말해서 그만 동정할 뻔했다. 실수를 만회하려는 보스 때문에 유라는 거북한 눈치였다. 에가미 선배는 아무 말도 하지 않았다.

"우스이 국장이 무슨 일로 나갔는지 때가 되면 말씀드릴 수 있을지도 모릅니다. 그때까지는 부디 캐묻지 말아주세요. 그보다 창고를."

후부키가 종종걸음으로 앞장섰다.

가네이시 지즈루가 홀연히 나타난 창고로 들어갔다. 에가미 선배는 지즈루가 어딘가에 숨어 있었다고 했는데, 그게 어디일까? 패트릭이 '구석구석 뒤졌다'고 주장한다면 그 말을 반박하기란 어려울 것이다. 소녀가 직접 말해주기를 기다리는 수밖에 없지 않을까? 그렇게 생각하는데 에가미 선배가 입을 다물어버려서 넌지시 운을 떼어보았다.

"중간에 칸막이가 있고, 오른쪽이 이벤트용 자재, 왼쪽이 비상용 비품으로 나뉘어 있네요. 깔끔하게 정돈되어 있지만 물건이 워낙 많아 숨바꼭질에는 안성맞춤이겠어요. 하가 씨와 혼조 씨는 비디오테이프를 찾으려고 상자 위치를 바꾸거나 간판 뒤쪽도 들여다보면서 구석부터 차례로 확인했다고 했죠. 지즈루가 완벽하게 숨을 장소를 바꾸어가면서 술래로부터 달아난 게 아닐까요?"

"나도 그 가능성을 생각해봤는데."

"어려워 보이네요."

현장에 와보니 탁상공론은 통하지 않았다. 이번에는 후부키의 실언과 상쇄해달라고 해야겠다.

"유일한 가능성은 문 뒤쪽인가. 누가 오는 인기척에 재빨리 숨었을지도 몰라."

밀실 추리소설에서는 고전 중의 고전이라 할 수 있는 트릭이다. 맥이 빠졌지만, 의외로 그런 게 진상일지도 모른다.

"간이 화장실을 사용한 흔적이 있었어요." 후부키가 말했다. "물론 그 아이가 용변을 본 겁니다. 초콜릿을 먹고, 생수로 갈증을 달래고, 담요로 추위를 견뎌내도 화장실이 없으면 이곳에서 하룻밤을 보내기는 어려웠겠지요."

우연히 조건이 딱 맞아떨어지는 바람에 오히려 섣불리 움직일 수가 없어 발견이 늦어졌다고 생각해볼 수도 있다.

안쪽 벽을 올려다보니 천장 가까이 작은 창문이 두 개 있었다. 바닥에서 2.5미터 정도 되는 높이에, 아이도 도저히 통과할 수 없는 크기였다. 저 창문에서 쏟아지는 희미한 별빛만이 아침까지 지즈루를 달래주었으리라.

상상하니 오싹했다. 얼마나 외로웠을까? 그런데 담요를 뒤집어쓴 소녀 가까이에서 사람이 둘이나 죽었다. 한 사람은 탑위에서, 또 한 사람은 두꺼운 벽을 사이에 둔 뒤뜰에서. 소녀는 그것을 모른다. ······정말 모를까?

"지즈루가 뭔가 들었을지도 모르겠네요. 범인과 피해자의 대화까지는 아니더라도 총성은 들었을 거예요. 가장 가까운 장소에 있었으니까. 폭탄급으로 중요한 증인을 해줄지도 몰라요. 지나친 기대일까요?"

"네가 옳아. 말 잘했어."

에가미 선배는 이미 창고에서 흥미를 잃었다. 지즈루가 걱정되는지 의무실로 돌아가려 했다.

"그 아이 곁에 붙어 있어야 돼. 창고에 숨어 있었다는 걸 알면 범인이 해치려 들지도 몰라."

후부키가 얼굴을 찌푸리는 부장을 쫓아가서 말했다.

"에가미 씨, 그건 저희에게 맡기시죠. 반드시 그 아이를 지키겠어요. 범인이 몹쓸 짓을 꾸며도 손가락 하나 못 건드리게 하겠습니다. 약속할게요."

"그랬으면 좋겠군요. 사사키 선생님이 화장실에라도 가면 그 아이는 그대로 위험에 노출됩니다. 빨리 돌아갑시다. 이 '성'에서는 무슨 일이 일어날지 모르니."

마지막 한 마디에 빈정거리는 기색은 없었지만 후부키와 유라는 귀가 따가웠을 것이다.

의무실 문을 열자 사사키가 세면대 거울을 보고 있었다. 수염을 손질하고 있었던 모양이다. 우르르 몰려온 우리를 의아하게 쳐다보았다.

"조금만 더 조용히 들어오면 안 되겠습니까? 환자가 쉬고 있어요."

"죄송합니다." 후부키가 사과했다. "별일은 없나요, 선생님?"

"없습니다. 그보다 가네이시 씨하고 연락은 닿았나요? 저 아이가 잠에서 깼을 때 할아버지가 곁에 있어야 할 텐데."

"그게 말인데, 전화가 먹통이에요."

"또? 전화요금이 밀려 끊긴 거겠죠. 따님이 주말에 집을 비운다고 들었던 것 같은데, 그럼 겐조 씨뿐인가. 술에 취해 깜빡

잠이 들어 아이가 집에 돌아오지 않은 줄도 몰랐겠지. 거참, 너무하네."

"이웃에 사는 회원에게 전달했으니 곧 오겠죠."

닫힌 '성'에 외부에서 사람이 들어오면 일이 번거로워진다. 가네이시 겐조가 관내에서 일어난 살인사건을 알게 되면 협회는 그를 구속할 수밖에 없지 않을까? 한바탕 파란이 일 것 같다. 에가미 선배도 똑같은 생각을 하고 있었다.

"가네이시 씨가 와도 지즈루의 상태에 따라서는 데리고 돌아가지 못할지도 모릅니다. 그때는 어쩌실 생각입니까?"

"뭘 어쩌겠어요?" 후부키가 시치미를 뗐다. "손녀가 건강히 돌아갈 수 있을 때까지 여기서 모셔야지요. 가네이시 씨에게 사건에 대해선 함구할 겁니다. 여러분만 쓸데없는 소리를 하지 않으면 파란은 없을 겁니다."

"하지만 지즈루는 뒤뜰에서 벌어진 소동을 듣고 사람이 죽었다는 걸 알고 있을지도 모릅니다. 그때는 어쩔 겁니까?"

"결정적인 문제만 모른다면 돌려보내야죠. 아직 아이니까 여기서 무슨 일이 벌어지고 있는지 이해 못 할 서예요."

진심으로 들렸다. 더 이상 제삼자를 '성안'에 두기 싫은 건지도 모른다. 솔직히 할아버지도 손녀도 냉큼 쫓아내고 싶을 것이다.

"어쨌거나 지금은 지즈루의 안전을 확보하고 쾌유를 기다려야 해요. 그러기 위해 저희는 최대한 노력할 겁니다."

후부키가 말을 마쳤을 때, 누가 문을 두드렸다. 노(能) 연기자처럼 소리 없이 슬그머니 들어온 것은 아오타였다. '성' 밖에 다녀온 모양이다.

"가네이시 씨를 출입구에 모셔왔습니다. 어떻게 할까요?"

"이쪽으로 모셔와요. 에가미 씨 친구들은 아직?"

아오타는 부장과 나를 힐끗 보더니 사무적인 목소리로 보고했다.

"손녀딸을 본부에서 보호하고 있다는 소식을 알리러 갔던 회원이 가네이시 씨 댁에 있는 것을 발견했습니다."

"찾아냈군요. 그런데 어째서 가네이시 씨 댁에?"

"이곳으로 오는 도중에 가네이시 씨에게 물어봤는데 어쩌다 집으로 데려갔다고 합니다."

"그것만으로는 어찌 된 일인지 알 수가 없군요. 됐어요, 직접 가네이시 씨에게 물어봅시다. 그럼 세 사람 다 돌아왔겠군요?"

"아니요, 그게……."

"왜 그러죠?"

"먼저 눈치를 채고 또 달아났습니다. 아니, 하지만 포위하면서 몰아세우고 있으니 붙잡는 건 시간문제입니다."

"그럼 됐어요. 하지만 말이 좀 험하군요. 에가미 씨와 아리스가와 씨 앞에서 '포위하면서 몰아세우고 있다'느니 '붙잡는다'느니. 우리는 무단 외출한 그분들을 다시 모셔오는 것뿐입니다. 가네이시 씨를 불러와요."

혼란이 수습되고 있다는 것을 안 국장은 여유를 되찾았다. 한편 나는 울컥했다. 건투의 보람 없이 '성'으로 연행될 세 사람은 얼마나 억울할까. 아무런 엄호도 해주지 못해 미안했다.

"아이고, 죄송합니다. 제 부주의로 일이 이렇게 되어서. 번거롭게 해서 정말 드릴 말씀이 없구려."

가네이시 겐조가 아오타에게 끈질기게 사과하면서 들어왔다. 들어오자마자 나와 눈이 마주쳤는데 "아아, 어제 그분"이라고 이쪽을 알아보았다. 일단 "안녕하세요" 하고 고개를 숙였다.

"예, 안녕하세요." 가네이시는 내게 이어 에가미 선배에게도 인사를 했다. "안녕하십니까. 아까까지 여러분 친구와 함께 있었다오. 참 친절한 양반들이었는데. 손녀가 사라졌다고 하니 같이 찾아주려고 했다오."

"가네이시 씨, 지즈루는 이쪽에 있어요."

가네이시가 쓸데없는 말을 하기 전에, 혹은 듣기 전에 유라가 커튼을 걷고 손짓했다. 몸을 움츠리고 침대로 향한 노인은 손녀딸의 잠든 얼굴을 보고 마음이 놓였는지 깊은 한숨을 내뱉었다. 사사키가 곁에서 몸 상태를 설명해주자 한 마디 끝날 때마다 "아이구야, 고맙습니다" 하고 끄덕거렸다.

"이쪽은 대충 정리된 것 같군요. 나갑시다."

후부키가 두 팔을 벌려 에가미 선배와 나를 복도로 쫓아냈다. 가네이시 겐조와 대화하지 못하도록 막는 것이다. 상관없다. 마리아와 모치즈키, 오다의 소식을 물어보고 싶었지만 실수로 사건 이야기라도 나오면 가네이시와 지즈루까지 자유를 빼앗길지도 모른다.

"자, 또 한 가지 요구사항은 뒤뜰 조사였죠. 그것도 끝내죠. 저도 함께 지켜보겠습니다."

등을 돌리려는 국장에게 에가미 선배가 부탁했다.

"빌려주셨으면 하는 물건이 하나 있습니다만."

국장이 흔쾌히 승낙해준 덕에 하나가 아니라 두 개를 빌릴 수 있었다.

5

뒷산에서 시원한 바람이 불어와 나무들이 노래하듯 술렁거렸다. 권총에 머리를 맞은 시체를 발견한 장소지만 바깥 공기를 맡으니 온몸에 새로운 생기가 솟아났다. 어쩐지 한 일주일은 '성'에 갇혀 있는 기분이었다.

하지만 기지개를 켜고 하늘을 올려다보니 싫어도 성이 눈에 들어왔다. 저 높은 살인현장에는 아직 시모자와의 시신이 누워 있다. 그걸 생각하니 밝은 풍경에 대번에 음울한 그림자가 드리웠다.

"시작하자."

에가미 선배는 협회에서 제공해준 금속 탐지기를 손에 들고 현장 수색을 시작했다. 나도 같은 장비를 들고 있다. 부장이 내린 비밀 지령은 이러했다. "어딘가에 있을지도 모르는 총알을 찾아." 이유는 못 들었다. 폭죽 시한장치만 찾으면 되는 줄 알았는데.

"정원을 반씩 나누자. 나는 여기서부터 서쪽을 찾아볼 테니 너는 동쪽을 살펴봐. 아까 말한 물건 말고도 묘한 게 있으면 놓치지 마."

"라저."

허리를 굽히고 작업해야 했다. 후부키는 팔짱을 끼고 벽에 기대 우리 행동을 지켜보았다. 이따금 그쪽을 쳐다보면 반드시 시선이 부딪쳤다.

"두 번째 권총은 아직 못 찾은 것 같더군요."

에가미 선배가 탐지기로 바닥을 훑으며 고개도 들지 않고 물었다. 지루해 보이는 후부키를 위해 말 상대를 해주겠다는 투였다.

"찾았다면 즉시 제게 보고가 들어올 거예요. 그런 보고가 없으니 역시 두 번째 권총은 존재하지 않는 거겠죠. 기대가 어긋났나요?"

"아니요. 없으면 다행입니다. 아무래도 사건은 이제 끝난 것 같군요."

"그렇다면 다행인데."

부장이 명령한 물건을 찾으며 나는 두 사람의 대화에 귀를 쫑긋 세웠다.

"후부키 씨와 저희끼리만 이야기하는 건 이게 처음이군요. 다른 사람이 없는 기회에 비밀 이야기라도 하면 어떨까요? 내일까지 외부와 연락을 취하지 않는 이유가 뭡니까?"

"또 그 이야기인가요. 그만두세요. 끈질긴 건 질색이에요."

"그렇게 말씀하지 마시고. 지금이라면 숨겨두었던 이야기를 할 수 있습니다."

후부키가 팔짱을 풀더니 대책이 없다는 듯이 두 손으로 허리춤을 짚었다.

"살살 어르면 제가 금단의 비밀을 털어놓을 줄 알았나요? 너무 안일하군요."

"역시 금단의 비밀인가요?"

"노코멘트. 당신이 설녀*가 아니란 보장이 없으니까요."

무슨 뜻인지 모르겠다. 나만 모르는 게 아니다. 에가미 선배가 손길을 멈추고 후부키를 쳐다보았다.

"'당신이 설녀가 아니란 보장이 없으니까요.'" 에가미 선배가 정확히 복창했다. "대체 무슨 뜻입니까? 영문을 모르겠습니다만."

"모르면 됐어요. 저는 말하지 않을 겁니다."

---

*일본의 대표적인 눈의 요괴로, 이야기 결말이 다양하다. 여기서는 설산에서 조난당한 남자를 구해주며 그 일을 누구에게도 말해선 안 된다고 당부한 설녀가 정체를 감추고 그와 결혼해, 남편에게 설산에서 있었던 이야기를 들려달라고 졸라서 약속을 깨도록 만드는 설화를 언급하고 있다.

"사악한 외계인이 아니라 설녀까지 두려워하는 겁니까? 설녀와 인류협회 사이에 무슨 관계가……" 부장은 눈을 감았다. "설녀가 의미하는 바는…… 금단의 비밀을 털어놓도록 유혹하는 자. 그것도 단순히 유혹하는 게 아니지요. 자기를 만났다는 이야기는 아무에게도 하지 말라고 비밀로 할 것을 맹세하게 한 본인이면서 얄궂게도 그걸 폭로시키려 하는 모순된 존재. 즉……"

"바보 같아."

지금까지의 이미지와 달리 후부키가 속된 말을 썼다.

"당신은 무슨 바보 같은 생각을 하는 거죠? 깊은 의미는 없습니다. 묻지 않아도 될 것을 묻는다고 조롱한 것뿐이에요."

에가미 선배가 눈을 뜨고 상대를 뚫어져라 바라보았다.

"또 이상한 말씀을. 당신은 그런 어설픈 비유를 쓸 사람이 아닙니다. 설녀에 비유했다는 건 다시 말해…… 너는 네가 한 질문의 답을 알고 있다, 알고 있으면서 묻지 말라고 말씀하고 싶은 거군요? 뭔가 오해하시는 모양입니다. 저는 그렇게 심술궂은 질문은 하지 않았습니다."

"당신이 심술궂다고 누가 그랬어요? 말꼬리를 물고 늘어지는 건 그만두세요."

후부키는 견고한 벽을 쳐버렸다. 이렇게 되면 어떤 말로 다그쳐도 튕겨낼 뿐이다. 에가미 선배도 그걸 느꼈는지 백기를 들었다.

"물러나겠습니다. 하지만 한 번 들은 말은 사라지지 않습니다."

"그런 것보다 빨리 끝내줄 수 없나요? 아무래도 탐정놀이처럼 보이기 시작하는군요."

"매서운 분이군요."

에가미 선배는 수색을 재개했다. 남은 공간은 이제 얼마 없었다. 내 의욕은 감퇴했고, 슬슬 포기할 마음을 먹고 있었다.

그런데…….

덩굴을 심어놓은 낡은 위스키 통에 탐지기를 대자 날카로운 전자음이 울렸다. 깜짝 놀랐지만, 금속 테에 반응한 모양이다. 뭐야, 사람 헷갈리게. 그런데 테에서 탐지기를 뗐는데도 삐삐 계속 우는 게 아닌가? 설마 고장 났나 싶었지만, 아니었다.

"에가미 선배, 잠깐."

"왜?" 부장이 달려왔다. 낙담시키지는 않을 것이다. 나는 참 나무인 듯한 위스키 통의 나무 틈새를 가리켰다.

"여기에 구멍이 뚫려 있어요. 새로 난 구멍 같아요. 그 안쪽 흙에 뭔가 박혀 있는 것 보여요? 금속인지 탐지기가 반응해요. 보세요."

전자음이 울렸다. 부장은 긴장한 얼굴로 그 구멍을 들여다보았다.

"아리스."

"어때요?"

"이거야."

가슴주머니에 꽂아두었던 샤프 끝으로 구멍을 쑤시며 확인했다.

"틀림없어. 경찰이 올 때까지 이대로 두자. 최고의 증거품이야."

총알이었다.

"역시 그런 건가."

혼자만 알지 말고 설명 좀 해주지. 에가미 선배의 시선이 히로오카가 쓰러져 있던 자리와 화분의 구멍 사이를 몇 차례 오갔다.

"뭐가 그렇다는 거예요? 이 정원 어딘가에서 총알이 나올 걸 상정하고 있었던 것 같은데요."

"있을지도 모른다고 생각했어. 범인에게 이것까지 처리할 겨를은 없었을 테니까. 히로오카 씨는 자살이 아니었어. 어젯밤에 살해당한 거야. **오늘 아침에 들은 총성은 이 화분에 총알이 박히는 소리였던 거야.**"

"그럼 어떻게 되는 거죠?"

"기다려. 조금만 생각할 시간을 줘."

우리는 흥분을 억누르고 작은 목소리로 말했지만 후부키에게도 들렸을 것이다. 괜찮은 걸까 싶어 뒤를 돌아보니…… 국장은 이쪽은 쳐다보지도 않고 혼조에게 긴급 보고를 받고 있었다.

6

"유라 주사님은 집무실에서 전화를 하고 계세요. 그래서 아오타 씨와 제가 막으려 했는데, 가네이시 씨가 막무가내라. 어쩌면 좋을까요?"

"어떻게든 설득해요. 온건하게, 모쪼록 온건하게."

"하지만 완고한 영감님이라 한번 말을 꺼내면 듣지를 않습니다."

"알았어요. 제가 가죠."

우리가 힘겨운 수색으로 커다란 성과를 거둔 줄 전혀 모르는 후부키가 이쪽을 돌아보며 말했다.

"이제 됐나요, 에가미 씨? 여기서 나가고 싶습니다만."

"예, 철수하겠습니다. 다시 문을 잠가 뒤뜰에 아무도 들어가지 못하도록 해주십시오."

"한 마디가 많군요. 당신이 말하지 않아도 그럴 겁니다."

혼조를 포함해 넷이서 의무실로 돌아가보니 가네이시가 복도에서 아오타를 다그치고 있었다. 전화를 쓰게 해달라고.

"천하의 인류협회가 전화 한 통 못 쓰게 하는 이유를 모르겠구려. 당신들이 그렇게까지 고집을 부리는 걸 보니 아무래도 학생들이 한 말이 진짜 같아. 여기서 말도 안 되는 사건이……."

"그건 엉터리 소문입니다. 사건 같은 건 없었어요. 아까부터 말씀드렸잖습니까. 공사 실수로 지금 쓸 수 있는 전화가 없습니다."

"못 믿겠어. 정말 고장 났는지 내가 직접 확인해야겠소."

"좀 조용히 하세요. 손녀따님이 자고 있잖아요."

후부키가 끼어들려는 순간 의무실 문이 열리더니 사사키가 나타났다. 순간 가네이시도 아오타도 입을 다물었다.

"너무하네. 너무 시끄러워서 그만 깼잖아요."

이상한 성의 앨리스가 눈을 떴다. 그 말을 듣자마자 가네이시와 후부키가 의무실로 뛰어들어갔다. 에가미 선배와 나도 황급히 뒤를 따랐다.

할아버지는 먼저 누워 있는 손녀를 와락 끌어안고 이름을 불렀다. 엉거주춤한 자세로 가네이시와 후부키 사이로 침대를 들여다보니 지즈루의 얼굴이 딱 보였다.

"오냐오냐, 할아비다."

소녀가 가만히 웃었다. 반쯤 뜬 눈에도 안도의 빛이 묻어났다.

"잘못했다. 네가 없는 줄도 모르고 그냥 뒀어. 혼자 뒀어서 미안하구나. 용서해다오."

가네이시는 흘러내린 얼음주머니를 다시 얹어주고 손녀의 왼손을 두 손으로 꼭 부여잡고 쓰다듬었다. 지즈루의 눈가에 눈물이 맺혔지만 엉엉 울지는 않았다. 강한 아이다.

"지즈루."

이번에는 후부키가 불렀다. 솜사탕처럼 달콤하고 다정한 목소리였지만 소녀가 대번에 긴장하는 게 보였다. 나는 국장의 표정을 관찰하려고 소녀의 발치로 이동했다. 에가미 선배는 처음부터 거기에 있었다.

"넌 지금 굉장히 안전한 곳에 있어. 할아버지도 곁에 계실 거야. 많이 추웠지? 감기에 걸린 모양이지만 사사키 의사 선생님도 계시니 괜찮을 거야."

지즈루는 여전히 겁에 질려 있었다. 아니, 후부키의 얼굴을 보고 공포를 떠올린 것 같았다. 죄책감이 드는지 아까처럼 작은 목소리로 사과했다. "잘못했어요."

"왜 잘못했다고 그러니? 여기 있는 사람들 중에 너한테 화를 내는 사람은 아무도 없어. 창고 상자를 열어 생수를 마셔서 잘못했다고 하는 거니? 그거라면 걱정할 필요 없어. 목이 말랐으니 어쩔 수 없었을 거야. 마음에 두지 마."

지즈루는 시무룩한 표정으로 고개를 끄덕였지만 긴장은 풀지 않았다.

"내가 무섭니? 아니지? 화 안 내잖아. 몇 가지 좀 물어봐도 될까?"

사사키가 헛기침을 했다.

"후부키 국장님, 급하지 않다면 나중에 물어보면 안 되겠습니까?"

"급해요. 궁금한 게 산더미처럼 많다고요." 후부키가 웃는 얼굴로 짜증스럽다는 듯이 말했다. "지즈루, 너는 어떻게 여기에 들어왔니?"

"…… '여왕님'을 만나고 싶어서."

후부키는 어떤 경로로 들어왔는지 물었을 텐데, 의도적인지 아닌지 소녀는 질문의 의미를 착각해 침입 목적을 대답했다.

"'여왕님'이라는 건 노사카 기미코 대표님을 말하는 거지?"

지즈루가 끄덕이자 가네이시가 고개를 숙였다.

"죄송합니다. 이 아이가 노사카 대표님을 정말 좋아하거든요. 그 고귀함을 이해는 못 하겠지만 동경하고 있습니다. 잡지에서 사진을 잘라 책상에 장식하기도 해요. 대표님을 가까이서 보고 싶었던 거겠지요." 아라키의 동지인가. "그렇지, 지즈루? 대답은?"

"네."

후부키는 애써 미소를 머금고 있었다.

"그랬구나. 나도 노사카 대표님을 정말 좋아하니까 네 마음을 잘 알아. 멋진 분이지. 지즈루 손가방에 카메라가 들어 있던데, 혹시 그걸로 노사카 대표님 사진을 찍으려고 한 거니?"

"……네."

아직도 겁을 내고 있다. 여덟 살짜리 소녀에게 너무 심하게 감정이입을 한 탓에 나까지 위가 뻐근했다. 생수를 몰래 마신 일이나 노사카 대표의 사진을 몰래 찍으려고 한 것이 야단맞을 정도로 나쁜 짓은 아니다. 지즈루도 그 정도는 알 테니 다른 일 때문에 겁을 내고 있는 것이다.

후부키가 다그쳤다.

"다시 물을게. 넌 어디로 어떻게 이 건물로 들어왔니?"

몇 초의 침묵. 결국 대답해야 한다는 것을 알았는지 소녀는 각오를 굳히고 말했다.

"……동굴로."

역시 성스러운 동굴을 통해 성으로 들어온 것이다. 그 대답을 예상하고 있었기 때문인지 후부키는 태연했다.

"페리파리가 강림한 동굴을 지나온 거지? 거기는 성스러운 동굴이라고 해서 아무도 들어가면 안 되는 곳이야."

"……잘못했어요. 다시는 안 그럴게요."

"꼭이야. 약속하는 거다."

후부키는 단발머리에 손을 얹고 위로하듯 쓰다듬었지만 그 눈은 웃지 않았다. 입가에 가식적인 미소가 걸려 있었다.

"너는 성스러운 동굴 출구 쪽에서 들어온 거지?" 천연 동굴에 출구니 입구니 따지는 게 이상하지만. "그건 어디에 있니?"

"나무 밑에요."

"그 나무는 어디에 있지?"

"산속, 길에서 조금 들어간 곳에."

실제로 아이가 안내해주지 않으면 모르겠다고 생각하다가 번득 떠올랐다. 마리아와 발견한 거대한 물참나무를. 그 밑동에 뻥 뚫려 있던 구멍을.

'발자국이 여기서 끊겼어. 여기가 닌자의 아지트 아닐까?'

마리아는 그렇게 말했다. 닌자는 지즈루였던 것이다. 그리고 아지트는 상상을 아득히 초월해 깊숙한 '성' 안까지 이어져 있었다.

"나무 밑에 성스러운 동굴의 출구가 있구나. 네가 찾아낸 거니?"

"네."

"다른 사람은 몰라? 친구나."

지즈루는 고개를 저었다. "혼자 놀다가 찾았어요."

"그렇구나. 다 나으면 어떤 나무인지 가르쳐주렴. 알겠지? 고마워. 거기로 성스러운 동굴에 들어와 회중전등 불빛만 믿고 계속 전진한 거구나. 참 용감한 아이야. 성스러운 동굴을 빠져나와서 바로 창고에 숨었니?"

"……네. 달리, 갈 곳이, 없어서."

아픈 아이에게 완전히 신문이나 다름없었다. 가여웠지만 이미 누구도 말리려 하지 않았다. 당장에라도 엄청나게 중요한 증언이 튀어나올 것만 같았기 때문이다. 미안해. 잔혹한 어른들을 용서해주렴.

"성스러운 동굴에는 항상 보초가 서 있는데 용케 들키지 않고 들어왔구나."

문 쪽에서 인기척이 났다. 용무를 마친 유라가 돌아온 것이다. 현재 상황을 알지 못하는 유라는 당혹스러운 표정으로 우뚝 멈춰 섰다.

"내가 봤을 때는, 아무도 없어서."

질문이 핵심을 건드렸다. 지즈루가 열심히 또박또박 대답해 주어서 나는 무심결에 두 주먹을 불끈 쥐고 말없이 소녀를 응원하고 있었다.

"아무도 없었다니, 보초가 업무를 내팽개쳤던 걸까? 혼내줘 야겠네. 혹시 카운터 안에서 졸고 있었을지도 모르겠다. 그런 건 아니었니?"

"안 봐서 몰라요……."

에가미 선배의 생각이 맞았다. 보초대는 대기실 왼쪽에 있다. 오른쪽에 깊숙이 뚫려 있는 성스러운 동굴을 잘 관찰할 수 있는 각도로 설치되어 있으니 방에서 나갈 때 뒤를 돌아보지 않는 한 시신은 눈에 들어오지 않는다.

"어쨌거나 카운터에는 아무도 없었단 말이구나. 지즈루는 몇 시쯤 성스러운 동굴에서 나왔니?"

고개를 가로젓는 소녀의 왼쪽 손목에 손목시계는 없었다. 학원 수업으로 바쁜 도시 아이도 아니고, 생활도 풍족해 보이지는 않으니 이 아이는 시간에 얽매이는 생활과 거리가 멀 것이다.

"시간은 모르지만 보초가 없을 때였겠구나." 5시에서 5시 57분 사이이다. "성스러운 동굴에서 나와서 바로 창고로 들어갔지? 협회 사람들에게 들키지 않으려고 숨었던 거니?"

"네."

"그렇게 노사카 대표님 사진을 찍을 기회를 기다렸던 거구나."

"네."

"하지만 창고에만 숨어서는 사진을 찍을 수 없었을 텐데."

"……사람들 말소리가 잔뜩 나서, 나갈 수가 없었어요."

자신의 경솔함을 뼈저리게 후회했을 것이다.

"들키면 혼날 거라고 생각했구나. 그렇지?"

"네."

후부키의 말투가 점점 딱딱해졌고, 지즈루도 질문 공세에 지쳤다. 슬슬 한계인가. 의사는 면회를 중단시키고 싶은 눈치였다.

"하지만 이상하네. 어젯밤 그 창고에 들어갔던 사람이 있는데, 그 사람은 너를 보지 못했거든. 이유가 뭘까? 몰래 밖에 나와서 건물 안을 돌아다녔니?"

소녀는 도리질을 치듯 작게 고개를 저었다.

"창고에 들어가서 안을 뒤진 사람이 있었을 텐데?"

지즈루가 뭐라고 중얼거렸지만 잘 들리지 않았다. 후부키는 무릎을 구부려 소녀에게 얼굴을 가져갔다.

"다시 한 번 말해줄래?"

"아저씨가 들어왔을 때…… 숨어 있었어요."

"어디에?"

"문, 뒤에……."

문 뒤쪽 사각지대란 말인가? 뭐야, 이것도 에가미 선배 말이 맞았다. 너무 단순한 대답에 후부키는 몹시 불쾌한 기색이었다.

"창고 구석구석까지 뒤졌다더니 입만 살았군. 일 처리가 이렇게 어설퍼서야. ……아니야, 지즈루한테 말한 게 아니란다. 다른 사람 얘기야. 조금만 더 얘기해줄래? 오늘 아침 일찍, 펑하고 타이어 터지는 소리 같은 게 났을 텐데."

고개를 끄덕인다.

"그 소리가 나기 전이나 후에 다른 소리나 사람 목소리를 듣지 못했니?"

고개를 젓는다.

"그랬구나. 밤에는 어땠니? 이상한 소리나 말소리를 들었다면 가르쳐주렴."

"……가끔, 누가 복도를 지나간 게 다예요."

"그 소리밖에 못 들었던 거구나. 어, 왜 그러니?"

지즈루가 힘없이 한숨을 쉬더니 "힘들어"라고 했다. 해야 할 말을 다 털어놓자 피로가 몰려온 것이다.

"이것저것 많이 물어봐서 미안해. 푹 쉬렴. 다 나으면 뭐든 좋아하는 음식을 차려줄게."

그 말을 들은 소녀가 처음으로 응석을 부리듯 말했다.

"좋아하는 음식 대신…… '여왕님'을 만나고 싶어요."

후부키는 할 말을 잃었다. 얼굴의 미소도 얼어붙었다. 그 표정의 급격한 변화가 옆에서 볼 때 안쓰러울 정도였다. 지즈루도 그 반응을 보고 불안해졌는지 쭈뼛쭈뼛 물었다.

"……허락도 안 받고 성스러운 동굴에 들어가서 '여왕님'이 안 만나주는 거예요?"

대답은 "아니란다"였다.

"지즈루는 잘못했다고 솔직하게 사과했고, 다시는 안 그러겠다고 약속했잖니? 그러니 노사카 대표님도 만나주실 거야. 지금은 중요한 일을 하고 계시지만 그 일이 끝나면, 반드시."

에가미 선배는 두 사람의 대화를 가만히 지켜보고 있었다. 마찬가지로 유라도.

"정말?"

"그럼, 정말이고말고. 내가 만날 수 있다고 하면 꼭 만날 수 있어. 인류협회 회원은 거짓말을 하지 않는단다."

단언하는 후부키에게는 비장감마저 감돌았다. 우리를 앞에 두고 '인류협회 회원은 거짓말을 하지 않는다'니 뻔뻔한 것도 정도가 있지. 그게 사실이라면 살인사건은 당장 해결되었어야 하지 않나?

"이제 그만 됐지요, 국장님? 이 정도에서 그만합시다. 가네이시 씨는 거기 의자에 앉아 곁에 있어주십시오."

사사키는 가네이시만 지즈루 옆에 남기고 커튼을 쳤다.

제16장
디스커션

1

"여기 일을 부탁해요."

후부키 나오는 유라 히로코에게 그 말만 남기고 집무실로 떠났다. 그 뒷모습에는 피로가 배어 있었다. 지즈루를 신문하느라 상당한 에너지를 소비했을 것이다. 유라는 아오타와 혼조에게 각각 잡무를 지시하고 우리를 돌아보았다.

"커피라도 한잔하시겠어요?"

뜻밖의 제안이었다. 이곳 커피에는 질렸지만 상대가 뭔가 이야기하고 싶어 하는 눈치라 거절할 이유가 없었다.

유라를 따라간 담화실에는 아무도 없었다. 셀프서비스로 커피를 끓여 안쪽의 3인용 둥근 테이블에 자리를 잡았다. 유라가 커피에 우유를 넣고 한 모금 마시더니 기계를 바꿔야겠다고 중얼거렸다.

"지즈루가 무슨 얘기를 했나요? 앞쪽 이야기를 못 들어서 가르쳐주시면 고맙겠어요."

그게 목적인가. 뒷부분을 들었다면 대강 이해할 수 있었을 텐데. 에가미 선배는 부족했던 몇 가지 정보도 채워주었다.

"아이라고는 해도 페리파리 강림 이후 성스러운 동굴에 사람이 들어간 건 처음이에요. 어제부터 이 난리만 아니었다면 그 문제로 큰 소동이 벌어졌겠지요. 충격적인 일만 벌어지니 감정이 마비되었어요."

유라가 울적한 얼굴로 말했다.

"의무실에서 나가 뭘 하고 계셨어요?" 나는 물어보았다.

"도쿄 본부와 연락도 하고 이것저것, 일상 업무예요. 어떤 사건이 우리를 덮쳐도 바깥세상은 평소와 똑같이 돌아가고 있으니까요."

"사건에 대해 다른 지부에도 연락하셨나요? 출장 중이라는 제사국장이나 연구국장에게는……."

"협회 내부 문제니 상관하지 마세요." 쌀쌀맞다. 유라 입장에서 보면 괜한 오지랖밖에 안 되나. 말투로 보건대 연락은 하지 않은 것 같았다. 수행 중이라는 핑계로 노사카 기미코 대표에게도 보고하지 않았으니 어찌 보면 당연한 일이다.

"'여왕'의 나라는 사람도, 물자도, 정보도 차단한 쇄국 상태로군요. 오늘은 일요일이니 성지를 견학하러 오는 사람들도 있을 텐데, 그 사람들도 '도시'에 못 들어오게 쫓아낼 건가요?"

"연휴가 지나면 관광객의 발길은 뚝 끊겨요. 어쩌다 들르는 사람은 있겠지만 오늘만큼은 가마쿠라에 들어올 수 없습니다. 국도에서 임시 도로공사를 하고 있으니까요."

법률에 저촉되는 수작을 부린 것이다. 우연히 경찰차가 오면 어쩔 셈이지? 굳이 묻지는 않았지만 아마 이중 삼중으로 대책을 마련해놓았으리라. ……인류협회 회원은 거짓말만 한단다.

"지즈루가 성스러운 동굴에서 나온 시간을 알고 있었으면 좋았을 텐데, 아쉽게 됐네요."

거짓말쟁이하고 대화하기가 싫어져 에가미 선배에게 말을 걸었는데 대답은 유라가 했다. "그럴까요?" 그렇게 말하니 무시할 수가 없다.

"그럴까요라니, 그렇잖아요? 그 아이가 '그때가 5시 15분이었습니다' 하고 증언해주면 범행 추정시각을 더 좁힐 수 있으니까."

유라는 또 "그럴까요?"라고 하더니 수첩을 꺼내, 펼치지는 않고 살랑살랑 흔들었다.

"여기에 5시부터 5시 반까지, 모든 사람들의 알리바이를 메모해두었어요. 아까도 살펴봤는데 대부분 5시부터 5시 15분 사이에 알리바이가 없어요. 그러니 지즈루가 '그때가 5시 15분이었습니다'라고 말해봤자 별 의미가 없습니다."

오호라, 수첩을 보면서 그런 생각을 하고 있었나. 바로 수긍하는 것도 자존심 상하니 한 마디 반박해야겠다.

"그렇지만 지즈루가 '5시 10분이었습니다'라고 증언해주면 조금은 의미가 있어요."

"그 정도는 오차 범위잖아요. 그 아이는 손목시계도 없고, 대기실 벽에도 시계가 없으니 어차피 정확한 시간은 알 수 없어요. 보초대 안에 디지털시계가 있지만 그쪽은 보지도 않았다고 하고. 그러니 각자의 알리바이와 대조해봐도 범인을 밝혀낼 수 없다고요. 그렇죠, 부장님?"

에가미 선배가 가볍게 고개를 끄덕이는 바람에 조금 실망했다. 이래서야 저 녀석들 콧대를 어떻게 꺾겠나.

"그나저나 뒤뜰은 이미 조사하셨나요? 수확이 있었다면 말씀해주세요. 굉장한 증거품이 굴러다녔을 것 같지는 않습니다만."

"아니요, 있었습니다."

비로소 에가미 선배가 도발이라도 하는 것처럼 미소를 지었다. 유라는 컵을 든 채로 부장을 뚫어져라 바라보았다.

"덩굴을 심은 위스키 통이 있었죠. 그 통에 총알이 박혀 있었습니다. 물론 총알은 그대로 두었습니다. 협회에서 빌린 금속탐지기 덕분에 세 번째 총알을 찾을 수 있었습니다. 굳이 말할 것도 없지만 첫 번째, 두 번째는 히로오카 씨와 시모자와 씨 머리에 박혀 있는 총알입니다."

"……총을 전부 세 번, 쐈다는 말인가요?"

"예, 그렇습니다. 첫 번째와 두 번째 총알은 정체불명의 살인범이 쏜 것이지만, **세 번째 총알을 쏜 사람은 히로오카 씨입니다. ……아리스, 고민하지 마.**

고민하는 건 아니지만 머릿속이 혼란스러웠다. 어째서 피해자인 히로오카가 화분에 총을 한 발 쐈는지 이해할 수가 없다.

"오해하지 마. 나는 히로오카 씨가 뒤뜰에서 사격 연습을 했다고 말하는 게 아니야. 히로오카 씨가 권총을 쏜 건 사망한 뒤야. ……역시나 추리소설연구회 회원, 이 말만으로 알아들은 것 같네."

인류협회 회원보다 먼저 에가미 선배의 생각을 읽을 수 있었다. 얼이 빠져 있는 유라를 곁눈질하며 말했다.

"범인은 히로오카 씨를 살해한 뒤에 손에 권총을 쥐여준 거죠? 그렇게 시간이 흐르면 사후경직이 일어나니까 시체의 집게손가락이 방아쇠를 당겨……."

죽은 자가, 총을 쏜다.

"그래. 새벽녘에 들은 총성이 진짜일까, 폭죽 같은 걸 사용한 가짜 총성은 아닐까 의심했지만 그건 진짜 총성이었어. 다만 발포한 건 범인이 아니야. 그자는 대담하게도 **히로오카 씨의 시신을 시한장치로 이용한 거야.**"

그래서 현장을 아무리 수색해도 폭죽 흔적을 찾을 수 없었던 것이다. 사후경직을 이용해 시신을 시한장치로 쓴다는 발상을 들으면 사사키 의사는 끔찍하다고 한탄할 것이다.

"너는 강직성 경직이라는 현상으로 시체의 경직이 유독 빠르게 진행된 점을 설명하려 했어. 하지만 그런 현상은 일어나지 않았던 거야. 왜 그러시죠, 유라 씨? 범인의 잔혹성에 놀라신 것 같군요."

"예, 아무래도……." 유라는 우물거렸다. "확실히 놀라긴 했습니다. 살해한 상대에게 권총을 쥐여주고 시체가 굳으면 방아쇠를 당기도록 꾸몄다는 이야기를 태연히 들을 수는 없네요. 범인도 용케 그런 끔찍한 방법을 생각해냈군요."

"시체가 굳는다는 건 일반 상식에 속합니다. 추리소설 애독자가 아니더라도 그 정도 잔꾀는 떠올릴 수 있겠죠."

"하지만 당신 상상이 실제로 옳다는 증거가 있나요?"

"화분에 박혀 있는 총알만으로는 부족합니까? 그렇다면 시체 발견 당시의 상황을 잘 떠올려보십시오. 범인은 트릭이 발각되지 않도록 여러 교활한 수작을 부렸습니다. 첫 번째가 히로오카 씨의 시신을 인공연못 속에 둔 것이죠. 그건 범인에게는 고육지책이었을 겁니다. 자살할 사람이 계절상 아직은 차가운 물에 무릎까지 들어가 권총을 쏘는 건 부자연스러우니까요."

"저는 그렇게 보지 않았어요. 물가에서 머리를 쏘고 비틀거리다가 인공연못에 쓰러졌다고 생각했어요. 인공연못에 시체를 넣어두면 범인에게 뭔가 이점이 있나요?"

"물론입니다. 시신이 물속에 있으면 총성을 듣고 달려온 사람들이 바로 일으켜도 '방금 전에 죽었는데 어째서 이렇게 차가울까?'라는 의문을 품지 않습니다. 시체의 체온이 이미 떨어져 있었다는 걸 위장할 수 있는 겁니다."

"범인은 그런 것까지 염두에 두고……."

"이중 삼중으로 위장한 거지요. 권총을 쏘면 화약 잔여물이 생깁니다. 쉽게 말해 권총의 화약이 타오를 때 튀는 화학 물질인데, 반드시 발포한 사람의 손이나 의류에 묻습니다. 만일 시체를 바닥에 눕혀놓고 그 손으로 권총을 쏘게 하면 화약 잔여물이 부자연스럽게 부착되는 걸 피할 수 없습니다. 범인은 그것도 싫었겠지요. 아니, 그렇게까지 생각하는 건 추리소설 팬의 버릇일까요. 하지만 시신을 인공연못에 빠뜨려 사망 추정 시각에 혼동을 주려 했던 건 틀림없는 사실입니다."

히로오카의 시체를 발견했을 때 유라는 법의학서로 얻은 지식을 참고로 감식 흉내를 내는 건 《블랙 잭》을 교본 삼아 외과 수술을 하는 꼴이라고 했는데, 이번에는 그런 식으로 빈정거리지 않았다.

"무슨 말인지는 알겠는데…… 잠시만요. 시체를 인공연못에 빠뜨리면 총도 물에 젖잖아요."

"예, 그렇습니다. 그래서 권총을 쥐여준 오른손만 연못 가장자리에 걸쳐놓은 겁니다. 쥐여주었다고 해도 시체의 손으로 그립을 단단히 쥐게 할 수는 없었을 테니 방아쇠에 손가락을 거는 정도였겠지요. 이윽고 근육 수축이 손가락까지 이르면 권총에서 총알이 발사됩니다. 발포 순간의 반동으로 오른손은 권총과 함께 인공연못 속으로."

"그렇게 딱딱 맞아떨어질까요?"

"맞아떨어진 것 같더군요. 만일 오른손이 연못 가장자리에 올라와 있어도 치명적인 실수는 아닙니다. 몸이 거의 물속에 잠겨 있었던 탓에 오른손 체온도 떨어졌다고 생각할 테니까요. 발포 후 시간이 흘러 열기가 식은 권총을 누가 건드리려 한다면 '지문을 묻히면 안 된다'고 막을 수도 있고요."

"하지만 당신이 말한 공작으로는 총알이 날아갈 방향까지 제어하기는 어려웠을 텐데요."

"제어는 불가능합니다. 범인은 총알이 뒷산 수풀로만 날아가줘도 그만이라고 생각했을 겁니다. 그게 화분에 명중한 건 우연이고, 범인에게는 불운이었던 겁니다."

"잠깐만요." 유라가 또 말을 막았다. "총알이 뒷산으로 날아가기만 바랐던 거군요. 범인은 어째서 그런 짓을?"

"정신 차리십시오, 주사. 지금 무슨 얘기를 하고 있는지 잊으셨습니까? **범인은 죽은 이에게 권총을 쏘게 해서 타살을 자살로 위장함과 동시에 사망 추정시각이 실제보다 훨씬 늦어지도록 꾸민 겁니다.**"

"아아, 맞아요, 그랬죠." 유라가 민망해했다. "머리가 제대로 안 돌아가네요. 이런 얘기에는 익숙하지 않아서."

"계속하겠습니다. 범인이 두 번째로 부린 교활한 잔꾀는 문 앞에 블록을 쌓아 뒤뜰을 봉쇄한 것이었습니다. 그 목적이 뭔지 알겠지요? 하나는 자살에 어울리는 연출. 또 하나는 총성이 난 시점부터 시체 발견까지 시간을 끌려는 의도입니다. 범인은 누군가가 총성을 듣기를 원했지만, 그와 동시에 그 소리를 들은 사람이 너무 빨리 시체를 건드리는 건 피해야 했습니다. 그래서 열심히 콘크리트 블록을 옮긴 거지요."

유라는 에가미 선배의 추리를 열심히 곱씹고 있었다. 입속으로 중얼거리고 있다.

"범인은…… 실제 시간보다 늦게 히로오카가 죽었다고 생각하게 하려고……."

이윽고 수첩 페이지를 뒤적이기 시작했다.

"저는 추리 드라마조차 보지 않지만 이제야 상황이 보이는군요. 총성이 났을 때 알리바이가 있는 사람들 중 누군가가 범인이라는 뜻이죠?"

"다소 신중하게 표현한다면 그렇게 생각하는 게 자연스럽습니다."

"자연스러운 게 아니라 당연한 것 아닌가요? 범인은 히로오카를 살해한 뒤에 시체를 인공연못에 빠뜨리고, 오른손만 물가에 얹어 그 손에 권총을 쥐여주고, 블록을 문 앞에 쌓은 다음 계단으로 탑 위로 올라가 엘리베이터를 타고 관내로 돌아온 거잖아요. 엄청난 노력을 들였어요. 그렇게까지 한 범인이라면 당연히 총성이 났을 때 알리바이도 만들었을 거예요."

"'총성이 났을 때'라고 하셨지요. 그 점이 마음에 걸립니다. 죽은 자에게 권총을 쥐여준다는 이 트릭에는 불확정 요소가 있기 때문입니다. 사후경직이 진행되어 이윽고 시체가 방아쇠를 당기는 건 높은 확률로 기대할 수 있는 일이지만, 그 시각을 정확하게 예상하기란 어렵습니다. 아마도 경험이 풍부한 감찰의도 대강 사후 8시간이라거나, 혹은 6시간 내지 10시간이라는 수준으로 예측하는 게 고작일 겁니다. 그렇다면 총성이 났을 때 우연히 소재가 확실한 사람을 지목해 알리바이를 공작한 것 아니냐고 단정하기가 꺼려집니다. 그렇지 않겠습니까?"

"그럼 폭넓은 시간대의 알리바이를 주장하는 사람이 있다면, 그건 의심할 만한 거죠? 범인은 슬슬 총성이 들려도 이상하지 않다고 생각한 시간에 알리바이를 공작했을 테니까요."

에가미 선배는 그 의견에 별로 관심이 없어 보였다. 그게 불만스러웠는지 유라는 수첩을 팔락팔락 뒤졌다.

"유라 씨."

부장이 부르는데도 상대는 고개도 들지 않고, 대답도 하지 않았다.

"알리바이보다 훨씬 중요한 문제가 있습니다. 그걸 검토할 뜻은 없는 겁니까?"

"나중에 하면 안 되겠어요?"

"알겠습니다. 그럼 가난한 학생인 저는 썩 나쁘지 않은 커피라도 한 잔 더 마시고 있겠습니다."

에가미 선배는 한 손에 컵을 들고 카운터로 향했지만 새 커피를 마실 수는 없었다. 출입구 쪽에서 반가운 목소리가 들려왔던 것이다.

모치즈키와 오다는 역시 '도시'에서 탈출하지 못했나.

2

모치즈키의 턱에 난 흉터는 회원과 몸싸움을 벌였을 때 긁힌 상처였다. 오다의 이마에 난 흉터는 스쿠터를 타고 가다가 굴러서 생긴 상처. 명예로운 부상이라고 하기에는 경미한 찰과상이었지만 그 정도로 그쳐서 다행이다. 사사키의 치료는 소독과 반창고로 끝나, 두 사람 다 싸움을 한 말썽꾸러기 꼴이었다. 웃을 때가 아니지만 우스꽝스럽다.

후부키가 더는 허락 없이 '외출'하지 않겠다는 서약을 강제로 받아낸 뒤에 방에 얌전히 있으라고 명령하자, 두 사람은 이번에도 말썽꾸러기처럼 "예에" 하고 시큰둥하게 대답했다. 그런 식으로밖에 반항하지 못하는 게 안타깝다. 반창고 콤비는 약속은 지키도록 타이르겠다고 한 에가미 선배의 말이 또 불만스러운 눈치였다.

VIP룸으로 돌아오고 나서는 난리도 아니었다. 서로 보고할 내용이 너무 많아 어디서부터 시작해야 할지 모를 정도였지만 일단 마리아의 안부가 먼저였다. 선배들에게 그만 힐난하듯 따지고 말았다.

"내가 붙어 있었는데, 미안."

오다가 고개를 숙이자 모치즈키도 똑같이 따랐다.

"아니, 나야말로 선배 구실도 못 하고 어이없이 붙잡혀버렸어. 원래 매력적인 남자는 힘이 없는 법이지만…… 미안해, 아리스."

모치즈키는 앞을 막아선 회원과 몸싸움을 벌여 마리아를 피신시켰던 모양이다. 상대를 날려버리고 마리아를 뒤쫓아 가려고 했지만 금세 포위당해 끝내 힘이 다하고 말았던 것이다. 그 광경이 머릿속 스크린에 선명하게 떠올랐다.

"둘 다 왜 사과하는 거예요? 아무도 탓하지 않아요. 적들에게 온통 포위당해 마지막 순간까지 최선을 다했잖아요. 전 그런 거에 약하다고요. 미나토가와 전투의 구스노키 마사시게*나, 오사카 여름 전투의 사나다 유키무라**나."

모치즈키가 어이없다는 듯이 말했다.

"너는 패배의 미학에 심취하는 타입이구나. 오사카 사람의 DNA야? 혹시《헤이케 이야기》***도 좋아하는 거 아냐?"

---

*일본 남북조 시대 때 가마쿠라 막부에 맞서 싸운 고다이고 천황 진영의 장수로 고다이고 천황을 내몬 아시카가 다카우지를 상대로 한 미나토가와 전투에서 전사하였다.
**도요토미 히데요시 측 무장으로 오사카 겨울 전투에 참전해 도쿠가와 군과 격전을 벌였으며 이듬해 여름 전투에서도 도쿠가와 본진까지 육박하지만 뜻을 이루지 못하고 전사하였다.
***무사 계급으로 최초로 권력을 장악한 헤이케(平家) 일족의 대두에서 몰락을 그린 작품. 번영하는 자는 반드시 멸망한다는 불교 사상에 따라 인간의 덧없음과 인생의 무상함을 묘사한 일본 중세 문학의 걸작.

"예, 당연하죠. ……그런 말 하고 있을 때가 아니에요. 그래서 마리아가 어떻게 됐는지는 모르는 거죠?"

"산 쪽으로 달아나는 걸 봤어. 그게 마지막이야."

"그렇게 불길한 표현은 삼가주세요. 죽을 것 같잖아요."

"진정해." 오다가 타일렀다. "괜찮아. 근거가 왜 필요해? 그 녀석은 어떻게든 할 거야. 실제로 협회 녀석들이 아직도 마리아를 찾아서 '도시'를 우왕좌왕하고 있잖아."

어떻게든 한다고 해도, 지도도 장비도 없는데 곰이 어슬렁거리는 산을 넘을 수 있을 리는 없다. 위험하다 싶으면 제발 용기를 내서 항복하기를.

두 사람의 이야기가 끝났으니 이번에는 우리 차례다. 생략할 수 없는 이야기라 보고는 길어졌다. 에가미 선배와 내가 몇 번씩 교대로 상세히 설명하는 사이 정오가 지났고, 두 사람의 질문에 답변을 마쳤을 때는 1시가 다 되었다. 가벼운 이야기도 아니다 보니 넷 다 녹초가 되고 말았다.

동쪽 탑에서 시모자와 다카히토가 살해당한 일. 대기실에서 사라진 두 개의 비디오테이프가 그 현장에서 발견된 일. 시모자와의 목숨을 앗아간 것도 11년 전에 홀연히 사라졌던 다마즈카 마사미치의 권총이었다는 것. 범인이 히로오카의 죽음을 자살로 위장하려고 사후경직을 이용해 알리바이를 공작했다는 것. 또 그들이 행방을 찾던 가네이시 지즈루가 '성'의 창고에서 발견되었다는 것. 지즈루가 성스러운 동굴을 통해 침입했다는 것 등등, 수수께끼와 경악의 온퍼레이드였다. 우리가 한 마디 할 때마다 "어엇!" 하고 요란하게 뒤로 넘어가는 바람에 중간부터는 그 반응을 보는 게 통쾌하기까지 했다.

"요지경이네." 오다의 탄식에 모든 것이 집약되어 있다. 이 '성'에서 무슨 일이 벌어졌는지, 벌어지고 있는지, 벌어질 것인지 짐작조차 할 수 없다. "일이 이 정도로 복잡해지면 이제 우리 손에는 벅찬데."

한탄하는 오다. 하지만 모치즈키는 여전히 의욕에 불타고 있었다.

"포기하지 마. 흩어져 있는 사실을 하나씩 짜 맞추면 사건의 전체 윤곽이 보일지도 몰라."

"말이 그렇지. 직소퍼즐이라면 끈기 있게 맞추다보면 완성할 수 있겠지만, 현실 사건은 데이터가 부족하면 손쓸 수가 없잖아."

"사건 해결이 곧 마리아를 구하는 길이야. 기운 차려."

"그렇게 말하면 어쩔 수 없지."

오다가 기합을 넣더니 바른 자세로 소파에 앉았다. 모치즈키가 디스커션의 사회자로 나섰다.

"세 사람이 살해당했어. 동기는 불명. 피해자의 공통점은 전원 인류협회 직원에 남성이라는 점. 그 밖에 또 있을까? 그중 두 사람에게 해당하는 사항은 몇 가지 있는데."

"확인해보죠." 나는 손가락을 꼽았다. "세 사람 가운데 히로오카 씨하고 시모자와 씨 두 사람은 권총에 맞았어요. 경찰이 감식한 게 아니니 단정할 수는 없지만 관내에서 두 번째 권총이 발견되지 않은 점으로 보아 흉기는 동일할 거예요. 또한 도이 씨와 시모자와 씨는 임무 또는 수행 중에 습격당했어요. 이건 범행 형태의 문제인데, 피해자의 속성에 착안하면 도이 씨와 시모자와 씨는 회조가 지목한 간부 후보였어요."

오다가 끼어들었다. "도이 겐사쿠와 시모자와 다카히토는 누가 봐도 타살이었지만 히로오카 시게야는 언뜻 봤을 때 자살 상태로 발견되었다는 건 어때?"

"그것도 추가하자." 모치즈키가 메모하자 이마에 반창고를 붙인 선배가 만족스러워했다.

"이것도 추가해. 이건 우리 관점에서의 공통점인데, 히로오카 시게야와는 면식이 있지만 도이 겐사쿠, 시모자와 다카히토와는 면식이 없었다."

"음, 그건 범인한테는 의미가 없을 텐데. 하지만 일단 적어두자. 나도 몇 가지 지적하려고 했는데 다 나와버렸네."

"에가미 선배, 뭐 없어요?"

내가 묻자 부장은 천천히 고개를 들었다.

"아니, 딱히 없어. 하지만 이미 뭔가 어렴풋이 보이지 않아? 피해자를 어떤 요소로 묶어도 시모자와 씨는 반드시 다수파에 들어가. 진상의 중심에 있는 건 그의 죽음일 것 같군."

모치즈키가 나직하게 신음했다. "그러네요. 하지만 소수파에 넣을 수도 있어요. 도이 씨와 히로오카 씨는 총본부 직원이었지만 시모자와 씨는 미국 지부 소속이었어요. 어때요?"

"맞아. 그렇다면 점점 더 그의 죽음이 두드러지지. 어쩌면 범인의 진짜 표적은 시모자와 씨가 아니었을까? 평소 미국에 있는 그가 수행 때문에 본부에 찾아와 탑 명상실에 틀어박혔어. 천재일우. 범인은 그 귀한 기회를 노려 범행을 저지른 걸지도 몰라."

수사 회의를 시작하자마자 술술 풀린다.

"그 추리, 좋은데요. 그게 정답일지도."

모치즈키는 기뻐했지만 에가미 선배는 어디까지나 침착했다.

"이런 걸 추리라고 하면 안 되지. 범인이 시모자와 씨에게 '죽이려면 지금이다' 하고 명확한 살의를 품고 있었더라도 동기는 여전히 수수께끼고, 그 전후로 살인한 이유를 알 수가 없어. 아니, 히로오카 씨 살해는 상황이 조금 다른가. 그의 죽음은 자살로 위장했으니까."

"자살로 위장했다는 건." 내가 말했다. "앞선 두 번의 살인에 대해 누명을 씌웠다는 뜻이겠죠? 그렇다면 히로오카 씨의 죽음에는 의미가 있어요. 희생양인 거죠."

"도이 씨와 시모자와 씨를 살해한 죄를 뒤집어씌울 희생양으로 어째서 히로오카 씨를 선택했을까? 그가 주위 사람들이다 알 정도로 두 간부 후보를 질투해 격렬하게 증오했다면 말이 되지만 그렇지는 않았어. 희생양이 될 필연성이 부족하니 의미가 절반밖에 보이지 않아."

모치즈키가 가만히 손을 들었다.

"어쩌면 한 사람의 범인이 저지른 살인이 아니라서 세 사건에 공통점이 없는 걸지도 몰라요." 불연속 살인인가. "도이 씨를 교살한 건 시모자와 씨였던 거예요. 그리고 다른 누군가가 시모자와 씨를 살해했고."

"왜 그렇게 돼?" 오다가 물었다.

"비디오테이프를 생각해봐. 대기실에서 사라진 두 개의 테이프가 탑 명상실에서 발견되었어. 그 사실을 단순하게 해석하면 시모자와 씨가 도이 씨를 살해하고 테이프를 가져갔다는 뜻이 되지 않을까? 시모자와 씨한테는 알리바이가 전혀 없어. 수행 도중에 탑에서 빠져나와 엘리베이터를 타고 내려와 대기실로 가서 범행을 저지르고 다시 엘리베이터를 이용해 명상실로 돌아갈 수 있었어. 비디오테이프를 손에 들고. 어때?"

"그 시간에 도이 씨가 보초를 서고 있다는 사실을 알고 있었을까?"

"알고 있었거나 알 기회가 있었겠지. ……에가미 선배, 표정이 어두운데요. 수용할 수 없어요?"

"수용하기 어려워. 만약 시모자와 씨가 대기실 근무시간을 알고 있었다면 일부러 5시 이후라는 시간대가 아니라 도이 씨가 심야에 보초를 설 때를 골랐을 거야. 시모자와 씨의 경우

258

복도에서 어슬렁거리는 모습이 눈에 띄기만 해도 치명적이니까."

장유유서에는 어긋나지만, 나도 지원 사격에 나섰다.

"가령 모치 선배 말대로 시모자와 씨가 도이 씨를 살해했다고 하면 수수께끼가 더 복잡해져요. 그런 시모자와 씨를 사살하고 히로오카 씨에게 죄를 뒤집어씌우려 한 인물이 따로 존재한다니 이상하잖아요. 두 사건이 어떻게 얽혀 있는 거죠?"

"시모자와 범인설, 풍전등화."

오다가 놀리자 모치즈키가 고개를 저었다.

"아니, 이미 끝났어."

"짧은 인생이었네."

하지만 쓰러진 남자는 바로 일어나서 다시 질주했다.

"히로오카 씨 살해를 살펴보자. 알리바이 공작을 꾀한 범인은 새벽녘에 총성이 울릴 줄 예측했을 테니 그 시간에 폭넓은 알리바이를 가진 사람이 의심스러워. 거기에 해당되는 건……." 수첩을 보며 말했다. "패트릭 하가야. 5시 반에 깨서 다시 잠이 오지 않아 연구동에 올라갔어. 본인의 말에 의하면 증인도 여러 명 있다고 했지. 바로 들킬 거짓말을 할 리는 없으니 확실한 증인일 거야. 이게 제일 미심쩍어. 그다음은 새벽 6시부터 미팅을 했다는 우스이하고 유라인가."

알리바이가 있기 때문에 의심을 받는 것도 묘한 일이다. 생각한 대로 말하자 모치즈키가 반박했다.

"무슨 소릴 하는 거야, 아리스. 상황이 그렇잖아."

"새벽에 알리바이를 만들려고 했다가 전날 밤 위장 공작을 하느라 지쳐서 늦잠을 잤을지도 모르잖아요."

"그런 범인이 있겠냐?"

활발한 수사회의는 여기서 일단 중단했다. 아오타 요시유키와 혼조 가야가 늦은 점심을 가져온 것이다. 먹이라는 생각은 버려야지.

3

왜건을 두고 얼른 나가려는 두 사람을 붙들고 모치즈키가 아래쪽 상황이 어떤지 물었다. 함구령은 떨어지지 않았는지 아오타가 흔쾌히 말해주었다.

"별다른 일은 없습니다. 관내 수색이 끝났는데 두 번째 권총은 나오지 않았습니다. 살인사건 범인 찾기도 통 진전이 없어요. 후부키 국장님과 유라 주사가 전 직원과 면담을 했는데."

용의자인 후부키와 유라가 수사관 역할을 한다는 것도 이상한 이야기다. 역시 이런 상황에서 범인을 찾아내기란 불가능하지 않을까?

"이제는 돌아오셨습니까?"

"예?" 에가미 선배의 질문에 아오타가 되물었다.

"차로 외출하신 우스이 국장님 말입니다. 긴한 용무로 외출하신 모양입니다. 이제는 돌아오셨습니까?"

"아니요, 아직입니다만."

"언제쯤 돌아오십니까?"

"모릅니다. 그런 건 여러분과 상관없는 문제입니다."

아오타는 이 화제를 꺼리는 눈치였다. 단순히 시시한 질문은 하지 말라고 생각하는 걸지도 모르지만.

"혼조 씨도 모르는 겁니까? 그렇습니까. 우스이 국장이 범인이라 달아난 줄 알았는데."

혼조가 어깨를 흠칫 떨었다. 웃은 것이다. 그녀는 지금까지 보인 적 없는 음울한 웃음을 머금고 말했다.

"외부 손님들이 하는 말씀이니 엉뚱한 건 어쩔 수 없지만, 저희가 볼 때는 너무 이상한 발상이에요. 우스이 국장님이 범인이었다면 꼬리를 잡히더라도 달아나지는 않을 거예요. 결국 도망칠 수 없다는 걸 알고 계시니까요."

"무슨 뜻인가요?"

에가미 선배 대신 내가 물었다.

"그야, 경찰 손아귀에서 벗어나는 것만으로도 큰일인데, 선국 회원들의 추적도 피해야 하니까요. 저희는 큰 힘을 갖고 있고 그것은 앞으로 비약적으로 확대될 겁니다. 도저히 승산이 없다는 걸 누구보다 잘 알고 계시는 분이 협회 간부인 우스이 국장님이에요."

여기서는 가장 어린 그녀가 이런 자신감을 보이다니, 인류협회의 진짜 얼굴이 보이는 것 같았다. 그들은 단순히 즐거운 종교 서클이 아니라 진심으로 지구의 대표가 되려는 것이다.

"우스이 국장님의 용무는 살인사건과는 상관이 없는 일인가요? VIP룸 손님이니 그 정도는 서비스로 알려주시죠."

모치즈키가 장난삼아 말하자 혼조의 표정이 순식간에 싸늘할 정도로 진지하게 바뀌었다. 그 모습을 보고 새삼 우리는 손님이 아니라 포로라는 것을 깨달았다.

"아마 상관없을 겁니다."

아오타가 불쑥 말하자 혼조가 오른쪽 손등으로 그의 어깨를 밀어내듯이 쳤다. 쓸데없는 소리는 하지 말라고 선배에게 충고한 거겠지만 태도가 거칠었다.

"저기요, 혼조 씨." 오다가 살가운 목소리로 말했다. "만약 후부키 국장님이 요청하면 언제든지 달려가서 이야기하겠습니다. 저와 당신은 살아 있는 히로오카 씨를 마지막으로 본 사람일지도 모르니까요."

그러고 보니 어젯밤 오다는 목욕 전에 한 시간 가까이 건물 안을 돌아다녔다. 그때 야식을 나르는 혼조하고도 잡담을 나누었다고 했던가.

"히로오카 씨와 복도에서 마주쳤죠. 몇 시였더라, 기억하십니까?"

말이 끝나기가 무섭게 대답이 돌아왔다.

"11시 10분이에요."

"그래요, 10분 조금 넘었을 때였죠. 히로오카 씨는 동쪽 날개 안쪽으로 터덜터덜 걸어갔어요. 그 이후에 히로오카 씨를 본 사람은 있습니까?"

"아니요. 11시 넘어 유라 주사님이 출입구에서 본 게 전부니까, 살아 있는 히로오카 씨를 마지막으로 본 건 저희일 거예요. 하지만 그걸 굳이 후부키 국장님께 말씀드릴 필요는 없어요. 11시 이후에도 히로오카 씨가 살아 있었다는 건 유라 주사님의 증언으로 밝혀졌으니까, 그게 11시 10분이 된들 수사에는 아무 영향도 없거든요. ……오다 씨는 그저 국장님과 이야기해보고 싶은 것 아닌가요?"

오다와 혼조 사이에 이미 우호적인 분위기는 없었다.

"들켰나요?"

"훤히 보여요. 안됐지만 그런 요청은 없을 겁니다. 국장님은 여러분을 범인으로 보지도 않지만 중요한 정보를 갖고 있다고도 생각하지 않으시니까요."

"어느 틈에 혐의가 풀렸나 보군요. 레지스탕스까지 결행했는데."

"범인이었다면 그렇게 죽자 살자 경찰을 부르려 하지 않을 테니까요."

아오타가 팔꿈치로 혼조를 쿡쿡 찔렀다. 쓸데없는 소리 말고 그만 나가자는 신호다. 그래도 혼조가 꼼짝도 하지 않자 대뜸 혼자 인사를 했다.

"그럼 실례하겠습니다. 편안히. ……가자."

"하나만." 에가미 선배가 불러 세웠다. 마치 밧줄을 던져 상대를 옭아매듯이.

"우스이 국장님이 맡아둔 흉기, 권총은 엄중하게 보관하고 있는 거겠지요? 물에 잠겨 쓸 수 없는 상태니 위험하지는 않겠지만 가장 중요한 증거품입니다."

혼조는 두 손으로 허리춤을 짚었다. 관록은 한참 부족한데, 후부키 국장에게 배운 자세인가?

"엄중하게 보관하고 있어요. 언젠가 경찰에 제출해야 한다는 건 알고 있으니까요."

"어디에?"

"동쪽 날개 금고실이에요. 대형 금고가 있고, 두 명 이상의 간부가 다이얼을 맞추어야만 열려요. 안심하셨나요?"

"자산가인 인류협회에 어울리는 훌륭한 금고겠지요. 그런데 그 안에도 다른 권총은 없었습니까?"

"없었어요. 우스이 국장님과 후부키 국장님이 열고, 유라 주사님과 마루오 씨가 조사했다고 들었어요. 협회는 굉장히 성실한 사람들의 집단이에요. 있다면 놓쳤을 리 없어요."

"창고에 하룻밤 숨어 있었던 여자아이는 놓치셨는데요. 지즈루의 상태는 어떻습니까?"

"'하나만'이라고 해놓고, 두 번째 질문이네요." 그렇게 반발하면서도 알려주었다. "열은 내렸어요. 사사키 선생님의 주사가 잘 들은 것 같아요. 이쪽도 염려 마세요."

"그 아이가 회복한 뒤에도 가네이시 씨의 입을 막아야 하니 문밖으로 내보내지는 않겠죠. 하지만 그런 짓을 했다간 따님이 돌아왔을 때 일이 또 커질 겁니다. 그래도 상관없습니까?"

"가마쿠라에서 불가능한 일은 없어요. 여차하면 따님도 여기로 불러 하룻밤 모실 수도 있고요. 그만 가보겠습니다."

4

"꺅!"

문을 열던 혼조가 외마디소리를 질렀다. 무슨 일인가 했는데 우리 쪽으로 몸을 휙 돌렸다.

"여러분께 손님이 찾아오셨네요."

그렇게 내뱉고 사라졌다. 쓰바키와 아라키가 복도에서 엿듣고 있었던 것이다.

두 사람을 참 오랜만에 만나는 것 같았다. 아라키도 마찬가지였는지 첫 마디가 "오랜만입니다"였다. 두 사람을 위해 우리는 자리를 좁혀 앉았다.

두 사람도 이것저것 궁금할 테지만 모치즈키가 선수를 쳤다.

"식사는 이미 마치신 거죠? 건물 안에서 권총을 수색했다고 들었는데 어떠셨어요?"

쓰바키가 대답했다. "점심은 식당에서 먹었습니다. 저희만 격리당한 데다 이나코시 씨가 같이 앉아 감시하는 통에 어찌나 갑갑하던지. 여러분은 아직? 그럼 어서 드세요. 권총은 못 찾았습니다. 그렇게 위험한 물건이 이곳에 몇 자루나 있다면 그편이 더 놀랍습니다만."

점심을 먹으며 서로 오전 중에 있었던 일을 털어놓기로 했다. 햄 커틀릿 반찬이라는 초라한 메뉴였지만 맛은 아무래도 괜찮다. 마리아는 밥도 못 먹었겠지, 그런 생각을 하고 말았다.

식사를 마치고 각자 어느 정도 보고를 마치자 쓰바키가 A4 크기의 공책을 테이블에 펼쳤다. 우리에게 보여주고 싶었던 것은 회전식 권총의 사진 사본. 눈에 익은 S&W이었다.

"수사 자료 사본입니다. 이게 바로 히로오카 시게야가 손에 쥐고 있던 권총입니다. 다마즈카 마사미치가 두목에게 받은 하사품으로, 자살에 사용한 것으로 추정되는 물건입니다."

차례로 넘겨서 각자 유심히 본 다음에 쓰바키에게 돌려주었다. 손때가 묻은 공책 표지에서 전직 경찰의 집념이 느껴졌다.

"아침부터 유령을 만난 기분이었습니다. 그런 상황에서 이런 물건을 만날 줄이야. 어디로 어떻게 가지고 들어온 걸까요. 협회 사람들도 다들 영문을 모른답니다. 저는 쉽게 생각했어요. 경비 담당자가 그럴 마음만 있으면 몰래 반입하거나 누가 가지고 들어오는 걸 눈감아줄 수도 있을 테고, 철책 위로 휙 던져줄 수도 있을 거라고요. 그런데 다들 입을 모아 그건 불가능하다고들 하는 겁니다. 적어도 폭탄 소동으로 경찰이 수색한 뒤로는 그런 불상사가 일어날 여지가 없었다고요. 이곳 비디오는 석 달 치 기록을 보관하는데, 필요하면 거슬러 올라가 확인할 수도 있다는 모양입니다. 조만간 그걸 경찰에 제출할 의사가 있다는 말까지 하던데……."

쓰바키가 날카로운 눈매로 우리를 둘러보았다.

"에가미 씨와 아리스가와 씨 이야기를 들으니 이 총이 밀반입된 경로를 알겠군요. 생각도 못 한 곳에 구멍이 있었네요."

전직 경찰에게 실례되는 표현이지만, 예기치 못한 명탐정의 등장이다. "무슨 말씀이세요?" 모치즈키가 몸을 앞으로 내밀었다.

"추리소설처럼 복잡한 얘기는 아닙니다. 여러분이라면 벌써 눈치챘을 줄 알았는데요. 이 본부는 물 샐 틈도 없는 경비가 자랑거리지만, 커다란 구멍이 뻥 뚫려 있었어요. 그들이 성스러운 동굴이라고 부르는 동굴 말입니다. 그 출구가 어디 있는지 밝혀진 것 아닙니까? 지즈루가 거기를 지나 관내까지 들어왔으니까요. 그러니까 성스러운 동굴이 바로 그 구멍이라 이 말입니다."

힘이 쭉 빠졌다. 낙담한 게 아니라 너무나 타당한 답이었기 때문이다. 어째서 그걸 몰라봤을까, 내 어리석음을 탓하고 싶었다. 변명을 하자면 수수께끼가 너무 많았다. 그것들이 시트노크처럼 마구 날아온 데다 막간에는 '성' 탈출 대소동도 있었다. 게다가 뜻밖의 인물이 뜻밖의 형태로 출현하는 해프닝도 겪었으니, 내 머리 회전은 펑크 상태였던 것이다.

이 자리에서 잠자코 말을 아끼는 에가미 선배는 어땠을까? 아마 나만큼 덤벙거리지는 않았을 것이다. 담화실에서 유라와 이야기를 나누었을 때, 부장은 넌지시 암시하지 않았던가?

'알리바이보다 훨씬 중요한 문제가 있습니다. 그걸 검토할 뜻은 없는 겁니까?'

유라가 나중에 하면 안 되겠느냐고 거부하는 바람에 나도 '훨씬 중요한 문제'가 뭔지 검토할 기회를 놓쳤는데, 흉기의 침입 경로를 말하는 게 틀림없다. 에가미 선배니까 '저는 벌써부터 눈치채고 있었습니다' 하고 으스대지도 않고 쓰바키의 열변을 듣고 있는 것이다.

"여러분, '아, 그런가' 하는 표정이군요. 기쁜 일 아닙니까. 진흙탕에서 발버둥 치던 저희가 겨우 단단한 바닥을 찾은 거예요."

모치즈키가 흥분한 것이 눈에 보였다.

"확실히 이건 단단한 바닥이에요. 성스러운 동굴을 통해 권총이 반입되었다면 사건을 보는 관점이 달라져요. 범인은 구멍의 존재를 알고 있는 인물이라는 뜻입니다."

"하지만." 오다가 냉정하게 말했다. "그 존재를 알고 있는 인물이 누군지를 모르잖아. 협회 직원들을 일일이 붙잡고 '당신, 알고 있었어요?' 하고 물어본다고 범인이 순순하게 시인하겠

268

어? 딱 잡아떼겠지. 지즈루가 그 통로를 찾아낸 것도 우연이잖아? 우연히 알 수 있었다는 조건이라면 이 본부 사람들 모두 해당돼."

"뭐, 그렇지만 이제 고민할 필요는 없는 거네요."

아라키는 긍정적으로 받아들였다. 그 마음도 모르는 건 아니지만 우리는 아직 수수께끼의 숲속에 있다. 어느 쪽으로 가야 할지 짐작도 할 수 없다.

모치즈키가 수첩을 뒤적이기 시작했다. 목적을 갖고 뭔가를 찾고 있다. 이윽고 손길을 멈추더니 말했다.

"좋아, 이나코시 소스케와 마루오 겐은 용의자에서 뺄 수 있어. 이 두 사람은 결백합니다."

그렇게 단정하다니, 근거를 들어볼까.

"대기실 보초대에 설 수 있는 사람은 정해져 있어요. 여덟 명의 요원이 있지만 용의자 중에서 해당되는 사람은 이나코시와 마루오 두 사람뿐입니다. 그래서 뺄 수 있는 거예요."

"알아듣게 좀 설명해." 오다가 말했다.

"이렇게 말하는 이 남자도 알아들을 수 있도록 설명하지요. 일련의 사건에서 불가사의한 점은 협회 내부 사람들도 범행 동기를 알지 못한다는 사실입니다. 그중 도이 겐사쿠 살해는 답이 보여요. 범인은 건물 안으로 권총을 반입하려고 일단 성스러운 동굴에 들어가야 했습니다. 하지만 그건 아무나 할 수 있는 일이 아니죠. 1년 365일 24시간, 성스러운 동굴은 감시당하고 있으니까요. 권총을 반입하려면 그 보초가 걸림돌입니다. 반드시 제거해야 하지요. 그래서 도이 씨를 살해한 겁니다. 범인은 그에게 개인적인 원한이 있었던 게 아닙니다."

"끔찍한 이야기군요." 아라키가 말했다. "개인적인 원한이 차라리 더 낫겠어요. 그러니까 범인은 '좋아, 권총을 가지러 가야지. 보초가 거치적거리네. 이 시간에 보초대에 있는 건 도이인가. 죽여버리자' 이런 식으로 그 사람 목을 졸랐단 말입니까? 그래서야 무차별 살인 아닙니까?"

"예, 피해자 입장에서는 억울한 노릇이죠. 이나코시 씨와 마루오 씨가 결백하다고 한 이유를 이해하겠습니까? 이 두 사람은 직접 보초를 설 기회가 있었습니다. 자기가 당번일 때 성스러운 동굴에 들어갈 수 있었으니, 다짜고짜 도이 씨를 죽일 필요도 없었던 거지요."

제정신으로 하는 추리가 아니다. 내가 하고 싶은 지적을 쓰바키가 재빨리 말해주었다.

"모치즈키 씨, 그건 이상합니다. 이나코시와 마루오도 성스러운 동굴에는 들어갈 수 없었어요. 비디오카메라가 돌아가고 있었으니까요."

"비디오카메라라니…… 어라?" 이제야 깨달은 모양이다. "어, 비디오도 24시간 돌아가고 있으니까……. 그러네요, 당번도 섣불리 들어갈 수는 없네요."

"그렇죠?"

모치즈키 슈헤이 좌절. 그렇지만 그의 헛수고에도 의미는 있었다. 또 수수께끼를 하나 풀 수 있을 것 같다. 나도 한마디 거들어야겠다.

"역시 범인은 도이 씨를 노린 거예요. 성스러운 동굴에 들어가고 싶었을 뿐이라면 당연히 심야를 노리겠죠. 도이 씨를 죽이더라도 한밤중에 그러는 게 나았을 거예요. 왜 그래요, 노부나가 선배?"

"한밤중에 건물 안을 어슬렁거리면 비디오에 확실하게 찍히니까, 일부러 사람들이 많이 돌아다니는 시간에 저질렀다고 생각해볼 수도 있어."

"비디오카메라 밑을 통과할 때만 헤어스타일이나 체형을 알아보지 못하도록 변장하면 되잖아요."

두 선배가 끙끙거리기에 나는 계속 말했다.

"여전히 범인의 정체는 알 수 없지만, 한 가지 알아낸 게 있어요. 범인이 현장에서 비디오테이프를 가지고 간 이유 말이에요. 범인은 성스러운 동굴에 들어가는 순간에 비디오 녹화를 피할 수단이 없었어요. 그래서 자기가 찍혀 있는 테이프를 처리해야 했던 거죠."

"그거다, 정답." 오다가 단호하게 말했다. "동굴 안에 페리파리가 재림한 것도 아니고, 성스러운 동굴에서 사악한 외계인이 기어 나온 것도 아니야. 살인범이 들어가는 장면이 찍힌 거야. 그렇게 위험한 건 절대 내버려둘 수 없으니까. 그렇지만 그 비디오테이프가 동쪽 탑 명상실에서 나온 이유는 뭐지?"

"시모자와 씨가 범인이었다는 뜻 아닙니까?" 아라키가 끼어들었다.

"아니요, 그건 이미 부정당한 의견이에요, 아라키 씨. 그가 범인이었다면 훨씬 인적 없는 시간을 골랐을 테니까요. 시모자와 씨라면 출입구를 지나지 않고 대기실로 갈 수 있으니 비디오를 신경 쓸 필요가 없죠. 근무는 기본적으로 여덟 명이 세 시간마다 교대. 도이 씨가 심야에 보초를 설 기회는 반드시 있었어요."

"그러고 보니." 쓰바키가 팔짱을 꼈다. "근무표에 따르면 도이 겐사쿠는 이튿날, 그러니까 오늘인데, 오후 8시부터 11시까지 보초 근무를 설 예정이었다고 합니다."

마루오에게 얻은 정보라고 했다. 아라키는 "아하, 그렇군요" 하고 고개를 끄덕였지만, 협회 직원 중에 범인이 있다면 시모자와가 아니더라도 오늘 밤이 도이를 살해할 절호의 기회 아니었을까?

"그렇다면 테이프는 왜 명상실에 있었던 겁니까?"

"시모자와 씨를 살해한 뒤에 범인이 갖다놓은 거겠죠. 뒷심이 없어서 죄송하지만, 지금 시점에서는 그런 짓을 한 이유를 모르겠어요."

내 말이 끝나기를 기다려 쓰바키가 다른 의혹을 제시했다.

"마음에 걸리는 일이 있습니다. 혼조라는 여성 회원 말입니다만. 저와 아라키 씨는 예약대로 5시에 견학하러 이곳을 찾았습니다. 혼조 씨는 미리 저희를 맞이할 준비를 하고 있었을 텐데도 꽤나 요령이 나빠서, 전화를 해야 한다고 어디로 가버리는 통에 한참 바람을 맞았죠. 손님을 잠깐 세워놓고 그사이에 재빨리 범행을 저지르기는 불가능하겠지만 그래도 요령이 영."

단단한 바닥에 발끝이 닿은 정도로는 진흙탕에서 탈출할 수 없는 모양이다. 아라키는 허탈한 피로감을 숨에 담아 토해냈다.

"한심한 애기지만 머리가 안 돌아갑니다. 잠깐 쉬면 안 될까요?"

"되고말고요." 오다가 대꾸했다.

5

시계를 본 쓰바키가 깜짝 놀랐다. "시간이 벌써 이렇게." 3시 만을 앞두고 있었다. 이러다 어영부영하는 사이에 날이 저물겠다. 할 수 있는 일이 없어 초조하다가도 이대로 있으면 어떤가 하고 그냥 다 내던지고 싶었다. 내일이면 서쪽 탑에서 노사카 대표가 내려올 테고, 협회는 경찰을 '성안'으로 부르겠노라 약속했다. 몸도 머리도 쓰지 말고 휴양하는 셈치고 내일 아침까지 기다릴까?

안 된다. 마리아가 어디선가 싸우고 있는데, 이렇게 나약한 생각을 하면 어쩌나. 할 수만 있다면 내 엉덩이를 걷어차고 싶었다.

게다가 협회의 약속을 과연 믿어도 될까? 내일이 되면 태연히 또 다른 핑계를 댈지도 모른다. 공수표를 받아들고 괜히 울상 짓지 않도록 전투태세를 풀지 말아야지.

"외계인도 UFO도 유행이 지났죠."

심심풀이인지 아라키가 반창고 콤비를 상대로 취미 이야기를 하고 있다.

"텔레비전에서 UFO 관련 특집방송이 인기를 끌었던 건 70년 대예요. 최근에도 로즈웰 사건이니 MJ-12니 새로운 화제가 등장했지만 외계인과 UFO의 존재감은 날이 갈수록 희박해지고 있죠. 그렇게 생각하지 않습니까? 요즘은 외계인과 미국 정부가 서로 밀약을 맺었다고들 하죠. 미국 정부가 외계인이 지구인을 잡아가서 인체실험을 하도록 허가하는 대신 최신기술을 나눠 받는다는 겁니다. 전부 그런 얘기뿐이에요. 이건 이미 외계인과 UFO 이야기가 아니라 그냥 음모론이에요. 사람들이 화성인의 침공을 두려워했던 50년대와는 얘기가 또 다릅니다."

"그러고 보니 외계인의 이미지는 시대마다 다르네요." 모치즈키가 말했다. "옛날에는 지구를 침략하는 괴수도 있었고 고도의 문명을 가진 미모의 금발 외계인도 있었는데, 요즘은 그런 다양성이 사라졌어요. 회색 파충류 타입 그레이가 유명해진 뒤로."

"중성적이고 아름다운 금발 외계인이 사라졌죠. 그런 건 너무 유치하니까 아무래도 허풍 같아서 이야깃거리가 되지 않는다고 하면 할 말은 없습니다만."

외계인이 인간과 똑같은 모습이라는 발상은 이상하다. 어렸을 때부터 나도 직감적으로 그렇게 생각했다. 서양의 신이 인간 남성의 모습인 이유는 신이 그들과 비슷한 모습으로 인간을 창조했기 때문이라는 평계가 있지만, 외계인의 경우에는 지적 생명체가 우리와 똑같은 모습으로 존재한다는 인간 중심주의를 바탕으로 그런 이미지가 형성된 것이다.

그것이 그릇된 견해임을 알려준 것은 제임스 P. 호건의《별의 계승자》였다. 달 표면에서 인간으로 짐작되는 시체가 발견되는데 그것이 5만 년 전의 시체라는 수수께끼를 둘러싼 SF로, 본격 미스터리로 봐도 걸작이다. 작품 속에서 그 시체는 머나먼 별에서 온 인간과 똑같이 생긴 지적 생명체가 아니라는 점을 거듭 강조한다. 우리가 현재의 형태로 진화한 것은 우연, 어쩌다 그렇게 된 것이다. 그 증거로 네발로 다녔던 시절의 영향이 남아 장기 배치가 이족보행에 딱 적합하지는 않다고 한다. 그러므로 지구 밖에서 진화한 다른 생명체가 인간과 똑같을 리가 없는 것이다.

우와, 하고 감탄하던 내 머릿속에 바로 떠오른 생각은 UFO 역사에 그 이름을 남길 조지 애덤스키의 이야기였다. 돔과 반

구형 다리를 가진 UFO를 애덤스키 타입이라고 부르는 것은 그가 만난 외계인이 타고 온 우주선에서 유래한다. 천문을 좋아했던 애덤스키가 만난 것은 은색이 감도는 금발을 어깨까지 늘어뜨린 금성인이었다. 여성으로 착각할 만큼 아름다운 청년이었다고 하니, 여기서부터 이미 허풍이다. 애덤스키는 되는 대로 떠들었는데, 두 번째로 만났을 때 금성인은 텔레파시뿐만 아니라 영어도 했고 그를 UFO에 태워주기도 했다. 그 안에는 검은 머리카락의 화성인도 있었다고 한다. UFO는 시가형 모선에 빨려 들어가 지구 밖으로 날아갔다. 세 번째로 만났을 때는 달까지 데려가주었다. 달의 뒷면에는 식물이 자라고 있었고 네발로 기어 다니는 동물도 있었다고 한다. 전부터 컬트 교단을 이끌고 있었던 애덤스키는 금성인들과의 만남으로 유명해진 뒤에 UFO 신봉자들 사이에서 마스터로 추앙받았다. 교단은 크게 발전했고, 이윽고 유사한 신흥 종교를 낳았다.

"1952년에 애덤스키가 만난 미모의 금성인은 오손. 검은 머리의 화성인은 필콘. 이름은 애덤스키가 붙인 별명이었죠. 그가 만난 외계인들은 영락없이 인간이었고, 고도의 문명을 이룩한 별에서 왔다는 설정 때문에 그런지 죄다 백인이었어요. 참으로 미국 시골 아저씨가 생각할 법한 외계인이죠."

"아라키 씨가 그런 폭언을 퍼부어도 되는 겁니까?" 오다가 물었다.

"안 될 게 뭡니까. 아무리 순박한 신봉자도 금성에 아름다운 청년이 산다느니, 네발 달린 짐승이 달의 뒷면을 뛰어다녔다느니 하는 이야기는 진지하게 듣지 않아요. 옛날 옛적 UFO 동화죠. 그런 게 세상에 쏟아져 나와 화제가 된 겁니다."

"외계인은 대부분 인간의 모습과 가깝죠. 휴머노이드라고 하나요? 그게 거짓말 같단 말이에요."

모치즈키도《별의 계승자》를 읽은 것이다.

"인간의 상상력이 얼마나 부족한지 보여주는 거지요. 그래도 아름다운 금발 청년만 있는 건 아닙니다. 과거의 외계인은 개성적이었어요. 손가락이 여덟 개인 난쟁이도 있는가 하면 눈이 하나뿐인 거인도 있고, 투명한 헬멧을 쓴 키가 3미터쯤 되는 외계인도 있고, 박쥐처럼 날개가 달린 외계인도 있었어요. 그리고 꼭 로봇을 데리고 다니죠. 하하, 웃지 마십시오. 피부색은 한때 초록색이 크게 유행했지만 청백색도 있었죠. 그랬는데 점점 미끄덩거리는 회색 소인으로 변한 겁니다."

"그레이라는 녀석 말이죠? 휴머노이드의 흔적도 남아 있지만 사실 파충류에 가깝죠."

"미모의 오손에 비하면 굉장히 흉측한 이미지로 타락한 거죠. 그레이 같은 외계인을 신으로 떠받들다니 오싹합니다. 오손에게 현실미가 없었다고는 해도 파충류로 퇴화하다니 서운한 일이에요. 기질이 다른 여러 종류의 외계인이 찾아와서 저마다 다른 목적으로 활동한다고 주장하는 사람들에게서는 흔히 인종차별이나 반유태주의 경향을 찾아볼 수 있어요. 애덤스키의 다정한 친구 오손이 아름다운 북방계 아리아인처럼 생겼던 것도 그 영향이지요. 외계인 분류에 인종차별을 갖다 쓰는 것도 불쾌하지만 파충류 같은 그레이가 독무대에 서는 것도 곤란해요. 사람들이 인간계와 상관없는 외부에서 꿈을 찾지 못한다는 뜻이니까요. 제일 굉장한 비밀은 지상에 있고, 누군가가 숨겨놓았다는 음모론이 훨씬 그럴듯하기는 하죠."

"인류협회가 받드는 페리파리는 오손에 가깝죠. 미카게 님이 시대에 뒤처진 탓일까요?"

"뒤처졌죠. 그래도 어찌 보면 그게 행운이었어요. 여러 행운이 겹쳐서 적당히 가볍고 재미있는 교단이 태어났고, 시대 풍조와 맞아떨어진 거죠. 이런 건 노려서 되는 게 아닙니다. 그래도 그 시대 풍조가 바뀌면 어찌 될지 모르죠. 정신을 번쩍 차리고 탈퇴하는 회원들이 속출해 눈 깜짝할 사이에 무너질지도 모릅니다. 뭐, 인류협회의 미래야 알 바 아니지만."

"맞아요, 알 바 아니죠. 외계인이나 UFO보다 음모론이 대세인가. 아라키 씨는 그런 풍조가 싫어서 오타쿠를 고집하시는 건가요?"

"글쎄요, 저도 잘 모르겠습니다. UFO는 20세기 신화라고도 할 수 있는데, 이게 음모와 떼려야 뗄 수가 없거든요. 플라잉 소서, 비행접시라는 이름과 함께 미확인 비행물체가 갑자기 각광을 받게 된 건 1947년 6월 24일 개인용 세스나로 비행하던 소화기 회사 사장 케네스 아널드가 목격한 게 시초였죠. 케네

스도 '접시가 물을 털어내는 것처럼 날았다'라고 증언했을 뿐이지 '접시처럼 생긴 물체가 날아다녔다'라고 말한 건 아니었지만요. 그렇지만 UFO 신화에는 그보다 앞선 역사가 있어요. 제2차 세계대전 중에도 정체불명의 비행 물체는 목격되었습니다. 그 시절에는 외계인이 타고 있을 거라는 생각보다는 적국이나 자국의 비밀병기라고 생각하는 게 자연스러운 반응이겠죠. 그래놓고 전쟁이 끝나자 외계인의 이동 수단이라고 주장하더니, 이번에는 놈들이 정부와 한통속이라는 겁니다. UFO는 국가기밀과 한 쌍으로 날아다니고 있어요. 솔직히 저도 음모를 빼면 UFO를 어떻게 봐야 할지 잘 모르겠습니다."

"자기가 실제로 해를 입지 않는 한 재미있는 게 음모니까요. 딕의 SF가 매력적인 것도 전부 감미로운 음모의 향기가 감돌기 때문이겠지요."

UFO 토론을 즐길 기분은 아니지만 귀에 들어오니 들을 수밖에 없다. 이야기는 이윽고 음모에 대한 토론으로 바뀌었다.

"미국인은 왜 그렇게 음모라면 사족을 못 쓸까?" 오다가 말했다. "UFO 신화는 미국이 본고장. 다가올 천년왕국을 꿈꾸는 신화 없는 국가의 신화인가? 자유 국가의 사람들은 생각대로 안 되는 일에 직면할 때마다 '이건 악의 조직이 꾸민 음모다' 하고 토라지는 모양이야."

그러자 모치즈키가 반박했다.

"이민 간 타인들이 만든 다민족 국가니까. 미소 냉전 구조의 영향도 있으려나. 그 나라가 음모론의 본고장이라는 건 분명하지만, 미국인들만 그런 심리를 가진 건 아니잖아. 음모론은 어느 나라에나 싹터 있어. 개인 차원에서도 그런 소리만 하는 사람들 있잖아. '저 녀석 겉으로는 저래도 분명 속으로는 이럴 거야'라거나 '누가 나를 조종해 부당한 이익을 취하려 해'라고 생각하는 녀석들. A는 B와 연결되어 있다고 생각하면서 보이지도 않는 실을 봤다고 치졸한 우월감을 채우고 있겠지."

"조종이라면 네가 좋아하는 엘러리 퀸의 특기 아니야? 퀸도 유대계 미국인이야."

모치즈키 표정이 어두워졌다.

"생각해보니 본격 미스터리도 음모로 가득해. 구성상 보이지 않는 실을 보려고 하니까. 그게 치졸한 우월감을 채우기 위한 거라고 생각하기는 싫은데. 에가미 선배님 의견은?"

부장은 벌써 30분 가까이 아무 말도 없었다. 잡담 무리와 거리를 두고 뭔가를, 아마도 사건을 일심불란하게 생각하고 있는 것 같았다. 그럴 때 불쑥 말을 걸었으니 내심 귀찮았을지도 모르지만 질문은 제대로 이해하고 있었다.

"'저 녀석은 뒤에서 단물만 빼먹는다'고 고발하는 녀석은 나도 치졸하다고 생각해. '성실하고 선량한 당신이 꿰뚫어볼 수 있는 정도라면 음모도 아니다'라고 말해주고 싶네. 사람은 대개 이익보다 감정으로 움직이니까, 아무 고생 없이 뒤에서 단물만 빼먹는 사람이 있다는 건 환상이거든."

"본격 미스터리를 읽고 기뻐하는 건 그런 착각을 긍정하는 꼴이 되지 않을까요?"

"그 반대겠지. 본격 미스터리의 재미와 음모론은 어느 부분에서는 통하는 면이 있을지도 몰라. 음모를 좋아하는 사람들은 세상을 독특한 눈으로 바라보지. 모든 일에는 의미가 있고, 뒤에서 서로 연결되어 있어 겉보기와는 다른 진실을 형성하고 있다는 견해야. 이건 비역사성도 동반하는데, 지금 현재의 자신이 직면한 문제를 풀기 위해 형편에 맞게 조립한 과거의 모든 조각을 동원하거든. 세상의 모든 것이 지금의 나와 연결되어 있다는 유치하고 과도한 망상이야. 본격 미스터리는 그 망상을 유희로 바꾸지."

"유치하고 과도한 망상이면 위험한 것 아닌가요?"

"그러니까 그 망상을 유희로 만드는 거야. 지어낸 이야기라는 것을 과시하고, 행동도 요란해. 눈에 보이지 않는 실을 봐야 하는 이야기에 독자가 빨려 들어가지 않도록. 한마디 덧붙이면 나는 유치하고 과도한 망상에서 태어난 소설이라고 해서 전부 유치하고 시시한 소설이라고 생각하지도 않아."

그 말을 끝으로 에가미 선배는 침묵했다. 쓰바키는 팔짱을 낀 채로 꾸벅꾸벅 졸고 있었다. 나는 또 마리아 생각을 하고 있었다.

제17장
어둠을 헤치고

1

이런 곳에서 수다를 떨고 있을 때가 아니야! 그런 생각에 사로잡혀 나는 저도 모르게 벌떡 일어났다. "왜 그래?" 오다의 물음에 대답할 말이 없었다.

"아니, 그게, 몸을 좀 움직이고 싶어서요. 아까부터 앉아서 얘기만 했으니."

"운동 부족이야? 좋아, 제2차 대탈주 작전을 펼쳐볼까?"

과격한 제안은 에가미 선배에 의해 기각되었다. 오다와 모치즈키는 허락 없이 '외출'하지 않겠다고 약속했고, 부장은 그 약속을 이행하게 하겠다고 약속했다. 그 약속을 어길 수는 없는 것이다. 성공할 가망이 없는 제2차 대탈주 작전에는 찬성하기 어렵지만, 에가미 선배도 사람이 너무 성실하다.

"협회도 참 불친절하지." 쓰바키도 쪽잠에 싫증이 난 모양이다. "아무 설명도 안 해주고, 오후 간식도 안 챙겨주고, 손님을 몇 시간씩 방치해두다니. 이 정도면 불평을 해도 되지 않겠습니까? 처우를 개선해달라고 담판을 지으러 가야지."

"소용없습니다. 이대로 내일을 맞게 되겠죠."

아라키는 전의를 상실한 것 같았다. 그 말을 들은 모치즈키가 내가 우려하던 문제를 언급했다.

"여기 사람들은 믿을 수가 없어요. 내일이라고 석방해준다는 보장이 없다고요."

"또, 또, 그런 불길한 소리를 하시네. 범인을 찾아낼 때까지 석방해주지 않는다는 말인가요?"

"그러면 다행이게요, 범인을 알아낸다 해도 어떻게 될지. ……아니, 이건 농담입니다."

"글쎄요, 진짜로 그럴 수도 있겠죠."

이 방에 있으면 아무 일도 일어나지 않는다. 어쨌거나 나가보자. 문 쪽으로 가려는데 에가미 선배가 일어섰다. 말릴 줄 알았는데 함께 가겠다고 했다.

"우리는 여기서 버텨도 되지만 마리아는 그렇지 않아. 내일 아침까지 밤이슬을 피할 장소도 없으니까. 외계인의 손을 빌리든 소형 UFO를 빌리든 상관없으니 당장 마리아를 찾아내라고 다그쳐야겠어."

"좋은 생각이에요. 진짜로 말해줘야지."

"그리고 지즈루 상태를 확인해야겠어. 말을 할 수 있다면 묻고 싶은 게 있어."

우리가 방에서 나가자 반창고 콤비와 쓰바키도 따라왔다. 뒤에 남기 싫은 것이다. 결국 아라키도 대열에 끼었다.

감시하는 사람은 없었다. 엘리베이터로 메인동으로 내려갈 때까지는 아무 문제도 없다. 문제는 그다음이다. 아니나 다를 까 문이 열리자 이나코시가 서 있었다. 근처에서 대기하고 있 다가 엘리베이터가 움직이는 걸 보고 냉큼 달려온 것이리라.

"난동은 부리지 않을 테니 안심하세요." 에가미 선배가 우호 적으로 말했다. "바람이나 쐬려고 내려왔을 뿐입니다. 후부키 국장님이나 유라 주사님과 이야기 좀 나눌 수 없을까요?"

다섯 명쯤 되는 협회 직원들이 양쪽 복도에서 다가왔다. 충 돌을 예상했는지 눈매가 험악하다. 우리는 육탄전을 벌일 생 각은 없는데.

"용건은?"

에가미 선배가 팔꿈치로 쿡 찍기에 부장이 가르쳐준 대로 대 답했다. 작은 나리는 무표정한 얼굴로 사무적으로 대답했다.

"국장님께 전하겠습니다. 답변을 받으면 알려드릴 테니 지 금은 물러나시지요."

"바람 좀 쐬면 안 될까요?" 오다가 부탁했지만 그건 안 된다 고 거절당했다. 역시 전과가 따라다닌다.

"달아나지 않을게요. 간디를 본받아 비폭력을 고수하겠습니 다."

"글쎄요. 당신이 무슨 짓을 저지를지 어찌 알겠습니까? 간디는 불복종도 주장했잖아요."

"오늘 아침에는 분위기에 휩쓸려 그랬을 뿐입니다. 본 투 비 와일드. 천성이 와일드해서."

"어디서 들어본 말인데."

"《이지 라이더》 보셨어요?"

그런 대화가 오가는데 동쪽 날개 안쪽에서 "무슨 일이죠?"라는 목소리와 함께 유라가 다가왔다. 이나코시에게 상황 보고를 받더니 지긋지긋하다는 표정으로 말했다.

"바람을 쐬고 싶은 마음은 알겠지만 여섯 분이 우르르 내려오면 위협적으로 느껴져요. 이런 행동은 삼가주세요. 안됐지만 여러분이 계실 곳은 메인동이 아닙니다. C동 라운지에서 쉬세요."

그 말만 하고 등을 돌리는 유라를 에가미 선배가 불러 세웠다.

"잠시만. 가네이시 씨는 의무실에 계십니까? 후배가 신세를 져서 인사를 드리고 싶습니다만."

평계겠지만 그런 마음이 있기도 할 것이다. 유라가 걸음을 멈췄다.

"가네이시 씨라면 의무실에 계십니다. 지즈루의 상태가 좋아져서 겨우 마음을 놓으셨어요."

"그거 다행이군요. 잠시 찾아뵈어도 되겠지요? 모처럼 내려왔으니."

포로의 요청에는 적당히 응해주는 게 능사라고 판단했는지,

유라는 관용을 발휘해 문병을 인정해주었다. 그 대답을 듣자마자 에가미 선배는 요청 사항을 추가했다.

"간 김에 지즈루와 잠시 얘기 좀 나누어도 되겠습니까? 궁금한 점이 있습니다만."

"그쪽이 진짜 목적인 것 같군요. 무슨 질문을 하려는 거죠? 그 아이는 창고에만 틀어박혀 있었으니 아무것도 보지 못했고 듣지도 못했어요. 성스러운 동굴이 어디로 통하는지는 이곳에서 나가게 되면 안내를 부탁할 예정이에요."

"두어 가지만 물어보면 됩니다."

"어떤 질문을?"

"황당한 질문은 아닙니다. 걱정되면 제가 질문할 때 곁에서 지켜보시죠."

"말씀하지 않아도 지켜볼 겁니다. 그럼 짧게 끝내도록 해요. 단, 의무실에 들어가는 건 당신 한 사람만이에요. 우르르 몰려가서 아픈 아이를 에워쌀 생각은 아니겠죠?"

쓰바키가 한 걸음 앞으로 나섰다. 전직 경찰이자 지즈루와 친분이 있는 사람으로서 배제된다는 것에 도저히 승복할 수 없는 것이다.

"전 동석해야겠습니다. 공정한 참관인으로서. 상관없지요?"

유라의 결단은 빨랐다.

"쓰바키 씨도 들어가시죠. 두 분과 제가 그 아이의 이야기를 듣도록 합시다."

그 이상의 타협은 기대할 수 없었다. 그래도 모치즈키와 오다가 꼭 인사를 하고 싶다고 졸라서 복도에서 가네이시와 이야기할 기회를 얻었다. 아라키와 나만 뒤에 남았지만 굳이 제지하지는 않기에 그들을 따라갔다.

먼저 가네이시를 복도로 불러냈다. 노인은 모치즈키, 오다와의 뜻밖의 재회에 놀라면서도 부장과 반창고 콤비의 사례를 기껍게 들었다.

"뭐가 어찌 된 건지 영문을 모르겠지만 무사해서 다행이구려. 함께 있던 아가씨는 왜 안 보이는 게요?"

"그게……."

에가미 선배는 모치즈키에게 대답을 맡기고 의무실로 들어갔다. 쓰바키와 유라가 그 뒤를 따랐고, 문이 닫혔다.

"그만 놓쳤다고? 아이고야, 큰일이구려. 지즈루를 찾았나 했더니 또 미아가. 그래도 산에서 조난당한 것도 아니고 어른이니 괜찮을 게요."

가네이시가 두 선배를 다독여주었다. 세 사람의 대화에서 벗어난 나는 문에 귀를 바짝 붙였다. 신경을 집중하니 의무실 안에서 오가는 대화가 의외로 선명하게 들렸다.

2

'아저씨 기억하지? 예전 히라노 순경 아저씨야. 아아, 잊지

않았구나. 반갑다. 열은 이제 내렸니? 그래. 어제는 많이 무서웠지?'

'내가 잘못했으니까.'

목소리로 판단하건대 지즈루는 제법 회복한 것 같았다. 평범하게 말하고 있다.

'아직 힘들겠지만 잠깐만 물어보고 싶은 게 있단다. 5분 정도만 괜찮겠니?'

여기서 에가미 선배에게 배턴을 넘길 줄 알았는데 그대로 쓰바키가 물었다. 경찰의 피가 들끓는 것이리라.

'지즈루는 성스러운 동굴에서 나와 창고에 들어가는 사이에 혹시 누구하고 마주쳤니?'

'아니요.'

'아무하고도 안 마주쳤구나. 그럼 누구 본 사람도 없고?'

'못 봤어요.'

'성스러운 동굴에는 어떻게 들어갔니?'

그 질문에 지즈루는 이미 대답했다. 거듭 죄를 고백해야 하다니 가엾다.

'노사카 대표님을 만나고 싶어서 성스러운 동굴에 들어갔던 거구나. 정말이지? 하지만 성스러운 동굴의 출구는 보초가 지키고 있어서 본부에 들어올 수 없다는 걸 알고 있지 않았니?'

'알고 있었어요.'

'그런데 왜 카메라를 준비했지?'

'언젠가 '여왕님'이 보초를 설지도 모르니까.'

'그렇구나. 아저씨가 그 생각은 미처 못 했네.'

나도 그런 발상은 못 했다. 지즈루는 특정 회원만 보초를 선
다는 것을 모르기 때문에 언젠가 '여왕님'이 보초를 설지도 모
른다고 기대했던 것이다.

'하지만 회중전등을 들고 어두운 굴에 들어가다니 굉장히 용
감하구나. 어른도 그러지 못할 텐데.'

'조금씩 연습했어요.'

'탐험은 자주 했니? 언제부터?'

'반년쯤 전에 돌을 치웠더니 구멍이 나와서, 가끔 들어가서
놀았어요. 처음에는 입구에서만 놀다가 점점 깊숙이 탐험하러
갔어요.'

혼조에 따르면 도이가 '반년쯤 전부터 성스러운 동굴에서 바
람이 뚜렷하게 불어오기 시작했다'고 말했다고 했다. 지즈루의
이야기와 부합한다.

'돌이 있었구나. 누가 입구를 숨겨놓았던 걸까?'

지즈루는 대답할 길이 없는 질문이다.

'몰라요. 그럴지도.'

'입구를 아는 사람이 또 있니?'

'없을 거예요. 아무도 못 보게 저도 돌로 가려놨거든요.'

'비밀의 동굴이구나. 입구 크기는 얼마나 되니?'

'저만 겨우 들어갈 수 있어요.'

'어른은 못 들어가겠구나. 동굴 길이는?'

'생각보다 긴데, 익숙해지면 괜찮아요.'

생각보다 길다는 말로는 설명이 되지 않는다.

'다니기 힘들지는 않니?'

'다니기 편해요.'

'갈림길은 있니?'

'없어요. 쭉 하나뿐이야.'

아라키도 나를 따라 엿듣기 시작했다. 모치즈키와 오다도 신경이 쓰일 테지만 가네이시를 붙잡아두고 있다. 그들의 평범한 대화는 의무실 안까지 울려서 유라의 경계심을 풀어주는 데 이바지하고 있을 것이다.

'항상 성스러운 동굴 출구 근처까지 와서 보초 서는 사람을 구경했구나? 그리고 오늘도 노사카 대표님이 아니구나, 하고 실망해서 돌아갔겠구나.'

응, 하고 고개를 끄덕인 모양이다.

'하지만 어제는 평소하고 달리 아무도 지키는 사람이 없었지. 그래서 본부 안까지 들어가보기로 마음먹었던 거지?'

'엄마도 게로에 가서 안 돌아오고.'

할아버지만 있으니 집에 늦게 돌아가도 혼나지 않을 거라고 예상한 것이다. 아이다운 그런 심리는 쉽게 상상이 갔다.

'성스러운 동굴에서 나오기 전에 무슨 소리나 사람 목소리는 못 들었니? 아무 소리나 괜찮아. ……아무 소리도 못 들었나.'

'잘못했어요.'

'사과하지 않아도 돼. 그런데 본부에 들어온 다음에 어쩌려고 그랬니? 두리번거리다가 노사카 대표님을 만나도 다시 나갈 길이 없는데.'

'응? 나갈 수 있어요. 성스러운 동굴로.'

아하, 지즈루에게 오늘은 보초가 없는 날일 뿐이다. 보초가 살해당해 그 시신이 발견되기까지 짧은 시간과 겹쳤을 줄은 꿈에도 생각지 못한 것이다. 그런데 뜻밖에도 건물 안에서 대소동이 벌어져 사람들이 북적거리는 통에 도저히 성스러운 동굴로 돌아갈 수 없었던 것이다.

'나가려고 했는데 못 나갔던 거구나. 창고 밖으로는 한 번도 나오지 않았니?'

'분명히 들킬 것 같아서 가만히 있었어요.'

'누가 들어왔을 때는 문 뒤에 숨어 있었다지?'

'그때가 제일 무서웠어요.'

'하지만 언제까지고 숨어 있을 수는 없었을 거야. 결국에는 나와서 협회 사람한테 사과할 생각이었니?'

'그러려고 했는데 몸이 아파서 못 그랬어요.'

우리에게 발견되었을 때, 잔뜩 겁은 났겠지만 그와 동시에 이제 살았다고 안도했을 것이다.

유라가 끼어들었다.

'이제 5분 다 됐어요. 하지만 지즈루가 멀쩡하니 그냥 넘어

가죠. 궁금한 게 있다면서 계속 뒤에서 듣고만 있군요, 에가미 씨. 마음을 써서 양보한 거겠지만 뭐라도 물어보시죠, 자.'

쓰바키가 무턱대고 달려든 탓이겠지만, 이렇게 중요한 순간에 양보를 하다니 에가미 선배답지 않다. 의무실 안을 들여다보고 싶었다.

'질문이 효율적이라 경청하고 있었습니다. 제가 궁금했던 점은 쓰바키 씨가 대부분 여쭤봐주셨습니다. 하지만 모처럼 받은 기회니 한 가지만.'

부장이 침대로 다가갔는지 옷자락이 스치는 소리가 나더니, 지즈루의 목소리가 들렸다.

'고마워요.'

뭐가?

'데려다줘서.'

창고에서 의무실로 데려다주었다고 인사한 건가. 착한 아이다.

'천만에. 기운을 차려 다행이야. 한 가지만 물어볼게. 지즈루가 성스러운 동굴에 들어간 시간이 궁금한데, 기억하니?'

손목시계가 없는 지즈루가 시간을 의식하지 않았다는 것은 이미 확인한 바다. 이제 와서 왜 엉뚱한 질문을 하나 싶어 실망했다. 그런데 지즈루는 예상하지 못했던 대답을 했다.

'5시 조금 전.'

아까하고 얘기가 다르잖아? 나는 문을 벌컥 열고 그렇게 따지고 싶었다. 유라도 어이가 없었는지 날카로운 목소리로 지즈루에게 말했다.

'잠깐, 지즈루. 아까 물어봤을 때는 시간을 모른다고 했잖니. 이 오빠 기분 좋아지라고 억지로 대답할 필요는 없어.'

'아니야. 아까 물어본 건 성스러운 동굴에서 나온 시간이었잖아요. 그건 모르지만, 들어간 시간은 대충 알아요.'

'어떻게?'

'5시가 되면 항상 음악이 나오니까.'

에가미 선배가 유라에게 말했다.

'협회에서 트는 그 음악을 말하는 겁니다. 지즈루는 5시에서 5시 반 사이에 건물 안으로 들어왔습니다. 그러니 성스러운 동굴에 침입했을 때 5시의 음악을 들었을지도 모른다고 생각했습니다.'

지즈루가 열심히 해명했다.

'들어갈 때는 아직 안 나왔어요. 들어가서 조금 지나니까 작게 들려왔어요.'

'그럼 5시 1분 전? 2분 전? 그것도 아니면 3분 전?'

유라가 다그칠 기세로 물었다.

'들어가면 바로 좁은 길이 나오는데, 거길 지나서 조금 더 갔을 때 들렸어요. 음악이다, 5시네, 그렇게 생각했어요.'

잘은 모르겠지만 1분에서 3분 사이겠지. 에가미 선배가 유라와는 대조적으로 차분한 목소리로 다시 물었다.

'그 음악을 들으면서 성스러운 동굴 안쪽으로 깊이 들어갔구나. 중간에 쉬지는 않았니?'

'안 쉬었어요. 계속 걸어서 성스러운 동굴 출구까지 왔는데, 보니까 보초가 없어서…….'

'기회다 싶어서 서둘러 성스러운 동굴에서 나왔구나?'

'네.'

'고마워. 잘 알겠어.'

3

질문은 끝났다. 아라키는 시시하다는 표정으로 몸을 일으켰다.

"별로 대단한 정보는 없었네요. 꼬마는 진짜 아무것도 모르네. 창고 안에서도 수상한 소리나 목소리는 못 들었다는 거죠?"

"그러게요."

"도움이 안 되는 불청객이네요. 사람 놀라게만 하고. 덕분에 할아버지까지 붙잡혔네."

정작 가네이시는 순순히 오늘 밤 이곳에서 하룻밤 묵겠다고 했다.

"어쩔 수 없잖나. 돌려보내주질 않겠다는데 내가 무슨 수로. 내일이면 경찰을 부른다니까 그때까지는 참아야지. 종교가 얽히면 상식이 통하지 않는 경우도 있는 법이라오."

오다가 물었다. "너무 쉽게 받아들이시는 것 아니에요? 따님이 오늘 밤 돌아오지 않나요?"

"지즈루가 총본부에서 자보고 싶다고 졸라서 협회가 호의를 베풀어줬다고 이웃집 미야노 씨가 딸에게 그리 전했을 게요. 딸이 의심하면 여기로 데려오겠지."

"막무가내네요." 모치즈키가 울컥했다.

의무실 안쪽에서 계속 말소리가 들려서 나는 문에 귀를 댔다.

'지금 보초를 서고 있는 사람은 마루오예요. 무슨 문제라도?'

'뭘 좀 보여드리고 의견을 듣고 싶습니다. 금방 끝납니다.'

'사건과 관계가 있는 거죠?'

'물론입니다. 제가 유라 씨에게 뭔가 부탁하는 건 이게 마지막일 겁니다.'

'마지막 부탁이라니, 마치 선거운동 같군요.'

밖으로 나오는 기척에 얼른 문 앞에서 떨어졌다. 문밖으로 나온 유라는 집게손가락을 까따거려 에가미 선배를 불렀디. 마지막 부탁을 받아들인 것이다.

"여러분은 여기서 기다려요. 하나만 처리하고 돌아오겠습니다."

그런다고 복도에 멀뚱히 서 있을 수는 없다. 나는 떠나가는 두 사람의 뒷모습을 일단 지켜보다가 뒤를 쫓아갔다. 모치즈키와 오다도 당연하다는 듯이 따라왔다.

대기실 문은 활짝 열려 있어 통로에서도 유라와 마루오의 목소리가 들렸다. "당신에게 보여주고 싶은 게 있다는군요", "뭡니까?" 그런 대화다. 우리는 문 뒤에서 대기실 안을 들여다보았다.

"이왕이면 깜짝 놀랄 만한 걸 보고 싶군요. 명탐정처럼 수사를 극적으로 마무리해주면 좋겠네요."

"몇 초 후에 당신을 깜짝 놀라게 할 자신은 있습니다."

"훌륭합니다. 어떤 걸 보여주려고 그러십니까?"

에가미 선배는 성스러운 동굴을 바라보고 있는 마루오 앞에 서서 재킷 안주머니를 뒤적였다. 에가미 선배가 과연 무엇을 들고 다녔는지 나도 짐작이 가지 않았다. 자세히 보려고 하다가 뒤에서 몸을 내민 오다에게 떠밀려 바닥에 두 손을 철퍼덕 짚고 말았다.

"항상 단체로 행동하다니 사이가 좋군요." 유라가 얼굴을 찡그리며 말했다. "홍일점이 빠졌지만."

"한 사람 모자란 건 당신들 수색 실력이 형편없어서 그런 겁니다. 하늘만 올려다보니 발밑을 못 보는 거라고요."

오다의 반박은 속이 후련했지만 빨리 내 등에서 비켜줬으면 좋겠다.

"봐주셨으면 하는 건 이겁니다."

에가미 선배가 꺼낸 것은 작은 회중전등이었다. 저건 분명 지즈루가 가지고 있었던 물건이다. 뒷모습이라 알 길은 없지만 마루오는 어리둥절한 표정을 지었을 것이다.

"그게 어쨌다는 겁니까?"

"동굴을 탐험하려면 이게 필요합니다."

부장이 오른발을 뒤로 뺀 순간, 나는 오다를 떨쳐냈다. 알았다, 마루오가 놀랄 이유를!

"어이!"

"무슨 짓이에요!"

고함이 실내에 메아리쳤지만 에가미 선배는 이미 하얀 선을 넘었다. 나도 두 손으로 머리를 싸맨 유라의 옆을 지나 결계 너머로. 주사가 비명을 질렀다.

"어떻게 이럴 수가! 쓰바키 씨가 지즈루에게 질문하는 동안 뒤에서 얌전히 있는구나 싶었더니 회중전등을 빼돌렸던 거군요! 정말 방심할 수 없는 사람이야!"

"우연히 눈에 띄어서 잠시 빌린 겁니다. 어디서든 마련할 생각이었는데 다행히."

부장은 회중전등을 켜서 문제가 없는지 확인했다.

"괜찮네. 모치하고 노부나가는 거기 남아 있어. 금기를 깨는 건 나 혼자로 충분해…… 그렇게 말하고 싶었는데 한 사람 늘었군. 어쩔 수 없지."

에가미 선배의 의향에 어긋난 것 같아 일단 사과했다. "죄송해요."

"그 안쪽으로 들어가면 안 돼요. 아직 성스러운 동굴의 입구니까 없었던 일로 할 수 있어요. 이쪽으로 돌아와요."

유라가 오른손으로 허공을 할퀴었지만 우리에게 닿지는 않았다. 마루오는 눈을 부릅뜨고 분노에 차 있었다. 무섭게 쏟아지는 에너지를 느꼈지만 두 사람은 이미 우리를 건드리지 못한다. 두꺼운 유리벽으로 차단되어 있는 것이나 마찬가지다.

"여러분의 신앙을 무시한 점은 사과드리겠습니다. 격노하신 분도 계실 테고, 상처 입고 슬퍼하는 분도 계시겠지요. 하지만 반드시 성스러운 동굴에 들어가 조사해야만 하는 문제도 있습니다. 저는 어제부터 이곳에 들어가고 싶은 마음을 억누르고 있었지만 더는 못 참겠습니다. 필요한 사항을 조사하고 오겠습니다. 도이 씨, 히로오카 씨, 시모자와 씨를 살해한 범인이 누군지 알고 싶다면 결례를 용서해주십시오."

"용서 못 해!"

마루오는 서릿발처럼 말했지만, 유라는 깍지 낀 손을 이마에 대고 애원했다.

"부탁이니 그만두세요. 선만 넘은 거라면 아직 괜찮아요. 아직은 괜찮다고요. 그러니까, 예? 다시 생각해요. 성스러운 동굴에 들어가는 것만은 안 돼요."

나를 지배해왔던 사람들이 흙 인형보다도 연약한 모습을 드러내고 있다. 그 모습을 보고 있으려니 가학적인 기분이 들어 지금까지 쌓인 원한을 담아 내뱉었다.

"이 동굴에 사람이 들어왔다고 외계인이 벌을 내릴 것 같지는 않네요. 어제도 지즈루가 여기를 지나왔어요. 회조님의 말씀을 따르는 거겠지만 현재의 인류협회 이념과는 상관없는 미신 아닌가요?"

"종교 감정에 관한 문제입니다. 우습게 보지 마세요."

"저희를 구속한 건 범죄행위예요. 그쪽이야말로 남의 자유를 우습게 봤잖아요."

유라는 나를 상대하지 않고 에가미 선배에게 항의했다.

"멋대로 굴지 않겠다고, 후배도 타이르겠다고 약속했으면서 비열하군요."

"무단으로 '외출' 하지 않겠다고 약속했을 뿐입니다. '억지로' 라는 말을 덧붙이는 게 정확하겠군요. 그게 싫어서 지금 상황을 타파하려고 이러는 겁니다."

"지즈루가 어른은 입구로 들어갈 수 없다고 했어요. 반대쪽으로는 못 나가요."

"나갈 생각은 없습니다. 성스러운 동굴 안을 조사하면 반드시 돌아오겠습니다. 건물 안을 구석구석 뒤졌지만 두 번째 권총은 나오지 않았지요?"

"그래요."

"하지만 성스러운 동굴 안은 조사하지 않았어요. 역시 들어가는 수밖에 없습니다. 이건 협회 여러분에 대한 보복이나 심술이 아닙니다. 이것만큼은 오해하지 말아주십시오. 다녀오겠습니다."

성스러운 동굴로 들어가려는 우리를 저지하려고 마루오가
선을 넘어 달려들지도 모른다고 생각했지만 결계는 견고했다.
이를 갈며 돌아오면 두고 보자고 으름장을 놓는 게 고작이었다.

4

동굴은 바로 오른쪽으로 휘어졌다. 중간쯤 가서 뒤를 돌아
보니 대기실이 유난히 멀어 보였다. 5미터 정도밖에 들어오지
않았는데 벌써 다른 세상 같다. 유라와 마루오는 아연히 서 있
고, 모치즈키와 오다는 주먹을 휘두르며 응원하고 있었다. 하
지만 나는 쾌재를 부를 기분이 아니었다. 미신이라고는 해도
종교적 금기를 깨는 게 미안했고, 마루오의 말대로 돌아가는
길이 무서웠기 때문이다.

"단단히 으름장을 놓던데요⋯⋯."

"빈손으로 돌아갈 생각은 없어. 선물을 잔뜩 가지고 돌아가
면 마음도 풀리겠지."

에가미 선배는 길이 휘어지는 곳에서 걸음을 멈추고 대기실
쪽을 가리켰다. 보초대는 보였지만 모치즈키와 오다의 모습은
이미 사각지대에 들어가 보이지 않았다.

"지즈루는 항상 이쯤까지 와서 대기실을 엿봤을 거야. 보초
대가 잘 보이지? 동굴 안은 어두우니까 반대편에 들킬 우려는

없어."

그리고 오늘도 '여왕님'을 보지 못했다고 낙담해서 어둠 속에서 발길을 돌렸을 것이다.

에가미 선배는 회중전등으로 손목시계를 비추며 중얼거렸다. "4시 39분." 시간이 벌써 그렇게 됐나.

"제 시계도 정확히 4시 39분이에요."

"군대처럼 정확하네. 이제부터 성스러운 동굴 출구까지 쭉 걸어가서 얼마나 걸리는지 잴 거야. 너도 시계를 잘 봐. 40분이 되면 출발하자."

초침까지 에가미 선배의 시계에 맞추고 40분 정각에 출발했다. 둘이서 나란히 걸을 수 있을 만큼 넓지는 않아서 선배의 등을 보며 걸었다. 아니, 캄캄해서 실제로는 등의 그림자를 따라갔다. 이따금 에가미 선배가 전등을 상하좌우로 흔들 때마다 동굴의 모습이 보였다. 흑갈색 바위 표면은 생각보다 건조했다. 빗물이나 눈이 녹은 물이 용암 틈새로 흐르거나 스며드는 현상이 별로 없는 것이다. 물기 때문에 미끄러질 우려는 없었다. 바닥은 편평했지만 손으로 암벽을 짚어보니 예상치 못한 돌기나 홈이 있어 깜짝 놀랐다.

"그런 거였나요?"

어두운 길에 익숙해졌을 즈음 물어보았다. 용암동굴에서는 소리가 울리지 않는다는 말을 들었는데 정말이었다.

"뭐가?"

"성스러운 동굴에 막무가내로 들어온 건 여길 빠져나가는 데 필요한 시간을 재려고 그런 거죠?"

지즈루가 성스러운 동굴에 들어온 것이 5시 전이니, 동굴 안에서 보낸 시간을 알면 대기실로 나온 시간을 추정할 수 있고 도이 겐사쿠가 살해당한 추정시각도 더 좁힐 수 있다. 그게 범인을 찾아내는 데 얼마나 도움이 될지는 의문이지만.

"그게 첫 번째 목적이기는 해. 권총이 한 자루 더 있을 리는 없어."

"첫 번째라는 건, 다른 목적이 또 있는 거예요?"

"범인을 알아낼 수 있는 단서가 없는지 찾아내는 게 두 번째 목적. 성스러운 동굴이 어디로 통하는지 확인하는 게 세 번째 목적. 사건 해결로 이어질지는 모르겠지만. 조심해, 높낮이가 있어."

동굴은 완만하게 오른쪽, 왼쪽으로 휘어지면서 오르막을 이루고 있었다. 가파른 비탈은 아니니 이 정도라면 여덟 살짜리 여자아이라도 거뜬할 것이다.

"이번에는 갑자기 낮아지네. 머리 부딪치고 기절하면 안 된다."

불빛에 비친 벽에 콜타르가 흘러내린 흔적이 있었다. 흘러내린 용암이 식어서 굳은 흔적이다. 쌓여 있던 화산가스가 지상으로 분출해 이런 용암 동굴을 만든 모양이다. 동굴 폭이 1미터 이하로 줄어드는 곳은 있어도 2미터 이상으로 넓어지는 곳은 없었다. 허리를 숙여야만 할 정도로 천장이 낮은 곳이 군데군데 있었지만 무릎으로 기어갈 정도는 아니었다.

"쓰바키 씨가 말한 것처럼 지즈루는 정말 용감하네요. 저는 안이 어떤 구조인지도 모르고 호기심만으로 탐험할 용기는 없어요."

"소녀 탐험가야. 몸집이 작은 만큼 아이가 더 걸어 다니기 편하겠지만."

"동경하는 '여왕님'을 가까이서 보고 싶다는 일념……은 아니겠군요. 지즈루는 동굴이 어디로 통하는지 모르고 탐험했을 테니까."

"5분 경과."

에가미 선배의 말을 듣고 손목시계를 보았다. 야광시계 바늘은 4시 45분을 가리키고 있었다.

"발밑을 열심히 보고 있는데 범인 이름표는 안 떨어져 있네요."

"명함도 없고."

오르막은 하염없이 이어졌다. 이미 대기실보나 5, 6미터는 높이 올라와 있을 것이다. 계속 오르막이라면 돌아가는 길이 편할 것 같다고 일순 생각했지만 어쩌면 내리막이 더 위험해서 고생할지도 모른다.

"기사라 마을이 생각나는군."

에가미 선배는 가볍게 말했지만 나는 아찔했다. 그 시코쿠 산속 마을에 장대한 규모의 종유동굴이 있었다는 건 알고 있다. 보지는 못했지만.

"거기는 미궁 같아서 길을 잃으면 생사가 위태로운, 그런 동굴이었어."

"그때는 마리아하고 탐험했죠? 이번에는 그에 비하면 소풍인가요?"

"외길이니 마음은 편하네. 엉뚱한 걸 발견하지나 않을까, 오로지 그게 걱정이야."

에가미 선배와 마리아는 종유동굴 깊숙한 곳에서 시체를 발견했다. 말이 씨가 된다고 믿지는 않지만 괜히 불길했다. 그런 말을 하면 가는 길에 '엉뚱한 것'이 튀어나올 것 같다. 부장은 그런 생각을 조금도 하지 않는 걸까?

내리막이 나왔나 싶었더니 금방 다시 오르막으로 바뀌었다. 이윽고 양쪽 벽이 좁아져 몸을 틀어서 지나갈 수밖에 없는 곳이 나왔다. 계속 게걸음으로 가야 하나 걱정했는데 겨우 몇 미터 만에 끝났다. 그곳을 빠져나와 왼쪽으로 70도쯤 꺾인 커브를 지나자 앞쪽이 어렴풋이 밝아졌다. 지즈루가 들어왔을 때 그대로 돌을 치워놓아 빛이 들어오는 것이다. 결승점은 코앞이다. 무심코 걸음이 빨라지려 했지만 에가미 선배는 서두르지 않고 똑같은 보폭을 유지했다.

"출구가 보이니까 마음이 놓이네요. 숨통도 트이는 것 같아요."

"기분 탓만은 아닐 거야. 바람이 불어오네."

무형의 흐름이 뺨을 어루만졌다. 역시 그랬다. 반년 전부터 지즈루는 돌 덮개를 치우고 성스러운 동굴을 몇 차례나 탐험했다. 그래서 바람 소리가 대기실까지 닿았던 것이다.

막다른 끝이 보이기 시작했다. 오른쪽 위에서 황금색 빛이 비스듬히 쏟아져 그 앞을 비추었다. 이 부근은 비가 흘러들어서 그런지 현무암 표면이 축축해서 미끄러지지 않도록 조심해야 했다. 크게 갈라진 틈새도 있었다. 물은 거기에서 바로 땅속으로 스며들어 성스러운 동굴 안쪽까지는 흘러오지 않는 것이다.

막다른 암벽에 굵은 나무뿌리가 튀어나와 있었다. 머리 위로는 커다란 나무가 뻗어 있을 것 같다. 동굴 출구는 그 밑동에 난 구멍이리라. 어제저녁 마리아와 함께 보았던 물참나무에도 그런 구멍이 뻥 뚫려 있었다. 혹시 그 나무 밑일까? 어둠 속에서 커브를 몇 번이나 지났기 때문에 과연 방향이 맞는지 알 길이 없다.

구멍으로 밖을 내다볼 수 있는 곳까지 왔다. 어둠을 헤치고 온 탓에 저물어가는 포근한 햇빛이 눈에 따가웠다. 겨우 바깥 세상과 닿았다. 지금 우리에게는 이곳이 세상의 끝인 것이다.

구멍은 울퉁불퉁해서 요가 수행자라도 쉽게 빠져나가지 못할 것 같았다. 지즈루도 몸을 요리조리 틀어가며 드나들었을 것이다. 체중을 받치기에 알맞아 보이는 나무뿌리가 있었다.

"숲속인가 보네."

에가미 선배가 회중전등을 껐다. 우리는 동시에 손목시계를 보았다.

"4시 55분."

"그러네요."

대략 편도 15분이라는 뜻이다. 지즈루가 얼마나 빠르게 걸었는지는 모르지만 큰 차이는 없을 것이다.

"마침 5시 음악이 나올 시각이야. 그 소리가 희미하게 들리는 곳이 어느 지점인지 직접 확인하자."

"큰 커브가 나오기 전, 폭이 좁아진 부근일 거예요. 하지만 일요일에도 음악을 틀까요?"

"직접 해보는 수밖에. 내가 커브 반대쪽까지 되돌아갈게. 넌 여기 있다가 음악이 흐르면 큰 소리로 알려줘."

"예."

에가미 선배는 다시 불을 켜고 어둠에 녹아들었다. 나와 빛만이 그 자리에 남았다.

잔가지들의 속삭임, 새소리.

아름다운 기운이 감돈다.

이 실험으로 범행 추정시각의 폭을 아무리 줄여도 사태가 크게 변하지는 않을 것이다. 굳이 금기를 깨고 얻은 대가로는 너무 가볍다. 하지만 세상의 끝을 볼 수 있었다는 사실이 기뻤다.

후우, 한숨을 쉬며 발밑에 시선을 떨어뜨리자…… 반짝거리는 작은 별이 있었다. 주워서 손바닥에 올려보았다.

귀걸이다.

이제 곧 5시다.

끝내 '도시'에서 나가지 못했다. 나는 여전히 가련한 새장 속의 새였다. 이제 곧 해가 저무는데 추위에 벌벌 떨며 밤을 넘겨야 한다고 생각하니 피로와 허기가 해일처럼 몰려왔다. 아아, 이제 한계다. 나는 점심을 두둑하게 먹어야 싸울 수 있는 여자야, 하고 우는소리를 했다가 그러고 있으면 어떻게 해, 하고 자신을 질타했다.

아리스와 에가미 선배, 모두를 돕고 싶었다. 지혜와 용기의 여신이 되어 문과계 특유의 의협심과 자부심으로 가득한 그들을 시원스레 궁지에서 구해주고 싶었는데. 나로서는 엄두도 못 낼 꿈이었던 모양이다. 노사카 기미코는 '여왕님', 나는 힘없는 평민. 텅 빈 지갑. 신발 한 짝. 구멍 난 물통.

혼자서 '도시'를 달리고 숲을 헤맸다. 혼자였지만 불안하지 않았고, 조금도 외롭지 않았다. 해야 할 일이 있다는 사명감이 외로움을 지워주었던 것이다. 결국 아무것도 못 했지만 아직 포기한 건 아니다. 뭔가 할 수 있을지도 모르니까.

산을 넘어 이웃 마을로 가볼까 생각도 했지만 무모한 짓이라 그만두었다. 그 판단은 옳았다. 어디 민가에 숨어들어 전화를 빌려보려는 생각도 그만두었다. 그런 계획은 분명 실패했을 것이다. 국도를 터덜터덜 걸어 히라노까지 갈 수도 없었다. 길을 막은 버스에 감시하는 사람들이 보였으니까.

할 수 있는 일은 없을지도 모른다. 그렇다면 각오를 다지고 내일을 기다리자. 협회가 약속을 지킨다면 '성'의 문은 열릴 것이고, 비열하게 행동하더라도 월요일이 되면 '여왕국'을 계속 쇄국하기도 어려울 테니 봉쇄에 구멍이 뚫릴 것이다. 기회는 반드시 찾아온다.

그러니 내일까지 계속 도망 다녀야 한다. 밤이 되면 추적자도 일단 물러나겠지. 물러날 것이다. 부탁이니까 좀 물러가. 어쨌거나 잡힐 수는 없다. 그러기 위해서라도 숨을 곳을 찾아야 한다.

언제까지 나뭇가지에 앉아 있을 수는 없다. 벌써 30분 가까이 이러고 있었을까? 늠름한 녹나무 가지는 내 몸무게를 가볍게 받쳐주었지만 엉덩이가 아파서 더는 못 참겠다. 올라왔을 때의 요령을 떠올리며 신중하게 내려갔다. 이 가지에서 저 가지로 이동해 소프트볼만큼 툭 튀어나온 혹에 오른발을 디뎠다. 이 혹 덕분에 초록 그늘 속에 숨을 수 있었다. 적은 나 같은 여자애에게 나무 타는 재주가 있을 줄은 상상도 못 했을 것이다. 푸른 유니폼을 입은 남자 두 명이 나무 바로 밑에서 떠들기 시작했을 때는 식은땀이 났지만 그들은 나무 위는 거들떠보지도 않았다.

그나저나 그 대화는 무슨 뜻이었을까?

'이 부근이 대표님 산책길이잖아.'

'딱 여기쯤……'

바람이 목소리를 지웠다.

'여기서.'

'영감님도 걱정이네.'

'그 양반은 무슨 낯짝으로 거길 갔을까.'

'너무 그러지 마.'

귀에 들린 것은 그게 전부. 그때는 빨리 저리 가버리라고 빌었지만 조금만 더 들었더라면 흥미로운 정보를 얻을 수 있었을지도 모른다.

'성'에서 음악이 흘러나왔다. 5시를 알려주어도 나는 돌아갈 집이 없다. 오늘 밤 안심하고 잠들 수 있는 은신처가 필요했다. 간절히.

거기는 어떨까? 당당하게 가지를 뻗고 있던 물참나무. 아이라면 들어갈 수 있을 법한 구멍이 그 밑동에 있었다. 나는 도저히 들어갈 수 없는 구멍이지만 근처에 조금 더 큰 구멍이 있을지도 모른다. 있다면 하룻밤만 겨울잠을 자는 곰이 되자.

바스락거리는 나뭇잎 소리 사이에 적의 목소리가 섞여 있지 않은지 확인하면서 어제 보았던 물참나무를 찾았다. 당당하고 위엄에 찬 그 나무를. 숲의 현자를 찾아가는 기분이었다.

고독이란 어떤 감정일까?

누군가의 온기를 느끼고 싶다는 욕구에 시달리는 것이다. 하지만 인간은 본질적으로 타인과 떨어져 있는 개체로, 이따금 타인의 체온에 갑갑함을 느끼고 비명을 지른다. 붙잡으면 멀어지려 하고, 멀어지면 붙잡으려 한다. 속박당하면 자유를 원하고, 자유로워지면 속박을 바란다. 이렇게 죄 많고 불행한 습성이 또 있을까?

아리스는 고독이 마음의 밑그림이라고 했다. 아리스의 가정 사정도 잘 모르고, 인간관계를 전부 알고 있는 것도 아니지만 고립이나 소외로 고민하는 것 같지는 않았다. 그런데 어째서 그토록 고독에 민감한 걸까? 아리스답다는 생각도 든다.

성선설과 성악설. 어느 쪽을 믿는지 친구가 물은 적이 있다. 억지로라도 한쪽을 고르라고. 그녀에게는 중요한 질문이었을 텐데 나는 어느 쪽이라고도 할 수 없다는 대답으로 친구를 실망시켰다. 아리스라면 성적설(性寂說)을 퍼뜨렸을지도 모른다.

사람은 선하지도 악하지도 않고, 그저 고독 속에 태어난 존재. 그래서 타인과 연결되려 하고, 머나먼 별에도 누군가가 있다고 믿으려 한다.

"그럴지도 몰라."

속삭이듯, 나는 중얼거렸다.

어제의 기억이 아직도 선명해 조금 걸으니 그 물참나무를 다시 만날 수 있었다. 근거도 없이 나무가 나를 기다려준 것처럼 느껴졌다. 밑동의 구멍을 찾아 거기에 떨어뜨린 귀걸이를 생각하니 조금 아쉬웠다. 고등학교 3학년 때 친한 반 친구가 준 생일 선물이었기 때문이다. 성선설과 성악설에 연연했던 친구다. 불쑥 그녀에게 전화를 걸어 성적설에 대해 얘기하면 어떻게 생각할까?

나뭇가지가 바람에 술렁거렸다.

'이제 끝났어요…….'

어디선가 목소리가 들려왔다.

'들려요……? 에가미 선배……?'

"어?"

아리스의 목소리다. 환청인가 싶어 도리질을 쳤다. 그래도 들린다.

'어디까지 다녀왔어요? 실험이 너무 철저한데요.'

'외로웠어? 여기서 2분쯤 떨어진 곳에서 간신히 들을 수 있었어.'

'그렇다면 지즈루가 성스러운 동굴에서 나온 시간은 5시 13분으로 추정해볼 수 있겠네요. 도이 씨는 5시까지 살아 있었으니 범행 시각은 5시에서 5시 13분 사이.'

'그렇게 되지.'

'하지만 그걸로 범인을 알 수 있을까요?'

"이게 뭐야?"

아리스가 에가미 선배와 이야기하고 있다. 물참나무 줄기에서 새어 나오는 목소리 같았다. 두 사람이 숲의 정령이라도 된 걸까?

시선을 떨어뜨리자 구멍이 있었다. 신비한 목소리는 그 밑에서 들려왔다.

'지즈루가 언제 성스러운 동굴에서 나왔는지는 알아냈지만 그게 '성'에 가져갈 선물이 될까요? 그 시간마저도 지즈루가 직접 재현한 실험이 아니니 정확도가 떨어질 텐데요.'

'아니, 이걸로 충분해.'

'범인을 알 수 있단 말이에요?'

중요한 이야기를 하는 것 같으니 방해하면 안 되겠다……. 그런 기특한 생각을 할 때가 아니다. 사무치게 외쳤다, 그들의 이름을.

"마리아……?"

깊은 어둠 속에서 아리스의 얼굴이 떠올랐다. 쏟아지는 빛이 눈부신지 실눈을 뜨고 있다.

"그래, 나야!"

"어째서 여기에?" 그렇게 중얼거리다 내게 물었다. "그보다 괜찮은 거야?"

환청도 아니고 환각도 아니다. 뜻밖의 재회에 몸이 떨렸다.

"괜찮아. 아직 안 잡혔어. 토끼처럼 뛰어다니고 있어."

"그래, 다행이야."

아리스가 기쁘게 웃었다.

"모치 선배하고 노부나가 선배는 어떻게 되었는지 알아? 도중에 헤어져서. 아니, 나 때문에 모치 선배가…….”

“애쓴 모양인데 ‘성’으로 도로 끌려왔어. 멀쩡하니까 걱정
마.”

아리스는 그렇게 말하고 에가미 선배와 교대했다. 두 사람
다 야윈 구석은 없었다. 우리 부장의 눈에는 자신감마저 넘쳤
다.

“두 사람 다 왜 그런 곳에 있어요? 어디로 들어간 거예요?”

“놀라긴 피장파장이네. ‘성’과 이곳은 성스러운 동굴로 연결
되어 있어.”

그랬나. 이곳에서 대기실까지 거리가 제법 될 것 같은데, 멀
리 돌아가는 길이라 그렇지 직선거리로는 생각보다 가까운 모
양이다. 비밀 통로를 마련해주었으니 가미쿠라를 조금은 용서
해줘야겠다.

“대발견이잖아요? 역시 EMC의 셜록 홈스. 하지만 용케 성
스러운 동굴에 들어가도록 허락해줬네요.”

“말해봤자 허락해줄 것 같지 않아서 강행돌파했어. 돌아가
면 벌을 받을걸.” 그 말을 듣고 흠칫 놀라자 에가미 선배가 바
로 덧붙였다. “걱정 마. 설마 거꾸로 매달지는 않겠지. 선물도
챙겼고.”

뒤에 가려져 있던 아리스가 물었다.

“선물이라니 뭔데요?”

“사건의 진상. 그걸로 봐달라고 해야지.”

바닥에 무릎을 꿇고 구멍을 들여다보았다. 내 그림자가 에가미 선배를 가렸다.

"제가 잘못 들은 거 아니죠? 범인을 알아냈다는 얘기예요?"

"알아냈어."

또 몸이 떨려서, 막으려 해도 막을 수가 없었다. 이런 일은 처음이다. 하지만 흥분하지 않을 수 없었다. 에가미 선배의 말이 사실이라면 잃어버린 소중한 것을 되찾을 수 있다. 범인이 누군지 알면, 더 이상 범인을 찾지 않아도 된다.

"살인사건의 범인을 알아냈어. 그러니까 마리아, 이제 도망 다니지 말고 '성'으로 돌아와."

그렇게 말해도. 대답을 망설였다. 지금까지 필사적으로 피하고 숨어 다닌 터라 생각이 쉽게 바뀌지 않는다.

"괜찮은 거예요?" 아리스가 내 마음을 대변해주었다. "모처럼 거머쥔 자유를 포기해도 되는 걸까요?"

부장은 망설이지 않았다.

"내가 귀여운 후배를 함정에 빠뜨릴 것 같아? 이제 '성'을 두려워할 필요는 없어. 당당하게 정문으로 들어와. 성에서 귀환을 기다리고 있을게."

"예."

믿자. 이 사람보다 더 믿음직한 사람은 없다.

"그래서 범인은 누군데요?"

마른침을 삼키고 물었는데 대답해주지 않았다.

"궁금하기도 하겠지만 그걸 말하려면 그에 합당한 각오가 필요해. 조금만 더 시간을 줘."

"……알겠어요."

다시 아리스가 나타났다. 손끝으로 쥔 무언가를 살랑살랑 흔들었다.

"좋은 소식이 하나 더 있어. 귀걸이를 찾았어. '성'에서 줄게."

나는 오른팔을 뻗었다. "지금 당장 달라고?" 하면서 아리스가 삼각형 금속조각을 내밀기에…….

"그건 나중에 줘도 돼. 아리스, 악수. 나하고 악수해."

아리스는 군말 않고 주운 귀걸이를 주머니에 넣더니, 발돋움을 해서 내 손을 움켜쥐었다.

6

다시 어둠을 지나 '성'으로.

에가미 선배가 각오를 굳힐 때까지 아무것도 묻지 않을 테다. 그렇게 마음먹었는데 자꾸만 무심코 범인의 이름을 물을 뻔했다. 내가 할 수 있는 일은 입술을 굳게 다무는 것과, 성스러운 동굴을 빠져나가는 데 필요한 시간을 확인하는 것뿐이다. 입을 다물고 이따금 손목시계의 바늘을 읽으며 전진했다.

아직 마리아와 손을 잡고 있는 느낌이 들었다. 단단히 맞잡았던 손의 감촉이 생생하게 남아 있다. 당당하게 고개를 들고

'성'의 정문으로 향하는 마리아의 용감한 모습을 머릿속에 떠올리며, 좁은 길을 게걸음으로 통과했다.

"사람들의 생활이 단순했을 때는 음모라는 말도 없었을 거야."

길을 중간쯤 돌아왔을 때 에가미 선배가 입을 열었다. 어떻게 반응해야 할지 몰라 우물거리자 부장은 이어서 말했다.

"서로 숨길 게 없다면 '저 녀석은 뒤에서 단물만 빼먹는다'고 법석을 떨 일도 없겠지. 기껏해야 '저런 짓을 하다니, 비열한 녀석이야'라고 비난하는 정도지, '누군가가 뒤에서 단물을 빼먹고 있어. 나는 진실에 다가가지도 못하고 속절없이 조종당하고 있어'라고 생각하기 시작한 건 사회가 어느 정도 복잡해진 이후야."

혼잣말이 아니라 내게 하는 말이다. 듣고 있다는 의미밖에 없는 맞장구를 쳤다.

"고도로 복잡하게 얽힌 현대 사회이기 때문에 음모설이 판을 치는 거네요."

프랑스 대혁명도 미국 독립전쟁도 프리메이슨이 사주했다. 세상은 300인 위원회*라는 엘리트 비밀조직이 지배하고 있다. 바티칸은 지구 최대의 스파이 조직을 두고 있다. 록펠러는 사실 공산주의의 아군이다. 케네디 암살을 지시한 것은 군산(軍

*세계비밀정부의 최상위 조직으로 이들이 비밀정부의 모든 최종 결정을 내린다고 한다.

316

産) 복합체이고, 미국 정부와 외계인은 오래전부터 친구 사이.

"직접 거둔 쌀, 직접 잡은 물고기만 먹었다면 여기에 독이 들어 있을지도 모른다고 걱정할 필요도 없고, 혈통까지 아는 사람들만 모여 사는 공동체라면 누가 정체를 감추고 있다고 의심할 일도 없어. 상호의존을 관철해 생명에 관한 문제까지도 타인에게 맡긴 사회, 모두가 프라이버시를 가지고 정체를 숨길 수 있는 사회가 되었기에 사람들은 음모론에 사로잡히는 거야."

"그렇다면 음모론도 앞으로 더 유행하겠네요."

"속고 있다, 조종당하고 있다, 그렇게 생각하는 건 감미로우니까. 나의 부족함도 세상이 불공평한 탓이라고 자기 합리화할 수 있는 타인 의존적인 사회는 책임마저 남에게 내던져. ……아리스. 너는 누가 널 함정에 빠뜨리려 한다고 생각해?"

몹시 막연한 질문이다.

"어디선가 누군가가 단물을 빼먹고 있다고 생각할 때는 있지만, 제가 조종당하고 있다는 생각은 하지 않아요. 저 같은 걸 조종해서 이득 볼 사람이 누가 있겠어요?"

앞장서 가던 에가미 선배가 걸음을 멈추고 돌아보았다. 어두워서 잘 보이지는 않지만 입가가 웃고 있는 것 같다.

"좋은 대답이야. 그래, 너나 나나 누군가에게 조종당할 만큼 중요한 인물도 아니고, 대다수의 사람들 역시 그렇게 위대한 존재가 아니야. 대개 사람은 사람을 조종하지 않아. 단지 이익이나 보신을 위해, 혹은 중요한 걸 지키려고 거짓말을 하거나 진실을 숨길 뿐이지."

'너나 나나, 대다수의 사람들 역시 누군가에게 조종당할 만큼 위대한 존재가 아니다' 라는 말은 냉철한 현실인식이지만 이해는 할 수 있다. 그런데 에가미 선배는 어째서 그런 얘기를 하는 걸까?

그걸 물어보려는데 성스러운 동굴의 출구가 보였다. 무서운 얼굴로 유라 히로코가 기다리고 있을 게 틀림없다. 에가미 선배의 어깨너머로 살펴보니 대기실에는 그녀 말고도 이 사람, 저 사람…… 후부키 나오, 마루오 겐, 이나코시 소스케, 아오타 요시유키, 패트릭 하가, 그 밖에 여러 명이 바글거리고 있는 게 아닌가? 모치즈키와 오다의 모습은 보이지 않았다. 농담이 아니라 성스러운 동굴에서 나가는 순간 흠씬 두들겨 맞을 것 같아 무서웠다.

"돌아왔군요."

후부키의 목소리가 대기실 안에 쩌렁쩌렁 울렸다.

"뻔뻔하게 잘도 돌아왔다고 말하고 싶지만 돌아올 수밖에 없었겠죠. 기다리고 있었습니다. 거칠게 굴기는 싫지만 당신들이 그렇게 만들었으니 어쩔 수 없어요. 말을 듣지 않겠다면 포박도 서슴지 않을 생각입니다."

에가미 선배는 하필 페리파리가 강림했다는 자리에 서서 후부키의 서릿발 같은 시선을 온몸에 받았다. 범인을 알아냈대요, 라고 말하고 싶었지만 애써 참았다. 만약 여기에 범인이 있다면 좋지 않은 결과로 이어질지도 모른다.

"저만 포박해도 되겠지요. 이 후배는 분위기에 휩쓸려 따라왔을 뿐입니다." 부장은 걸음을 뗐다. "처벌하기 전에 제 이야기를 들어주십시오."

하얀 선을 넘은 순간, 마루오와 패트릭 하가가 양쪽에서 에가미 선배의 팔을 붙잡았다. 후부키는 나를 매섭게 노려보고 선언하듯 말했다.

"그럼 총명하고 용감한 에가미 선배님께 책임을 묻도록 하지요. 당신을 엄중히 격리해야겠습니다. 귀여운 후배에게는 친구들과 함께 근신을 명하겠어요."

마루오가 에가미 선배를 단단히 붙든 채 눈짓으로 내게 나오라고 명령했다. 암담한 기분으로 '성'으로 돌아왔다.

"엄중한 격리라. 그렇다면 국장님의 권한으로 서쪽 탑에 가둬주시겠습니까? 거기 틀어박혀 있는 분과 룸메이트가 되고 싶군요."

후부키는 콧잔등을 찌푸리더니 분노와 비애가 뒤섞인 표정으로 내뱉었다.

"그 입 다물어요. 가요!"

에가미 선배는 질질 끌려가다시피 방에서 쫓겨났다.

독자에 대한 도전

이 이야기가 전부 현실에서 일어난 일이라면 견고한 논리와 확고한 증거로 진범을 지적하기란 불가능할 것이다. 경찰의 과학적 감정 없이 독자적인 신앙을 가진 사람들(게다가 명백히 뭔가 감추고 있다)의 사고를 헤아릴 재간은 없으니 제9장에서 마리아가 한탄한 것처럼 '토대 없이 집을 짓는 꼴'이다.

하지만 그렇더라도 사건을 되짚어보고 도이 겐사쿠, 히로오카 시게야, 시모자와 다카히토를 살해한 범인이 누군지 추리해주길 바란다.

상당히 패기 없는 도전장이라고 쓴웃음을 흘릴지도 모르지만 본격 미스터리란 '최선을 다한 탐정'의 기록이다. 에가미 지로의 추리야말로 이 이야기를 완결시킬 유일한 해답이다.

여러분이 안심하도록 호기롭게 다시 말하련다.

논리의 실마리는 독자 여러분의 눈앞에 있다. 그것을 더 듬어간 자리에 범인이 홀로 서 있다. 작가가 요구하는 해답은 그 이름과 추리의 과정이다.

제18장
질서(COSMOS)

1

마리아가 VIP룸에 들어오자 우리는 건투를 칭송하며 박수로 맞이했다. 그녀를 데려온 이나코시는 못마땅한 표정이었다. 지긋지긋한 녀석들이다 싶어 어이가 없는 거겠지. C동에서 나가지 못하도록 감시하고 있다는 사실을 알려주고는 그는 냉큼 떠났다.

우리의 잔 다르크는 웃는 얼굴로 박수에 응했지만, 바로 진지한 얼굴로 에가미 선배가 없는 이유를 물었다. 사실 그대로 말하기가 괴로웠다.

"그래서 어디로 끌려간 거야?"

부장이 요구한 서쪽 탑으로 데려갔을 리는 없다. '성안' 어딘가라고 대답했지만, 정확하게 말한다면 그렇다는 보장조차 없다. 사정을 눈치챈 마리아가 동요했다.

"나한테 박수나 치면서 장난칠 때가 아니잖아. 에가미 선배한테 해코지라도 하면 어떻게 해요?"

모치즈키가 진정하라고 다독였다.

"일단 거기 앉아봐, 마리아. 지금 얘기만 들으면 걱정되겠지만 협회도 험하게 굴지는 않겠다고 약속했어."

"누가 약속했어요? 후부키 국장이? 그 사람, 무서운 사람이잖아요. 새침한 얼굴로 냉혹하게 '처리해' 이럴 것 같다고요."

"처리하라니 뭘? 설마 팔다리를 부러뜨리진 않겠지. 저녁밥은 없을 줄 알아요, 그러지도 않을 거야. 성스러운 동굴에 들어가는 만행을 저질렀으니 후배들을 선동하지 못하도록 떼어놓은 것뿐이야. 어떻게 아느냐고? 그러니까 후부키 국장이……."

"그 사람이 살인범일지도 모른다고요. 무슨 말을 해도 못 믿겠어요."

"후부키 국장이 범인이라고 생각해?"

"아니, 그건 아니지만…… 가능성은 있는 거고……." 그러더니 나를 쳐다보았다. "아리스, 누가 범인인지 에가미 선배가 귀띔 안 해줬어?"

"전혀, 조금도."

다만 그 사고 과정을 추적할 단서가 없는 것은 아니다. 부장은 성스러운 동굴 출구에서 입구까지 걸리는 소요 시간을 계속 확인했고, 그것이 약 15분이라는 걸 알고 범인의 꼬리를 붙잡은 듯했다. 그 말을 들은 모치즈키가 수첩을 펼쳤다.

"음, 지즈루가 물참나무 밑동에 있는 구멍으로 동굴에 숨어

든 게 4시 58분쯤이란 말이지? 그리고 회중전등을 한 손에 들고 어둠 속을 15분 남짓 걸었으니 대기실에 나온 게 5시 13분. 그때 도이는 살해당해 보초대 안쪽에 쓰러져 있었으니까 범행 시각은 그가 보초대에 선 5시에서 5시 13분 사이라는 뜻이 돼. 그 시간대의 알리바이가 불확실한 인물은…… 일단 우스이 이사오, 후부키 나오, 유라 히로코, 그리고 마루오 겐, 이나코시 소스케, 아오타 요시유키도, 혼조 가야도, 패트릭 하가도, 사사키 마사하루도……. 아니, 용의자가 한 명도 줄어들지 않아. 의미가 없잖아!"

"미안하지만 거기에 쓰바키 씨하고 아라키 씨도 넣어."

오다가 말하자 모치즈키가 짜증을 냈다.

"그만 좀 늘려. 그 두 사람한테는 동기가 없잖아."

"쓰바키 씨는 흉기인 S&W이 얽혀 있는 11년 전 사건을 뒤쫓고 있었어. 이번 사건과 관계가 있을 것 같아. 아라키 씨는 고향에 돌아온 도이와 후쿠오카에서 접촉했다가 그와 시모자와 패거리가 UFO 여왕 노사카 기미코를 배신하려 한다는 걸 알았을지도 모르지."

파트너가 한숨을 쉬었다.

"에가미 선배는 뭘 알아낸 거지? 알리바이로는 범인을 찾아낼 수가 없겠는데. 영문을 모르겠네." 투덜거리다가 말을 바꾸었다. "그보다 고생했어."

마리아가 깜짝 놀라 가슴에 손을 얹었다.

"저 말이에요? 혼자 불안하기는 했지만 잘 피해 다녔어요. 에가미 선배하고 아리스를 만나다니 운이 좋았죠. 에가미 선배가 돌아오라고 말해주지 않았다면 밤이슬에 젖어 노숙하고 있었을 거예요. 올빼미하고 나란히 나뭇가지에 앉아 있었을지도."

무슨 소린가 했더니 설마 진짜로 나뭇가지에 앉아 있었을 줄이야. 마리아가 이 서클에 들어온 지 1년도 더 됐는데 나무 타는 특기가 있는 줄은 몰랐다. 숨어 있는 그녀 바로 밑에서 추적자 둘이 걸음을 멈추고 잡담을 나누기 시작했을 때가 최고로 아슬아슬했다고 한다.

"정말 닌자가 된 기분이었어. '영감님' 얘기를 하던데, 혹시 우스이 국장 얘기였을까?"

'영감님도 걱정이네.'

'그 양반은 무슨 낯짝으로 거길 갔을까.'

'너무 그러지 마.'

그것만으로는 너무 단편적이라 무슨 소리인지 모르겠다.

'이 부근이 대표님 산책길이잖아.'

'딱 여기쯤⋯⋯.'

그 직전에는 그런 대화가 오갔다는데.

"우스이 국장을 '영감님'이라고 부르는 사람은 못 봤는데." 오다가 말했다. "'무슨 낯짝으로 거길 갔을까'라고 했으니 뭔가 실수를 저지른 거겠지?"

"선글라스 국장은 차를 타고 나갔어요. 뭔가 실수를 저질러 어디로 간 걸지도 몰라요."

"우스이 씨가 차를 타고 나갔다……. 아아, 마을에서 나가는 차를 봤어." 그 정경을 떠올린 마리아의 눈빛이 잠깐 아득해졌다. "그게 살인사건하고 관계가 있을까?"

물음표의 숲에서 헤매고 있는 남자에게 묻지 마. 대답할 길이 없으니까. 그보다 마리아에게 설명해야 할 문제가 있다. 내가 말하려는데 모치즈키가 헛기침을 했다.

"서로 구멍 난 정보를 채워보자."

"그러네요. 전 뭘 알아야 하나요?"

"마리아치고는 둔하네. 아까 내가 용의자 이름을 쭉 불렀을 때 눈치 못 챘어?"

"어, 뭐지? 빠진 이름은 없었던 것 같은데." 바로 깨달은 모양이다. "혹시, 동쪽 탑의……."

"그래. 시모자와 씨가 살해당했어. 어젯밤 머리에 권총을 맞고."

모치즈키보다 범행 현장을 직접 본 내가 설명하는 게 낫다. 귀찮기만 하고 유쾌하지는 않은 역할을 넘겨받기로 했다.

시모자와의 사망 상황. 그의 프로필. 어젯밤 관계자들의 행동. 그걸로 끝나지 않았다. '여왕'을 동경한 나머지 가네이시 지즈루가 성스러운 동굴을 지나 '성'에 침입해 창고에서 하룻밤을 난 일이나, 지즈루가 증언한 내용은 물론이고 자살로 보였던 히로오카 시게야의 죽음이 사실은 사후경직을 이용한 트릭으로 인한 타살이었다는 점에 대해서도 에가미 선배의 추리를 짚어가며 설명해야 했다. 그 밖에도 '성안'을 꼼꼼히 수색했지만 두 번째 권총은 나오지 않았다는 점, 성스러운 동굴에서도 수상한 물건은 찾지 못했다는 점 등등. 산더미 같은 정보에 압도당했는지 마리아는 중간에 거의 질문을 하지 않았다.

다 듣고 나서 한 마디. "그게 다야?"

"이 정도면 충분하잖아. 난 말을 너무 많이 해서 녹초가 됐는데, 아직도 부족해?"

"그게 아니라 나중에 추가되는 게 싫어서 그래. ……이제 없는 거지?"

"없어. 없고, 이제 곧 다 끝날 거야. 에가미 선배가 이 혼돈에 질서를 찾아주고 결판을 내줄 거야."

"하지만 정작 에가미 선배가 어디로 끌려갔는지 모르잖아. 역시 내가 '성' 밖에서 도움을 청했어야 했던 것 아닐까? 전화를 빌려줄 사람이 있었을지도 몰라. ……이런 말 해봤자 이미 늦었지만."

시무룩해지려던 마리아가 갑자기 고개를 쳐들었다.

"혼돈에 질서를 찾아준다니 명탐정의 천지창조 같네. 하지만 어떻게? 아리스 이야기를 들으니 혼돈이 더 깊어지기만 하는데."

"그래도 에가미 선배한테는 진상이 보인 거야. 부장이 우리한테 허세를 부릴 이유가 없잖아. 어떤 추리인지는 듣지 못했어. 음모가 이러쿵저러쿵하는 얘기만 했지, 추리에 대해서는 한마디도 안 했어."

"음모?"

성스러운 동굴에서 들은 이야기를 최대한 정확하게 재현했지만 그게 사건과 무슨 상관이 있는지는 설명할 수 없었다. "선문답이네." 마리아가 탄식했다.

그때 노크 소리가 나서 일제히 문 쪽을 돌아보았다. 에가미 선배의 귀환이었다면 좋았을 텐데, 안으로 들어온 사람은 아오타와 혼조였다. 저녁 식사를 왜건에 싣고 가져온 것이다. 시간이 흐르는 줄도 몰랐는데 벌써 7시였다.

"에가미 선배는⋯⋯."

마리아의 말을 끝까지 듣지도 않고 아오타가 미리 준비해놓은 듯한 대답을 했다.

"여러분 선배는 A동 응접실에서 후부키 국장님을 비롯한 다른 분들과 함께 드실 겁니다. 밧줄에 묶여 있지는 않으니 부디 안심하시길. 쾌적한 환경 속에 계십니다."

"그런 만행을 저질렀는데도요?"

마리아가 빈정거리자 아오타는 진지하게 대꾸했다.

"'궁조입회(窮鳥入懷)'라고, 다급하면 적의 품에도 의지한다지 않습니까?" 미묘하게 어긋난 대답이다. "에가미 씨가 저희에게 뭔가 하고 싶은 말이 있는 것 같아 무슨 얘기인지 들어보려는 겁니다. 대단히 심각한 이야기 같더군요."

"혹시 연쇄살인의 범인을 알아낸 것 아니에요?" 그렇게 물어보았다.

"자세한 말씀은 못 들었지만 사건과 관계된 이야기인 것 같습니다. 우스이 국장님이 돌아오면 다 함께 에가미 씨의 이야기를 들을 예정입니다."

"다 함께?"

"범인일 가능성이 있는 사람들 전원입니다. 물론 여러분도 포함됩니다."

우스이 국장은 언제 돌아오는지 묻자 우물쭈물하는 아오타를 대신해 혼조가 짧게 대답했다.

"곧."

답답하지만 지금은 참아야 할 때다. 일단 배를 채우고 기다리는 수밖에 없다. 페리파리의 재림을 기다리는 시간에 비하면 아무것도 아니다.

"알겠습니다. 때가 되면 알려주세요." 나는 지극히 자연스럽게 덧붙였다. "'영감님'이 빨리 돌아오면 좋겠네요."

"'영감님'이라니…… 우스이 국장님을 말하는 건가요? 친한 척하는군요."

혼조가 불쾌하다는 표정으로 말했다.

"여러분은 그렇게 부르지 않나요?"

"그렇게 무례한 직원은 없습니다." 따끔한 소리를 들었다. 아오타가 다시 오겠다고 하며 파트너의 등을 떠밀었다.

저녁을 먹기로 했지만 대화는 영 활기가 없었다. 젓가락과 그릇이 달그락거리는 소리가 실내에 쓸쓸하게 울렸다. 유리창에 비친 모습이 마치 연극 속 식사 장면 같았다.

그런 우리 모습 위로 별이 빛나고 있었다. 오늘 밤은 하늘이 무척 맑아 안개가 낄 기미는 없었다. 오늘 밤이야말로 UFO를 목격하기에 안성맞춤 아닌가?

2

바깥이 소란스럽다. 사람들이 모여 있는 것 같았다. 무슨 일인가 갸웃거리는데 누가 문을 두드렸다.

9시 37분. 우리를 부르러 온 사람은 유라 히로코였다. 방에 들어오자마자 시선이 딱 부딪쳤다. 상대가 미소를 지으니 서로 비위를 맞출 때도 아닌데 그만 덩달아 웃고 말았다.

약 4시간 전, '성'의 굳게 닫힌 셔터를 두드린 나를 맞이해준 게 그녀였다. 유라는 내가 일부러 새장으로 돌아왔다는 사실에 놀랐다. "어째서?"라고 묻기에 오기가 일어 "싸우려고"라고 대답했다. 달아날 곳이 없어 눈물을 머금고 돌아온 게 아니라고 주장하고 싶었던 것이다. 유라는 한숨 돌리고 친구들 곁으로 돌아가라고 식당에서 차가운 음료를 내주었다. 친절한 척하기는. 반발심에 어디 숨어 있었느냐는 질문을 무시했더니 고개를 설레설레 저으며 쓴웃음을 지었다. 지금 생각하니 조금 부끄럽다.

"라운지로 오세요. 지금부터 여러분 선배님의 이야기를 들을 겁니다."

뜬금없는 소집이다. 남자들이 "오오" 하고 굵은 소리로 외쳤다. 나는 방에서 뛰쳐나가고 싶은 마음을 억누르고 조용히 물었다.

"우스이 국장님이 돌아오셨나 보군요. 에가미 선배가 무슨 얘기를 한다는 거죠?"

"마리아, 안 물어봐도 뻔하잖아." 모치즈키가 말했다. "얼른 라운지로 가자. 다 모아놓고 한마디 하겠다니 범인을 알아냈다는 뜻이겠지. 그렇죠, 유라 씨?"

"그런 것 같아요. 꼭 모든 관계자 앞에서 말하고 싶다고 해서 후부키 국장님이 마지못해 승낙했어요. 저희에게만 털어놓으면 진실을 은폐할까봐 걱정되는 모양이에요. 간곡히 희망하기에 연설 무대를 마련해드렸어요. 생색처럼 들렸다면 죄송합니다."

요란한 연출을 좋아하는 사람이 아니다. 유라의 말대로 진상 은폐를 우려했거나, 아니면 뭔가 다른 뜻이 있을 것이다.

"그나저나 가네이시 씨와 지즈루는 어쩌고 있습니까?"

오다가 물을 때까지 나는 할아버지와 소녀의 존재를 깜빡 잊고 있었다. 우리 일로 머릿속이 꽉 차 있었던 것이다.

"따님께 게로에 하루 더 머문다는 연락을 받았습니다. 그래서 그 두 분도 오늘 밤은 여기서 모시기로 했습니다. 지즈루는 건강을 회복해 조금 전에는 담화실 텔레비전으로 《사자에 씨》*를 보고 있었어요. 가급적 편히 지내실 수 있도록 노력하고 있습니다. 그럼 갈까요?"

한 단 낮은 전망 라운지에 가보니 6인석 소파가 두 줄로 놓여 있고 협회 직원들도 이미 모여 있었다. 에가미 선배가 한 몸에 주목을 받으며 그 앞에 서 있었다. 와락 매달리고 싶은 심정이었는데 부장이 "미안"이라고 해서 대체 무슨 일인가 싶었다.

"쓰바키 씨하고 아라키 씨가 오면 모두 열여섯 명이야. 다 앉을 자리가 없으니 우리 멤버들은 서서 들어줘."

그건 바라는 바다. 에가미 선배 옆에 있으면 관계자들의 표정을 모두 살펴볼 수 있으니 오히려 잘됐다.

"어젯밤하고 정반대군요. 그때는 국장님과 마루오 씨가 앞에 서 있었고 저희는 앉아서 들었지요."

부장이 말을 건 상대는 맥없는 목소리로 "그랬지"라고 대답했다. 우스이 이사오다. 앞줄 가운데 깊숙이 앉은 그는 보는 우리가 당황스러울 정도로 초췌한 몰골이었다. 어디서 뭘 하다 온 걸까? 병원에서 탈출한 환자 같은 꼴이었다. 링거라도 놔줘야 하는 것 아니냐고 사사키에게 말해주고 싶었다.

"상황을 설명하는 우스이 국장님 옆에서 마루오 씨가 눈을 빛내고 있었지요. 실험용 꽃불 '스타십'이 느닷없이 터졌을 때

---

*평범한 주부 사자에와 그 가족들의 이야기를 그린 애니메이션으로 1969년부터 지금까지 이어지고 있다.

도 뒤조차 돌아보지 않았습니다. 그때 저희 반응을 관찰했던 거지요?"

"뭐, 관찰이라고 할 수도 있겠죠."

마루오는 어깨를 씩씩거리며 팔짱을 긴 채로 마지못해 시인했다.

"평소와 다른 시간에 꽃불이 터지면 놀라야 마땅합니다. 당신은 우리의 태도에 부자연스러운 점이 없는지, 꽃불이 터지는 걸 사전에 알고 있었던 사람은 없는지, 그걸 조사했던 거지요?"

"예?" 마루오가 입술을 비죽거렸다. "무슨 소리를 하는 겁니까? 그런 걸 왜 조사합니까? 신제품 꽃불 실험을 외부인이 알 리도 없는데."

"알고 있을지도 모른다고 의심해 관찰하신 게 아닌지?"

"시비를 걸고 싶은가보군요."

"어디까지나 부정하시는군요."

아직 핵심은 언급도 하지 않았는데 벌써부터 파란이 일기 시작했다. 그때 유라를 따라 쓰바키와 아라키가 다가와 비어 있던 앞줄 왼쪽 끄트머리에 앉았다. 전직 경찰은 이미 이야기가 시작된 것이 불쾌한 듯했다.

"아니, 벌써 시작했습니까? 부르자마자 달려왔는데."

"아닙니다, 안심하세요. 개막 신호는 지금 막 울렸으니까요." 후부키 나오가 말했다. "이로써 모두 모였습니다. 자, 시작하실까요, 에가미 씨?"

후부키는 그렇게 말하고 왼쪽 옆에 있는 우스이의 어깨를 가볍게 두드렸다. 정신 바짝 차리라는 뜻일까? 재무국장이 작게 끄덕거렸다.

"그럼." 에가미 선배가 입을 열자 다들 바짝 긴장하는 게 피부에 느껴졌다.

앞줄에 앉은 후부키나 그 오른쪽 옆에 앉은 유라, 마루오는 에가미 선배를 똑바로 바라보고 있었다. 뒷줄에 앉은 패트릭과 사사키는 눈을 어디에 둬야 할지 모르겠는지 주위를 두리번거렸고, 아오타와 혼조는 짐짓 고개를 숙이고 이야기가 시작되기를 기다리고 있었다. 이나코시는 눈을 감고 있었고, 쓰바키와 아라키는 작은 목소리로 귓속말을 나누고 있다. 우스이만 눈을 감고 있는지 에가미 선배를 노려보고 있는지 알 수가 없었다. 선글라스는 비겁하다. 어쩌면 우리를 머리끝부터 발끝까지 훑어보며 관찰하고 있을지도 모른다.

모치즈키와 오다는 에가미 선배 왼쪽에서 허리춤에 손을 얹고 서 있었다. 명콤비라 콧등을 긁적이는 것도 호흡이 척척 맞는다. 시선은 청중과 에가미 선배 사이를 오가고 있다. 아리스는 내 바로 옆에서 고개를 숙이고 있었다. 엄숙한 의식의 개막을 기다리는 것 같았다. 의식이라기보다 콘서트일까. 당당히 선 에가미 선배는 오케스트라를 앞에 둔 지휘자처럼 보였다.

바야흐로 그 지휘봉이 허공을 가르려는 순간, 유라가 한 손을 들었다. "잠깐만." 도저히 용서할 수 없을 정도로 눈치 없는 타이밍이다.

"얘기가 길어질 것 같은데, 중간에 일이 생기면 자리를 떠야 하니 미리 양해를 구하겠습니다."

이런 시간에 무슨 급한 용무가 생긴다고.

"예, 그건 상관없습니다. 진범 규명보다 더 중요한 용무가 있다면야. 제 이야기가 지독히 지루할지도 모르니 알아서 판단하십시오. 보초 업무로 도중에 나가셔야 하는 분은 안 계십니까?"

마루오와 이나코시가 고개를 저었고, 패트릭이 뒤에서 유라를 타일렀다.

"명탐정이 수수께끼를 풀려는 순간에 '잠깐만'이라니 매너가 없군요, 주사. 그러면 못써요."

"앞으로는 실수하지 않도록 조심하겠습니다. 다음에 또 이런 기회가 있다면요. 실례했습니다. 시작하시죠, 에가미 씨."

부장은 매끄럽게 시작했다.

"후부키 국장님께 무리한 부탁을 드려 여러분을 한 자리에 모셨습니다. 도이 겐사쿠 씨, 시모자와 다카히토 씨, 히로오카 시게야 씨를 살해한 범인이 누군지, 지금부터 설명드리겠습니다. 굳이 말씀드릴 필요도 없겠지만 그 범인은 지금 이 자리에 있습니다."

우스이의 상체가 휘청 흔들렸다.

"자극적인 선언이군. 그러니까 용의자 일동은 나란히 앉아 당신의 추리를 듣고 의견을 말하라는 건가?"

"아니요." 부장은 딱 잘라 말했다.

"의견보다는 제가 범인을 지목하는 현장을 지켜봐주십사 여러분을 모신 겁니다. 범인 때문에 자리에 모인 모든 분이 용의자라는 불쾌한 입장에 몰리셨으니 그 가면이 벗겨지는 순간을 목격할 자격이 있습니다."

"대단한 자신감이군. 어지간히 확실한 증거를 쥔 모양이야. 언제, 어떻게, 어째서 당신 혼자만 그걸 찾을 수 있었는지, 그게 더 수수께끼군."

"과도한 기대는 감당하기 벅차니 미리 말씀드리겠습니다. 이런 일이 벌어질 줄은 몰랐으므로 저는 이곳에 지문 채취나 DNA 감정 도구를 가져오지는 않았습니다. 사실 그런 도구를 실제로 본 적도 없습니다만. 따라서 공판을 유지할 수 있는 물적증거는 없습니다. 이미 밝혀진 몇 가지 사실에 주목하고 그것이 갖는 의미를 헤아려 어떤 결론에 이르렀을 뿐입니다. 법정에서 필요한 증거는 언젠가 경찰이 과학수사로 찾아낼 거라 예상합니다. 그렇다면 경찰이 올 때까지 입을 다물어도 될 텐데, 그럴 수가 없습니다. 인류협회가 비밀리에 범인을 알아내기 전에는 경찰에 신고하지 않겠다는 방침을 세웠기 때문입니다. 그렇다면 논리의 실마리를 더듬어 범인을 끌어내는 수밖에 없습니다."

"어쩔 수 없는 사정으로 인해 부득이하게 이러는 거라고 말하고 싶은가보군." 우스이가 눈썹을 찌푸렸다. "정말 괜찮은 건가? 증거도 없이 범인을 지목해봤자 아니라고 잡아떼면 그만 이잖아. 상대에게 경계심만 주는 꼴 아닌가? 자칫하면 증거를 은멸하려 들지도 몰라."

울컥한 나보다 오다가 한발 먼저 날카롭게 항의했다.

"범인을 알아내기 전에는 신고하지 않겠다면서, 경찰이 오기 전에 범인을 지목하면 상대가 경계하니 안 된다고요? 그렇게 생각한다면 냉큼 경찰에 신고하면 될 것 아닙니까? 앞뒤가 안 맞는 말씀을 하시네요. 지금까지 일본어로 대화한 줄 알았는데, 외계어로 말씀하셨습니까?"

에가미 선배가 오른팔을 곧게 뻗어 오다를 제지했다. 화가 풀리지 않은 오다는 괜히 이마의 반창고를 거칠게 뜯어냈다. 부장이 천천히 팔을 내리고 말했다.

"여러분이 제 추리를 받아들인다면 증거를 확보하기 위해 범인의 행동을 구속할 수도 있겠지요."

"창고에 감금하거나?"

"예. 하지만 그렇게 되지는 않을 겁니다. 논리로 몰아세우면 범인은 깔끔하게 죄를 인정하겠지요. 제 추리가 적중한다면 아마도 범인은 그렇게 행동할 겁니다. 아니, 스스로 범행의 전모를 고백하려 들지도 모릅니다."

"설마. 그런 짓을 하면 파멸이야. 사형을 당할지도 모르는데."

그 점은 나도 우스이와 동감이다. 그렇게 쉽게 자백할 범인이라면 교활한 위장 공작도 하지 않고 벌써 정체를 밝혔을 것이다.

"범인의 마음속까지 읽을 재간은 없으니 어쩌면 결정적인 증거를 들이댈 때까지 철저하게 저항할지도 모릅니다. 하지만 연쇄살인에 이른 동기가 제가 짐작한 바로 그 이유라면, 범인은 진상이 백일하에 드러남으로써 목적을 달성할 수 있을 것입니다. 이건 그런 범죄입니다."

라운지가 고요해졌다. 소원을 세 번 빌 수 있을 만큼의 침묵. 이윽고 후부키가 정적을 깼다.

"누가 범인이죠?"

"아직 말씀드릴 수 없습니다. 범인이 스스로 나서주길 바라기 때문입니다. 설명이 끝나기 전에 '제가 그랬습니다' 하고 손을 들어주기를 바라고 있습니다."

이윽고 추리의 실마리를 더듬어간다. 긴장 때문인지 아리스는 쉴 새 없이 머리카락을 만지작거리고 있었다. 깨닫고 보니 나도 똑같이 행동하고 있었다.

3

손을 어디에다 둬야 할지 모르겠다. 마리아도 그런지 아까부터 앞머리를 쓸어 올리거나 귓가의 머리카락을 잡아당기고 있었다. 청중 가운데 누군가는 반드시 나를 보고 있을 것만 같아 긴장은 점점 더 고조되었다. 에가미 선배의 이야기에 집중하자.

"어제저녁부터 오늘 아침까지, 이 본부 부지 안에서 세 분이 목숨을 잃었습니다. 표면적으로는 도이 겐사쿠 씨와 시모자와 다카히토 씨는 타살, 히로오카 시게야 씨는 자살로 보이지만 실제로는 모두 타살입니다. 범인은 도이 씨와 시모자와 씨를 살해한 다음 히로오카 씨에게 죄를 뒤집어씌우려 했습니다. 히로오카 씨의 죽음이 타살이라고 생각한 근거를 설명하겠습니다."

히로오카 타살설은 유라에게 상세히 설명했으니 협회 간부들은 들었겠지만 쓰바키나 아라키, 다른 사람들은 모른다. 화분으로 사용한 위스키 통에 총알이 박혀 있었다는 사실에서 출발하는 추리를 에가미 선배는 신중하게 설명했다. 이야기가 진행될수록 점점 몸을 앞으로 내밀던 쓰바키가 급기야 참다못해 끼어들었다.

"그렇다면 권총은 세 번 발포된 거군요. 한 발은 시모자와 씨 이마에. 한 발은 히로오카 씨 관자놀이에. 그리고 또 한 발은 위스키 통에. 하지만 시체의 손에 권총을 쥐여줘서 사후경직으로 방아쇠를 당기게 하다니. 전대미문입니다."

이제 시작인데 아라키도 벌써 흥분했다.

"그래도 이제야 알겠군요. 시체가 인공연못에 잠겨 있었던 것도, 뒤뜰로 통하는 문이 콘크리트 블록으로 막혀 있었던 것도 범인이 펼친 위장 공작의 일환이라면 이해가 가네요. 총성을 듣고 바로 달려갔는데 시체가 굳어 있었던 이유도."

"상황증거잖아요."

패트릭이 냉담하게 말하는데 그 오른쪽에 앉아 있던 이나코시가 손을 들었다.

"제가 범인이라고 고백하려고 손을 든 건 아닙니다. 질문이 있습니다. 에가미 씨는 범인이 도이 씨와 시모자와 씨를 살해한 뒤 히로오카 씨까지 살해하고 그에게 누명을 씌우려 했다고 생각하시는 거죠? 그런 계획을 세웠을 수도 있겠지만, 아까 범인이 스스로 죄를 고백하기를 원할지도 모른다고 한 당신의 말과 모순되는 것 아닙니까?"

"옳은 지적입니다." 에가미 선배는 일단 시인했다. "범인의 마음속까지 읽을 재간은 없다'고 말씀드린 건 범인의 행동에 일관성이 없기 때문입니다. 그것은 범인이 혼란스러웠거나 주저했기 때문일지도 모르고, 어떤 이유나 필연성이 있었던 걸지도 모릅니다. 그에 대해서는 나중에 말씀드리겠습니다."

"그럼 한 가지 더 묻겠습니다. 범인은 히로오카 씨를 살해하고 자살로 위장했다고 했는데, 너무 손이 많이 가는 것 아닙니까? 도이 씨나 시모자와 씨를 살해한 죄책감 때문에 자살한 것처럼 꾸미고 싶다면 히로오카 씨의 오른손에 권총을 쥐여주기만 해도 됐을 텐데, 굳이 사후경직을 이용해 정말 총을 쏘도록 조작할 필요가 있을까요?"

"그건……."

아오타가 끼어들려다가 입을 다물었다. 이나코시가 허리를 숙여 떨어져 앉은 아오타에게 물었다.

"뭐야, 아오타? 눈치 보지 말고 말해봐."

"예. 그건 그러니까, 소위 말하는 알리바이 공작을 노린 게 아닐까요? 죄송합니다, 괜히 끼어들어서."

"저도 알리바이 공작을 겸한 줄 알았습니다." 에가미 선배가 두 사람을 번갈아 보며 말했다. "히로오카 씨에게 누명을 씌워 사건의 막을 내리고, 자기 알리바이도 지어낼 수 있다면 일거양득입니다. 귀찮아도 해볼 가치는 있겠지요. 하지만 가짜 알리바이를 준비하는 데는 문제점이 있습니다. 사후경직의 진행 속도는 경우에 따라 오차가 커서 전문가도 예측하기 어렵습니다. **범인이 알리바이를 조작하려 했다면 상당히 긴 시간 동안 자신의 소재를 드러냈어야 했는데, 거기에 해당되는 인물은 없었습니다.**"

"그렇다면." 이나코시가 신중하게 말을 골랐다. "범인의 주목적은 자살로 위장하는 것이었지만 잘만 하면 알리바이도 생길 거라고 기대했다는 말씀입니까?"

"아마 그럴 겁니다."

에가미 선배가 뭔가 말하려다가 그만두었다. 조금 마음에 걸렸지만 이나코시는 "알겠습니다"라고 대답하고 공손히 목례를 했다.

"계속하겠습니다. 세 번째 총알을 찾아낸 덕분에 사건의 개요가 보다 선명하게 드러났습니다. 범인의 행동을 따라가볼까요? 어제 오후 5시 이후, 보초 업무를 수행하던 도이 씨를 뒤에서 덮쳐 교살하고 현장에서 비디오테이프를 빼내 동쪽 탑 명상실에 숨겼습니다. 숨기기 전에 미리 준비한 자석으로 녹화기록을 지웠습니다. 치명적으로 불리한 증거가 찍혀 있었겠지요. 왜 그러십니까, 쓰바키 씨?"

에가미 선배는 눈썰미 좋게 질문하고 싶은 사람을 찾아내 발언을 촉구했다.

"명상실에서 비디오테이프를 찾았다는 말은 들었습니다. 그건 역시 범인이 숨겨놓았던 거군요. 하지만 그 방에는 시모자와 씨가 머물고 있었으니 그런 짓을 하면 의심을 살 텐데요. 시모자와 씨도 한패였던 겁니까?"

"아닙니다. 시모자와 씨가 협력자였다면 테이프를 선반에 그냥 올려놓지는 않았을 테지요. 실수로라도 사람들 눈에 띄지 않도록 조금 더 은밀한 곳에 숨겼을 겁니다."

"협력자는 아니다……. 그렇다면 범인이 밋대로 창문으로 넣은 겁니까?"

"예." 그 대답은 쓰바키에게 의외였던 모양이다. 귀 옆에 오른손을 대고 되묻는 시늉을 했다.

"범인은 시모자와 씨가 안에 있든 말든 테이프를 선반에 얹어놓을 수 있었습니다. 누가 제 방에 그런 걸 넣는다면 그 자리에서 '이게 뭡니까?' 하고 따지겠지만 수행 중인 시모자와 씨는 말을 할 수 없었습니다. 미심쩍게 여겨도 그냥 두고 볼 수밖에 없었을 테고, 범인이 적당히 구실을 대고 두고 갔을 수도 있습니다. 아니, 그게 아니라 범인이 방 안에 테이프를 집어넣었다는 사실을 아예 몰랐을 가능성도 있습니다. 혼조 씨에 따르면 끼니때도 잊고 명상에 몰두해, 아침 식사를 가져가면 전날 저녁 식사가 그대로 남아 있곤 했다니까요."

"범인은 거기까지 예상했던 겁니까. 교활한 놈이로군."

쓰바키는 신음했지만 마루오는 영 마뜩잖은 기색이었다.

"죽은 자는 말을 못 하니 확증은 없네요."

뒷줄에 앉은 사사키도 뭔가 말하고 싶은 눈치였다. 에가미 선배가 손짓으로 발언을 허락했다.

"아, 실례. 범인은 테이프를 가져가고 싶었던 거죠? 그걸 손에 들고 본부 안을 어슬렁거릴 수는 없으니 일단 사람이 있어도 없는 거나 마찬가지인 명상실에 숨겼다 이건데, 결국 자석으로 내용물을 삭제했잖아요? 그럼 아무 데나 버리면 그만 아닌가?"

당연한 의문이다.

"투기 장소와 타이밍으로 누구 소행인지 들통날까봐 우려했던 건지도 모릅니다. 명상실이라면 그럴 걱정이 없죠. 테이프를 넣는 모습을 시모자와 씨가 목격했더라도 어차피 나중에 살해할 계획이었다면 아무 문제도 없습니다. 잔혹한 표현을 써서 죄송합니다. 그리고…… 이건 근거가 빈약한 상상이지만 도이 씨 살인죄를 시모자와 씨에게 뒤집어씌울 요행을 바랐던 게 아닐까 싶습니다."

이나코시가 재빨리 손을 들어 유능한 검사처럼 이의를 제기했다.

"방금 전에는 '히로오카 씨에게 죄를 뒤집어씌우려 했다'고 하시고 이번에는 '시모자와 씨에게 누명을 씌울 요행을 바랐다'고 하는군요. 이해하기 힘든 이야기인데, 범인이 양다리를 걸쳤던 겁니까?"

"모두들 미묘한 부분을 정확하게 찌르시는군요. 상상을 펼쳐보면 범인은 우선 시모자와 씨에게 누명을 씌우려 했을 겁니다. 하지만 심경에 변화가 있었거나 예기치 못한 일이 벌어져 희생양을 히로오카 씨로 바꾼 것 같습니다. 그래서 비디오테이프가 허공에 떠버린 거지요."

작은 나리는 석연치 않았는지 이번에는 "알겠습니다"라는 대답도, 목례도 없었다.

"이윽고 도이 씨의 시신이 빌견되있습니다. 5시 반에는 견학 손님이 올 예정이었고, 그게 아니더라도 교대 시간이 오면 시체는 확실하게 발견됩니다. 보통은 당장 경찰에 연락하겠지만 우스이 국장님과 후부키 국장님은 범인을 알아낸 다음에 신고하기를 원했고, 본부를 완전히 봉쇄했습니다. 고육지책이었겠지만 비상식적인 조치라고 말할 수밖에 없습니다. 조만간 이 사실이 외부에 드러나면 협회는 비난을 받겠지요. 하지만 지금 그런 건 아무래도 상관없습니다. 문제는……." 에가미 선배는 우리를 포함한 모두의 얼굴을 훑어보았다. "도이 씨를 살해한 범인이 그 비상식적인 조치를 예상했다는 점입니다. 기묘하게도 **범인은 살인사건이 발생하면 이 '성'의 문이 닫힌다는 것을 사전에 알고 있었던 것 같습니다.**"

"그……래?"

마리아가 중얼거렸다. 글쎄, 나는 고개를 갸웃거렸다.

"아마도 알고 있었을 거야." 부장은 우리를 바라보았다. "범인은 어젯밤에 권총으로 시모자와 씨를 살해할 계획을 세웠어. 그런데 경찰이 몰려오면 마음대로 건물 안을 돌아다닐 수 없으니 살인은 꿈도 꿀 수 없지. 하지만 **경찰은 오지 않는다고 확신할 수 있었기 때문에 두 번째 범행을 감행한 거야.**"

청중의 반응은 떨떠름했다. 패트릭이 기탄없이 감상을 토로했다.

"에가미 씨. 날카로운 추리를 들을 수 있나 했더니 '근거가 빈약한 상상' 뿐이잖아요? 이런 식으로 정말 범인을 알 수 있으려나. 적당히 떠들다 보면 짜증 난 범인이 '아니야. 그게 아니야!' 하고 벌떡 일어설 거라고 생각하는 건 아닐 테지요?"

"조금만 더 인내심을 갖고 들어주십시오. 이제 곧 범인의 이마에 식은땀이 맺힐 테니까요."

슬그머니 "믿어도 되나?" 하고 중얼거린 사람은 마루오였다.

유라는 정면에서 반론했다.

"저는 범인이 총본부가 봉쇄될 것을 알고 있었다고 생각하지 않아요. 오히려 우연히 본부가 봉쇄된 틈을 타서 이때다 하고 밤에 살인을 감행한 것 아닐까요? 그렇게 생각하는 게 자연스럽잖아요?"

"아니요, 부자연스럽습니다."

"어째서죠?"

"나중에 말씀드릴 어떤 이유로 인해 **범인은 밤이 아니면 범행을 저지를 수 없었습니다.** 때문에 경찰 출동을 반드시 막아야 했습니다. 유라 씨는 '우연히 본부가 봉쇄된 틈을 타서 이때다 하고 밤에 살인을 감행했다'고 생각하는 모양이지만 '우연히' 찾아온 호기에 편승한 게 아닙니다. **범인은 도이 씨를 살해해도 경찰이 출동하지 않는 상황을 자력으로 만들 수 있었으니까요.**"

"……무슨 말씀이죠?"

"살인사건이 발생했다는 사실을 들키지 않으면 되는 문제였습니다. 그 정도 상황은 간단히 만들 수 있었어요. 도이 씨의 시신을 숨겨버리면 '어라, 보초 임무를 내팽개치고 어디로 간 거지?' 하고 찾아다니기는 하겠지만 당장 경찰을 부르지는 않겠지요."

"시신을 숨기는 게 그리 간단한 일인가요? 도이 겐사쿠는 남자치고는 마른 편이지만 둘러메고 어디론가 운반하기는……."

"예, 중노동이고 사람들이나 카메라의 눈을 피하기도 어렵습니다. 하지만 **범행 현장 바로 근처에 최고의 은닉처가 있지** 않습니까? 블랙홀처럼 뭐든지 집어삼켜주는 구멍. **성스러운 동굴 말입니다.** 아까 저와 아리스가와가 부득이하게 결례를 범했는데, 그 동굴은 물리적으로는 누구나 들어갈 수 있습니다. 시체를 둘러메기는 힘들어도 끌기는 쉽습니다. 10여 미터쯤 옮겨서 동굴 안에 뉘어 놓으면 한동안 들킬 염려는 없습니다. 깊숙이 옮겨놓으면 시체가 부패해 냄새가 나도 알아차리지 못하고 넘어갔겠지요. 그런데, 그런데도 범인은 그러지 않았습니다. 시체를 숨길 필요가 없다고 생각했기 때문입니다."

유라가 풍성한 머리카락을 마구 헝클어뜨렸다. 짜증이 나는지 에가미 선배를 향한 말투도 변했다.

"그래. 그럴 수 있어. 성스러운 동굴에 마음대로 들어갈 야만스러운 인간이 당신들 말고 또 있을 것 같지는 않지만 그 말도 틀린 건 아니지. 그럼 어떻게 되지? 범인은 살인사건이 나도 우리가 경찰에 신고하지 않을 거라고 예측할 수 있었단 말이지. 그럼 본부를 봉쇄하자고 결정한 사람이 수상한 거야?"

"우스이 국장님이나 유라 주사의 의견도 들었지만 최종적으로 결정을 내린 건 접니다." 후부키가 말했다. "그럼 제가 범인이란 말인가요?"

에가미 선배의 대답은 "아닙니다"였다.

"천만에요. 그 정도 근거로 범인을 맞힐 수는 없습니다. 다만 범인은 그 결정을 예측할 수 있었다고 말하는 겁니다."

"하지만 그걸 '기묘하게도'라고 말씀하셨잖아요. 비상시 어떻게 대처할지 결정하는 건 수행 중인 노사카 대표님의 대리, 바로 접니다. 제가 가장 수상한 인물이란 소리 아닌가요?"

"후부키 국장님, 더 들어보지요."

사사키의 중재로 에가미 선배는 다시 설명을 이어나갔다.

"범인을 겁주기 전에 몇몇 분들을 안심하게 해드리겠습니다. 세 번째 총알의 발견으로 이 자리에 계신 분들 중 몇 할은 혐의를 벗을 수 있습니다. 아아, 의심하시는군요. 하지만 굳이 '날카로운 추리'를 구사할 것도 없이 자명한 사실입니다. 먼저 과반수의 분들에게서 용의자의 이름표를 떼어낼까요."

"두근거리는군. 드럼롤 연주가 들어가야 할 장면이야."

패트릭은 드럼을 치는 시늉을 하려다가 경박하다고 생각했는지 바로 두 손을 무릎에 내려놓았다.

"저는 방금 '범인은 어젯밤에 권총으로 시모자와 씨를 살해할 계획'을 세웠다고 말했습니다. '밤이 아니면 범행을 저지를 수 없었다'는 말도요. 그게 무엇을 뜻하는지 아시겠습니까? **흉기의 특성**을 생각해보면 짐작하실 수 있을 텐데요."

팔짱을 낀 마루오가 수그리고 있던 고개를 들었다.

"**총성인가?**"

"예, 그렇습니다. 권총은 사람을 살상하기에 아주 좋은 도구지만 발포할 때 특징적인 소음을 냅니다. 힘이 없는 사람도 쉽게 다룰 수 있는 반면 몰래 쓰기에는 적합하지 않은 흉기지요. 이런 산속에서 조용한 밤에 사용하면 바로 지금 권총을 썼다고 떠벌리는 꼴이나 마찬가지입니다. 그런데 저희는 오늘 아침이 되도록 두 명이나 총에 맞아 죽었다는 사실을 몰랐습니다. 그 이유는? 답은 명명백백합니다. **범인은 꽃불을 쏘아 올리는 순간에 맞춰서 총을 쏜 겁니다.**"

"아, 그런가."

마리아가 내 귀에만 들릴 만한 목소리로 말했다. 유라는 오른뺨을 문질렀다. 따귀라도 얻어맞은 것처럼.

"그 정도는 알아요. 총성을 꽃불 소리에 맞춘 거죠. 하지만 **어제는 꽃불이 두 번 터졌어요.** 10시와 11시 17분. 범인은 어느 쪽 꽃불을 이용한 거죠? 사사키 선생님이 말할 수 있는 시모자와 씨의 사망 추정시각은 '한나절 안팎'이 최선이었어요. 그래요, 당신이 직접 명상실에서 아리스가와 씨에게 말했잖아요? 꽃불이 두 번 터졌으니 범행시간이 언제인지 알 수 없다고."

"그때는 아직 세 번째 총알을 찾지 못했으니까요. 세 번째 총알의 발견으로 상황은 급변했습니다. 결론부터 말하면 이렇습니다. **첫 번째 총알은 어젯밤 10시에 발사되어, 시모자와 씨의 목숨을 앗아갔다. 두 번째 총알은 11시 17분에 발사되어, 히로오카 씨를 죽음에 이르게 했다. 그리고 세 번째 총알은 오늘 오전 6시 반에 발사되어 위스키 통에 박혔다.** 이건 틀림없는 사실입니다. 그 이외의 시간에 총성은 울리지 않았고, 총성을 감출 만한 소리도 나지 않았으니까요. 왜 그러시죠, 사사키 선생님?"

"아, 또 실례. 첫 번째와 두 번째 총알의 희생자가 반대일 가능성은?"

"없습니다. 어젯밤 11시 10분에 살아 있는 히로오카 씨를 목격한 사람이 있기 때문입니다. 혼조 씨와 제 후배 오다입니다. 그 직전에 유라 씨도 출입구 부근에서 히로오카 씨를 보았습니다. 그렇게 증언하셨지요?"

"……예, 확실히." 유라는 입술을 깨물었다. "그래요, 히로오카는 11시 이후까지 살아 있었으니 10시의 꽃불 소리를 이용한 총에 맞은 건 시모자와 씨가 되겠군요."

에가미 선배는 세 번째 총알을 찾아내고 바로 시모자와가 살해된 시각을 알아냈을 것이다. 그런데 우리에게 말하지 않은 것은 혼자서 차분히 추리를 짚어보고 싶었기 때문이리라. 딱 한 번 운을 떼려고는 했다. 담화실에서 유라에게 위스키 통에서 탄환을 찾았다고 말하고 사후경직을 이용한 트릭을 설명했을 때였다. 부장은 알리바이 공작도 하나의 목적이었을 거라고 말하며 수첩을 뒤적이는 유라에게 이렇게 말했다.

'알리바이보다 훨씬 중요한 문제가 있습니다. 그걸 검토할 뜻은 없는 겁니까?'

그 말은 권총이 성스러운 동굴을 통해 반입되었다는 사실은 물론이고, 시모자와와 히로오카가 살해된 시각이 몇 시 몇 분인지 밝혀졌다는 사실도 시사하고 있었던 것이다.

"이해하신 것 같군요. 10시의 꽃불이 터지는 순간에 맞춰 시모자와 씨를 살해했다면 범인의 조건을 두 가지 알 수 있습니다. **첫 번째, 범인은 어젯밤 10시에 '스타십'의 시험 발사를 사전에 알고 있었던 인물이다. 두 번째, 범인은 10시 시점의 알리바이가 없는 인물이다.** 아리스, 네가 옳았어."

순간 무슨 소린지 몰랐는데 퍼뜩 깨달았다. 오늘 아침, 탑 위에서 내가 신제품 꽃불 실험을 알고 있는 사람 가운데 누군가가 범인이라고 했을 때, 에가미 선배는 꽃불이 두 번 터졌기 때문에 그렇게 단정할 수는 없다고 제동을 걸었다. 그때는 아직세 번째 총알이 있는 줄 몰랐으니 부장의 발언은 이성적이었다. 하지만 결과적으로 나는 틀리지 않았던 것이다.

다소 맥이 빠진 유라가 황급히 주머니에서 수첩을 꺼냈다. 누가 해당되는지 찾으려는 것이다. 모치즈키도 경쟁하듯 수첩을 뒤적였지만 답은 이미 에가미 선배의 머릿속에 있었다.

"지금 뚜렷한 선을 그었습니다. 각각의 조건에 해당하지 않는 사람은 용의선상에서 벗어날 수 있습니다. 첫 번째 조건부터 검증해볼까요? 우스이 국장님께서 '스타십'이 10시에 터진다는 사실을 알고 있었던 건 총무국과 제사국 직원들이라고 했으니 다른 부서에 있는 분들은 10시의 범행을 계획할 수 없었다는 뜻이 됩니다."

우스이는 재무국 직원이지만 알고 있었다. 어젯밤 '스타십'이 터졌을 때, 본인이 직접 신제품 꽃불 실험이라고 설명해주었던 것이다.

"그렇다면." 후부키가 가슴 앞에 가만히 깍지를 꼈다. "손님 여러분은 몰랐습니다. 그리고 미국 지부에서 온 하가도 범인이 아니겠군요. 하가는 '스타십' 실험을 보고받지 못했으니까."

패트릭이 고개를 끄덕이고 바로 우스갯소리를 지껄였다.

"무죄 1호가 되는 건가요? 고맙군요. 예, 타지에서 온 저는 '스타십'이라는 꽃불의 정보를 받지 못했습니다. 우연히 어디선가 들었을 수도 있지만요."

에가미 선배가 서늘한 표정으로 말했다.

"그렇겠군요. 우연히 어디서 들었을 가능성을 배제할 수 없겠군요. 신제품 꽃불이 극비 프로젝트는 아니었을 테니. 죄송하지만 하가 씨는 남아주셔야겠습니다."

"Oh, 그럴 순 없어요, 잔인합니다! 제가 쓸데없는 소리를 했습니까? '스타십'은 정말 몰랐어요. 정말입니다."

서글픈 목소리로 애원했지만 그 호소는 통하지 않았다. 패트릭은 못 해먹겠다는 듯이 어깨를 움츠렸다.

"사람 마음을 가지고 놀지 마십시오. 우연히 들었을 가능성은 에가미 씨나 쓰바키 씨, 거기 손님들도 있는데. 하지만 됐어요. 제가 범인이 아니라는 건 다른 형태로 증명되겠지요. 연설을 계속하시지요. 저는 두 번째 조건에서 빠질……."

"10시 15분부터 11시 조금 전까지 담화실에서 사건에 관한 정보를 교환하고 있었다고 하셨습니다. 근소한 차이지만 10시 정각의 알리바이는 없는 것 같군요."

"탑 위에서 시모자와 씨를 총으로 쏘고 헐레벌떡 담화실로 돌아올 수 있었겠지요. Aha, 확실히 알리바이가 없네요. 불행하게도." 유감스러운 표정이다. "행운아는 누굽니까? 이 중 절반은 무죄를 거머쥐었다면서요?"

"대부분의 협회 직원들에게는 불행한 일이지만."

우스이의 말에 마루오가 못마땅한 투로 대답했다. "그러네요." 두 사람이 그런 태도를 보이는 데는 이유가 있었다.

"무슨 뜻이에요?"

유라가 묻자 선글라스 남자가 콧방귀를 뀌었다.

"10시에 소재가 확실한 건 아홉 명이야. 바로 나. 마루오. 그리고 내 이야기에 귀를 기울이고 있던 일곱 손님들. 이 전망 라운지에서 나란히 '스타십' 소리를 들었으니까. 뭔가 했더니, 에가미 씨는 본인과 친구들의 결백을 열심히 증명하려고 한 모양이군."

"필요한 과정입니다."

부장은 반박했지만 우스이는 불쾌한 기색을 감추지 않았다.

첫 번째 조건으로 우리 다섯 명과 쓰바키 준이치, 아라키 주지가 용의선상에서 벗어났고, 두 번째 조건으로 우스이 이사오와 마루오 겐의 혐의가 풀렸다.

4

조금은 가벼워졌지만 용의자들이 탄 배에는 아직 일곱 명이 남아 있다. 마지막 한 사람만 남을 때까지 앞으로 얼마나 많은 항구에 정박해야 할까?

"계속 들어봅시다." 후부키가 빈정거렸다. "세 번째, 네 번째 조건도 들어가며 범인을 더욱 좁혀나갈 거지요? 다음은 뭔가요? 범인은 여자, 왼손잡이, 오른발에 상처가 있다거나? 명탐정은 흔히 그런 식으로 범인을 몰아가잖아요. 참고로 저는 오른손잡이입니다. 당신 관찰력이라면 그런 건 이미 꿰뚫어봤겠지만."

에가미 선배는 흘러내리는 앞머리를 쓸어 넘겼다.

"길은 생각보다 짧습니다. 세 번째가 마지막 조건입니다. 굉장히 단조로운 여정이지요. 왜 그래, 마리아? 놀란 눈치인데."

갑작스러운 부름에 나는 "네"라고 대답했다.

"후부키 씨 말씀대로 몇 가지 조건이 더 있을 줄 알았어요. 마지막 하나는 뭐예요?"

"드럼롤을 연주할 가치도 없을 정도로 당연한 조건이야. **세 번째 조건. 범인은 흉기인 권총을 입수할 수 있었던 인물이다.**"

으음, 하고 누가 신음했다. 쓰바키였다.

"지당한 말이야. 지금까지 이야기를 끌어온 방식도 훌륭합니다. 하지만 11년 전에 홀연히 사라진 그 S&W을 누가 어떻게 손에 넣을 수 있었는지 저는 전혀 짐작도 안 가는데, 당신은 안다는 말입니까?"

"도전해보겠습니다. 잘만 하면 쓰바키 씨를 고민하게 했었던 11년 전 사건의 수수께끼도 풀릴지 모릅니다."

"자네, 정말인가? 내 인생 과제니 너무 경솔한 말은 삼가줬으면 좋겠는데."

전직 경찰이 처음으로 에가미 선배를 '자네'라고 불렀다.

"그렇기 때문에 더더욱 쓰바키 씨를 이 자리에 모시고 싶었습니다. 가장 먼저 들어주시길 바랐습니다."

"그런가." 쓰바키가 표정을 누그러뜨렸다. 자기를 향한 경의를 느끼고 기뻐하는 것 같기도 했다.

우스이가 주머니 속에서 호두를 굴리는 소리가 들렸다. 일찌감치 무죄를 인정받았는데 심기가 불편해 보인다. 외부에서 온 애송이가 이 자리를 지배하는 것 자체가 마음에 들지 않는지 퉁명스럽게 말했다.

"흉기를 입수할 수 있었던 사람이 범인이라는 건 초등학생도 다 알아. 하지만 용의자로 남아 있는 건 협회 사람들뿐이야. 당신이 우리 본부에 온 지 오늘로 엿새째요. 범인이 그 권총을 어디서 손에 넣었는지는 차치하고 관내로 반입하는 게 얼마나 어려운지, 아니, 아예 불가능하다는 걸 당신도 잘 알고 있을 거요. 인류의 미래를 두 어깨에 짊어진 우리는 어디까지나 주의 깊게 위험물이 부지 안에 들어오지 않도록 만전을 기하고 있어요. 경비는 늘 삼엄하고 감시용 비디오에 사각지대는 없어. 회원들이 1,500명 넘게 모일 때도 수상한 자가 몰래 들어오지 않도록 일일이 소지품을 검사할 정도요."

"예, 알고 있습니다."

"한 달 전, 여기에 폭탄을 설치했다는 전화를 받았다며 경찰이 수색하러 왔었지. 정말 구석구석 빠짐없이, 무례할 정도로 조사했어. 사실 그런 장난 전화는 허풍이고 인류협회의 실태를 조사할 목적으로 수색한 걸지도 모르지. 누가 권총을 숨겨두었다면 경찰이 절대 놓치지 않았을 거요."

"그러니까 그때는 아직 건물 안에 없었던 겁니다. **권총은 경찰 수색 이후에 반입되었습니다.**"

"어디로 어떻게? 그 후 경비는 더욱 삼엄해졌는데."

"역설처럼 들리겠지만 경비가 빈틈없이 완벽한 덕분에 답을 도출할 수 있었습니다. **성스러운 동굴을 통해 건물 안으로 들어온 겁니다.** 다른 답은 생각할 수 없습니다. 그 동굴은 신성한 금단의 영역이지만, 방금 전에도 말씀드렸다시피 물리적인 출입은 가능합니다."

"하지만……."

"아니, 불가능해요."

후부키가 채찍을 후려치듯 말했다. 우스이의 말을 자를 수 있는 사람은 그녀뿐이다.

"당신, 그 신성한 금단의 영역에 막무가내로 들어가 막다른 곳까지 보고 왔죠? 숲의 거목 밑동에 뚫린 구멍이 동굴의 끝이었다고 들었어요. 하지만 그 구멍도 기껏해야 초등학생이나 지나다닐 수 있는 크기 아닌가요?"

그렇다, 나는 도저히 통과할 수 없었다. 이 자리에 있는 사람들 가운데 가장 자그마하고 날씬한 혼조 가야라 해도 빠져나갈 수 없다.

"설마 당신은." 후부키가 눈을 가늘게 떴다. "초등학생이라면 지나갈 수 있다고 말하고 싶은 건가요? 실제로 관내에 숨어든 아이가 있으니까?"

쓰바키가 콜록거렸다.

"아니, 잠깐 기다려. 에가미 씨, 당신 설마 지즈루라면 권총을 가지고 들어올 수 있었다고 말하고 싶은 겁니까? 아무리 그래도 그건 말이 안 돼요. 어디서 어떻게 그걸 손에 넣을 수 있었단 말입니까?"

"숲에서 놀다가 주웠을지도."

패트릭이 진지한 얼굴로 말했다가 쓰바키의 눈총을 샀다.

"지즈루는 범인이 아닙니다." 에가미 선배는 전직 경찰의 우려를 덜어주었다. "지즈루는 보초대에 선 도이 씨를 뒤에서 덮칠 수도 없고, 명상실 창문으로 시모자와 씨를 쏘려고 해도 키가 닿지 않습니다. 처음부터 용의선상에 들어 있지 않았습니다."

"예, 저도 그 정도는 알아요." 후부키가 뻔뻔하게 말했다. "그 아이를 진심으로 의심할 리 있겠어요? 당신이 이상한 소리를 하니 한 소리 했을 뿐입니다. 아이만 지나다닐 수 있는 동굴인데 아무나 드나들 수 있었다니."

"하지만……."

아라키가 뭔가 말하려고 하자 에가미 선배가 깃털로 훑듯 온화하게 물었다.

"왜 그러십니까?"

"지즈루가 연쇄살인의 범인이라고 생각하는 건 말도 안 되지만, 결과적으로 범인을 도와줬을 수는 있지 않을까요? 누군가의 부탁으로 권총을 가지고 들어왔을 가능성은……."

"당신, 지즈루를 공범자로 모는 겁니까? 그 아이는 엉뚱한 구석은 있지만 영리하고 마음씨 고운 아이란 말입니다."

배신당한 기분인지 쓰바키가 처량한 눈으로 아라키를 쳐다보았다. 그 반응에 하카타 남아가 쩔쩔맸다.

"오해 마세요. 지즈루가 끔찍한 살인귀와 한패라고 생각하진 않습니다. 공범자라고는 해도 악의 없는, 이른바 순진무구한 공범자라는 말이죠."

모치즈키가 끼어들었다.

"아라키 씨는 간교한 범인이 지즈루를 조종했다는 거죠? 지즈루는 나쁜 범인에게 부탁을 받아 심부름을 했을 뿐, 뭔지도 모르고 권총이 든 상자 같은 걸 운반했을지도 모른다고 생각하시는 거죠?"

"바로 그거예요. 적당히 달콤한 말로 속였겠지요. 아무리 야무지다고 해도 아이니까 조금 설명이 이상해도 의심하지 않았을 겁니다. 어쩌면 범인은 전부터 지즈루의 신뢰를 얻어낸 인물일지도 몰라요. 아니, 분명 그럴 거예요."

아리스가 성급한 남자를 제지하더니 갑자기 열띠게 반박했다.

"지즈루가 악의 없이 흉기를 운반했을지도 모른다는 건 지나친 생각이에요. 그 아이는 순진무구한 공범자이기는커녕 어디까지나 결백해요."

"그러면 다행이지만. 저도 살인에 쓰인 권총을 천진한 아이가 운반했다고 생각하기는 싫습니다. 생각만 해도 속이 울렁거려요. 하지만 아무리 불쾌하고, 아무리 있을 수 없는 일이라도 범인이 권총을 건물 안으로 반입할 방법이 그것뿐이라면 그아이가 심부름을 한 게 아닐까 의심하는 게 당연하지 않습니까?"

"아니요. 지즈루가 권총을 운반했을 리 없습니다."

"어째서? 감정론은 배제하시죠."

모두가 두 사람의 응수에 귀를 기울였다. 아리스는 대답 대신 질문을 했다.

"그렇다면 권총을 언제 어디서 주고받았다고 생각하시죠?"

"장소야 물론 대기실이죠. 범인은 5시 이후 도이 씨를 죽이고 시체를 보초대인가 하는 카운터 안에 숨겼어요. 그리고 심부름을 부탁한 지즈루가 동굴에서 나오기를 기다려 권총을 받은 거죠. 그게 가장 안전하고 깔끔한 방법이니까. 미리 시간도 일러뒀겠죠. 그 수밖에 없어요."

"예. 하지만 그러면 말이 안 돼요. 만약 그런 식으로 권총을 주고받았다면 범인은 그 자리에서 바로 지즈루를 성스러운 동굴로 돌려보냈을 겁니다. 지즈루가 호기심을 발휘해 건물 안에 들어올 여지는 없어요."

오호라. 나는 납득했는데, 아라키는 달랐다.

"하지만 지즈루는 창고로 숨어들었죠. 그렇다면 그 아이는 범인이 대기실에서 떠난 뒤에 말을 듣지 않고 살금살금 기어 나온 겁니다. 동경하는 노사카 대표를 만나고 싶다는 일념으로. 평소에는 밖에서 바라보기만 하던 협회 총본부에 마침내 들어왔으니 얌전히 있을 수 없었겠지요. 그럴 작정으로 카메라를 준비했던 거라고요."

"범인이 그런 지즈루의 행동을 예측하지 못했다는 말씀인가요?"

"결과적으로는 그런 셈이죠. 아이들 행동은 예측하기 어려우니까."

"범인이 지즈루와 신뢰관계를 구축했다면 그 아이가 노사카 대표의 열혈 팬이라는 사실도 알고 있었을 거예요. 그렇다면 당연히 '여왕님'을 미끼로 이용하지 않았을까요? '심부름을 해주면 노사카 대표를 만나게 해주마.' 최고의 선물이잖아요? 저는 아까 후부키 국장님이 노사카 대표님이 수행을 마치면 만나게 해준다고 약속하자 지즈루가 대번에 눈을 초롱초롱 빛내는 걸 봤어요. 참 천진난만하죠. 목숨을 걸고 살인을 계획한 범인이었다면 그런 아이에게 '심부름을 마쳤으면 사람들 눈에 띄지 않게 바로 돌아가. 대표님은 내일 만나게 해줄게'라거나 '다음 주에 만나게 해줄게'라고 못을 박았을 거예요."

"이성적으로 생각해보면 그렇지만……."

아리스는 거듭 반박했다.

"아라키 씨와 저는 체험에 차이가 있어요. 저는 지즈루가 열에 시달리며 말하는 모습을 봤지만 아라키 씨는 보지 못했잖아요. 쇠약한 상태였지만 지즈루는 후부키 국장님의 질문에 성심껏 대답했어요. 태연히 거짓말을 했다고는 도저히 생각할 수 없어요."

"동감이에요." 후부키까지 가세하자 아라키는 차츰 얌전해졌다. 에가미 선배가 그만 됐다는 듯이 손짓으로 아리스를 막았다.

"지즈루가 거짓말을 하는 것처럼 보이지도 않았고, 아이를 끌어들이는 건 보기와는 달리 어려운 일입니다. 아무리 단단히 입을 막아도 언제 불쑥 진실을 털어놓을지 모르니까요. 무엇보다 범인이 심부름을 시킬 이유가 없습니다."

에가미 선배는 아리스와는 또 다른 관점에서 지즈루의 심부름설을 부정하려 했다.

"그럴까요? 흉기를 반입할 경로가 성스러운 동굴뿐이고, 거기로 지나다닐 수 있는 건 아이뿐이지 않습니까?"

"차분히 생각해보십시오. 범인은 **보초를 서고 있던 도이 씨를 교살했습니다. 그러니 공범을 쓰지 않아도 마음대로 성스러운 동굴에 들어갈 수 있었습니다.** 나무 밑동 구멍으로 미리 권총을 던져 넣고 직접 회수하면 됩니다. 그렇지요? 언제 입을 열지 모르는 아이의 도움을 빌렸을 리 없습니다."

UFO 마니아는 어깨를 늘어뜨리고 한숨을 쉬었다. 이번에야 말로 수긍한 것이다.

"그러네요. 맞는 말입니다."

나는 마음이 놓여 무심코 중얼거렸다.

"지즈루가 사건과 무관해서 다행이에요. 자기도 모르게 살인 흉기를 운반했다니, 먼 훗날에라도 알게 되면 충격을 받을 테니까."

그러자 에가미 선배가 이렇게 말했다. "지즈루는 살인에 관여하지는 않았지만, 그렇다고 우연히 우리 앞을 지나간 나비도 아니야. 사건 해결의 열쇠를 쥐고 등장했어."

"무슨 말이에요?"

의외의 대답에 놀랐지만 부장은 "조금 있으면 알게 돼"라고 얼버무렸다.

처음으로 아오타가 발언권을 요청했다.

"에가미 씨는 권총이 성스러운 동굴을 통해 반입되었다고 단정하셨는데, 정말 그럴까요? 저희가 모르는 방법이나 경로가 존재할지도 모릅니다. 알맞은 예가 떠오르지 않는데, 가령 원격 조종 모형 비행기에 붙여서 공중으로 반입했다고 생각해볼 수도 있잖아요. 꼬치꼬치 따져서 죄송합니다. 이 문제는 '돌다리는 꼼꼼히 두드리고 건너라'라는 교훈을 따라야 한다고 생각합니다."

외우려면 제대로 외워라.

"그렇다면 돌다리를 망치로 두드려볼까요? **성스러운 동굴을 통해 권총을 반입했다는 사실을 무엇보다 여실히 말해주는 근거는 대기실의 비디오테이프가 사라졌다는 점입니다.** 범인이 어째서 그런 짓을 했는지 굳이 설명할 필요도 없겠지요. 권총을 가지러 성스러운 동굴에 출입하는 모습이 기록되었기 때문입니다. 이 비디오테이프의 소실이야말로 범인이 성스러운 동굴에 출입한 증거라고 할 수 있습니다. 설마 수사를 교란시키려고 의미도 없이 부피가 제법 되는 테이프를 가져가지는 않았을 겁니다. 이점은 적고 위험은 너무 크니까."

반론의 여지가 없다. 아오타도 "그러네요"라고 대답하자 에가미 선배는 일동을 둘러보며 말했다.

"새삼스러운 감은 있지만 사건의 구조를 다시 확인해볼까요. 비디오테이프가 사라진 것은 범인이 성스러운 동굴에 들어가 권총을 꺼냈기 때문이고, 그 권총은 시모자와 씨와 히로오카 씨를 살해할 때 사용되었습니다. 즉 **세 번의 살인은 완벽**

하게 연결되어 있습니다. 별개의 사건이 두 번 세 번 잇따른 게 아닙니다."

"당연하죠. 살인범이 두 명 세 명이나 있을 것 같아요?"

화난 유라를 위해 다 필요한 과정이라고 다독여보았지만 곱게 받아들이지는 않았다.

"아아, 그런가." 이나코시는 감탄했다. "동일인물에 의한 연쇄살인일 거라고는 생각했지만 어째서 도이 씨만 교살이었는지 의아했어요. 지금 설명을 들으니 안개가 걷히네요. 도이 씨를 살해해야만 권총을 입수할 수 있었던 거군요."

"그렇습니다." 모치즈키가 대답을 가로챘다. 음, 봐줘야지.

후부키는 애가 타는 기색이었다.

"성스러운 동굴로 권총이 들어왔다는 건 인정하겠어요. 논리적인 추론입니다. 하지만 그게 범인을 찾는 데 도움이 되나요? 당신이 그랬죠, 범인은 나무 밑동의 구멍에 미리 권총을 던져 넣고 그걸 회수하려고 성스러운 동굴에 들어갔다고. 그런 짓은 여기 있는 사람이라면 누구나 가능했어요. 숲속에서 권총을 줍기만 했다면요. 비바람을 맞은 권총이 제대로 작동할 것 같지는 않지만……."

"최고의 질문입니다."

에가미 선배가 빙그레 웃자 당혹스러웠는지 후부키는 쉴 새 없이 눈을 깜빡거렸다. 왼손을 허리춤에 얹고 있는 에가미 선배는 무척 편안해 보였다.

"후부키 씨 말씀대로 흉기를 반입한 경로는 판명되었지만 그것만으로는 범인을 알아낼 수 없을 것처럼 보입니다. '여기 있는 사람이라면 누구나 가능했다.' 하지만 그렇지가 않습니다. **이 방법을 실제로 쓸 수 있었던 인물은 세 명뿐이고, 그중 한 명은 사망했습니다.** 살해당한 겁니다."

오다는 세 손가락을 세우고 뚫어져라 바라보았다. 손가락에 답이 적혀 있는 것도 아닌데.

5

긴장감을 견딜 수 없었는지 혼조가 성급하게 물었다.

"세 사람이라니 누구누구죠? 살해당했다는 사람은 도이 씨 말인가요, 시모자와 씨 말인가요, 히로오카 씨 말인가요? 그래서 결국 누가 범인이란 거예요?"

그러다 후부키가 헛기침을 하자 허둥지둥 손으로 입을 막았다. 총무국장이 단호하게 말했다.

"이름만 들어서는 의미가 없습니다. 차근차근 설명해주세요."

식은땀을 흘리는 사람이 없는지 살펴보았지만 눈에 띄지 않았다. 다만 모두 무서울 만큼 에가미 선배의 이야기에 집중하고 있었다. EMC 멤버들도 마찬가지로, 마리아는 기도하듯 두 손을 가슴에 얹고 있었다. 클라이맥스에 접어들었을 텐데 에가미 선배의 말투는 조금도 변함이 없다.

"임시로 숲속 나무 밑동의 구멍을 성스러운 동굴의 입구라고 부릅시다. 대기실에 뚫려 있는 구멍은 출구입니다. 범인은 입구에 권총을 던져 넣고 출구로 들어가 그 권총을 회수했습니다. 제가 그렇게 말하기는 했지만 사실 이건 정확하지 않은 표현입니다. 범인은 권총을 입구에 툭 던져 넣은 게 아닙니다. 그런 짓을 해도 권총을 회수할 수는 없었습니다."

"가능했잖아요? 거치적거리는 감시인 도이를 죽였으니까."

유라가 의아해하는 것도 당연했다. 나도 잘못 들은 줄 알았다.

"여기서 도이 씨의 사망 추정시각이 문제가 됩니다. 그는 5시에 마루오 씨와 교대해 보초를 섰고, 지즈루가 성스러운 동굴에서 나왔을 때는 이미 죽어 있었습니다. 지즈루는 언제 건물 안으로 들어왔는가? 저와 아리스가와가 몸소 조사한 결과, 동굴을 빠져나오는 데 필요한 시간은 약 15분이었습니다. 그리고 지즈루가 지하탐험을 시작한 시각이 4시 58분. 따라서 지즈루는 5시 13분경 성스러운 동굴에서 나왔을 것으로 보입니다. 물론 지즈루와 저희는 보폭이 다르니 걷는 속도도 똑같지는 않을 겁니다. 하지만 저희는 익숙하지 않은 초행길인 반면 지즈루에게는 손바닥 안의 놀이터였으니 모든 조건을 합하면 이 추측의 오차는 근소하다고 볼 수 있지 않을까요?"

"저희는 뭐라고 말할 수가 없군요. 에가미 씨가 조사 결과의 정확성을 과대평가하지 않는다면 다행이지만."

"오차 범위로 3분을 더해도 상관없습니다. 분모가 15니 3이
작은 숫자는 아니지요. 그러면 범행 시각은 일러야 5시 직후.
늦어도 5시 16분입니다. 이의 없으신지요?"

한 명도 빠짐없이 고개를 끄덕였다.

"그런데 범행에 걸린 시간은 어느 정도일까요? 끈으로 목을
졸라 살해했으니 사망 확인도 포함해 최소 2분은 필요하겠지
요. 시신을 보초대 카운터 안으로 끌고 가서 일지에 '페리하'라
는 의미심장한 메시지를 남기는 작업도 했으니 3분은 썼을 겁
니다. 참고로 '페리하'는 어디까지나 도이 씨가 페리파리의 재
림을 본 것처럼 꾸미기 위한 가짜 메시지입니다. 회원 여러분
께서 범인이 재림 기록을 노리고 비디오를 훔쳤다고 오해하기
를 바랐던 거겠지요. 다만 효과는 별로 없었습니다. 자, 범인은
그 후 성스러운 동굴로 들어간 셈인데, 동굴 안에서 권총을 찾
는 데 얼마나 걸렸는지는 나중에 고민하기로 합시다. 남은 작
업은 비디오테이프 삭제입니다. 기계에서 꺼낸 두 개의 테이
프를 웃옷에 감추든지 해서 대기실에서 나왔겠지요. 아무리
신속하게 처리해도 1분은 필요합니다. 빠듯하게 잡아도 살해
행위와 사후 처리에 4분은 걸렸을 겁니다."

반론은 없었다. 나는 어쩌면 교실에만 4분쯤 걸렸을지도 모
른다고 생각했다.

"5시부터 5시 16분까지, 16분 사이에 흉행을 저질렀으니 거

기서 4분을 뺍시다. 16분에서 4분을 빼면 12분. 이 뺄셈의 의미를 아시겠지요? 그렇습니다, 범인이 권총을 회수하는 데 쓸 수 있었던 시간입니다. 이번에는 그것을 반으로 나눠보십시오. **12분 나누기 2는 6분. 아리마 양, 이것은 무엇을 의미하나?**"

호명당한 마리아가 대답했다.

"예, **범인이 권총을 숨겨놓은 장소까지 가는 데 쓸 수 있었던 시간입니다**, 교수님."

"잘했어. 역시 우등생이군."

이것은 넉넉하게 어림잡은 여유 시간이다. 게다가 어둠 속에서 목표물을 찾아내는 시간까지는 고려하지 않았다. 권총을 회수하는 데 들일 수 있는 시간이 그것밖에 되지 않았다면 방금 전 에가미 선배가 말한 것처럼⋯⋯.

"범인은 입구에 권총을 던져 넣었던 게 아니야!" 오다가 외쳤다. "성스러운 동굴 출구에서 입구까지는 편도만 15분쯤 걸려요. 왕복하면 30분. 그런데 범인이 권총을 회수하는 데 쓸 수 있었던 시간은 12분밖에 없었어요. 동굴 중간까지도 못 가요."

"잘했어." 에가미 선배는 똑같은 말을 하고 고개를 끄덕였다.

"'우등생'은 없어요?" 오다가 서운해했다.

그때 패트릭이 두 손을 머리 위로 높이 올렸다.

"헬프! 낙제할 것 같으니 좀 도와주십시오. 당신들은 대체 뭘 증명한 겁니까? 그렇구나, 성스러운 동굴 입구에 권총을 던져 넣었구나, 그렇게 받아들였더니 바로 그랬을 리 없다니요?

제게는 모처럼 손에 넣은 항아리를 깨부순 것처럼 보이는군요."

모치즈키는 아무 대꾸도 못 했지만 에가미 선배는 태연했다.

"중요한 사실을 증명했습니다. 어려운 수식을 풀고 있는 것도 아닌데 낙제하시면 안 되지요. 제 후배가 지적한 것처럼 범인은 성스러운 동굴의 입구에 권총을 던져 넣지 않았습니다. 하지만 소중한 항아리는 멀쩡합니다. 결국 이런 뜻입니다. **권총은 성스러운 동굴 출구에서 12분 안에 다녀올 수 있는 장소에 숨겨져 있었던 겁니다.** 동굴 중간에서 출구 쪽으로 조금 치우친 곳이라는 뜻이지요."

"입구에서 던져도 거기까지는 닿지 않지요?"

"절대 닿지 않는다고 단언하겠습니다. 그 동굴은 좌우로 꺾인 곳이 몇 군데나 되고 높낮이도 있습니다. 범인은 권총을 동굴 입구에 던져 넣은 게 아니라 중간까지 가지고 들어갔던 겁니다. 동굴 벽에는 군데군데 복잡하게 생긴 요철이 있었으니 어디 홈에 숨겨놨던 게 분명합니다. 그래서 여러 번 지하탐험을 한 지즈루의 눈에도 띄지 않았던 겁니다."

"그래요, 이해가 되는군." 쓰바키의 얼굴에 잠깐 미소가 떠올랐다가 곧 심각하게 바뀌었다. "아니, 그러니까 그 결론이 이상하단 말입니다. 성스러운 동굴의 입구는 너무 좁아서 아무도 **통과할 수 없잖습니까? 그런데 범인이 입구를 통해 성스러운**

동굴 중간쯤 혹은 더 안쪽까지 들어왔을 거라니. 어느 쪽이 맞는 말입니까? 모순 아닙니까?"

"그런데 모순이 아닙니다."

에가미 선배가 무슨 말을 하려는 건지 나도 도통 모르겠다. 가만히 못 있겠다. 발을 동동 구르고 싶은 심정이었다.

"그래, 그러니까, 그런 거였구나."

모치즈키가 이마를 탁 쳤다. 결론을 파악했는지 흥분한 기색이다.

"불가능한 요소를 모두 없애고 나면 아무리 믿을 수 없는 것이 남는다고 해도 그것이 진실이다. 셜록 홈스의 가르침입니다. 그 교훈을 따른다면 답은 자연히 떠올라요. 범인은 출구를 통해 권총을 가지고 들어간 거죠?"

본인은 자신만만하게 대답했겠지만 아무리 봐도 숙고한 발언이 아니었다. 에가미 선배는 천장을 올려다보며 한숨을 쉬었다. 오다가 대신 잔소리하게 해달라는 듯이 자기를 가리켰다.

"왜 그렇게 돼?"

"어? 왜긴, 홈스의 가르침이 그렇잖아. 입구로 들어갈 수 없다면 출구로……."

"잘 생각해. 출구는 대기실 안에 있어."

"이 총본부가 세워지기 전에는 뻥 뚫려 있는 동굴이었잖아."

"성스러운 동굴은 천명개시회 때부터 연중무휴 24시간 체제로 감시하고 있었어."

"12년 전에 페리파리가 강림한 후부터 그런 거잖아. 그 전에…… 그럴 리는 없겠군. 다마즈카 마사미치가 그 권총을 마을에 가져온 게 11년 전이니까. 그렇다면 역시 '성'이 건축된 이후에 어떤 방법으로……."

"정신 차려. 대기실까지 가져온 물건을 왜 굳이 성스러운 동굴에 감췄겠어? 그런 짓을 하면 다시 빼낼 수가 없잖아."

"범인은 자기가 보초를 섰을 때 빼내려고 했던 게 아닐까? 아, 그러면 비디오에 찍히나. 어라?"

"이제 그만."

이렇게 긴박한 순간에 이 무슨 호쾌한 허탕이란 말인가. 나는 또 이 선배가 좋아졌다.

짤막한 막간 공연이 끝나자 후부키가 날카롭게 외쳤다.

"하가가 의아해할 만도 해요. 저도 당신이 무슨 말을 하는지 모르겠군요. 범인은 권총을 반입하고 싶었지만 입구가 좁아서 성스러운 동굴에 들어올 수 없었잖아요? **아이가 아니면 들어갈 수 없다**면서요?"

"예."

"**여기 있는 아이는 가네이시 지즈루라는 여자아이뿐**이에요. 그 아이는 권총은 운반할 수 있었어도 도이를 살해할 수는 없었어요. 시모자와도 쏠 수 없었고. 10시에 '스타십'이 터진다는 것도 몰랐어요. **다른 아이는 없어요.**"

"그런데, 있습니다."

등줄기가 오싹했다. 자시키와라시* 같은 정령이 '성' 안을 마음껏 돌아다니는 모습이 떠올랐다.

"없어요. 없다는 걸 저는 알고 있어요. 당신은 일련의 사건이 초등학생 회원의 소행이고, 그 불상사를 감추려고 저희가 서쪽 탑에 유폐했다는 망상이라도 하는 건가요? 애써 차근차근 추리를 펼쳐놓고 마지막 순간에 전부 허풍으로 만들지 마세요."

"너무 감칠나게 말씀드린 것 같군요. 죄송합니다. 하지만 범인은 진의를 알아차렸을 겁니다. 아직 앞으로 나올 생각은 없는 듯합니다만."

"애새끼 따위는 없어!" 우스이가 버럭 고함을 질렀다. "가네이시 영감님 손녀딸 말고 여기에 애새끼는 없어. 후부키 국장이 몇 번이나 말했잖아. 작작 좀 해!"

에가미 선배는 그 기세에 눌리지 않고 상대에게는 얄미울 정도로 조용히 말했다.

"애새끼라니, 품위 없는 표현을 쓰시는군요. 우스이 씨도 예전에는 아이였지 않습니까?"

혼조가 세 손가락을 세워 우리 쪽으로 내밀고 잠꼬대처럼 웅얼거렸다.

---

*어린아이의 모습을 한 일본의 요괴로 한집에 붙어살며 짓궂은 장난도 치지만 그 집에 번영을 가져다주기도 한다.

"저…… 에가미 씨는, 권총을 몰래 반입할 경로로 성스러운 동굴을 이용할 수 있었던 건 세 사람이라고…… 하셨죠? 그렇다면…… 이 본부에, 아이가…… 세 명이나 있단 말인가요?"

"설마." 마루오가 말했다.

"아니요, 있습니다. 그중 한 명은 바로 당신입니다."

"나?"

"……정신연령이?"

혼조가 무모하게도 진지한 얼굴로 묻는 바람에 에가미 선배가 "천만에요"라고 부정했다.

"모두가 아이였습니다. 혼조 씨도 마루오 씨도, 저도, 우스이 씨도, 후부키 씨도, 제 후배들도, 모두가. **이 자리에 모인 사람들은 모두 다 한때 아이였고, 과거에는 성스러운 동굴 입구를 지나 지하를 탐험할 수 있었습니다.**"

그건 그렇다. 하지만 그런 건 권총을 반입한 사람의 정체와는 상관이 없다. ……아니.

상관이 없기는커녕, 정답을 도출하기 위한 재료가 전부 갖추어지지 않았나? 나는 아직 사건의 전모를 파악하지 못했지만.

마리아를 보니 입을 살짝 벌린 채로 우뚝 서 있었다. 마법으로 얼어붙은 것처럼.

시선을 느끼고 청중 속에 있는 한 얼굴에 주목했다. 당사자역시 사태를 파악했는지 소스라치게 놀란 눈치였다. 식은땀을 흘릴 겨를은 없었던 것이다.

⑥

암산은 서툴다. 귀로만 들으면 126 빼기 49만 되어도 벌써 괴롭다. 짜증이 나서 확 내팽개친다. 지금이 딱 그런 기분이었다. 노력하면 정답에 다다를 것 같은데 한 걸음 앞에서 머리가 헛돈다.

아아, 그러니까, 이렇게, 저렇게 해서, 그러니까…….

"에가미 씨."

쓰바키가 부장을 부르며 천천히 일어섰다.

"범행에 사용된 건 11년 전 행방불명되었던 권총입니다. 다마즈카 마사미치가 소지했던 흔하지 않은 S&W. 경찰이 눈에 핏발을 세우고 찾았지만 끝내 찾지 못했어요. 혹시 지난 11년 동안 쭉 동굴 안에 있었던 겁니까?"

"예." 부장은 바로 대답했다.

"지즈루는 돌을 치우고 싱스러운 농굴의 입구를 발견했습니다. 권총을 숨긴 인물이 돌로 구멍을 막아놓았던 겁니다."

"동굴에 방치해놨던 권총이 이제 와서 제대로 작동하겠습니까?"

"성스러운 동굴 내부는 의외로 건조했습니다. 천장에서 물방울이 떨어지거나, 젖은 바위에 발이 미끄러지는 곳도 없었습니다. 방수성 종이나 헝겊으로 싸놓으면 권총도 탄환도 양호한 상태로 보존할 수 있었을 거라 믿습니다."

전직 경찰이 목덜미를 긁적이며 신음했다.

"뭐, 그렇겠군요. 그러니 아무리 찾아도 없었군. 숲속에 있는 동굴 입구도 못 찾았고, 그걸 찾아냈어도 수사원들이 안쪽까지 조사했을 리는 없으니. 조사했어도 기껏해야 구멍 밑을 금속탐지기로 훑어보는 수준이었겠지요. 출구 쪽은 천명개시회가 감시하고 있었으니 고려도 하지 않았습니다. 그런가, 그게 어두운 동굴에서 11년이나……."

불을 뿜을 다음 기회를 기다리며 깊은 잠에 빠져 있었던 것이다. 시커먼 총신을 어둠 속에 묻고.

"그걸 동굴 안으로 가지고 들어간 사람이 아이라고 하셨죠?"

"11년 전 사건에서 아이가 중요한 역할을 했던 건 틀림없습니다. 그 흔적이 여기저기에 남아 있습니다. **쓰바키 씨가 오래도록 고민해왔던 밀실의 수수께끼도 아이의 소행입니다.**"

"아이의 흔적이라는 게 뭡니까? 뭘 말씀하시는 건지 모르겠습니다. 당신은 밀실의 수수께끼도 풀었단 말이오?"

"지즈루가 힌트를 주었습니다. 저희에게 그 아이는 타이밍의 신이었던 겁니다."

"혹시 그렇다면 상으로 장난감이라도 사줘야겠는데."

쓰바키가 지갑을 열도록 에가미 선배는 설명을 이어나갔다.

"밀실의 문을 열기 전에 11년 전 가미쿠라에서 무슨 일이 있었는지 정리해보지요. 다만 저는 그 현장을 직접 본 것도 아니고, 수사 자료도 보지 못했습니다. 쓰바키 씨의 이야기를 간접적으로 들었을 뿐이고, 갱지가 된 현장의 흔적을 본 게 전부입니다. 만나본 적도 없는 사람의 몽타주를 그리는 꼴이니 다분히 상상이 섞여 있다는 점은 양해해주시기 바랍니다. 있지도 않은 안경이나 수염을 자의로 덧붙이지는 않겠습니다."

고향으로 피신한 다마즈카 마사미치. 그를 뒤쫓아 온 자객 구도 에쓰시. 한 사람은 별채 안에서 머리에 총을 맞았고, 또 한 사람은 행방이 묘연하다. 두 사람 사이에 무슨 일이 있었던 걸까?

"구도 에쓰시는 너무나 완벽하게 모습을 감추었습니다. 마을 변두리에 있는 늪에 빠진 게 아닌가 하는 소문도 돌았다는데, 결국 소문일 뿐이었기 때문에 경찰도 늪을 조사하지는 않았습니다. 그렇지요? 제 생각에 구도 씨는 아마도 늪 바닥에 있을 겁니다. 다마즈카 씨가 총으로 쏜 거지요. 어떤 상황이었는지 알 도리는 없습니다. 역습을 당했는지도 모르고, 다마즈카 씨의 정당방어 혹은 과잉방어로 목숨을 잃었는지도 모릅니다."

쓰바키는 증거가 있냐고 묻지 않고 잠자코 서서 듣고 있었다.

"다마즈카 씨의 죽음을 추적을 피할 수 없어 자살한 것으로 생각하시는 것 같더군요. 어쩌면 사정이 조금 다르지 않을까

요? 구도 씨를 살해한 후회와 미래가 전혀 보이지 않는다는 절
망이 동기였던 건 아닐까요? 더는 못 살겠다, 여기까지다. 그
렇게 생각한 그는 어렸을 때 자주 드나들었던 아버지의 작업장
을 자살할 장소로 택했습니다. 주위에 사는 사람도 없으니 문
에 체인을 걸 필요는 없었지만 버릇이 나왔거나 그럴 수밖에
없는 심경이었겠지요. 담배를 한 대 피우고, 마지막에는 누구
의 방해도 받지 않고 홀로 조용히 추억의 품속에서 죽고 싶다.
예를 든다면 그런 심정이었을 겁니다. **자살이었다면 현장의
밀실 상태는 전혀 이상하지 않습니다.** 문제는 다마즈카 씨가
사용한 권총의 행방이었습니다."

"거기서 아이가 등장한다?"

"예. 지즈루만 한 몸집의 초등학생입니다. 어떤 이유로 현장
에 있었는지는 모르겠지만, 그 창고는 아이들이 종종 놀이터
로 삼았던 곳이라고 하니 멋대로 들어갔던 거겠지요. 숨바꼭
질을 하고 있었을지도 모르고, 아무도 오지 않는 방에서 혼자
라는 즐거움을 만끽하고 있었는지도 모릅니다. 그 아이는 너
무나 끔찍한 체험을 하게 됩니다. 당시의 충격을 앞으로도 결
코 잊지 못하겠지요. 바로 옆에서, 옛날부터 알고 지냈던 어른
이 권총으로 자살했으니."

쓰바키가 참지 못하고 끼어들었다.

"자, 잠깐만. 다마즈카는 그 아이하고 함께 있었던 겁니까?
아이가 보는 앞에서 자살을 하다니, 제정신으로 할 짓이 아니

잖아요? 아니지, 아까 '마지막은 누구의 방해도 받지 않고 홀로 조용히'라고 하지 않았습니까? 다마즈카는 혼자 있었을 텐데."

"그러니까 **아이가 먼저 실내에 있었던 겁니다.** 정신적으로 지친 탓도 있었는지, 다마즈카 씨는 그걸 모르고 체인을 걸었던 겁니다."

"억지스러운 추측이로군요. 현장에는 의자 하나 없어 텅 빈 상자나 마찬가지였습니다. 이 눈으로 직접 봤으니 단언할 수 있어요. 아이가 있었다면 아무리 경황이 없었어도 반드시 제 눈에 들어왔을 겁니다."

"아이는 다마즈카 씨가 들어오는 바람에 황급히 몸을 숨겼던 겁니다. **텅 빈 방이었지만 숨을 곳은 있었습니다.**"

"없다니까요. 없어요."

내 생각에도 없을 것 같다. 우리는 아마노가와 여관에서 쓰바키에게 들은 이야기를 그대로 에가미 선배에게 전했다. 부장만 특별한 정보를 쥐고 있을 리가 없다.

"문 옆에 **커다란 판자가 한 장** 깔려 있지 않았습니까?"

"예, 있었습니다. 장지문 정도 되는 큼직한 판자였지요. 목공소였던 시절의 잔재입니다. 그게 왜?"

"**판자는 원래 벽에 비스듬히 세워져 있었을 겁니다.** 아이는 반사적으로 그 뒤에 숨었습니다. 그러면 다마즈카 씨의 시야에서 사라집니다. 다마즈카 씨는 아이들에게 사랑을 받았다고 하니, 무서웠던 게 아니라 아저씨를 놀래줄 요량으로 장난삼아 숨었던 건지도 모릅니다. 하지만 아이가 웃으며 튀어나갈 겨를도 없이, 다마즈카 씨는 권총을 자기 관자놀이에 대고 방아쇠에 손가락을 걸어……."

상상 속에서 총성이 울려 퍼졌다. 남자는 쓰러지고, 휑뎅그렁한 방에 화약 연기가 피어오른다.

"어쩌면 판자 뒤에 있었으니 그 순간은 보지 못했을지도 모르지만, 믿을 수 없는 현장을 목격한 아이는 깜짝 놀랐을 겁니다. 판자를 밀어내자 아저씨가 머리에서 피를 흘리며 쓰러져 있고 바닥에는 권총이 굴러다니고 있었습니다. 바로 어른들에게 알리러 가야 했는데 그 아이는 몹쓸 행동을 했습니다. 원래 총기에 특별한 관심이 있었는지, 아니면 다른 사정이 있었는지, 이유는 모르겠지만 눈앞에 굴러다니는 진짜 권총을 차지하려 했던 겁니다."

쓰바키는 겨우 자리에 앉아 손수건으로 이마를 훔쳤다.

"말씀하십시오. 아직 설명이 안 되는 부분이 있습니다."

"의심스러우시겠지요. 쓰바키 씨가 창고 뒤로 돌아가 창문으로 실내를 들여다보았을 때, 판자는 바닥에 납작하게 깔려 있었습니다. 아이가 달아날 장소는 없었겠지요. 그렇지만 아이는 역시 그곳에 있었던 겁니다. **새로 생긴 사각지대에.** 바로 **시체 뒤**입니다. 다마즈카 씨를 직접 만나본 적은 없지만 어린 시절 노사카 기미코 씨가 '동화 속 곰돌이 같다'고 했을 만큼

덩치가 큰 남자였다지요. 어떻습니까, 창문을 바라보고 옆으로 쓰러져 있던 그 몸 뒤에 아이가 숨을 수 있는 가능성은?"

쓰바키의 손수건은 쉴 틈이 없었다.

"……가능했을 겁니다. 하지만 설마 그런 곳에 사람이 있을 줄은."

세세한 설명이 생각났다. 현장은 바닥이 기울어 있었는지 다마즈카의 피는 창문 쪽으로 뻗어 있었다. 등 뒤에 숨은 아이는 핏물에 몸을 적시지 않아도 되었던 것이다.

"모르는 게 당연합니다." 부장은 전직 경찰을 감쌌다. "쓰바키 씨는 체인이 걸린 방을 문틈으로 들여다보셨죠. 그때 쓰러져 있는 시체의 널찍한 등을 보았습니다. 그러니 창문으로 실내를 들여다보았을 때 설마 거기에 사람이 있다는 생각은 못 했던 겁니다."

에가미 선배는 거기서 후부키를 돌아보았다.

"저희는 지즈루를 발견한 직후, 창고에 어떻게 숨어 있었는지 의아하게 여겼습니다. 그 전날 밤 비디오테이프를 찾으러 창고에 들어갔을 때는 없었으니까요. 어쩌면 창고 안을 차례로 이동하며 용케 숨어 다녔을지도 모른다고 생각했습니다. 실제로는 아니었지만, 그 발상은 11년 전의 수수께끼를 푸는 데 유효했습니다."

"아무래도 그런 것 같군요." 후부키는 힘없이 말했다.

"여기까지 말씀드렸으니 나머지 설명은 사족이겠지요. 다시 창고 안으로 돌아간 쓰바키 씨가 문을 걸어차고 실내에 들어갔을 때, 아이는 어디에 숨어 있었을까? **문 뒤밖에 없습니다.** 지즈루와 똑같습니다. 진상이 너무 허무해서 쓰바키 씨는 전직 경찰로서 자아비판을 하고 싶을지도 모르지만 이 역시 그럴 만한 실수였습니다. 그렇지 않습니까? 방금 전에 창문으로 들여다본 현장에 아무도 없었는데, 문 뒤에 사람이 숨어 있다고 누가 생각하겠습니까. 하물며 숨어 있었던 사람이 아이였다면 기적도 어른과 달라 더더욱 알아차리기 힘들었을 겁니다."

아이가 숨을 곳을 두 번 옮겨 다녔기 때문에 쓰바키는 완전히 현혹당했던 것이다. 문틈으로 살펴보고 '시체 뒤에는 아무도 없다'고 생각했고, 창문으로 들여다보고 '문 뒤에는 아무도 없다'고 믿었다. 마술사는 교묘하게 트릭을 숨기고 모자와 상자 속을 보여주며 관객을 속인다. 의도하지는 않았겠지만 그 아이가 한 짓은 마술사의 트릭과 똑같았다.

"아마카와 아키히코 씨는 경찰에 신고하러 갔고, 쓰바키 씨는 현장 보존을 위해 그 자리에 머물렀습니다. 단, 창고 앞이었죠. 그사이 권총을 손에 넣은 아이는 뒷문으로 탈출할 수 있었던 겁니다. 쓰바키 씨의 자존심을 상하게 할 발언은 없었다고 생각합니다만, 불쾌하게 느끼셨다면 사과드리겠습니다."

"아니, 아닙니다. 천만에요. 기분이 상할 리 있겠습니까. 다만 저는…… 오랜 의문의 해답이 갑자기 뚝 떨어지는 바람에 선뜻 받아들이기 어렵군요. 당신은 11년 전 사건에 여기저기에 아이의 흔적이 남아 있다고 했지요. 그래요, 아이라면 숨바꼭질 흉내도 냈을 테고, 시체 뒤에 숨을 수도 있었을 겁니다. 권총을 집어간 것도 아이였기 때문에 그랬을지 모릅니다. 하지만 흔적이라는 게 그뿐입니까?"

"더 있습니다. 사건 당일 밤 현장 창고에 불이 났습니다. 그 것도 그 아이가 한 짓입니다. 이유는 확실치 않지만 나중에 지문을 남긴 게 걱정되었는지도 모릅니다. 전부터 현장에 출입했다면 신경 쓸 필요가 없겠지만, 아이였기 때문에 판단이 서지 않아 두려웠던 거겠지요."

"그 해석은 어색하군요. 평소 출입하지 않은 인물이었기 때문에 현장을 태우려 했던 게 아닐까요?"

쓰바키가 이번에는 거침없이 반론했지만 에가미 선배는 고개를 저었다.

"창고에 불을 지른 이유는 아무래도 상관없습니다. **문제는 불을 지른 방법입니다.**"

"불이 붙은 신문지를 뒷문으로 던져 넣었지요. 등유를 뿌린 것도 아니고, 어중간한 수법이 어린애 장난 같기는 합니다만."

"예, 어린애 장난 같지요. 하지만 그게 전부가 아닙니다. 이야기가 엉뚱하게 튀어 죄송합니다. 그날 밤, 아마카와 아키코 씨가 겪은 드라마를 잠시 떠올려보시겠습니까? 일생일대의 결심으로 사랑의 도피를 작정했는데 상대 남자와 연락이 닿지 않아 어긋나버린 일 말입니다."

쓰바키뿐만 아니라 모두가 어리둥절해했다. 그게 지금 이야기와 무슨 상관인지 모르겠다.

"그날은 천명개시회 교조 탄신제 밤이었습니다. 본부로 이어지는 길 가장자리에 불을 붙인 등롱을 쭉 장식했다지요. 아키코 씨의 연인은 북동쪽 외진 모퉁이에 있는 등롱 밑에 약속 시각과 장소를 적은 편지를 감춰두겠다고 했습니다. 보통 일도 아니고, 그 정도로 지정하면 못 찾을 리가 없다고 생각했겠지요. 하지만 11시가 지나 여관을 빠져나온 아키코 씨는 편지를 찾을 수 없었습니다. 연인이 장소를 잘못 알려준 게 아닐까 주위 등롱을 들춰봤지만 어디에도 없어 사랑의 도피는 실패했고, 비련으로 끝나고 말았습니다. 편지는 왜 사라졌을까?" 에가미 선배가 집게손가락을 세웠다. "또 한 가지. 그날 밤 현장 근처에서 도깨비불 같은 것을 본 사람이 있었다고 들었습니다. 대수롭지 않은 괴담이지만 등롱 철제 받침대 밑에 깔려 있었는데도 불구하고 사라진 편지의 수수께끼와 조합해보면 이야기가 태어납니다. **누군가가 등롱을 건드렸거나 움직인 겁니다.** 때문에 편지가 잔혹한 바람에 날려가버렸다고 생각해볼 수는 없을까요? 진상은 아무도 알 수 없지만, 그랬을지도 모릅니다. 그리고 등롱을 창고까지 가져간 사람이 있었다면, 그걸 본 사람은 도깨비불이 떠다닌다고 착각했을지도 모릅니다. **방화범은 등롱의 불을 불씨로 이용했던 겁니다.**"

에가미 선배가 한 차례 심호흡을 했다.

"조금만 더 들어주십시오. 이 상상이 맞는다면 또 다른 수수께끼가 생깁니다. 굳이 등롱을 불씨로 사용한 이유가 무엇일까? 귀찮기도 할뿐더러 들고 오거나 원래 장소에 돌려놓다가 누군가에게 들키면 큰일입니다. 그런 짓을 하지 않아도 불씨는 어디에나 있는데 말입니다. 현장 근처에도 있었습니다."

"잠깐. 그 불씨라는 건 창고에 들어가면 바로 보이는 방에 있던 종이성냥을 말하는 거겠죠? 그건 그날 밤에는 없었습니다. 재떨이와 꽁초와 함께 경찰이 영치…… 그러니까 수사를 위해 수거해갔으니까요."

"제가 말하는 건 본채에 있던 종이성냥입니다. 다마즈카 씨의 돌아가신 아버님이 수집한 물건 말입니다."

"아, 그건…… 잔뜩 남아 있었지."

쓰바키는 손수건을 고쳐 접어 다시 이마를 닦았다.

"종이성냥이 현장 바로 근처에 있었는데, 비탈길을 오르내려 등롱을 빌린 이유를 알 수가 없습니다. 그걸 이해하려면 아이가 등장하는 수밖에 없습니다. 그 아이는 몰래 집에서 빠져나와 등롱을 이용해 창고에 불을 질렀습니다. 다마즈카 씨 집에 놀러 갔을 때 본채에 잔뜩 쌓인 종이성냥을 본 적은 있었겠지요. 하지만 아쉽게도 그걸 쓸 수는 없었습니다. 아직 어려서, **무서워서 성냥을 그을 수 없었던** 겁니다. **종이성냥을 긋는 방법조차 몰랐을지도 모릅니다.**"

환영이 보였다. 두 손에 등롱을 들고 어두운 비탈길을 올라가는 작은 그림자. 그 얼굴을 불빛이 밑에서 어렴풋이 비춘다. 누군지 확인하고 싶지만 포기했다. 그런 짓을 하고 있다가는 에가미 선배의 이야기를 놓치고 만다.

"공상에 지나지 않는다고 생각하는 분은 이 이야기는 잊으셔도 무방합니다. 그래도 밀실에서 숨바꼭질을 하는 아이의 모습은 사라지지 않습니다. **아이만이 권총을 입수할 수 있었고, 아이만이 성스러운 동굴 깊숙이 그 권총을 가지고 들어갈 수 있었습니다.** 어제, 범인은 그 권총을 11년 만에 성스러운 동굴 밖으로 가지고 나와 연쇄살인에 사용했습니다. 범인은 숲속 나무 밑동으로는 동굴에 숨어들 수가 없어 보초대에 서 있던 도이 씨를 살해할 수밖에 없었습니다. 이제는 아이가 아니기 때문입니다. 저는 '흉기인 권총을 입수할 수 있었던 인물'을 범인의 세 번째 조건으로 들었습니다. 입수할 수 있었던 건 그것이 어디에 있는지 알고 있었기 때문입니다. 범인이 그토록 중대한 비밀을 타인에게 말했을 리 없습니다. 그걸 토대로 세 번째 조건을 다르게 표현해보겠습니다. **범인은 11년 전 가미쿠라에 있었던 아이로, 현재는 성인이 된 인물이다.** 해당자는 세 명입니다."

아무리 암산이 서툰 나도 이쯤 되면 고민할 여지가 없다. 그런가. 하지만, 그런가? 생각은 어지러이 얽혔고 밀려드는 피날레의 기운에 무릎이 부들부들 떨렸다.

에가미 선배는 왼손으로 머리카락을 쓸어 올리며 오른손을 뻗었다.

"한 사람은 당신."

마루오 겐이 눈을 부릅뜨고 몸을 젖혔다. 스물한 살인 그는 11년 전에는 초등학교 4학년. 조건에는 부합하지만 시모자와 다카히토가 살해당한 시각에 확실한 알리바이가 있다.

"또 한 사람."

똑바로 뻗은 손가락 끝에는 히로오카 시게야의 시신을 안치한 방이 있었다. 그는 어제, 스무 살로 인생을 마감했다.

"또 한 사람은, 당신."

모든 시선이 뒷줄 오른쪽 끝에 앉아 있는 인물에게 쏠렸다. 히로오카나 나, 아리스와 동갑내기 남자.

그가 해답이다.

7

범인으로 지목 받았는데도 그는 동요하는 기색조차 없이 남의 일처럼 태연했다. 시치미를 떼는 건가? 눈해서 사태를 파악하지 못한 걸까? 이마에는 땀 한 방울 없었다. 반응이 없는 게 오싹했다. 하지만 에가미 선배는 개의치 않는지, 그 목소리만이 다시 전망 라운지에 울렸다.

"당신이 권총을 손에 넣고, 어린 마음에 나쁜 짓인 줄 알면서도 숨겨온 이유를 저는 알 길이 없습니다. 어머니가 돌아가시고, 아버지의 고향인 기후로 이사를 갔으니 권총을 꺼낼 기회를 잃어버렸던 건지도 모릅니다. 철이 든 후에도 비밀을 간직해온 이유는 경찰에 고백할 용기가 없었기 때문입니까?"

대답은 없었다. 아오타 요시유키는 말없이 고개를 좌우로 갸웃거렸다. 수업이 지루해 어깨가 굳었다는 듯이. 전혀 당황하지 않는 그 모습이 놀라웠다.

"아니면 언젠가 쓰고 말겠다고 생각했던 겁니까? 여덟아홉 살짜리 아이가 그렇게까지 했다고 생각하고 싶지는 않습니다. 호기심이나 장난으로 훔쳐서 보물로 간직했을 거라 생각합니다. 어쨌거나 청년이 된 당신의 가슴속에는 살의가 싹텄고, 점점 자라서 제어할 수 없게 되었습니다. 그때 성스러운 동굴에 숨겨둔 권총이 머릿속에 떠오른 게 불행이었습니다. 그런 건 잊어버렸어야 했는데. 아무리 잊을 수 없는 일이라 해도."

불행이라는 표현을 쓴 것은 에가미 선배가 아오타에게 인정을 베푼 것이었다. 그런데도 당사자는 아무 반응도 보이지 않았다. 현실에서 도피하려고 마음을 어디 멀리 둔 걸까? 살인범이라는 말을 들었으니 부정하지 않으면 긍정으로 받아들이는 꼴이나 다름없다.

"당신이 그랬다는 걸 인정합니까?"

여전히 침묵하고 있다. 동갑이라는 이유만으로 아오타가 내 분신처럼 느껴지는 건 아니지만, 그가 범인이라는 걸 간단히 인정하고 싶지는 않았다.

"에가미 선배 추리는 잘 알겠는데요." 나는 조심스럽게 입을 열었다. "그건 시모자와 씨에게 살의를 품었다는 말씀이죠? 어째서 아오타 씨가 시모자와 씨를 죽이려고 했던 거예요? 이곳에서 본부 살림에 성실히 종사하는 아오타 씨와 미국 지부에서 온 시모자와 씨는 접점이 거의 없어요. 게다가 성스러운 동굴에 들어가는 데 방해가 된다는 이유로 도이 씨까지 죽였다는 말인가요? 소꿉친구인 히로오카 씨를 죽여 죄를 뒤집어씌우려 했던 이유는요? 사건의 배경이 전혀 보이지 않아요."

"그 설명은 본인에게 직접 듣고 싶어. 말씀해주시죠."

아오타는 무표정하게 엉뚱한 쪽으로 고개를 돌려 거절의 뜻을 나타냈다. 에가미 선배는 그 옆얼굴에 대고 말했다.

"제가 그럴싸한 상상을 늘어놓아봤자 무슨 소용이겠습니까. 당신 입으로 말해야 합니다. 도의와 양심이 이러쿵저러쿵 하지 않겠습니다. 안 되겠습니까? 잠자코 계시면 제가 진실에서 빗나간 줄거리를 떠벌릴 텐데요. 한번 해볼까요? 당신은 히로오카 씨의 죽음을 자살로 위장하려고 했지만 그 방법에는 이상한 구석이 있습니다."

아오타는 먼 곳을 바라보고 있었다. 창문 너머에는 UFO가 날지 않는 밤하늘이 펼쳐져 있다.

"사후경직을 이용해 시체를 시한장치로 꾸몄으면서, 당신은 알리바이를 전혀 준비해놓지도 않았거니와 만들려다 실패한 것 같지도 않았습니다. 처음부터 알리바이를 위장할 생각이 없었던 겁니다. 그럴 마음만 있었다면 비디오카메라에 찍히는 위치에서 철야 보초 업무를 자청하거나 다른 사람 옆에 딱 달라붙어 있을 수도 있었는데. 히로오카 씨를 자살로 위장하는 것으로 만족했을까? 아니겠지요. 그것뿐이라면 시체 오른손에 권총을 쥐여주기만 해도 충분했어요. 아슬아슬한 트릭을 짜낼 정도라면 차라리 워드프로세서로 가짜 유서를 만들었을 겁니다. 저는 당신이 완전히 다른 목적으로 현장을 그렇게 꾸몄을 거라고 생각합니다. 바로 사망시각의 위장."

잘못 들은 줄 알았다. 나만 이해 못 한 게 아니었는지 후부키와 유라도 동시에 물었다.

"무슨 소리예요?"

"알리바이 공작은 아니라면서요?"

에가미 선배는 당연한 질문이라는 듯이 고개를 끄덕거렸다.

"아오타 씨가 노린 건 히로오카 씨가 실제 사망시각보다 더 늦게 죽은 것처럼 꾸미는 것뿐, 그것을 자기 알리바이 위조에 이용할 생각은 없었던 겁니다. 그런 짓을 하면 들이는 수고에 비해 이점은 없을 듯하지만, 저는 한 가지 짐작 가는 바가 있었습니다. 어제 스무 살이 된 히로오카 씨는 도이 씨의 시신을 운반하게 되자 역시 생일은 흉일이라고 투덜거렸습니다. 회조께서 그에게 생일이 흉일이니 조심하라는 예언을 내렸다더군요. 그게 명중해 한탄했던 겁니다. 하지만 그때까지 살아서 기운이 넘쳤던 히로오카 씨에게 진짜 불운은 아직 찾아오지 않았던 겁니다. 어제가 최악의 날로 변한 것은 시곗바늘이 11시 17분을 가리킨 순간이었습니다."

꽃불이 터지는 소리, 총성, 쓰러지는 히로오카의 모습이 하나로 얽혔다.

"회조께서는 더없이 정확하게 그의 운명을 맞힌 셈이 됩니다. 사람은 언젠가 반드시 죽는 법, 2월 29일에 태어난 사람을 예외로 치면 이 예언이 적중할 확률은 기껏해야 365분의 1입니다. 하지만 초능력으로 미래를 예지할 수 있다고 믿는 사람이 이 사실을 알면 우연이 아니라고 주장하겠지요. 아니, 정정해야겠군요. 회조께서는 태어난 날이 가장 흉한 날이 된다고 경고했을 뿐이지, 히로오카 씨의 죽음을 예견한 건 아니었습니다. 생일에도 생각대로 되지 않는 일은 일어날 수 있고, 혹시 아무 일 없더라도 회조님 말씀을 가슴에 새겨둔 덕분이라고 기뻐할 수 있습니다. 그렇다면 예언이 적중할 확률은 365분의 365인 셈입니다."

노사카 미카게와 그 예언을 신봉하는 이들에 대한 통렬한 비판이었다. 아주 미미했지만 에가미 선배의 말투도 까칠했다.

"그렇게 생각하면 범인이 히로오카 씨의 사망시각을 실제보다 늦게 꾸민 이유가 어렴풋이 보입니다. 사망시각을 어젯밤 오후 11시 17분에서 한 시간 정도 늦추면 **회조의 예언 적중을 저지할 수 있습니다**. 회조와 인류협회를 격렬하게 증오하는 자에게 이것은 통쾌한 보복이겠지요."

그런 낌새는 조금도 느끼지 못했다. 아오타는 협회의 발전을 위해 밤낮으로 정성을 다하는 줄 알았는데.

"궤변이 따로 없군요." 유라가 성난 목소리로 말했다. "당신은 궁핍하고 빈곤한 현실에 사로잡힌 가련한 사람이에요. 서로의 가치관이 다를 뿐이니 그건 상관없습니다. 저희 신앙을 조롱하는 것도 넓은 아량으로 웃으며 용서하지요. 하지만 어째서 아오타가 회조님이나 협회를 증오한다는 거죠? 그는 누가 뭐래도 성실하고 경건한 회원이에요. 만약…… 만약 정말로 아오타가 살인사건의 범인이라 해도 지금의 그 굴욕적인 발언만큼은 견딜 수 없을 겁니다. 사과해요."

유라와 분노를 공유하는 사람들 때문에 험악한 분위기가 감돌았다. 괜찮은 걸까? 조마조마한 마음으로 사태를 지켜보는데 부장이 아오타를 향해 걸어가 여전히 자기와는 상관없다는 듯 창문만 바라보는 남자 앞에서 멈춰 섰다.

"하고 싶은 말을 할 때가 왔습니다. 지금밖에 없습니다."

에가미 선배는 이윽고 몸을 돌려 자신을 올려다보는 남자를 부추겼다.

"어떤 심경인지 말씀해주십시오."

"……굴욕."

"제가 당신의 신앙심을 의심한 것이 굴욕이란 말씀입니까?"

"아니, 반대야."

"반대라면?"

"성실하고 경건한 회원이라니…… 내가 쓰레기가 된 것 같아. 그만하시지."

증오나 분노를 드러내는 게 아니라, 그저 거추장스럽다는 듯이 대답했다. 나도 경악했으니 협회 사람들의 충격은 얼마나 컸을지. 충격적인 반응에 그의 진의를 따지는 사람조차 없었다. 그래서 에가미 선배가 거듭 물었다.

"말씀이 거칠군요. 당신은 인류협회가 믿는 가치를 숭배하지도 않을뿐더러 그 존재를 불쾌하게 여기고 있습니다. 그럴 거라고 생각했어요."

혼조가 창백한 얼굴로 벌벌 떨고 있었다. 바로 옆에 앉은 남자의 변모에 두려워하면서도 간신히 입을 뗐다.

"하지만…… 아오타 씨는 늘 정말 열심히 협회 업무를 하셨잖아요. 협회가 더 발전해서 미카게 님의 거룩한 마음이 온 세상에 퍼지면 좋겠다고……."

"내가 무서우면 피하던지." 말투까지 바뀌었다. "내가 떨어질까? 영차."

가뿐히 일어나 기둥 옆으로 이동했다. 그리고 혼조의 질문에 대답했다.

"협회에 공헌하고 싶었지.《원숭이와 게의 싸움》*에 나오는

---

*감언으로 게를 속여 감 씨와 주먹밥을 교환한 원숭이가 훗날 감 씨를 훌륭하게 감나무로 키워낸 게를 또 속여서 감을 독차지하고 목숨까지 앗아가자 훗날 게의 아이들이 밤, 벌, 절구, 소똥과 합세해 원수를 갚는 이야기.

게하고 똑같아. 물뿌리개로 물을 주면서 '빨리 싹을 내어라, 감씨여' 하고 기도하는 거야. 거품처럼 잔뜩 부풀어서, 노벨상 수상자급 지식인에 거물 정치가까지 회원으로 들어와 뒤로 물러날 수 없을 만큼 발전하라고 빌었어. 인내심이 있었다면 조금 더 기다렸을 텐데 이 정도가 한계였지. 미국에서 시모자와란 작자가 와서 명상실에 처박혀 있다고 하니 때가 왔구나 싶어 결행했어. 매일 협회 업무에 정진하다 보니 증오심이 유지되는 게 아니라 오히려 더 농축되어서, 고통스러운 만큼 참는 보람도 있었지. 협회의 발전을 바랐던 이유는 커진 다음에 뒤통수를 쳐야 최고로 통쾌할 것 같았거든. '돼지를 잡아먹으려면 살찔 때까지 기다리라'*고 하잖아?"

모두 할 말을 잃었다.

"역시 시모자와 씨를 노렸나. 하지만 도이 씨도 살해해야 했지?"

에가미 선배는 상대에게 맞춰 말투를 바꾸었다. 대답은 "응"이었다.

"인류협회의 미래를 짊어진 다섯 에이스 중 한 사람이었으니까. 보초대에 서는 에이스는 마루오 겐과 도이 겐사쿠, 주저없이 도이를 선택했지. 왜, 역시 힘이 약해 보이잖아."

이나코시가 멀찍이 떨어진 자리에서 따졌다.

---

*국가나 조직이 비대해졌을 때 거기서 얻을 수 있는 이익도 크다는 의미의 유대 격언.

"무슨 소리야? 자네는 미카게 님이 지목한 간부 후보를 모조리 죽이고 싶었던 것처럼 말하는군. 결국 마루오 씨도 죽일 셈이었단 말인가? 설마, 유라 씨나 대표님까지……."

"그렇게 다 죽일 필요는 없죠."

느긋한 대답에 이나코시는 기가 막힌 표정이었다.

"그렇게 다 죽이지 않아도 두 사람쯤 요절하면 회조의 예언은 무너져요. 실제로 도이가 죽었을 때 잔뜩 낙담한 사람이 있으니까. 혹시 몰라 두 명을 죽이긴 했지만, 협회는 그것만으로도 휘청거리지 않았을까? 안 그래요, 이나코시 씨? 아무나 상관없었지만 시모자와 다카히토는 반드시 죽일 작정이었어요. 다섯 명의 간부 후보 중에서 가장 거드름을 피웠으니까. 상사맨도 아닌데 미국 지부로 발령 났다고 호들갑을 떠는 꼴이 아주 역겨웠거든."

혼조는 두 손으로 귀를 막아버렸다. 그래도 아오타의 목소리는 막을 수 없겠지만.

"그래서 시모자와 다카히토가 와 있을 때 결행하기로 했죠. 명상실에 처박혀 있을 때 버저를 눌러 가까이 불러내 권총으로 쏘는 게 스마트하고 확실한 방법이었어요. 권총을 훔쳐서 숨겨두었던 건 어린애 호기심이었습니다. 그걸 쓰면 되겠다고 생각한 건 이곳에 숨어들고 얼마쯤 지났을 때였어요. 그러려면 성스러운 동굴에 들어가야 하는데 보초가 눈엣가시였죠. 권총을 손에 넣으려면 보초를 죽이고 비디오테이프를 처분해

야 하는데 어쩔까. 그래, 도이 겐사쿠가 보초를 설 때 죽이면
에이스를 말살하려는 목적도 달성할 수 있으니 일거양득이다.
그렇다면 노사카 미카게의 사진이 있는 방이 살해현장이 되는
것도 좋겠다는 생각이 번쩍 들더군요. 도이 씨는 운이 나빴습
니다."

"잠깐." 쓰바키가 끼어들었다.

"도이 씨와 시모자와 씨를 살해하고 싶었다면 그 이튿날 심
야에도 기회는 있었어. 그 후에 범행에 좀 더 유리한 시간대가
있었을지도 모르는데, 어째서 굳이 어제저녁 5시에 범행을 저
질렀지?"

"부득이한 사정이 있었어요. 협회에 복잡한 사정이 있었거
든."

"협회에 무슨 일이 있었다는 거지? 말해!"

"말 못 합니다. 엄중한 함구령이 내려와 있거든요. 제가 세
명이나 죽이긴 했지만 그 명령은 따르렵니다. 설명할 의무는
협회에 있으니까."

천연덕스러운 핑계에 쓰바키가 이를 갈았다. 아오타는 이
자리에 있는 모든 사람들을 조롱하고 있었다.

"그 문제에 대해서는 나중에 차차. 어쨌거나 그런 경위로 흉
기를 손에 넣었습니다. 식용 랩으로 둘둘 말아 기름종이로 싸
놨더니 아무 이상 없더군요. 만약 무용지물이 되었을 때를 대
비해 다른 방법도 미리 마련해놨습니다. 금속 탐지기와 감시

카메라로 삼엄하게 검사하니까 건물 안에 권총이 있으면 말이 안 되지만……. 모처럼 고이 숨겨두었던 편리한 도구가 있으니 써보고 싶기도 했고, 설마 그것만으로 제 소행이라는 걸 알아낼 줄 누가 알았겠어요? 탐정이 불쑥 뛰어들다니 두 손 들었습니다."

우스이가 신음 섞인 목소리로 물었다.

"그 탐정이 한 이야기가 거의 맞아떨어졌다는 건가?"

"그래, 훌륭하게."

아오타는 간부인 우스이에게 특히나 거칠게 대답했다. 철저하게 협회를 우롱하고 싶은 모양이다.

"난 다마즈카 씨가 자살한 현장에 있었어. 숨바꼭질을 할 셈이었는데 탕! 세상에, 기겁했지. 그래서 그런 짓을 저지르고 지문을 남긴 게 겁나서 방화까지……. 다 쓰러져가는 창고를 살짝 태운 건 그렇다 쳐도 아키코 씨 인생을 망친 건 지금도 후회하고 있어. 성냥을 긋지 못해 등롱을 빌렸을 뿐이지, 다른 사람에게 해를 끼칠 생각은 없었는데. 아, 피해를 본 사람이 또 있었네."

아오타가 엉거주춤하게 일어나 쓰바키에게 고개를 숙였다.

"오래도록 고민하셨다니 죄송합니다. 에가미 씨 말씀이 맞습니다. 자백하고 사과드리겠습니다."

"그런 건 이제 됐어." 쓰바키의 표정은 험악했지만, 또한 서글펐다. "괘씸한 노릇이지만 그냥 어린애 장난이었으니. 그게

11년 후에 어째서 이렇게 된 건가? 너무 참혹해. 정말 세 사람이나 죽인 건가?'

"제가 없앴어요."

아오타는 심술이라도 부리는 것처럼 가볍게 말했다.

"없앴다니…… 히로오카 시게야는 자네 소꿉친구 아닌가? 간부 후보도 아니었어. 어째서 히로오카까지 죽였는지 이해할 수가 없네. 개인적인 원한이라도 있었던 건가?"

아오타가 손을 설레설레 저었다.

"아닙니다. 10시 꽃불에 맞춰 시모자와 다카히토를 없애버렸잖아요. 버저로 불러내서 머리를 탕. 그때 엘리베이터를 피해 계단으로 내려갔는데 히로오카가 있지 뭡니까. '뭐해?' 관내를 둘러보고 있었어. 너야말로 탑 위에서 뭘 하고 있었어?' 그 말을 들으니 힘이 쭉 빠지더군요. 일을 저지르기 전에 아래쪽도 슬쩍 살펴보기는 했는데 안개 때문에 뒤뜰에 사람이 있는 줄 몰랐어요. 그 안개가 원망스럽습니다. 그냥 둘 수는 없으니 히로오카도 없애는 수밖에. '시모자와 씨가 명상 전에 뭘 부탁해서. 좀 도와줬으면 하는데 정시의 불꽃놀이가 시작되기 전에 여기로 와주겠어? 다른 사람들한테는 비밀이야'라는 말로 꾀어내서……."

"또 꽃불에 맞춰 총을 쐈다는 말인가! 끔찍한 녀석!" 쓰바키는 머리를 쥐어뜯었다. "그 후 시체에 비열한 조작을 가한 것도 시인하는 거지? 소꿉친구에게 누명을 씌우고 죄에서 달아나려 하다니!"

"비열하다고 하셔도 어쩔 수 없지만, 잠깐 사이에 용케 그런 생각을 해냈다는 게 뿌듯합니다. 이거 혹시 문제 발언인가? 뭐, 됐어요. 에가미 씨는 시모자와 씨가 있었던 명상실에서 테이프가 발견된 게 혼란스러운 모양인데, 그럴 만도 하죠. 나도 허무하게 붙잡히긴 싫으니 시모자와가 도이를 살해하고 자살한 것처럼 꾸밀 수 없을까 궁리했거든요. 그래서 명상실에 테이프를 갖다놓고 시모자와를 총으로 쏜 다음 권총도 함께 던져던 건데. 히로오카와 뒤뜰에서 맞닥뜨리는 바람에 다시 엘리베이터를 타고 올라가 총을 가지고 돌아왔지 뭡니까. 명상실 열쇠는 관리가 허술해 간단히 쓸 수 있었어요. 그때 비디오테이프도 회수해서 살해한 히로오카 옆에 던져놨으면 자연스러웠을 텐데. 하지만…… 너무 구차한 것 같아서 그만뒀습니다. 그러니 '비디오테이프가 허공에 떠버렸다'는 표현은 뭐, 맞는 말이에요. 테이프 때문에 혼란스러웠겠지만 범인을 찾는 데 지장은 없었던 모양이네요."

아오타는 흥겹게 쏟아냈다.

"에가미 씨가 설명한 대로 히로오카의 시체를 이용해 총을 쐈습니다. 자살로 보이면 성공이었죠. 알리바이 공작은 생각도 못 했어요. **히로오카가 결국 생일에 죽은 게 싫었던 거니 기일이 어긋나기만 하면 그만이었어.** 미카게 할망구 얼굴에 먹칠을 하는 게 내 소원이었거든요. 협회에 들어와 성실하고 착한 척했던 건 망가뜨리기 위해서. '트로이의 목마', 아니지, '사자 몸속의 벌레', '와신상담'. 내가 생각해도 어제까지 용케 참았다 싶어요."

자기 권위를 지키기 위해 예언자가 자작극을 벌이는 건 흔한 일이다. 하지만 이런 경우는 금시초문이다. 예언자를 증오한 아오타 요시유키는 그와 반대되는 행동을 했다. **이 '성'에서 일어난 모든 참극은 노사카 미카게의 예언이 빗나가게 하려고 저지른 짓이었다.**

아오타에게 달려들려는 후부키를 우스이와 마루오가 붙잡았다. 총무국장은 손가락질을 하며 소리쳤다.

"이 살인자! 당신은 사악한 인간이 보낸 스파이였군요. 인류의 적! 미래를 파괴하려는 악마야!"

아오타가 가슴주머니에서 볼펜을 빼더니 두 손으로 부러뜨렸다. 태연한 얼굴로. 격정을 드러내지 않는 게 오히려 섬뜩했다.

⑧

"지금밖에 없습니다."

에가미 선배는 그런 말로 아오타를 부추겼다. 그 순간이 온 것이다. 정신 똑바로 차리고 듣자.

"스파이라고? 착각도 유분수지. 사악한 외계인이라고 말씀하셔야지, 총무국장이 그러면 쓰나. 내가 악마? 웃기지 마. 누가 악마인데?"

바로 그때, 탐정의 몸이 휘청거렸다. 현기증이 났는지 뒷걸음질로 창문에 기댔다.

나는 깜짝 놀라 달려갔다.

"괜찮아. 아무것도 아니야."

운신의 열변으로 체력이 바닥났는지도 모른다. 우리는 밤하늘이 보이는 창문을 등지고 아오타의 외침을 들었다.

"내 어머니는 피도 눈물도 없는 예언에 농락당하다 돌아가셨어. 병환이었어. 이래라저래라 하는 미카게 할망구 말을 곧이곧대로 따랐어도 어차피 가망은 없었을지 몰라. 하지만 쓸데없는 소리를 하니까 그 말에 휘둘려서, 지푸라기라도 잡는 심정으로 이상한 충고를 따랐다가 오히려 병세만 악화되었어. 덕분에 아버지는 후회에 빠져 인생도 꼬이고, 웃음도 잃고 교통사고로 허망하게 죽었어. 자살이나 다름없다고들 했는데 정말 자살이었는지도 모르지. 그런 식으로 가족이 박살 난 인간의 원한 따위 태평한 너희들은 알지도 못했겠지. 뭐가 '하늘의 배'고 '페리파리'고 '인류의 미래'야? 종교놀이에 빠져서 돈놀이나 하고, 일본이 세계를 이끈다는 과대망상이나 퍼뜨리고, 세상이 바보 천지가 되는 데 부채질이나 하다니. 지금은 우쭐해 있지만 당신들은 해악이야. 냉큼 흩어져서…… 망해버려!"

유니폼을 입은 사람들은 충격에 할 말을 잃었다. 나도 그랬다. 예언에 휘둘려 가족이 무너진 사람은 아오타 말고도 또 있다. 비슷한 경우를 나와 가까운 사람도 겪었다는 것을 떠올리지 않을 수 없었다. 그 사람, 에가미 선배의 옆얼굴을 가만히 살펴보았다. 그 눈은 그저 쓸쓸하기만 했다. 뭔가 말을 건네고 싶은데 할 말이 떠오르지 않았다. 탐정은 고통을 감내하고 범인을 찾아낸 것이다.

"복수였단 말인가." 쓰바키가 말했다. "부모와 자기가 입은 상처에 대한 복수였을 줄이야. 잘도 몇 년씩이나 증오를 간직했군. 하지만 그런 짓을 한다고 천국에 계신 부모님이 기뻐하실 줄 알았나?"

"땡, 틀렸어요. 복수라는 건 자신을 위한 행동입니다. 법률도 산 사람을 위해 살인범을 처벌하잖아요. 그것도 모르고 경찰 노릇을 했어요?"

놀랍게도 지금 아오타의 목소리는 매혹적일 정도로 강력하고, 눈은 지독히도 순수하고 깨끗했다. 나는 또다시 공포를 느꼈다. '순수'의 의미가 혼란스러웠다.

"그나저나 에가미 씨는 대단하네. 추리력뿐만 아니라 직감도 뛰어나. 내가 충전한 어두운 힘까지 꿰뚫어봤으니. '지금밖에 없다'고 자백을 유도한 건 짜릿했어. 확실히 이건 이렇게 복수했다는 선언이 필요한 범죄니까."

아오타는 에가미 선배가 흘리는 피를 보지 못한다. 탐정은 그저 침묵했다.

우스이가 쩌렁쩌렁 외쳤다.

"말 다 했어? 더는 못 들어주겠군. 어쩌다 그렇게 근성이 비뚤어진 거지? 엉뚱한 원망은 듣고 싶지도 않아. 어이, 이 녀석을 방에 가둬!"

충실한 부하 마루오, 이나코시, 하가가 일어나 아오타를 붙잡았다. 아오타는 잠시 버둥거렸을 뿐 크게 저항하지 않았지만 세 사람에게 붙들려 엘리베이터 쪽으로 끌려가면서 목청껏 외쳤다.

"에가미 씨! 당신은 운이 좋았어! 협회 놈들 거짓말을 그대로 믿고도 범인을 찾아낼 수 있었으니까!"

"무슨 소리야?"

그렇게 묻는 부장에게 아오타는 피식 웃었다.

"어제 10시에 터진 꽃불은 신작 실험이 아니었어. 거기엔 다른 목적이 있었지. 총무국과 제사국 놈들이 꽃불이 터질 줄 미리 알고 있었다는 건 사실이지만. 그 목적은 거기 있는 녀석들에게 물어봐. 그리고 하나 더."

아오타는 입을 막으려 드는 하가의 턱을 팔꿈치로 찍었다.

"'11년 전 가마쿠라에 있었던 아이로, 현재는 성인이 된 인물'을 한 명 잊고 있는 것 아니야? 대표 말이야. 노사카 기미코가 서쪽 탑에서 빠져나와 사람을 죽이고 다녔을지도 모르잖아? 그랬으면 협회 놈들이 필사적으로 감싸겠지. 그 점은 다시 한 번 고려해봐야 하지 않아?"

잠자코 있을 수 없었는지 모치즈키가 나섰다.

"'여왕'이 범인이라면 협회는 더 그럴싸하게 감쌀 수 있었어. 노사카 기미코가 범인일 리는 없어."

에가미 선배가 다소 나른한 목소리로 대답했다.

"서쪽 날개에서 동쪽 날개로 이동했다면 출입구 비디오에 찍혔겠지. 그보다도."

부장은 되물었다.

"당신은 도이 씨를 살해했을 때 총본부가 봉쇄되리라 확신했어. 이유가 뭐지?"

"다 내다봤거든. 지금이라면 틀림없이 그렇게 될 거라고. 그래서 다시없을 기회였던 거야. 아무래도 그 이유까지는 모르는 모양이네."

화가 머리끝까지 솟구친 우스이가 주머니에서 호두를 꺼내 벽에 집어 던졌다. 파편이 사방으로 튀었다.

"입을 막아! 당장 끌고 가지 못해!"

이나코시가 손수건을 말아 아오타의 입에 쑤셔 넣었다. 분위기가 이상하다. 우리는 긴장해서 아오타의 이야기를 들어보려 했지만 네 사람은 때마침 열린 엘리베이터 속으로 사라졌다.

모치즈키와 오다가 우스이에게 항의했다.

"억지로 입을 막다니, 아오타 씨는 무슨 말을 하려고 했던 겁니까?"

"협회에 뭔가 불리한 정보 아닙니까? 그냥 넘어갈 수 없는데요."

재무국장이 처음으로 선글라스를 벗었다. 맹금류처럼 날카로운 눈이 드러나 두 선배는 순간 움찔했다.

"이런 얼굴을 드러내면 겁을 내는 은행가들이 있어서. 종교 단체는 인기 장사니 험한 얼굴은 손해야. 차라리 눈이 나쁘다는 핑계로 선글라스를 쓰고 지내는 게 낫다고 후부키 국장이 충고해줬지."

"그런 건 아무래도 상관없어요." 모치즈키가 드물게 붉으락푸르락한 얼굴로 말했다. "아무래도 수상해. 아오타 씨가 무슨 말을 하려고 했는지 알고 있다면 말씀해주세요. 저희하고도 상관있는 문제 아닌가요?"

"대표님이 탑에서 빠져나갔다는 건 반론할 가치도 없는 헛소리고, '스타십'은 실험 삼아 쏘아 올렸을 뿐이야. 당신들하고는 아무런 상관도 없어."

그렇게 주장하고 싶으면 그러라지. 그런 사소한 문제에 연연할 때가 아니다. 연쇄살인의 진상이 드러난 것이다. 당장 경찰에 연락해야 한다.

"어쨌거나 끝났소. 경찰에는 제가 연락하겠습니다. 문제없지요?"

걸어 나가려는 쓰바키의 앞을 후부키와 유라가 막아섰다. "비켜요." 후부키가 고개를 저었다.

"저희가 연락하겠습니다. 협회 총본부 안에서 직원이 직원을 살해했어요. 저희에게 맡기세요."

"아니요, 안 됩니다. 내가 걸어야겠소."

"그럴 수는 없습니다."

"어이……."

에가미 선배의 추리로 혼돈의 극치였던 사건이 마무리된 줄 알았다. 충분히 들을 수 없었던 범행의 세부적인 이야기는 이윽고 시작될 경찰 조사로 밝혀질 거라 생각했다. 하지만 안일했다. 혼돈은 계속되고 있었다.

"약속 위반이에요. 진범을 알아내면 경찰에 연락하겠다고 했잖아요?"

아리스가 후부키에게 따지고 들었지만 전혀 통하지 않았다.

"누가 안 하겠답니까? 전부 저희한테 맡기면 됩니다. 이제 아무 걱정 말고 방에서 숨 좀 돌리세요. 그리고 편히 쉬는 게 좋겠어요. 오늘도 불쾌한 일이 많았으니."

"저희는 언제쯤 되어야 집에 돌아갈 수 있는 거죠?"

"언제일까요. 저는 대답할 수가 없네요. 때가 되면 갈 수 있겠지요."

그들은 살인사건의 진범을 자력으로 찾아내고 싶어서 우리를 가둔 게 아니었다. 마침내 뚜렷해졌다. 하지만, 그렇다면 어째서?

오다가 소파에 기댄 우스이를 향해 멱살을 잡을 기세로 돌진했다.

"사람이 많이 줄었군요. 이 라운지에 남은 사람은 손님이 일곱, 협회 직원은 다섯. 그중에서 남자는 당신과 사사키 선생님뿐입니다. 싸우면 우리가 이겨요."

재무국장의 싸늘한 눈에 비웃음이 퍼져나갔다. 그 눈이 전황은 너희에게 유리하지 않다고 말하고 있었다.

"기운이 넘치면 날뛰어도 말리지 않겠지만 여기서 무단으로 나갈 수는 없어. 밑에는 사람들을 소집해놨고 모든 출입구에는 셔터가 닫혀 있어. 반항해봤자 헛수고야."

"어쨌거나 내일까지 기다리라고?"

"이제는 그것도 보장할 수 없어."

"장난해?" 모치즈키도 항의했다. "노사카 대표의 수행이 끝나면 풀어주겠다면서? 헛소리도 정도가 있지. 자꾸 거짓말로 둘러대기나 하고."

바닥없는 늪에 가라앉는 기분이었다. 저주라도 받은 걸까? 뭔가에 매달리지 않을 수 없어 에가미 선배의 팔을 붙들었다.

"밤이 깊었어요. 이제 곧 11시예요." 후부키가 말했다. "여러분, 일단 방으로 돌아가세요. 내일 날이 밝으면 설명할 수 있는 부분이 생길지도 모릅니다."

"점점 더 설명할 수 없게 될지도 모르지."

아라키가 되받아쳤지만 패기는 없었다. 적의 '성안'에서 맥을 추스르지 못하는 것이다. 나도 싸움에 지쳤다.

"당신들, 어지간히 나쁜 짓을 저지르고 있나 보군." 쓰바키가 입가를 일그러뜨리며 말했다. "일본 정부를 상대로 쿠데타라도 노리는 건가? 아니면 세계 정복? 엄청난 흑막이 있는지도 모르겠군. 아니면……"

쓰바키가 말을 잇지 못하자 에가미 선배가 뒷말을 가로챘다.

"아니면 아무 속셈도 없을지 모릅니다. 인류협회가 음모를 꾸미고 있다고 의심하는 순간 벽에 부딪친다는 생각이 듭니다. 당신들은 손님인 우리를 가두어 정보를 완전히 차단하면서도 가급적 온건하게 대하려 했겠지만, 저희가 볼 때는 역시 공격적입니다. **사람은 어떨 때 공격적으로 변하는가?** 그것은 욕망에 휩쓸려 이성을 잃었을 때, 또는 **타인으로부터 공격을 받았을 때**입니다. 아오타 씨가 말한 협회의 사정이란 그런 공격을 말하는 것 아닙니까?"

"무슨 소리를 하는 겁니까?"

쓰바키가 어리둥절한 기색으로 묻는데 혼조가 "앗!" 하고 창문을 가리켰다. 앉은 자리에서는 밤하늘밖에 보이지 않을 텐데? 이상하게 여기면서도 뒤를 돌아보았다. 그러자 빛의 점 두 개가 구름에 뒤덮인 하늘을 상당히 빠른 속도로 이동하고 있었다.

"'배'가……"

UFO가 성지의 상공을 가로지르고 있었다. 아라키가 짐승

같은 소리를 지르며 유리창에 매달렸다.

"말도 안 돼……." 아리스가 중얼거렸다. 나는 말도 나오지 않았다. '성'의 위기를 보다 못한 페리파리가 지상에 사자를 보낸 걸까? 희미하게 흔들리는 광점의 움직임은 비행기와는 완전히 달랐다. 쳐다보고 있는 사이 광점은 커다란 커브를 그리며 선회했다. 모치즈키가 망원경에 달려들었지만 에가미 선배는 냉정했다.

"잘 봐. 안됐지만 그냥 구름에 헤드라이트가 비친 거야."

그런 말로 모두를 현실로 데려왔다. 가장 먼저 받아들인 아라키가 민망한지 머리를 긁적거렸다.

"아아, 그러네요. 연구가로서 말도 안 되는 초보적인 실수를 저지르고 말았습니다."

듣고 보니 두 광점의 움직임은 자동차 헤드라이트와 똑같았다. 불규칙적으로 흔들리는 건 산길을 달리고 있기 때문이리라. 구름이 바람을 타고 흩어지자 흐릿해지다가 사라져버렸다.

"중요한 이야기를 하는데 판이 깨졌네." 모치즈키가 투덜거렸다. "설마 인류협회가 발명한 놀이기구는 아니겠죠?"

후부키는 그 말을 무시하고 에가미 선배에게 다가갔다. 그리고 목소리를 낮춰 이렇게 제안했다.

"둘이서 얘기 좀 합시다. 서로 가진 카드를 보여주도록 하죠. 괜찮다면 당신 방을 좀 써도 될까요?"

"여기서 얘기하면 되잖아요." 아라키가 불만을 토로했지만 부장은 선뜻 승낙했다.

"좋습니다. 저도 당신이 봐줬으면 하는 사진이 있습니다."

사진이라니, 혹시 이시구로 미사오 선배가 맡긴 봉투 속 내용물?

"뭔지 모르겠지만 보도록 하죠. 어쨌든 제게 10분이나 15분만 주세요. 당신은 설녀가 아닌 것 같으니."

알쏭달쏭한 말을 남기고 후부키는 에가미 선배와 함께 VIP 룸으로 들어갔다.

뒤에 남은 사람들은 두 사람의 회담 결과를 기다리는 수밖에 없었다. 적과 아군으로 나뉜 열 명은 멀뚱멀뚱 입을 다물고 있었다.

'설녀'가 무슨 뜻인지 마음에 걸려 아리스에게 물어보니 낮에 뒤뜰을 조사할 때도 후부키가 그런 말을 했던 모양이다. 비밀을 지키라고 하면서 그 맹세를 어기도록 얄궂은 질문을 하는 사람을 뜻하는 것 아니겠냐고 하는데, 글쎄 어떨까?

"아오타 씨가 그런 사람이었다니. 그렇게 협회를 원망하고 있었다니……."

눈물을 글썽거리는 혼조의 등을 사사키가 다정하게 쓰다듬어주었다. 의사도 의기소침하기는 마찬가지라, 아버지와 딸이 서로 위로하는 것처럼 보였다.

10분이 지나고, 15분이 지나려 할 때쯤……

창밖에서 자동차 경적이 울렸다. 주의를 끌려는 건지 길게 두 번. 이런 시간에 '성'을 찾아오는 손님이 있을 것 같지는 않은데.

"경찰이 가미쿠라가 이상하다는 낌새를 감지한 게 아닐까?!"

모치즈키가 창으로 헐레벌떡 달려갔다. 오다가, 아리스가, 아라키가, 거의 동시에 유리에 이마를 찰싹 들이댔다. 쓰바키와 협회 사람들, 그리고 나도 나란히 밖을 보았다.

원형 광장에 4도어 밴이 서 있었다. 식자재 납품업자일 리는 없다. 가만히 지켜보는데 문이 동시에 벌컥 열리더니 사람이 내렸다. 남자 둘에 여자 둘.

왼쪽 뒷좌석에서 나온 여자가 우아한 걸음으로 차량 정면으로 돌아 나왔다.

"저건 누구야?"

모치즈키가 얼굴을 더 바싹 들이댔다.

인류협회 관계자인 모양이다. 푸른 유니폼을 입고 있었다. 전조등 상태의 헤드라이트 때문에 역광 속에 있어 얼굴이 잘 보이지 않는다. 어깨를 덮은 머리, 아직 젊다.

"아아……."

혼조가 괴상한 소리를 냈다. 여자가 누군지 아는 걸까?

"어떻게 된 거야. 뭐가 어찌 된 거야……."

어지간히 충격을 받았는지 우스이가 풀썩 무릎을 꿇었다.

사사키가 그 어깨를 붙잡고 물었다.

"우스이 국장님. 저분, 대표님이죠?"

선글라스를 벗은 남자가 눈을 부릅뜨고 고개를 끄덕였다. 그 말을 들으니 더 어리둥절했다. 무슨 소리를 하는 건지 모르겠다.

"대표님이라니, 노사카 기미코 대표 말이에요?" 오다가 창문에서 눈을 떼지 않고 물었다. "어떻게 된 일인지 설명해주세요. 대표님은 서쪽 탑 명상실에 틀어박혀 수행하고 있는 게 아니었습니까?"

설명할 수 없는 건지 하기 싫은 건지, 협회 사람들은 대답이 없었다.

뒤에서 문이 열리는 소리가 나더니 에가미 선배와 후부키가 다가왔다. 두 사람은 우리에게서 조금 떨어진 창가에 서서 광장을 보았다. 후부키가 흠칫 놀라 입을 가렸다. 입술이 작게 움직이기에 무슨 소리를 할지 유심히 지켜보고 있는데 반대편에서 "앗!" 하는 소리가 들렸다. 나는 황급히 그쪽을 돌아보았다.

"왜 그래, 아리스?"

망원경에 달라붙은 아리스가 오른팔을 뻗어 창밖을 가리켰다.

"봐, 저거. 가이다 앞에서 충돌할 뻔했던 차야. 그 순간에 봤던 영상이 뇌리에 박혀 있으니 틀림없어. 저 남자하고 여자 얼굴도 기억나."

410

"어, 그게 어째서······."

그 대화는 에가미 선배의 귀에도 닿았다. "그랬나." 부장은 그렇게 말하며 유리창을 두드렸다.

"우리 후배들은 여기 오는 길에 범인과 엇갈렸던 거로군."

범인? 무슨 범인?

광장을 에워싼 투광기에 불이 들어오면서 빛기둥이 자동차 주위의 네 사람을 비추었다.

아리스와 자리를 바꾸어 망원경을 들여다보았다. 분명히 노사카 기미코다. 사진으로 보았던 '여왕'이라고 생각한 순간, 11시 17분을 알리는 꽃불이 솟구쳤다. 주위가 색색으로 물들면서 머리 위에서 묵직한 소리가 쏟아졌다.

'여왕'은 웃고 있었다.

하얀 이가 보였다.

웃으며, 우리에게 손을 흔들었다.

상큼하고, 당당하게.

"꿈을 꾸는 것 같아."

옆에서 들리는 멍한 목소리. 나는 물었다.

"이게 정말 현실일까?"

"그럴 텐데 꿈만 같아······."

광장을 굽어보며 그에게 말했다.

"그럼 난 아리스의 꿈속에 있는 거야?"

에필로그

1

'여왕'이 귀환한 지 35시간이 지났다.

가미쿠라는 몰려든 기자와 리포터, 카메라맨으로 터져나갈 기세였다. 희천제에 버금갈 정도로 북적거렸다. 아마노가와 여관은 객실은 물론 이불을 넣어두는 방까지 취재진으로 꽉 찼다고 한다.

여관 안주인은 일단 가이다로 피신하길 잘했다고 칭찬해주었다. 취재 요청도 피할 수 있었고, 한번 묵어보고 싶었던 가이다 로지가 대단히 쾌적해 옳은 판단이라 할 수 있었다.

한낮. 이곳은 가네이시 씨 댁 툇마루.

빨래를 마치고 겨우 빠져나온 아키코가 피곤한 얼굴로 말했다. "바빠서 숨 돌릴 틈도 없어요." 그래도 나와 마리아에게 뒷이야기를 들으려고 간식까지 챙겨서 왔다. 협회 로고가 박힌 UFO 만주였다. 생활에 찌들었을 거라는 막연한 상상과 달리

활달하고 서글서글한 가네이시 씨 따님이 끓여준 차와 함께 먹었다.

"기미코 대표가 유괴당했을 줄은 꿈에도 몰랐어요. 대립해서 떨어져 나간 일파가 심술을 부린 거라면 그런가보다 했을 텐데……. 설마 몸값을 노린 영리 유괴였다니."

"너무 돈을 펑펑 써대서 그래요." 마리아가 말했다. "'성'은 삼엄하게 경비하면서 대표가 산책할 때는 수행이 한 명밖에 없다는 걸 알아낸 범인 그룹이 노린 거래요. 무서워라. 그래도 대표가 무사해서 다행이에요. 같이 있던 수행원은 얻어맞고 가벼운 부상을 입었다는 것 같지만."

숲을 산책하던 대표가 습격을 받고 유괴당했다는 보고를 마친 수행원 '영감님'은 책임을 느끼고 서쪽 탑 명상실에 틀어박혔다. 후부키는 근신과 정양에 정신적 충격을 치유하라는 의미도 더해 그 행동을 허락했다. 내가 느꼈던 인기척도, 흘깃 보았던 그림자도 '영감님'이었던 셈이다.

"그나저나 여러분 선배님은 대단한 분이네요. 연쇄 살인사건의 범인을 밝혀냈을 뿐만 아니라 유괴사건도 간파했던 거죠?"

마리아가 나를 쳐다보았다. 알아서 대답하라는 뜻이다.

"확실하게 눈치챘던 건 아닌 듯하지만, 어쩌면 그럴지도 모른다고 짐작은 하고 있었다고 했어요. 협회는 경찰을 부르지 않는다는 방침을 절대 굽히지 않았어요. 그래서 에가미 선배는 사람이 경찰과 접촉하기 꺼리는 사정이 무엇인지 생각했던 거죠. 악행을 저지르고 있기 때문일까? 악행을 준비하거나 계획하고 있기 때문일까? 아니, 그렇지 않은 경우도 있다." 수화기를 드는 시늉을 했다. "아이를 데리고 있다. 무사히 돌려받고 싶으면 300만 엔을 준비해라. 경찰에 알리면 아이 목숨은 없다. ……그렇게 된 거예요."

"그렇군요. 듣고 보니 말이 되네요. 살인사건이 발생해서 경찰에 신고했다, 유괴에 대해서는 한마디도 하지 않았으니 믿어달라고 해도 상대가 들어줄 리 없으니까요. 정말 인질의 목숨이 위태로울지도 모르니. 본부 사람들은 다들 그걸 알고 있었던 거군요?"

"예. 알면서 애써 태연한 척했던 거죠. 이나코시 씨는 '성' 밖에서 만났을 때는 싱글싱글 웃고 있었을 정도예요. 유괴범의 전화를 후부키 씨에게 바꿔줄 때는 태도가 좀 이상했지만. 당연히 아오타 씨도 알고 있었어요. 그래서 도이 씨를 살해해도 경찰이 오지 않을 줄 예측할 수 있었고, 10시의 꽃불에 맞춰 범행을 저지를 수도 있었던 거예요. 협회 사람들은 대표가 유괴당한 사실에 대해서는 미리 입을 맞췄지만 돌발적으로 벌어진 살인사건에 대해서는 그럴 여유가 없었죠. 덕분에 '사실'이 쌓였고, 에가미 선배는 범인을 추리할 수 있었어요."

마리아가 덧붙였다.

"토요일 밤, 10시에 꽃불을 쏜 건 범인이 전화로 지시했기 때문이었어요. 아, 이상한 시간에 꽃불을 쏜다고 생각하셨어요? 역시."

유괴범은 두 번 전화했다. 첫 번째 전화는 "노사카 대표를 데리고 있다. 몸값 1억 엔을 준비해 다음 연락을 기다려라. 경찰에 알리면 대표의 목숨은 없다." 그런 내용이었고 금요일 오후 3시 전에 걸려왔다. 유괴를 실행한 남녀가 기소 후쿠시마 방면으로 밴을 모는 사이 또 한 명의 남자가 전화를 했다.

두 번째 전화는 토요일 오후 2시 40분경에 걸려왔다.

"'일요일 오후 2시, 기소 강가의 지정한 장소로 1억 엔을 가져와라. 조건을 받아들인다면 10시에 꽃불을 여러 발 쏴. 산속 아지트에서 동료가 지켜볼 것이다.' 유괴범은 그렇게 말했어요. 두 번째 전화로 '사방에서 동료들이 눈을 빛내고 있다'고 위협한 걸, 협회 간부들은 내부에 범인과 내통하는 자가 있거나 가미쿠라에 유괴범의 동료가 잠입한 것으로 오해했어요. 그 때문에 산책하던 대표가 어이없이 납치당한 거라고 해석하는 바람에……."

"그래서 에가미 씨를 끈질기게 의심했던 건가요?"

"예, 철저하게 의심하더군요. 살인사건이 발생했으니 경찰을 부르려고 했던 건데, 협회 간부들은 '설녀처럼 우리를 시험하는 건지도 모른다. 신고하면 대표님이 위험하다'고 생각해서 완강하게 고집을 부렸던 거예요. 에가미 선배가 건물 안을 너무 기웃거려서 의심을 산 것도 있지만요. 뭘 좀 찾느라 그랬다는데……. 저희가 여기 도착한 날 밤, 아리스하고 산책했을 때도 미행을 당했어요. 관찰 결과 그냥 학생일 뿐 의심스러운 구석은 없어 보여 다음 날 아침 에가미 선배를 만나게 해준 거죠."

그렇다고 우리를 완전히 신용한 것은 아니었다. 내부로 불러들여 관찰해보고 유괴범과 아무 상관도 없다는 확신이 들면 냉큼 돌려보낼 작정이었다고 한다.

"그런데 이번에는 '성'에서 살인사건이 터지는 바람에 나오지 못하게 된 거군요. 무서웠겠어요." 아키코는 우리를 동정해주었다. "마을도 일요일 아침부터 분위기가 이상해서 불안했어요. 토요일 밤에 여러분이 갑자기 예정을 바꾸어서 성에 묵는다는 말을 들었을 때부터 범상치 않은 낌새는 있었지만요. 설마 아침 댓바람부터 마을에 여러분을 지명 수배하는 연락이 돌 줄은 몰랐어요. 형사처럼 회원들이 저희 여관에 들어와서 감시를 하질 않나. 확 경찰에 연락해버릴까 싶었지만 그 사람들이 경찰이 얽히면 학생들 장래에 흠집이 생길 거라고 하는데다, 저희도 협회를 거스르면 여기서 살길이 막막해서……. 죄송해요. 저희가 잘못했어요."

사과할 필요는 없다. 그때는 모두가 어려운 상황이었다. 후부키나 우스이, 협회 사람들도 분명 괴로웠을 것이다. 총본부를 찾아오거나 숙박하는 손님들의 예약도 전부 취소해야 했다. 견학하러 온 쓰바키와 아라키를 뒤뜰에 세워두고 혼조가 전화를 걸었던 건 그런 사정 때문이었다.

현금 1억 엔이 금고에서 바로 나왔으니 인류협회가 확실히 돈이 많기는 한 모양이다. 그 정도 돈으로 대표를 되찾을 수 있다면 대수로운 일도 아니라나. 오히려 협회 적대 세력이 유괴했을 경우 몸값으로 성유물을 요구할까봐 걱정했다고 한다.

또한 유괴범의 요구는 도이와 시모자와, 히로오카 세 사람의 생명을 하루 단축시켰다. 일요일 오후 2시에 몸값을 무사히 전달하든 말든, 어떠한 형태로 사태가 바뀌어 협회가 경찰에 신고할 가능성은 얼마든지 있었다. 경찰이 '입성'하면 탑에 틀어박힌 시모자와를 살해할 수 없게 된다. 아오타는 그렇게 생각하고 범행을 서두른 것이다. 다만 도이가 휴가를 받아 후쿠오카로 귀성하지 않았더라면 범행은 더욱 앞당겨졌을지도 모른다. 그 경우에는 도이가 심야 근무로 보초를 설 때 습격할 생각이었으리라.

"히로오카 씨는 어렸을 때부터 잘 알고 있었어요. 조금 건방진 구석이 귀여운 아이였죠. 아오타 씨도 설마 그런 짓을 할 아이라고는 생각도 못 했어요. 부모님 일로 어지간히 괴로웠던 거겠죠. 몰라줘서 미안해요. 어제부터 텔레비전에 아오타 씨 얼굴이 계속 나와서……."

아키코는 눈을 내리떴다. 옆방을 돌아보니 지즈루의 어머니도 고개를 떨구고 있었다.

텔레비전에는 아오타의 얼굴만 쉴 새 없이 나오는 게 아니었다.

"그나저나." 아키코가 고개를 숙인 채로 말했다. "노사카 대표는 역시 보통 사람이 아니었네요. 기미코가 전 인류의 대표라니 왠지 이상하다고 웃고 넘겼는데, 사람을 다시 봤어요. 유괴당해 겁을 먹기는커녕 범인을 꾸짖어 총본부로 다시 데려가게 만들다니, 듣고서 깜짝 놀랐지 뭐예요. 그런 일도 다 있네요."

결국 범인들은 1억 엔을 싣고 연락 장소로 달려간 우스이와는 접촉하지 않았다. 막판에 겁이 났던 것이다. 거물 인질을 데리고 어쩌면 좋을지 허둥거리는 그들에게 인질이 직접 명령을 내렸다. "나를 총본부로 데리고 돌아가면 당신들은 여기서 멈출 수 있어요. 페리파리가 재림하시기 전에 정화될 수 있습니다"라고.

전망 라운지에서 보았던 두 대의 UFO, 아니, 구름에 비친 헤드라이트 불빛이 바로 '성'으로 귀환하는 '여왕'을 태운 자동차의 불빛이었던 것이다.

그 타이밍이 살인사건의 진상이 드러난 직후였던 것은 우연이리라. 하지만 어쩌면 11시 17분에 솟아오를 꽃불에 맞춰서 광장에 도착한 건지도 모른다. 그 '여왕'이라면 그 정도 연출은 하고도 남을 것이다.

성으로 돌아온 그녀는 자기가 겪은 일을 간부들에게 말한 뒤 부재중에 있었던 연쇄 살인사건에 대한 설명을 듣자마자 당장 경찰을 불렀다. 우리는 그 장면을 직접 보지 못했지만 조금도 망설이지 않았다고 한다. 사이렌과 함께 차례로 들어오는 경찰차를 전망 라운지에서 바라보면서도 그것이 현실이라는 게 좀처럼 믿기지 않았다. 경찰 조사는 이튿날 정오까지 이어졌다. 에가미 선배도 아마노가와 여관에서 함께 잠깐 눈을 붙였다. 날이 저물고 나서 눈을 떠보니 일본 전국의 관심이 가미쿠라에 쏠려 있었다.

대혼란 속에서 노사카 기미코는 당당했다고 한다. 어디에나 있을 법한 살가운 성격의 스물한 살 여왕은 미카게가 눈독을 들일 만한 그릇을 가졌다는 뜻인가. 바야흐로 카리스마 넘치는 진정한 '여왕'이 탄생하는 순간인지도 모른다.

"이렇게 작은 마을에 별일이 다 있네요."

아키코가 먼 곳을 바라보았다. 그 작은 마을을 오늘도 흐드러진 초록이 감싸고 있었다. 소년이었던 아오타가 남들 눈을 피해 등롱을 가져가는 순간도, 아키코가 소중한 사람의 편지를 열심히 찾아다니는 모습도 지켜보았던 산들이.

"형사님이 끈질기게 물어서 지즈루가 싫어하지는 않던가요?"

마리아가 묻자 지즈루의 어머니는 "쓰바키 씨가 곁에 있어줘서 불평하지 않았어요. 경찰분들도 마음을 많이 써주셨고요."

"그거 다행이네요."

"'여왕님' 병이 떨어진 게 더 다행이에요. 살인사건에 대해서는 아직 얘기하지 않았지만 '성' 안이 하나도 즐겁지 않았던 모양이에요. 뭔가 건전하지 않은 분위기를 감지한 걸까요. 아이는 얕잡아볼 수 없는 법이니까요."

"특히 지즈루는 영리하니까요. 아, 호랑이도 제 말 하면 온다더니."

지즈루가 모치즈키와 오다 사이에 서서 나란히 돌아왔다. 할아버지도 함께였다. 넷이서 산책하러 다녀온 것이다. 모치즈키가 "동굴 입구를 보고 싶은데, 오빠들 좀 데려가줄래?"라고 부탁했다.

"오빠들하고 실컷 놀았소이다." 가네이시가 말했다.

"오빠들이 잘 돌봐줬니?"

마리아가 묻자 오다가 "오오, 그럼 그럼"이라고 대답했다. "전 지즈루한테 물었는데요."

가네이시가 껄껄 웃었다.

"재미있었어요. 어제부터 사람들이 아주 많아요. 꼭 축제날 같아. 방송국 카메라가 산에도 들어와서 마을을 찍었어요."

소녀는 구김살이 없었다. 그 마음이 상처 입지 않았다는 사실에 안도했다. '여왕'에도 '성'에도 흥미를 잃었다니 다행이다.

"아라키 씨는 벌써 떠났다면서요?" 모치즈키가 아키코에게 물었다. "마지막 인사를 못 드렸네요. 하카타까지 오토바이로 가려면 고생일 텐데."

좋아하니까 괜찮겠지. 아라키는 동경하던 '여왕'을 직접 만나보고 더 푹 빠진 모양이다. 그런 일에 휘말려놓고 '성'을 떠날 때는 인류협회 전단지까지 받아갔다. 이번 사건으로 협회는

420

막대한 타격을 입었다. 아오타의 소원대로 존망의 위기에 처할 줄 알았는데 아라키를 보니 잘 모르겠다. '여왕'이 유괴범을 설득했다는 뉴스가 나오면 입회 희망자가 쇄도할지도 모른다.

그런 협회의 미래가 조금 무섭다.

"머리 긴 오빠는?"

지즈루는 에가미 선배에게 호감을 품은 듯했다. 부장이 안 아서 의무실로 데려다주었을 때 아련한 연심이라도 싹튼 걸까? 이름을 알면서도 쑥스러워서 직접 말하지 않는 것이다. 소설가 지망생인 이 오빠 눈에는 다 보인다.

"1시 반까지는 돌아온다고 했는데." 나는 벽시계를 보며 말했다. "딱 30분이네. 슬슬 돌아올 거야."

다 함께 UFO 만주를 먹고 있자니 부장도 곧 돌아왔다. 울타리 너머로 에가미 선배가 나타나자 지즈루가 치맛자락을 쥐고 생긋 웃었다.

"많이 기다렸지? 이제 끝났어."

마리아가 물었다. "얘기는 다 나눈 거예요? 서두를 필요 없는데."

이야기 상대는 '영감님'이었다. 가미쿠라를 취재하던 이시구로 미사오가 찍은 '여왕님' 사진의 한 귀퉁이에 찍힌 남자. 그 남자를 보고 어느 인물을 떠올린 이시구로는 에가미 선배에게 연락을 했다. 길이 엇갈려 부장은 사진을 받기 전에 가미쿠라로 떠났지만. 우리는 에가미 선배의 가족사진을 본 적이 없지만, 이시구로는 우연한 기회에 보았던 것이다.

에가미 선배의 아버지는 아이들의 죽음을 예언한 아내와 사이가 멀어져, 장남이 요절하자 넋이 나가 이윽고 차남에 대한 애정도 잃고 말았다. 어머니는 병사했고 아버지는 지금 어떻게 지내는지 모른다. 부장이 언젠가 마리아에게 그렇게 말했다는데……

"이것저것. 가족이라는 걸 확인하고 왔어."

다행이다. 축복하고 싶다. 어떻게 지내는지 몰래 보러 갔을 정도니 가족이 아니면 뭐란 말인가.

"아버님 성함은 에가미가……?"

만약 그랬다면 부장이 이름을 밝혔을 때 협회도 사정을 눈치챘을 것이다.

"성이 바뀐 이유는 말하기 싫은 눈치였어. 인류협회에 들어간 경위도. 무슨 낙이 있는지 조금 더 거기서 신세를 지겠다는군. 그것도 '영감님' 마음이지."

"화해는 못 한 거예요?"

부장은 조심스럽게 묻는 오다에게 고개를 저었다.

"악수하고 헤어졌어."

부장은 가네이시 가족과 아키코에게 감사의 마음을 전하고 우리를 돌아보았다.

"자, 어깨를 맞대고 사이좋게 돌아갈까? 너무 느긋하게 굴면 늦겠어."

그 렌터카에 다섯 명이 타기는 버겁지만, 이 멤버라면 돌아가는 길도 즐거울 것이다. 모두 무사히 귀로에 오를 수 있다는 사실을 기뻐하자.

"저……."

"왜 그래, 마리아?"

마리아가 에가미 선배를 올려다보며 말했다.

"아까 아리스가 진지하게 물었어요. '나한테 목숨을 맡기겠어?'라고요."

모치즈키와 오다가 어째선지 환성을 질렀다. 혹시 엄청난 착각을 하고 있는 게 아닐까?

"그래서 뭐라고 대답했는데?"

"'조금만이라면.'"

2

메이신 고속도로*를 똑바로 달려 교토로.

어느덧 저녁이라 노을이 눈부셨다. 세키가하라 나들목을 지나 터널을 통과하자 오른편에 이부키 산이 보였다. 시가 현에 접어든 것이다.

자동차가 싣고 있는 것은 남자 넷에 여자 하나, 각자의 짐,

*아이치 현을 기점으로 기후, 시가, 교토, 오사카 등지를 경유해 효고 현에 이르는 고속도로.

여관에서 받은 말린 표고버섯, 협회 기념품 몇 개. 미래의 추리 작가가 운전하고 조수석에는 나. 뒷좌석에 꼭 붙어 앉은 마음씨 좋은 선배들이 갑갑하지 않을까 돌아보니 쿨쿨 자고 있다.

그럴 만도 하다. 지난 며칠은 정말 파란만장했다.

"졸음이라는 건 무서운 거야. 누가 운전하고 있는지도 잊고 다들 푹 잠들었네."

"운전하는 사람이 그런 말 하지 말아줄래? 아, 안전거리는 충분히 확보해."

"그래도 운명이란 참 신기해."

"무슨 소리야?"

"가미쿠라로 가는 길에 가이다 앞에서 그 밴하고 정면충돌했다면 유괴범들의 계획은 거기서 끝나고 '성'이 봉쇄될 일도 없었던 거잖아."

"이, 이상한 소리 하지 마. 재수 없게."

그때 충돌할 뻔했던 것은 아리스의 운전 미숙 탓이 아니었다. 현장에서 한시라도 빨리 벗어나려고 서두른 유괴범이 핸들을 잘못 조작했던 것이다. 그 정도는 안다.

"내년 이맘때는 정해져 있을까?"

"뭐가?"

"취직자리."

"작가가 되겠다면서 취직할 거야?"

"생활력은 있어야지."

"견실하구나."

"소심하니까. 하지만……"

어떤 일을 하더라도 글을 쓰겠지. 나는 오른쪽 귀걸이를 매만지며 끄덕였다.

"운전하는 사람한테 미안해서 조수석에 앉으면 안 자는 거지? 다 알아. 무리할 필요 없으니 마리아도 눈 좀 붙여. 안전제일로 달릴게."

아리스의 운전은 불안하지 않다. 실은 자꾸 눈꺼풀이 감기는 참이었다.

"모두 자버리면 외롭지 않아?"

"아니, 전혀. 졸리지?"

"응. ……그럼 자버릴까. 아리스한테 목숨을 맡기고."

"조금만?"

"아니, 전부."

아리스는 웃고 있었다.

눈을 감고 잠을 청했다.

〈끝〉

주요 참고문헌

가네코 류이치, 《퍼스트 콘택트》(분슌신쇼)

칼 세이건, 모리 아키오 감수 및 번역, 《혹성으로 상·하》(아사히분코)

마커스 초운, 나가오 쓰토무 번역, 《기발한 발상, 우주를 가다》(슌주샤)

미나미야마 히로시, 《기상과학론》(아키타쇼텐)

커티스 피플스, 미나카미 류타로 번역, 《인류는 어째서 UFO와 조
    우하는가》(분슌분코)

기하라 요시히코, 《UFO와 포스트모던》(헤이본샤신쇼)

마이클 바컨, 하야시 가즈히코 번역, 《현대 미국의 음모론》(산코샤)

우미노 히로시, 《음모의 세계사》(분슌분코)

일본임업기술협회 편저, 《버섯의 100가지 신비》(도쿄쇼세키)

프란츠 카프카, 마에다 게이사쿠 번역, 《성》(신초분코)

고가와 데쓰오, 《카프카와 정보화 사회》(미라이샤)

사카우치 다다시, 《카프카 해설》(신초센쇼)

이케우치 오사무, 와카바야시 게이, 《카프카 사전》(산세이도)

《일록 20세기 1990 헤이세이 2년》(고단샤)

작가 후기

　이 책은 에가미 지로를 탐정으로 내세운 시리즈의 네 번째 작품이다. 《월광 게임》, 《외딴섬 퍼즐》, 《쌍두의 악마》 다음 작품이지만 전작을 읽지 않아도 장편 미스터리로 즐기는 데 지장은 없도록 주의했고, 전작의 진상을 암시하는 표현도 피했다. 또한 작품 속에 나오는 종교단체 및 사건의 모델은 존재하지 않는다.

　첫 번째 작품을 완성했을 때가 스물여덟 살. 두 번째 작품은 스물아홉 살. 세 번째 작품이 서른두 살. 그리고 이 《여왕국의 성》은 마흔일곱 살 겨울에 착수해 마흔여덟 살 여름에 탈고했다. 세 번째 작품을 발표하고 이 작품을 세상에 내놓기까지 15년 7개월의 세월이 흘렀는데, 이렇게 간격이 벌어진 것은 작가가 부덕한 탓이라고 말할 수밖에 없다.

　오랫동안 기다려주신 여러분, 질타와 격려를 보내주신 여러분께 깊은 감사와 사과를 드립니다.

시간이 흐르면 사람도 떠나는 법. 필자가 어영부영하는 사이 데뷔 때 천거해주셨던 아유카와 데쓰야 선생님이나 신인 시절부터 공사 다방면으로 온정을 베풀어주셨던 우야마 히데오미 씨(전 고단샤 편집자)가 세상을 떠났다. 그 밖에도 이 책을 보여드리지 못한 분들이 있어, 이제는 어쩔 도리 없는 일이지만 후회가 남는다. 이 책은 돌아가신 아버지가 아니라 아버지에게 헌정할 생각이었다.

*

집필하면서 많은 분들께 신세를 졌습니다. 이하 감사 인사입니다.

하카타 사투리는 겐모치 다카시 씨, 나고야 사투리(한 마디뿐이었지만 인상적인 대사)는 오타 다다시 씨의 지도를 받았습니다. 그래도 만약 작중 방언(가공의 땅 가미쿠라에서는 표준어를 사용)에 위화감을 느낀 분이 계신다면 전부 작가의 능력이 모자란 탓입니다. 덧붙여서 미야즈에서 태어난 에가미 지로가 하는 말은 단고* 지방 사투리도 아니고 교토 사투리도

*미야즈가 속해 있는 교토 북단.

아닙니다. 사실은 제 전문인 오사카 사투리라는 사실을 이 기회에 고백합니다.

'성'의 도면은 일급 건축사이자 일급 미스터리 팬이면서 멋진 작품 《범행현장 만들기》(미디어팩토리)의 작가이기도 한 야스이 도시오 씨에게 부탁했습니다. 기묘하기 그지없는 건물을 시각화할 수 있었던 덕분에 독자의 고생도 경감하고 재미도 다소 늘었다고 생각합니다. 야스이 씨의 명예를 위해 설계상 억지스럽고 부자연스러운 모든 요소는 의뢰인 아리스가와의 황소고집 때문임을 명기해둡니다.

도가와 야스노부 씨와 부인께는 가이다를 취재할 때 신세를 졌습니다. 이 작품은 그 성과입니다. 과거 편집장 시절에 시리즈 전작 세 작품을 담당해주셨던 도가와 씨께는 신작이 늦어져서 죄송한 마음뿐입니다만 따뜻하게 지켜봐주신 애정에 감사드리고 그 인내심에 고개를 숙입니다.

오지 히로미 씨는 이번에도 예상을 크게 뛰어넘는 멋진 디자인으로 책을 꾸며주셨습니다. 덕분에 손에 들었을 때 오래도록 질리지 않는 책으로 완성되었습니다.

도쿄소겐샤 이가키 마리 편집부장님, 편집담당 이토 시호코 씨에게는 더없이 많은 도움을 받았습니다. 빨간 펜으로 범벅이 된 수정 원고와 격투한 이토 씨, 정말 고생 많으셨습니다. 함께 극복해낸 고난의 나날이 이윽고 좋은 추억이 되기를.

위에서 언급한 분들, 또한 불편하지 않도록 굳이 이름은 밝히지 않은 여러분, 제가 모르는 곳에서 이 책을 독자에게 전달하기 위해 도와주신 여러분, 그리고 읽어주신 여러분께 엎드려 감사드립니다.

끝으로 이 시리즈는 장편 다섯 작품으로 끝을 맺고 단편을 한두 권으로 정리할 생각입니다만 미래는 언제나 불확실한 법. 앞서 실컷 반성해놓고 죄송하지만 경솔한 약속은 못 드리겠습니다. 다음 책을 언제 어떤 형태로 전해드릴 수 있을지는 별만이, 아니, 별조차 모르는 일입니다. 다만 페리파리가 강림하지 않더라도 저는 글을 쓸 것입니다.

2007년 8월 20일
아리스가와 아리스

문고판 작가 후기

아마추어 시절부터 지금까지, 나에게 미스터리를 쓴다는 것은 나는 이런 미스터리를 좋아한다고 표명하는 일이었다.

문고판 출간을 앞두고 작품을 다시 읽어보니 '아아, 이 작가는 이런 미스터리를 좋아하는구나'라는 것을 느낄 수 있었다. '이런 미스터리도 재미있지 않습니까?'라고 말하기 위해 쓰고 있다.

본격 미스터리라는 협소한 장르에도 사실 무한한 폭이 있어, 마치 하이쿠처럼 짧게 정리한 '본격 미스터리의 정의'에 그 흥취를 담아내기란 어렵다. '이런 본격'도 있으면 '저런 본격'도 있다. 《여왕국의 성》으로 '이런 본격'을 내 나름대로 표현해냈다고 생각한다.

글을 쓰면서 즐거웠고, 이듬해에는 본격 미스터리 대상도 수상했다. 행복한 작품이라는 말밖에는 못 하겠다.

《여왕국의 성》은 지금 시점에서 내가 쓴 소설 중 가장 긴 작품으로, 문고로 만들면서 두 권으로 분권했다. 내 글이 자주 그런데 전반부는 이야기의 전개가 느리다. 그래서 1권은 '정편 (靜編)', 2권은 '동편(動編)'이라고 할 수 있겠다. 1권을 읽고 '변화가 적다'고 불만을 품지는 않을지 걱정스럽지만 어디에서 이야기가 폭발할지, '정편'에 복선이 얼마나 깔려 있는지, 끝까지 읽어주시고 오호라, 하고 수긍해주시기를 바란다. 이것은 '그런 소설'이니까.

이걸로 5부작 중 네 작품을 써냈는데, 완결편이 될 다음 작품의 모습은 아직 잘 떠오르지 않는다. 구름이 자욱해 정상은 커녕 산세도 아리송한 산기슭에 있는 기분이다. 하지만 그렇기 때문에 즐겁다고 낙천적으로 생각하기로 했다. 또 기다리게 만들겠지만 모쪼록 용서를.

*

문고판도 단행본과 마찬가지로 오지 히로미 씨, 야스이 도시오 씨, 이토 시호코 씨에게 신세를 졌습니다. 어떤 말로 감사드려도 모자랍니다.

또한 미스터리를 보는 정확하고도 풍성한 안목으로 오래도록 존경해온 마쓰우라 마사토 씨께서 과분한 해설*을 써주셨습

*일본 출판사의 요청으로 본 해설은 국내판에 싣지 못했습니다. – 편집자 주

니다. 크게 감사드립니다. 고맙습니다. 다음으로 선보일 작품
은 이 시리즈의 첫 번째 단편집입니다. 신입생 아리스가 추리소
설연구회에 입부한 봄부터 겨울에 걸친 이야기로 한 권을 채울
예정입니다. 쇼와 마지막 해부터 헤이세이 첫해에 걸친 이야기
로, 가장 오래된 작품부터 최신작까지 집필기간이 무려 27년에
이릅니다. '처음부터 케케묵은 상태라 케케묵지 않을 작품'이
실릴 것입니다. 읽어주시면 기쁘겠습니다.

　에가미 지로 일행을 또 만나주시길.

2010년 12월 2일

아리스가와 아리스

역자 후기

《여왕국의 성》은 '학생 아리스'라는 시리즈의 하나로, 배경을 알고 읽으면 더욱 재미있는 작품입니다. 시리즈 전작을 다 읽으신 분들도, 이 작품만 단독으로 읽은 분들도 계실 것이고 추리소설에 대한 관심과 열정도 저마다 다를 것입니다.

그래서 간단한 '후기 테스트(?)'를 준비해보았습니다.

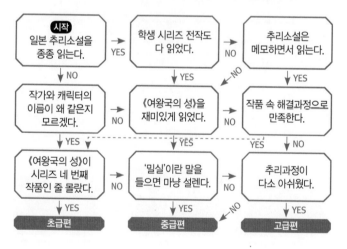

▶ 초급편: 작가와 작품에 대하여

아리스가와 아리스, 언뜻 보기에도 다분히 장난기 넘치는 필명을 사용하는 이 작가의 본명은 우에하라 마사히데로 1959년 오사카에서 태어났습니다. 13살 때 엘러리 퀸 《네덜란드 구두 미스터리》에 감명을 받아 '본격 미스터리'의 매력에 푹 빠지게 됩니다. '본격 미스터리'란 일본 고유의 용어로 수수께끼 풀이, 트릭 해결, 범인 찾기 등 사건의 논리적인 해결에 중점을 두는 미스터리의 한 장르를 말합니다. 이러한 본격 미스터리의 대표적인 작가로는 에도가와 란포(초기 작품), 요코미조 세이시, 아유카와 데쓰야, 다카기 아키미쓰 등이 있습니다.

1960년대 본격 미스터리가 논리에 치중해 현실성, 개연성이 부족하다는 비판을 받으며 다소 시들해진 한편으로 각종 사회상을 소재로 현실성을 중시한 '사회파 미스터리'가 마쓰모토 세이초를 중심으로 전성기를 맞이합니다. 그러다가 1970년대에 접어들어 긴다이치 코스케라는 명탐정을 낳은 요코미조 세이시가 큰 인기를 끌면서, 고전적인 미스터리가 다시 시선을 끌게 됩니다. 1987년 '관 시리즈'로 우리나라에서도 많은 사랑을 받고 있는 아야쓰지 유키토가 《십각관의 살인》으로 데뷔하자 이를 계기로 각 출판사에서는 신인작가들을 적극적으로 발굴해 활동을 지원했고, 이들 신인작가가 1980년대 후반부터 1990년대 초에 집중적으로 데뷔하면서 '신본격 무브먼트'라 불리는 움직임이 일게 됩니다.

아리스가와 아리스는 1989년, 《이상한 나라의 앨리스》에서 따온 본인의 필명과 같은 이름의 주인공을 화자로 내세운 '학생 아리스 시리즈' 첫 작품인 《월광 게임-Y의 비극'88》로 데뷔한 이후로 현재까지도 본격 미스터리 분야에서 왕성하게 활약하고 있습니다. 대표적인 작품으로 '학생 아리스 시리즈(에가미 시리즈)'와 '작가 아리스 시리즈(히무라 시리즈)'가 있는데, 학생 아리스 시리즈에는 에가미 지로라는 명탐정과 그의 관찰자이자 서클 후배인 아리스가와 아리스가, 작가 아리스 시리즈에는 히무라 히데오라는 명탐정과 그의 친구이자 추리소설가인 아리스가와 아리스가 등장합니다. 두 시리즈는 추리작가를 꿈꾸는 학생 아리스가 집필하고 있는 습작에 등장하는 인물이 히무라&작가 아리스 콤비, 작가 아리스가 생업으로 집필하는 작품에 등장하는 인물이 에가미&학생 아리스 콤비라는 설정으로 뫼비우스의 띠처럼 연결되어 있습니다.

에이토 대학에 입학한 아리스는 유급을 거듭해 대학을 8년째 다니는 '미스터리' 그 자체인 에가미 선배를 만나 운명처럼 EMC, 에이토 대학 추리소설연구회에 입부합니다. 그런데 웬 날벼락인지, EMC에 들어간 아리스는 매년 살인사건에 휘말립니다. 1학년 때는 화산 분화로 고립된 산속에서(《월광 게임》), 2학년 때는 외딴섬과 폐쇄적인 예술가 마을에서(《외딴섬 퍼즐》, 《쌍두의 악마》), 그리고 《여왕국의 성》 원서 기준으로 15년하고도 7개월 만에 맞이한 3학년……. 이번에는 신흥종교 도시, 눈에 보이지 않는 밀실에서 벌어진 살인사건과 맞닥뜨리게 됩니다.

작가는 학생 아리스 시리즈를 처음부터 본편 다섯 작품과 단편집 하나로 구성할 예정이었습니다. 다만 작가가 후기에서 언급한 단편집 《에가미 지로의 통찰》이 2010년에 나오면서 미처 다 실리지 못한 단편들이 있어 아마도 단편집이 한 권 정도 더 나오지 않을까 예상해봅니다.

▶ 중급편: 《여왕국의 성》이 가진 매력
※작품 줄거리 전반을 언급하고 있습니다.

사실 저는 에가미 지로라는 캐릭터만으로도 이 시리즈를 너무나 아끼지만, 일본 출판사의 요청으로 아쉽게 실리지 못한 마사토 씨의 해설을 중심으로 이 작품이 지닌 매력을 간단히 짚어보겠습니다.

먼저 수수께끼 풀이의 재미와 스토리가 절묘하게 융합되어 있다는 점을 들 수 있습니다. 첫 번째 살인현장은 종교적인 이유로 인한 밀실 아닌 밀실이 되었고, 결정적인 증거일지도 모를 비디오테이프는 범인과 함께 증발해버렸으며, 기이한 메모만 남아 있습니다. '인류협회'라는 현대적인 이름의 종교단체는 언뜻 온건해 보이지만, 관내에서 살인사건이 발생하자 경찰에 신고도 하지 않은 채로 EMC를 '성'에 가두는 만행을 저지릅니다. 수사 방법은 물론 행동 자체가 제약되는 답답한 상황에서, 독자들의 눈이 되어 상황을 전달해주는 아리스는 주어진 정보들을 조합해 자꾸만 기묘한 추리를 쏟아냅니다. 평소 같으면 웃어넘길 테지만 UFO 마니아가 인간 납치와 인체 실험 음모론을 역설하고, 시체가 옆방에 안치되어 있고, 살해현장에서 아무렇지도 않게 보초 업무를 서는 '성안'의 상황과 맞물려 오싹한 분위기를 자아냅니다.

　갇혀 있는 상황이지만 EMC 멤버들은 탁상공론에 그치지 않고 그들에게 허락된 상황하에서 적극적으로 '자유'를 찾기 위해 사건을 해결하고자 노력합니다. 그래도 완강하게 '쇄국'을 풀지 않는 인류협회에 맞서는 EMC의 활약을 볼 수 있는 제12장의 대탈주극은 모험소설에 버금갈 정도로 통쾌합니다. 저마다의 특성에 맞는 방법으로 저항한다는 사실에도 주목해야 합니다. 그중에서도 엘러리 퀸의 신봉자 모치즈키가 '트릭'으로, 하드보일드 팬 오다가 오토바이 '활극'으로 결국 탈출에 성공하는 장면은 일품입니다.

　천신만고 끝에 일부만 탈출에 성공한 EMC는 '성'을 경계로 두 패로 갈라지게 되지만, 결국 모든 단서가 갖추어진 순간 극적인 해후를 맞이합니다. 에가미 선배가 사건의 진상을 알아내는 순간, 성 밖의 마리아와 아리스, 에가미 일행이 뜻밖의 장소에서 재회하는 순간이 동시에 일어나면서 벅찬 전율을 선사합니다. 그것은 학생 아리스 시리즈의 트레이드마크인 '독자에 대한 도전'이 눈앞에 제시되는 순간이기도 합니다.

학생 아리스 시리즈의 미덕은 '공정한 두뇌싸움'이라 할 수 있는데, 어쩐 일인지 이번 도전장에서 작가는 다소 나약한 소리를 합니다. 그것은 빈약한 살해 동기에 대한 변명처럼 보일 수도 있지만, 역설적으로 '이 사람이 가장 의심스러우니 범인이다'라는 넘겨짚기식 추리가 아니라 논리적인 가능성의 검증에 따른 '이 사람이 범인일 수밖에 없다'는 결론을 부각시켜주기도 합니다.

《쌍두의 악마》에서는 에가미, 마리아를 제외한 EMC 멤버가 머리를 맞대고 추리를 하는 장면이 나오는데, 독자들은 마치 그 자리에서 함께 추리에 참여하고 있는 듯한 느낌을 받습니다. 《여왕국의 성》에서도 마찬가지로, 제18장에서 펼쳐지는 에가미 선배의 추리를 마치 그 자리에서 생생하게 듣는 듯한 착각에 빠집니다. 마치 작품 속에서 등장인물들과 함께 행동하고, 살아 숨 쉬는 듯한 감각, '추리'라는 다소 딱딱할 수 있는 영역에서 그것을 가능하게 만드는 것은 역시 감정이입이 쉬운 캐릭터들의 매력에 기인한 부분이 클 것입니다.

전작에서는 태평한 미스터리 마니아들이었던 EMC 멤버도

시간이 흘러 취업을 고민해야 할 나이가 되었습니다. 이 작품 속 시간적 배경은 1990년으로, 거품경제 끝자락이라는 경제적 상황과 동서 진영의 붕괴라는 급격한 세계정세의 변화를 겪었던 시절입니다. 심지어 휴대전화나 인터넷도 없던 시절이고, 그런 시절이었기 때문에 성립할 수 있는 클로즈드 서클(고립된 상황)이 나옵니다. 작가는 아예 대놓고 '그런데 인터넷이 뭐지?' '저마다 들고 다닐 수 있는 전화기가 있다면 얼마나 좋을까?'라는 독백으로 2016년을 살고 있는 우리를 1990년대 속으로 끌고 들어가는 너스레를 부리기까지 합니다.

또한 이번 작품에서는 그동안 지지부진했던 아리스와 마리아의 관계가 상당히 친밀해지는 급전개를 보입니다. 마리아에게 특별한 관심을 보이면서도 선배들이 놀리자 새침하게 튕기는 아리스를 볼 수 있다는 점도 이 작품이 가진 청춘소설로서의 재미로 꼽을 수 있겠습니다.

▶ **고급편: 저는 안티 팬이 아닙니다**
※**제18장의 핵심 추리를 상세히 언급하고 있습니다.**

그렇다면 명탐정이 떠먹여주는 추리를 가만히 앉아서 받아만 먹어도 될 것인가? 추리소설 팬이라면 조금 더 파고들어보는 것도 재미있지 않을까요?

《여왕국의 성》 역시 본격 미스터리의 한계에서 완전히 벗어나지는 못해, 빈약한 범행 동기와 더불어 실은 범행이 '요행의 산물'로 성립한다는 문제점이 존재합니다.

제18장에 나오는 범행 도구인 '권총'의 회수 시점과 가능성 여부에 대한 추리를 보며 위화감을 느끼지 않으셨는지요?

지즈루가 동굴을 통과한 시간이 4:58~5:13 사이로 15분가량이라고 할 때, 에가미 선배는 앞뒤 폭을 두어도 범인이 범행 가능했던 시간은 5시 직후~5시 16분이라고 합니다. 여기서 한 가지 의문이 고개를 듭니다. 아리스 일행이 견학을 갔다가 도이의 시체를 발견한 것이 5시 30분경, 지즈루가 동굴에서 나온 게 5:16경이라면 범인은 5시 직후~5시 16분 사이에 도이를 죽이고 (지즈루의 인기척을 느끼고) 일단 몸을 피했다가, 지즈루가 동굴에서 나와 밖으로 나가길 기다려 다시 대기실로 들어가 성스러운 동굴에서 5:16~5:30 사이에 권총을 회수할 수도 있었을 것입니다. 물론 이 경우에도 5:16~5:30 사이의 14분/2가 왕복 가능한 시간이므로 권총은 동굴에서 인류협회 본부와 가까운 쪽에 숨겨져 있었다는 결론이 나옵니다.

다만 동굴에서 나온 인물의 다음 행동을 예측할 수 없으므로 그 인물(지즈루)이 대기실 밖으로 나온다는 보장이 없고, 굳이 대기실 밖으로 피신하기보다는 동굴에서 나온 인물까지 살해해버렸을 가능성이 크기 때문에 이 의문은 자연히 사라집니다.

그렇다면 결국 범인은 5시 직후~5:16 사이에 도이를 죽이고 권총을 회수했을 것입니다. 에가미 선배의 추리에 따라 왕

복 12분/2＝편도 6분 거리에 총이 있었다고 가정하고, 범인이
도이를 5시 직후에 죽였다 해도 '교살 소요시간 4분＋편도 6분'
으로 계산할 경우 범인은 5시 4분에서 10분 사이에는 동굴 안
쪽에 있었다는 뜻이 됩니다. 그렇다면 4:58에 숲속 동굴 입구
에서 성 쪽으로 들어온 지즈루와 설사 마주치지는 않더라도,
함께 동굴 안에 있었던 셈이니 적어도 인기척을 느꼈을 가능성
이 발생합니다. 둘 다 동굴에 누가 있다고는 생각하지 않았을
테니 인기척을 죽였을 리도 없고, 동굴 특성상 분명 소리가 증
폭될 텐데 그런 부분에 대한 설명이 없다는 점이 아쉽습니다.

　물론 작가가 말한 것처럼 에가미 선배의 추리가 아니면 해명
이 안 되고, 그것이 최선의 추리이지만 지나치게 기적적인 요
행이 작용해야만 성립 가능한 범죄인 것이지요.

　끝으로, 개인적으로는 에가미 선배의 과거와 심리를 보다
자세히 들여다볼 수 있었다는 점이 무엇보다 흥미로웠지만 동
시에 안타깝기도 했습니다. 종교에 심취한 어머니의 예언으로
파탄에 이른 가정, 에가미 지로라는 온화하고 차분한 청년이
겪었을 힘겨운 시절을 생각하면 마음이 무거워집니다. 지금까
지 충분히 힘들었으니 에가미 선배는 이제 꽃길만 걸었으면 하
는 것이 팬의 마음인데, 얼마 남지도 않은 대학 생활 동안 명탐
정은 살인사건을 한 건 더 해결해야 할 운명인 것입니다.

　하지만 어떤 어려운 사건, 가혹한 상황에 처하더라도 다정

한 후배들이 곁에서 에가미 선배를 든든히 지탱해주리라 믿습니다.

유쾌한 EMC 멤버들을 다시 만날 날을 기다리며—.

2016년 11월
김선영

옮긴이 **김선영**

한국 외국어 대학교 일본어과를 졸업했다. 다양한 매체에서 전문 번역가로 활동했으며 특히 일본 미스터리 문학에서 왕성한 활동을 하고 있다. 옮긴 책으로 학생 아리스 시리즈 《월광 게임》《외딴섬 퍼즐》《쌍두의 악마》를 비롯하여 《문신 살인사건》《인형은 왜 살해되는가》《살아 있는 시체의 죽음》《고백》《리버스》《왕과 서커스》《야경》《흑사관 살인 사건》 등이 있다.

여왕국의 성 2

2016년 11월 18일 초판 1쇄 인쇄
2016년 11월 24일 초판 1쇄 발행

지은이 | 아리스가와 아리스
옮긴이 | 김선영
발행인 | 이원주
책임편집 | 박윤희
책임마케팅 | 임슬기

발행처 | (주)시공사
출판등록 | 1989년 5월 10일(제3-248호)

주소 | 서울 서초구 사임당로 82(우편번호 06641)
전화 | 편집 (02)2046-2852 · 마케팅 (02)2046-2800
팩스 | 편집 · 마케팅 (02)585-1755
홈페이지 | www.sigongsa.com

ISBN 978-89-527-7726-3 (04830)
      978-89-527-5060-0 (set)